Las islas
Isla Luna
Los oráculos
Puerto Destruido
Las Verjas
Isla Sol
Montañas Cantoras
El ágora
La colmena
Isla Firmamento
El monasterio
La última torre
Bahía Dentada
Los cráteres
Isla Estrella
Lightlark

LIGHTLARK

Papel certificado por el Forest Stewardship Council®

MIXTO
Papel | Apoyando la silvicultura responsable
FSC® C117695

Penguin Random House Grupo Editorial

Título original: *Lightlark*

Primera edición en este formato: octubre de 2025

Diseño de la cubierta: Penguin Random House Grupo Editorial / Adaptación del original de Chelsea Hunter
y Deena Micah Fleming, con ilustración de Karla Ortega

Printed in Spain – Impreso en España

ISBN: 978-84-204-5278-4
Depósito legal: B-14.391-2025

Compuesto en Punktokomo, S. L.
Impreso en Liberdúplex
Sant Llorenç d'Hortons (Barcelona)

AL52784

ALEX ASTER

LIGHTLARK

Traducción de Victoria Simó

ALFAGUARA

Para Rron
No podría escribir nuestra historia
de amor ni aunque lo intentara

CAPÍTULO 1
ISLA

Isla Crown atravesaba a menudo cúmulos de estrellas para caer en parajes lejanos. Siempre sin permiso y, por lo que parecía, en los momentos más inoportunos.

Aun después de cinco años, los saltos entre portales todavía le hacían crujir los huesos. Sostuvo la varita estelar con fuerza y encapsuló el aliento en el pecho como los perfumes exquisitos que tenía en el tocador, mientras la sala de cristal giraba y los colores fracturados se fundían en uno solo. Por fin la gravedad la atrapó como una hebra suelta del universo.

La varita había regresado a su escondrijo en la parte trasera de su vestido, a lo largo de la columna, cuando alguien abrió la puerta.

—¿Qué le ha pasado a tu pelo?

El chillido de Poppy fue tan estridente que Terra entró a la carrera tras ella entre el repique de las numerosas dagas y espadas que le colgaban de la cintura.

La cabellera era la menor de sus preocupaciones, si bien tenía muy claro que debía de asemejarse a un lecho de musgo. Viajar entre los nuevos territorios de los reinos con la varita estelar desmontaba por sistema hasta los tirabuzones más prietos, las trenzas más firmes de Poppy, lo que suponía una ventaja inopinada, en realidad.

Isla no se las daba de experta en el uso del artilugio. Al principio, el cúmulo de estrellas la llevaba a lugares inesperados. Las aldeas nevadas de los nuevos territorios de Moonling. Los etéreos festejos de los nuevos territorios de Skyling. Unas cuantas tierras que ninguno de los seis reinos se había anexionado. Poco a poco había aprendido a regresar a enclaves que ya había visitado. Y hasta ahí llegaba el dominio de su varita estelar. Lo único que sabía con seguridad era que, de algún modo, el misterioso artilugio le permitía desplazarse cientos de kilómetros en segundos.

Terra suspiró y apoyó la mano en la empuñadura de su acero.

—Solo son unos mechones sueltos, Poppy.

Poppy le hizo caso omiso. Corrió hacia Isla blandiendo un cepillo y un frasquito de untuoso aceite esencial con el mismo gesto con que Terra había enseñado a Isla a esgrimir las armas años atrás. Isla sonrió a su maestra de lucha por encima del hombro de su profesora de carisma y gritó cuando Poppy le retiró las horquillas sin miramientos. Esta última negó con la cabeza.

—Hay que empezar de cero. —Sujetó las horquillas entre los labios y articuló las palabras con dificultad—. Te dejo una hora a solas y ya estás hecha un desastre. ¡Incluso he cerrado la puerta para asegurarme! ¿Cómo, en el nombre del reino, te las has ingeniado para arruinar tu aspecto sin salir de tu alcoba, pajarillo?

Su alcoba. La habitación de Isla no era suya. Era una esfera transparente, los restos de un antiguo invernadero. Pero habían pintado hasta el último cristal y habían clausurado las ventanas. Se lo habían llevado todo, excepto la puerta.

Isla era un pajarillo, tal como la llamaba Poppy y a veces incluso Terra.

Un pájaro enjaulado.

Isla se encogió de hombros.

—He estado practicando con la espada.

Poppy y Terra eran su única familia, aunque no fueran sus parientes. Todos aquellos que compartían vínculos de sangre con ella habían perecido tiempo atrás. Sin embargo, ni siquiera ellas conocían la existencia de la varita estelar. De haberlo hecho, no le habrían permitido usarla. Era la única llave que tenía para salir de su jaula. E Isla no solo estaba encerrada en ella por su propia seguridad…

Sino también por la del resto del mundo.

Terra la miró con recelo antes de volver la atención a la pared. Allí pendían decenas de espadas que formaban una fila reluciente, como un improvisado espejo.

—Lástima que no te puedas llevar ninguna —le dijo a la vez que deslizaba el dedo por la fila de hojas. Era ella quien se las había proporcionado a Isla, todas y cada una, regalos comprados en la antigua tienda del castillo. Premiaba a Isla con ellas cada vez que superaba una prueba y nivel de entrenamiento.

Poppy se atragantó.

—Es la única regla del Centenario con la que estoy de acuerdo. No nos hace ninguna falta corroborarles a los otros reinos la pésima imagen que tienen de nosotras.

El nerviosismo empezaba a arremolinarse en la barriga de Isla como hojas que bailan en la tormenta. Se obligó a sonreír, consciente de que eso aplacaría el enfado de Poppy; su guardiana siempre le decía que no sonreía lo suficiente. Isla no conocía a muchas personas, pero descifraba con facilidad a las pocas con las que se relacionaba. Bastaba con descubrir los motivos que las impulsaban. Todo el mundo quería algo. Y a menudo era fácil complacerlos. Una sonrisa a la maestra de carisma que llevaba casi dos décadas dando clases de modales a sus alumnas. El cumplido a una mujer que valoraba la belleza por encima de cualquier cosa.

—Poppy, por muy guapa que seas, la pésima imagen que tienen de nosotras está justificada. Somos monstruos.

Deslizando la última horquilla en el cabello de Isla, Poppy suspiró.

—Tú no —le dijo en un tono elocuente.

Y si bien las palabras de su guardiana emanaban cariño —bondad—, el miedo inundó el estómago de Isla.

—Están listas —anunció Terra. Avanzó unos pasos hacia el tocador. Isla la miró a través del espejo, cuyos bordes exhibían las manchas de la edad—. ¿Tú lo estás?

«No». Y nunca lo estaría. El Centenario era muchas cosas. Un concurso. La ocasión de romper las maldiciones que afectaban a los seis reinos. La oportunidad de adquirir un poder inigualable. El encuentro de los seis gobernantes. Cien días en una isla maldita que solamente aparecía cada cien años. Y en el caso de Isla…

Una muerte casi segura.

«¿Estás lista, Isla?», le preguntó una vocecilla interna, burlona y cruel. Solo la curiosidad mitigaba el miedo que sentía. Siempre había ansiado más… de todo. Más experiencias, más viajes, más gente.

El lugar al que se dirigía —Lightlark— era pura abundancia. Antes de que sus guardianas lo descubrieran y lo sellaran, Isla retiraba un panel de cristal que estaba suelto en su habitación y se escabullía al bosque. Allí conoció a una Venerable que había vivido en Lightlark, igual que todos los wildling antes de las maldiciones. Antes de que casi todos los reinos abandonaran la isla para crear nuevos territorios durante las turbulentas secuelas. Las historias de la mujer eran frutos de un árbol, dulces y restringidos. Le habló de reyes capaces de sostener el sol entre sus manos, mujeres de cabello blanco que hacían bailar el mar, castillos en las nubes y flores de pura energía.

Eso fue antes de las maldiciones.

La isla ya solo era una sombra de sí misma, atrapada en una tormenta eterna que imposibilitaba viajar a ella en cualquier momento que no fuera el Centenario, ni por barco ni empleando la magia.

Una noche Isla había encontrado a la Venerable en la base de un árbol, a su lado. Habría pensado que la mujer dormía de no haber mudado su piel en corteza, sus venas en enredadera. Los wildling empuñaban la naturaleza en vida y se fundían con ella en la muerte.

Sin embargo, no hubo nada natural en la defunción de la Venerable. Aun contando quinientos años y estando lejos del poder de Lightlark, había muerto demasiado pronto. Su partida fue la primera de muchas.

Isla tenía la culpa.

Terra repitió la pregunta. Sus ojos verde oscuro eran del mismo color que las hojas de hiedra que envolvían el palacio wildling, una piel que lo cubría todo. Del mismo color que los de Isla.

—¿Estás lista?

Isla asintió, si bien le temblaban los dedos cuando alcanzó la corona que tenía delante. Era una sencilla banda de oro decorada con capullos dorados, hojas y una serpiente en posición de ataque. Se la encasquetó con cuidado de no desplazar las horquillas que impedían que la melena castaño oscuro se le derramase sobre la cara.

—Estás preciosa —dijo Poppy. A Isla no le hacía falta oír el cumplido para saber que era cierto. La belleza era el don de las wildling… y la maldición. Una maldición que había llevado a su madre a morir asesinada. Algo que tornaba aún más inquietante si cabe era el hecho de que ella, al parecer, tuviera su mismo rostro. Poppy miró a Isla a los ojos a través del espejo y añadió en tono feroz—: Estás a la altura, pajarillo. Eres mejor que cualquiera de ellos.

Ojalá fuera verdad.

Un rictus de pánico contorsionó sus facciones. ¿Y si era la última vez que veía a sus guardianas? ¿Y si nunca regresaba a su alcoba? Sus manos se desplazaron hacia ellas con un gesto automático, deseosa de tocarlas por última vez.

Antes de que llegara a hacerlo, Terra le lanzó una mirada adusta que la detuvo en seco.

«El sentimentalismo es egoísta», parecían decir sus ojos.

El Centenario no giraba en torno a ella. Giraba en torno a salvar al reino. A su pueblo.

Avergonzada, Isla enderezó la espalda. Se puso en pie despacio notando la gravidez de la corona, mucho mayor que su peso real.

—Sé lo que tengo que hacer —declaró. Cada uno de los gobernantes llegaba al Centenario con un plan trazado de antemano. Terra y Poppy le habían inculcado el suyo a Isla desde que era una niña—. Seguiré vuestras órdenes.

—Bien —respondió Terra—. Porque eres nuestra única esperanza.

El castillo wildling constaba de más zonas exteriores que interiores. Los pasillos eran puentes. Los árboles extendían sus brazos hasta los corredores y las ramas se prendían con suavidad al vestido de Isla como diciendo adiós. Las hojas susurraban a su paso mientras recorría cámaras y más cámaras a las que nunca se le permitía entrar, con Poppy y Terra pegadas a sus talones. Las enredaderas ascendían por las paredes. Los pájaros entraban y salían a su antojo. El viento aullaba por los pasillos creando una corriente de aire que agitaba la capa de Isla a su espalda. Iba vestida de verde oscuro como homenaje a su reino, una tela que le ceñía costillas, cintura y rodillas antes de desplegarse a sus pies. Su capa era de gasa, tan transparente que invalidaba el recato que constituía su supuesta finalidad. Y esa elección representaba a su reino tanto como el color.

Las wildling siempre se habían enorgullecido de su cuerpo, belleza y destreza. Amaban con desenfreno, vivían con libertad y luchaban con ferocidad.

Quinientos años atrás, cada uno de los seis reinos —Wildling, Starling, Moonling, Skyling, Sunling y Nightshade— sufrió una maldición, y sus principales cualidades mudaron en venenos personales. Cada una de las maldiciones era única y retorcida.

La de Wildling constaba de dos partes. Estaban condenadas a matar a cualquier persona de la que se enamorasen… y a subsistir únicamente de corazones humanos. Se convirtieron en monstruos tan aterradores como hermosos dotados del malvado poder de seducir con una sola mirada.

Miles de hombres y mujeres wildling habían muerto asesinados desde entonces. El amor se prohibió. Era peligroso. Nacían menos niños… y las hijas siempre habían sido más frecuentes en el reino. Si bien el amor se manifestaba de formas diversas, tendía a morir una mayoría de hombres, y poco a poco las wildling se habían convertido en una comunidad formada ante todo por mujeres guerreras. Temidas. Odiadas.

Debilitadas, ya que una población inferior implicaba menos poder. El Centenario era la única oportunidad de poner fin a las maldiciones, de reconquistar la gloria anterior, de recuperar el poder que necesitaban con tanta urgencia. Isla era su única oportunidad.

«Eres nuestra última esperanza...».

Las oyó antes de verlas. Entonando las antiguas palabras, entrechocando las espadas como instrumentos. El control wildling sobre la naturaleza en todo su esplendor. Las flores proliferaban y se derramaban por el atrio desde el balcón, sin detenerse hasta llegar a sus pies. Crecían a puñados, se multiplicaban en un cúmulo de pétalos y ascendían hasta los tobillos. Según la leyenda, mil años atrás los wildling eran capaces de crear bosques enteros solo con un pensamiento, de mover montañas con un golpe de muñeca.

Ahora, cientos de años después de la maldición, y el mismo tiempo privadas de la energía de la isla, sus destrezas habían quedado reducidas a poco más que trucos de feria.

Isla caminó con tiento sobre las flores hasta que las paredes del castillo desaparecieron tras ella y se enfrentó a los cientos de wildling que la vitoreaban.

En las copas de los árboles brotaban cerezas, bayas y flores rojo sangre que caían sobre la multitud como una lluvia encarnada. Los animales salían de los bosques y se unían al grupo para sentarse junto a sus compañeras. El dominio de las wildling sobre la naturaleza variaba de una a otra, pero a menudo incluía afinidad con el mundo animal. La mascota de Terra era una gran pantera llamada Sombra con la que se comunicaba con la misma facilidad que si estuviera hablando con Isla. Poppy tenía un colibrí al que le gustaba anidar en su pelo.

Cuando Isla saludó con un movimiento de la cabeza, la multitud guardó silencio.

—Es un honor representar a nuestro reino en el Centenario. —El pulso de Isla se aceleró, un tamborileo que repicaba contra sus huesos. Contempló a la multitud, sus rostros deslumbrantes y esperanzados. Algunas wildling vestían prendas confeccionadas con tejidos que llevan entrelazadas con hojas y enredaderas. Otras no llevaban nada encima, salvo las espadas cruzadas a la espalda. Unas cuantas acababan de alimentarse y todavía exhibían rastros rojo oscuro en los labios. Al verlas, Isla hizo esfuerzos por no temblar. Por no dejar que se le rompiera la voz ni tartamudear ni permitir que se plantearan, siquiera por un instante, por qué su gobernante se escondía a menudo tras los gruesos muros del castillo. Por qué las asistentes tenían prohibida la entrada a sus aposentos. Intentó no preguntarse cuántas de esas wildling habían oído esas mismas declaraciones cien años atrás, de una gobernante distinta; cuántas quedaban siquiera tras la última serie de muertes. Se dispuso a hacer una promesa porque eso era lo que su pueblo había venido a buscar. Seguridad. Fuerza—. Juro romper la maldición de una vez y para siempre.

Si reaccionaban con frialdad, lo entendería; tenían derecho a estar preocupadas. El fracaso de Isla las condenaría a otro siglo de sufrimiento. Y ya habían perdido cuatro Centenarios. Isla apretó los dientes pensando que la calarían; pensando que tal vez había interpretado mal lo que querían.

Pero la mañana estalló en vítores y aceros enarbolados. Los pájaros graznaron en las copas de los árboles. El viento agitó las hojas, un susurro que mudó en rugido. Aliviada, Isla descendió por la escalinata cubierta de pétalos, y la naturaleza floreció a sus pies según el gentío se dividía para abrirle un camino hacia los dos árboles gemelos más antiguos.

Las raíces de estos ascendían hacia el cielo antes de entrelazarse para formar un arco inmenso, redondo como un espejo. Al otro lado aguardaba el bosque, seguro y conocido. Sin embargo, no era ese su destino. Isla tragó saliva. Llevaba toda la vida preparándose para ese momento. Las manos de Terra y Poppy se posaron en sus hombros.

Isla cruzó el portal que tan solo se abría una vez cada cien años. Las últimas palabras que les había dirigido a sus guardianas todavía resonaban en su mente: «Seguiré vuestras órdenes».

Ojalá no hubiera tenido que mentirles.

CAPÍTULO 2
LA ISLA

El portal se cerró a su espalda con un temblor en el aire y los vítores mudaron en silencio. Tan solo alcanzaba a oír su propia respiración entrecortada. Avanzó un paso y una luz semejante a un millar de estrellas y soles moribundos la cegó.

Se tambaleó. Un brazo la sujetó para devolverle el equilibrio.

—Abre los ojos —dijo una voz oscura y sugerente como la medianoche.

Isla ni siquiera se había percatado de que los tenía cerrados. Parpadeando, tuvo la sensación de que el mundo trastabillaba y luego se enderezaba. Ese cruce entre portales había sido mucho peor que usar su varita estelar.

El rostro pertenecía a un hombre que la observaba con expresión jocosa. Le sonaba de algo, pero no supo ubicarlo. Era tan alto que Isla tuvo que inclinar la cabeza hacia atrás para mirar sus ojos negros como carbones. Su pelo se le derramaba como tinta sobre la frente pálida. Era un nightshade, estaba claro. Y eso significaba…

—Gracias, Grimshaw —dijo Isla en tono firme. Se irguió a toda prisa y miró en derredor con la esperanza de que nadie la hubiera visto trastabillar. Prácticamente oía a Poppy y a Terra regañándola, cada una por un oído.

Sin embargo, aparte de Isla y el nightshade, el acantilado estaba desierto. Se dio la vuelta y un ruidito de ahogo brotó del fondo de su garganta. El mar rugía furioso a cientos de metros de distancia. Había estado a punto de estrellarse contra las escabrosas rocas y despedirse de sus planes de salvar a su pueblo antes de que el Centenario empezase siquiera.

Había estado a punto de decir adiós a todos sus planes.

—Eso habría sido un problema. —El gobernante nightshade sonrió con sorna y un solo hoyuelo asomó a su rostro, del todo discordante con la crueldad de sus facciones—. Llámame Grim, Isla.

«Grim». Lúgubre. Qué palabra tan horrible, pensó Isla, herida en su orgullo. No obstante, el nombre le iba como anillo al dedo. Sin duda había algo tétrico bajo aquella sonrisa, una leve sombra que bien podría tornarse monstruosa en la oscuridad.

—¿Nos conocemos?

No se lo preguntó porque él la hubiera llamado por su nombre, no. Eso era lógico. Ni tampoco porque lo hubiera pronunciado a la perfección, como el susurro de una serpiente, remarcando todas las letras. Era algo más…

La sonrisa del hombre flaqueó.

—De haber sido así —el nightshade desvió la vista apenas un instante—, me habría asegurado de volver a verte.

Isla notó que le ardía la cara bajo la mirada del nightshade. Aparte de algún que otro encuentro aislado, supervisado de cerca, o de sus viajes secretos a los nuevos territorios de otros reinos con su varita estelar, no había pasado mucho tiempo en compañía de hombres.

En particular, no en compañía de hombres como él.

No en compañía de hombres a los que ella y su maldición wildling no inspirasen terror.

Isla frunció el ceño. Debería estar asustado. Si una wildling se lo proponía, podía hacer que cualquiera saltara de un acantilado por estar a su lado. Su poder de seducción era irresistible, si bien estaba prohibido durante los cien días. El nightshade debía de creerse a salvo.

No lo estaba.

El Centenario era un juego inmenso, una oportunidad de obtener capacidades sin parangón. Se contaba que quienquiera que pusiera fin a las maldiciones cumpliendo la profecía obtendría todo el poder que se había empleado para crearlas: el premio definitivo.

¿Acaso el nightshade coqueteaba con ella para distraerla?

Isla lo fulminó con la mirada.

Y la sonrisa de Grim se tornó aún más radiante si cabe.

Interesante.

Cada cien años desde que se lanzaron las maldiciones, la isla de Lightlark surgía durante cien días sin la protección de la infranqueable tormenta que siempre la envolvía. Los gobernantes de cada uno de los reinos estaban invitados a viajar desde los nuevos territorios en los que se habían establecido después de huir de Lightlark. En el reino original tratarían de romper las maldiciones que les impedían acceder a sus poderes y a la propia isla. Todos los gobernantes de cada uno de los reinos, excepto de Nightshade, en realidad. Los nightshade tenían el poder de urdir maldiciones, circunstancia que los convertía en los principales sospechosos de haberlas creado, aunque ellos lo negaban. El rey de Lightlark debía de estar desesperado ese año.

Era la primera vez que invitaba a los nightshade al Centenario.

Grim le sujetó el brazo de nuevo. Antes de que Isla pudiera protestar, la arrastró a un lado con suavidad. Instantes después el gigantesco cartel que había al borde del acantilado —un emblema que representaba a los seis reinos— se iluminó con un fulgor dorado y alguien apareció de la nada en el mismo lugar exacto que Isla había ocupado un instante atrás.

Una capa azul pálido chasqueó con el viento antes de posarse sobre unos hombros desnudos, muy oscuros, y unos brazos musculosos. El hombre exhibía unas cejas más largas que sus ojos, la mandíbula marcada y una barbita perfectamente recortada que enmarcaba la boca rosada. Azul, gobernante de Skyling. Isla conocía sus nombres desde que aprendió a hablar. Azul y Grim eran primigenios, con más de quinientos años de edad. Ya vivían el día que se lanzaron las maldiciones. Estaban considerados leyendas vivas; a su lado, Isla no era nadie.

Por lo visto, siglos enteros no habían bastado para que Azul y Grim trabaran amistad. El skyling saludó al nightshade con una seca inclinación de cabeza y la sonrisa de Grim se tornó maliciosa. Burlona. Azul se volvió hacia Isla y le dedicó una reverencia completa al tiempo que le tomaba la mano.

—Es un privilegio contar con nueva sangre wildling para este Centenario —declaró. Sus ojos brillantes buscaron los de ella y luego observó sus dedos, todos ellos decorados con piedras preciosas grandes como bellotas. Por más que el resto de los reinos tendieran a considerar a las wildling unas criaturas salvajes, su riqueza quedaba fuera de toda duda. El control de la naturaleza tenía sus ventajas—. Por todas las nubes, nunca había visto un diamante tan grande.

Para Isla, no era más que una piedra. Bonita, por descontado, pero cuando algo es tan abundante deja de considerarse especial. Las piedras preciosas se creaban cuando ejercías un gran poder sobre la naturaleza y, a lo largo de los siglos, relucientes gemas habían brotado bajo los terrenos de los nuevos territorios wildling, joyas que acababan por emerger y desplegarse como flores. Era raro no tropezar con alguna piedra preciosa en las tierras de Isla, gemas que ella solo conocía de los textos y desde luego no por propia experiencia.

Al menos, que Terra y Poppy supieran.

Terra siempre decía que las suntuosas piedras eran la explicación de que contaran con un suministro constante de corazones. Ladrones de los otros reinos, necios, audaces y malvados, invadían su territorio en busca de diamantes.

Isla sonrió. Así pues, a los skyling les gustaban las joyas. Se quitó la sortija y la deslizó al dedo más largo de Azul sin perder un instante.

—A ti te queda mucho mejor que a mí.

Azul se dispuso a protestar..., pero no lo hizo.

Alguien más apareció caminando tranquilamente junto al grupo, como si cruzar portales fuera un gesto tan fluido como el ascenso de la marea. Se volvió hacia Isla. Su ceño parecía acudir con tanta naturalidad a su rostro como la sonrisa al semblante de algunas personas.

—Vaya, ¿este es el nuevo cachorro?

Un ascua prendió en el pecho de Isla. El resto de los reinos consideraban a las mujeres guerreras como salvajes seductoras, depredadoras que atraían a sus amantes y se daban un festín con sus corazones.

Isla no se lo reprochaba. Porque más o menos era verdad.

Pero las wildling eran mucho más. Al menos, lo habían sido. Y todavía podían serlo.

Aunque una parte de ella quería decir algo de lo que seguramente se arrepentiría, Isla sabía que la gobernante le estaba tendiendo una trampa. Intentaba tentar al monstruo que la wildling llevaba dentro, demostrar a los demás que no era más que un animal sediento de sangre. En vez de eso, Isla le hizo una reverencia:

—Es un gran honor conocerte, Cleo —le dijo inclinando la cabeza a modo de reverencia. Cleo era la mayor de todos ellos, incluso más que el rey de Lightlark, que también gobernaba sobre los sunling. Su edad no se correspondía con su rostro terso y juvenil. Si bien la mayoría de los soberanos contaban cientos de años de edad, resultaba casi imposible advertir la diferencia entre estos e Isla. Casi.

En lugar de buscar otra manera de insultarla, Cleo se limitó a levantar la barbilla con una mueca despectiva, mirando el vestido verde de Isla como si se hubiera presentado desnuda. Comparado con el atuendo de la moonling, bien podría ser cierto. La túnica blanca de Cleo tenía mangas largas semejantes a lechosos rayos de luna, llevaba el cuello alto por la barbilla y una capa que cubría por completo tres cuartas partes de su cuerpo. La piel que Isla sí alcanzaba a ver era tan pálida que se le transparentaban las venas como vetas azules en una losa de mármol blanco. No solo la tez de la moonling era varios tonos más blanca que la suya, sino que también destacaba sobre ella en altura. Su rostro alargado se ahusaba en tres puntos, pómulos y barbilla, como la talla de un diamante.

La insignia destelló por última vez y una chica dio un paso adelante tambaleándose muy ligeramente. Toda ella era del color plateado de las estrellas, desde la melena de cabello largo y liso hasta el titilante vestido y los guantes largos por los codos. Sonrió con timidez, un gesto ensanchó su rostro acorazonado, y luego irguió la espalda.

—Soy la última en llegar, supongo.

Cleo desvió su antipatía hacia la recién llegada. La soberana de Starling, igual que Isla, era nueva. La maldición de su pueblo fue una de las más crueles. En ese reino nadie sobrepasaba los veinticinco años.

Isla avanzó un paso hacia ella y le ofreció la mano.

—Celeste, ¿verdad?

La starling sonrió con dulzura.

—Hola, Isla.

—Encantado —la saludó Grim, dedicándole una reverencia que parecía una burla de la que Azul había ejecutado hacía un instante.

El skyling torció el gesto solo un momento antes de ofrecerle a Celeste sus dedos, en los que brillaba el diamante de Isla.

—Más sangre nueva. Tengo un buen presentimiento respecto a este Centenario.

Cleo enarcó una ceja.

—Más le vale —dijo, señalando a Celeste con el mentón—. No estará aquí para los próximos.

El rostro de la starling se desencajó. La moonling se limitó a dar media vuelta y su blanca capa ondeó levemente tras ella.

—No te sientas especial —le dijo Azul con un guiño—. Es así de desagradable con todo el mundo.

Los gobernantes emprendieron el rumbo a palacio y el corazón de Isla dio un vuelco expectante. Estaba tan concentrada en sus compañeros que no había tenido ocasión de observar el entorno con atención. Durante el resto del siglo la isla estaba encapsulada en su tormenta. Pero las nubes habían escampado.

Lightlark era un territorio brillante y repleto de acantilados. De riscos blancos como huesos, los rayos del sol caían como capas de oro empañado. La isla era una de las fuentes de poder primigenias y la vibración de su energía se percibía aún en el suelo, que le cantaba a Isla con un tarareo de sirena. La notaba con cada paso que daba, con cada respiración. Absorbió la isla con ansia, como el vino que nunca le dejaban probar. Era igual de adictiva y peligrosa.

Las lecciones de Poppy acudían a su mente, hechos plasmados en papel que en ese momento se tornaban reales y sólidos ante ella.

Miles de años atrás, la isla se dividió en varias partes, de tal modo que cada reino pudo apropiarse de un fragmento. Los nightshade abandonaron la isla poco después para fundar su propio territorio. Los wildling partieron con posterioridad a las maldiciones. Los demás se repartieron por los islotes: isla Estrella, hogar de los starling; isla Firmamento, donde se asentaron los skyling; isla Luna para los moonling y la isla del Sol, la morada de los sunling. Todo ello además de la isla principal, que era el lugar de reunión tradicional de todos los reinos y la sede del Centenario.

También constituía el asentamiento histórico de la realeza de Lightlark.

El castillo de la capital se erguía allí cerca, encaramado sobre un acantilado como la joya de la corona y proyectado precariamente sobre el mar. Su tamaño era suficiente como para constituir una ciudad en sí mismo. Una circunstancia afortunada, teniendo en cuenta que su habitante principal no podía abandonarlo.

No durante el día, cuando menos.

Isla debía de estar mirándolo con atención, porque Celeste suspiró a su lado.

—¿Crees que él nos estará mirando? —preguntó en tono quedo.

«Él». El gobernante sunling y rey de Lightlark. El último primigenio que quedaba, por cuyas venas corría sangre de los cuatro reinos que todavía tenían presencia en la isla. El único que podía hacer uso de los cuatro poderes de Lightlark.

Y, según todos aquellos que lo conocían, un tipo insoportable.

En Lightlark y allende el mar, el amor tenía un precio. Enamorarse perdidamente implicaba crear un vínculo que le otorgaba a la persona amada acceso total a las propias destrezas. Podían hacer con ellas lo que quisieran. Ejercerlas o rechazarlas. Incluso robarlas.

Consciente de la gran cantidad de personas que codiciaban el acceso a ese manantial de poder infinito, el soberano de Lightlark no se fiaba de nadie. Era paranoico y frío. Isla temía el instante de conocerlo. En particular si se paraba a pensar el primer paso del plan que Poppy y Terra habían urdido para ella.

Volvió a mirar el castillo e hizo cuanto pudo por no estremecerse. En lugar de eso, renunció al talante de persona encantadora e hizo un gesto obsceno hacia el palacio.

El juego acababa de empezar oficialmente.

—Eso espero.

Una multitud los estaba esperando a las puertas del castillo. Starling. Moonling. Skyling.

La noche de las maldiciones, quinientos años atrás, los gobernantes de los seis reinos habían perecido. Su poder y responsabilidades pasaron a manos de sus herederos y todos, salvo el nuevo rey, abandonaron la inestabilidad de la isla para crear nuevos territorios a cientos de kilómetros de distancia tanto del archipiélago como unos de otros.

Algunos se quedaron en Lightlark.

En cierta ocasión, Isla había preguntado a la Venerable wildling por qué algunas personas optaban por vivir bajo la tempestad maldita casi constante que envolvía la isla desde aquellos tiempos.

«El poder corre por la sangre y los huesos de la isla —le respondió ella—. Lightlark alarga la vida y te brinda acceso a una energía infinitamente más poderosa que la nuestra. Y, aún más importante, muchas personas consideran Lightlark su hogar».

Ningún wildling se había quedado. Su pueblo no podría ayudarla.

Estaba sola.

—No te preocupes —dijo una voz profunda a su lado en tono jocoso—. Yo tampoco cuento con partidarios entusiastas.

El gentío contemplaba a Grim con una mezcla manifiesta de miedo y desdén. Isla observaba las reacciones con suma atención. Él era la noche personificada, con su atuendo de sombra convertida en seda. Si Lightlark miraba a las wildling con desprecio, los nightshade les inspiraban puro odio. Y, según las lecciones de Terra y Poppy, jamás habían llegado a ser aceptados en la isla. Poseían su propio territorio, una fortaleza que llevaba miles de años en pie.

La guerra entre Nightshade y Lightlark tampoco había ayudado.

Isla no buscó su mirada, si bien notaba los ojos de Grim pegados a su cuerpo. Resultaba perturbador. Notaba en la piel un inexplicable cosquilleo eléctrico.

—Seguro que en tu hogar recibes atención de sobra —replicó.

Isla sonrió a la multitud con educación mientras evaluaba la reacción a su presencia. Algunos le devolvieron el gesto con cautela. Otros retrocedieron visiblemente al verla, la seductora devoracorazones. No le sorprendió. Todo lo que ella representaba era tabú. Una mujer moonling tapó los ojos de su hijo con la mano y dibujó algo en el aire, como si se protegiera de un demonio.

—Pues sí —reconoció él—. Sin embargo, nunca tengo… suficiente.

Isla le hizo caso omiso. No pensaba participar en ese jueguecito, fuera cual fuese. Su propio juego la estaba esperando.

El interior del castillo tenía el mismo aspecto que si un sol hubiera estallado y empapado las paredes con su resplandor; una oda a los sunling que lo habían construido. Había oro por todas partes. Untuosos rayos de sol entraban a raudales por los ventanales alargados y bañaban el vestíbulo con una luz rutilante que se reflejaba en el suelo liso y brillante. Isla entrecerró los ojos como si todavía estuviera en el exterior. Un fuego vivo ardía en el candelabro que pendía del techo, una lámpara de araña con llamas puntiagudas en lugar de cristales.

El gobernante sunling no estaba allí para recibirlos. No podría aunque hubiera querido, algo que Isla dudaba. La maldición de los sunling los condenaba a no notar nunca el calor del sol ni ver la luz del día; estaban obligados a rehuir eso mismo que les otorgaba el poder. El rey de Lightlark vivía atrapado en la oscuridad de sus aposentos, incapaz de abandonarlos, salvo en la oscuridad de la noche. En ese aspecto, Isla y él se parecían mucho, supuso. También ella había pasado largo tiempo confinada de puertas adentro.

Una mujer vestida de plata starling les dedicó una reverencia. A su lado, un pequeño grupo de asistentes imitó su gesto. A cada soberano se le asignaba un ayudante durante el tiempo que duraba el Centenario.

—Será un placer acompañarles a sus aposentos.

Guiaron a cada gobernante a una zona distinta del castillo. Muy alejadas unas de otras. Isla no sabía qué pensar de ello. Era deliberado. En el Centenario nada se hacía al azar; eso le había enseñado Terra.

Una joven starling se encaminó hacia ella despacio, con inseguridad, igual que un niño se acercaría a una serpiente enroscada.

—Señora —dijo con un tono de voz tan quedo que Isla tuvo que inclinarse levemente para oírla, un gesto que arrancó un respingo a la muchacha. Isla se contuvo para no poner los ojos en blanco. ¿De verdad pensaba la chica que se iba a zampar su corazón en mitad del atrio? Isla pertenecía al pueblo silvestre, pero tampoco eran animales—. Sígame.

—Isla —dijo en dirección a la espalda envarada de la chica, que se alejaba a toda prisa con evidente dificultad. Con toda probabilidad en algún momento precisaría la ayuda de la muchacha, de modo que tendría que ganarse su lealtad a toda costa—. Puedes llamarme Isla.

—Como desee —murmuró ella.

Precedió a Isla por un amplio tramo de escaleras que ascendía por la zona central del castillo y luego descendía a una maraña imposible de corredores, pasos que se sobreponían y se entrecruzaban como puentes. Sin embargo, a diferencia del palacio wildling, este se iba tornando más oscuro y recogido a medida que descendían. Le recordó a un laberinto en el interior de una cueva. O a una cárcel. De súbito imaginó al rey como un animal antiguo atrapado en la oscuridad. Perdido en el laberinto que era su castillo. Por fin llegaron a un tramo en el que no había ni una sola ventana. Los pasillos eran más fríos, los muros más gruesos.

La joven se detuvo ante una anticuada puerta de piedra. Recurriendo seguramente a todas las fuerzas que tenía, empujó para abrirla.

Alguien se las había ingeniado para plantar un árbol en mitad de la estancia, un roble con flores rosáceas, brotes de frutos que Isla desconocía y las raíces hundidas en el suelo de piedra. La hiedra reptaba por el techo creando bonitas formas y bajaba por la pared contra la cual descansaba la cama, que estaba cubierta de hojas hasta el suelo.

Había más. Isla cruzó la estancia hacia un amplio balcón semicircular que se proyectaba directamente sobre el mar. Hasta extremos peligrosos. Las olas se estrellaban al fondo. El castillo recordaba a un niño curioso que estuviera encaramado en lo alto de una montaña asomándose hacia el borde.

Isla frunció el ceño.

—¿Hasta qué punto es sólido?

Tenía la sensación de que el balcón podía romperse en cualquier momento o de que el propio castillo fuera a resbalar por el acantilado a la primera tormenta.

—Tan sólido como el propio rey, supongo.

Bien. Isla lo había estudiado en sus lecciones. El rey de Lightlark no solo controlaba su poder; él era ese poder. Si algo le sucedía, la tierra se desmoronaría e incluso el reino de Lightlark se desplomaría. Por esa razón andaba con pies de plomo. No por miedo a que lo asesinaran, sino por el temor a que alguien le arrebatara esa tremenda energía mágica cuando menos se lo esperara.

Otra coincidencia. Isla tampoco podía enamorarse.

Bueno, sí que podía, pero a todo el mundo le aterraba que una wildling le profesara amor. Su maldición convertía el enamoramiento en una sentencia de muerte.

No era una situación que favoreciera el romance, precisamente.

El problema no se había planteado de momento en la relativamente breve y medio secreta vida de Isla. Sin embargo…

¿Hasta dónde podía llegar la crueldad de un rey que arrastraba el miedo a enamorarse desde hacía más de quinientos años?

Isla pronto lo averiguaría.

—La cena se sirve a las ocho campanadas —le dijo la chica starling antes de atizar el ya monstruoso fuego que ardía en el hogar, frente a la cama.

—El ambiente ya es muy cálido —sugirió Isla—. No te molestes.

La starling siguió desplazando las ascuas con movimientos expertos.

—El rey ha dado órdenes estrictas de que los fuegos estén encendidos todo el tiempo.

«Qué orden tan rara», pensó Isla. Antes de que pudiera preguntar el motivo, la starling se había dirigido a la entrada. Hizo una reverencia antes de cerrar la puerta al salir.

Isla acaba de inspeccionar su cuarto de baño (más espacioso que el de su hogar incluso, con una bañera en la que podía nadar) cuando alguien llamó a su puerta con los nudillos.

Abrió con aire inseguro.

Y encontró a Celeste al otro lado.

De inmediato Isla le echó los brazos al cuello. Saltaron en un minúsculo corro, abrazadas y riendo con tantas ganas que Isla cerró la puerta de una patada para evitar que sus carcajadas se oyeran por todo el pasillo.

Celeste enarcó una ceja.

—«Celeste, ¿verdad?» —dijo imitando el tono de Isla con una fidelidad sorprendente y nada halagadora. Echó hacia atrás su cabeza plateada y rio con ganas.

Isla sonrió tensa, dudando de si habría resultado lo bastante convincente.

—¿Piensas que…?

—No sospechan nada —la interrumpió Celeste. Hizo chasquear la lengua y le retiró a Isla un mechón de la cara—. Pensaba que te lo ibas a cortar.

Isla suspiró.

—Lo he intentado. Cuando Poppy me vio mirando las tijeras, estuvo a punto de apuñalarme con ellas. Confiscó todas las que había en mis aposentos.

—¿Confiscó? —Celeste la miró con sorna—. ¿Acaso tengo que recordarte que eres la gobernante de tu reino?

Isla lanzó una carcajada amarga. Dio media vuelta para internarse en los aposentos y la mano de Celeste voló directa a su espalda.

—¿La has traído?

Isla captó su propio reflejo en el espejo. Algo proyectaba un leve resplandor a lo largo de su espalda. La presencia de Celeste debía de haberlo provocado. Lanzó una maldición y, cruzando los dedos para que nadie más hubiera reparado en ello, extrajo la varita estelar.

—No podía dejarla allí.

Celeste frunció el ceño.

—Es peligroso. Escóndela bien.

Tenía razón. Si alguien descubría que Isla poseía ese objeto mágico, su alianza secreta podía salir a la luz.

Isla había encontrado la varita estelar entre las pertenencias de su madre, cinco años atrás. Más ansiosa de libertad que temerosa de ser transportada a algún paraje peligroso, la había usado para recorrer los nuevos territorios de los reinos durante meses antes de toparse con Celeste. Fue entonces cuando se conocieron.

Celeste identificó al instante la varita estelar como una antigua reliquia starling. Isla no tenía la menor idea de cómo había acabado en manos de su madre antes de morir. Y como la familia de Celeste había fallecido largo tiempo atrás, a causa de la maldición que fulminaba a todos los habitantes de su reino a los veinticinco años, esta tampoco lo sabía.

Si bien pertenecía al pueblo de las estrellas, Celeste nunca le pidió que se la devolviera. Esa generosidad había marcado el comienzo de su amistad. Dos gobernantes de dos reinos, separadas por cientos de kilómetros de distancia y unidas por un mismo afán: el anhelo desesperado de romper las maldiciones en el siguiente Centenario.

En el caso de Celeste, romper la maldición era cuestión de vida o muerte. No solo para ella sino también para su gente.

En el caso de Isla…, las cosas eran aún más complicadas si cabe. Nadie advertía hasta qué punto su reino se había reducido. Morían muchas más wildling de las que nacían. Sus poderes se debilitaban con cada generación. La extensión de los bosques mermaba sin cesar. La vida salvaje se estaba extinguiendo. Al ritmo que sus tierras y sus gentes se deterioraban, no quedaría ni una sola wildling para el siguiente Centenario.

Isla nunca había aprobado el plan de Poppy y Terra. Era demasiado complicado. Excesivamente humillante. De modo que había ideado una nueva estrategia con ayuda de Celeste.

—Debería irme —le dijo su amiga después de examinar a fondo los aposentos de Isla—. Por cierto, tus habitaciones son más bonitas que las mías. Aunque mi alcoba no está en un rincón tan lúgubre del castillo.

Isla puso los ojos en blanco.

—Nos vemos en la cena.

Celeste se encaminó a la puerta. Al llegar, esbozó una sonrisilla maliciosa.

—Que empiece el juego.

CAPÍTULO 3
SANGRE

El día llegaba a su fin. El sol ya solo era una yema anaranjada, medio consumida por el horizonte, cuando Isla abrió las puertas dobles del balcón y miró la luna saliente. Se disponía a cambiarse para la cena, vestida solo con ropa interior. Las vaporosas cortinas blancas le acariciaron los brazos empujadas por la brisa y le envolvieron las rodillas desnudas hasta cubrirle los pies. Salió al balcón descalza contra las losas frías. Inspiró el olor a rocío marino y humedad.

Con sumo cuidado saltó a la ancha cornisa de piedra y se sentó con las rodillas contra el pecho. E igual que hacía en su casa a solas en su habitación cada vez que estaba nerviosa y se sentía sola y atrapada, empezó a cantar.

El canto era una cualidad característica de las wildling, algo propio de las seductoras. Un don que compartían con sus hermanas, las sirenas del mar. La voz de Isla era hermosa hasta extremos sobrenaturales, semejante a la seda, el terciopelo y los sueños más profundos. Ella lo sabía y se deleitaba con el sonido. Le gustaba el descenso de su voz hasta profundidades oceánicas antes de que ascendiera aguda como un carrillón de viento. No necesitaba música. El mar que rugía al fondo bastaba como instrumento, el violento azote de las olas que ascendían contra los escabrosos riscos blancos como si se auparan para contemplarla.

Isla cantó largo y tendido, palabras y melodías sin sentido, dejando que su voz se rizara sin más, ascendiera y se hundiera como un dibujo en un lienzo infinito. Le cantó al mar, a la luna, a la oscuridad creciente. A todo aquello que no le permitían ver desde su ventana cegada en el reino Wildling. Concluyó finalmente con una nota aguda que alargó tanto como pudo sin tomar aliento. Sonrió para sus adentros con la sorpresa que siempre le provocaba descubrir los sonidos que brotaban de sus labios. Aliviada al comprobar una vez más que el canto apaciguaba hasta sus más oscuros pensamientos.

Y oyó unos aplausos a lo lejos.

Volviendo la cabeza a toda prisa, Isla atisbó a un hombre que la observaba desde otro balcón situado a unos metros de distancia, tan encajado en los muros del castillo que ni siquiera lo había visto. Prácticamente desnuda y pillada de improviso, Isla contuvo un grito. Se dio la vuelta con excesiva precipitación, sobresaltada. Sus brazos se agitaron desplegados como alas, pero no le sirvió de nada; la gravedad la venció. Resbaló de la cornisa y se precipitó al vacío.

El aliento abandonó su pecho y lanzó un grito silencioso mientras caía arañando la noche como si quisiera aferrarse a las estrellas.

Pero nada más que aire surcaba el espacio entre sus dedos y siguió cayendo…

Hasta que el mar rugió bajo su cuerpo y su cabeza se estrelló contra la superficie del agua.

Isla se incorporó con un movimiento tan raudo que vomitó agua de mar. Le ardía la garganta. Parpadeó una y otra vez. Se enjugó la boca con el dorso de la mano.

Y descubrió que estaba de nuevo en el balcón, rodeada de un charco de mar. El agua caía a chorros de su cabellera. Las braguitas se le pegaban al cuerpo completamente empapadas. Le dolía la cabeza con latidos que se expandían desde la coronilla. Sus dedos recorrieron con tiento la zona dolorida pesando que hallaría sangre. No la había.

Estaba viva. No se había ahogado, como debería haber sucedido. Esa persona, la que había escuchado su canto..., debía de haberla salvado.

Y luego la había dejado allí, sin molestarse siquiera en comprobar si recuperaba la conciencia.

¿Quién sería capaz de hacer algo así?

Lo más sorprendente no era que la hubiera abandonado en el balcón, sino que la hubiera rescatado.

Después de que se lanzaran las maldiciones, cundió la anarquía en Lightlark. Esa misma noche los seis gobernantes de los reinos se sacrificaron a cambio de una profecía que prometía ofrecer la clave para el fin de las maldiciones. Terra y Poppy afirmaban que fue la antepasada de Isla la que lideró los sacrificios, la primera en perder la vida.

Leyenda o realidad, Isla no se podía imaginar la entereza que haría falta para renunciar a la propia vida por salvar a tu pueblo. El poder que los seis insuflaron a la isla y transfirieron a los reinos hizo posible el Centenario. Gracias a aquel sacrificio, una vez cada cien años, los seis reinos tenían la posibilidad de salvarse en unos juegos que duraban cien días.

La profecía que anunciaba el fin de las maldiciones constaba de tres partes que se habían interpretado de maneras diversas a lo largo de los siglos. Una de las partes era muy clara. Para que las maldiciones fueran erradicadas, uno de los seis gobernantes tenía que morir. De ahí que el Centenario se considerase tan peligroso y temible, digno de una inmensa preparación. Y de ahí que Terra llevara entrenando a Isla en el arte de la lucha desde su más tierna infancia.

La súbita muerte de Isla por ahogamiento habría implicado que la primera condición de la profecía se había cumplido. Sin embargo, por alguna razón que no entendía, la persona del balcón quería que siguiera viva.

¿Por qué?

Un reloj dio la hora en el castillo y las campanadas arrancaron a Isla un respingo descomunal. Las contó y soltó una maldición.

Se suponía que, para asistir a la primera cena, debía dedicar una hora a su cabellera, que peinaría con un complicado recogido en lo alto de la cabeza. Tenía que escoger el vestido perfecto, frotarse esencia de rosa en la piel hasta que resplandeciera y maquillarse con precisión, empleando los utensilios que había aprendido a manejar con tanta pericia como sus armas arrojadizas. Se suponía que debía hacer todo aquello que Poppy le había repetido hasta la saciedad.

En vez de eso, se peinó la cabellera mojada con los dedos y casi resbalando en su propio rastro de agua, se enfundó el primer vestido que encontró, se calzó una chinelas de seda y, echando mano de la corona en el último momento, se la plantó de cualquier manera sobre la cabeza mientras cruzaba la puerta a la carrera.

Y estuvo a punto de estrellarse contra la misma joven starling que al llegar le había mostrado la habitación. Esta abrió la boca de la impresión y levantó las manos instintivamente para protegerse de la embestida.

—Por aquí..., Isla.

Un montón de pasillos más tarde, las puertas del comedor se abrieron de par en par y todos los presentes se volvieron a mirarla.

A Isla le habría gustado ser nightshade para poder esfumarse en el aire.

Celeste se irguió en la silla con las cejas enarcadas.

Azul dejó en la mesa la copa que sostenía.

Cleo la miró con mayor desdén si cabe que la última vez que se habían visto. En su precipitación, Isla había echado mano de uno de sus vestidos más descocados, que le habían sugerido lucir mucho más avanzados los juegos. Las barbas de ballenas eran visibles en el corpiño; las piezas de tela, prácticamente transparentes. Una abertura le ascendía por la falda hasta lo alto del muslo. La capa era de encaje verde, prendida a un escote vertiginoso.

Grim contuvo una sonrisa mientras observaba cada uno de sus pasos con una expresión que la hizo sonrojar abochornada.

Había alguien más sentado a la cabecera de la mesa. La misma persona que la había escuchado mientras cantaba. El mismo que debía de haberla salvado y luego abandonado.

Oro, rey de Lightlark, gobernante de los sunling. Su cabello parecía oro trenzado; los ojos eran de color ámbar, huecos como un panal. Ojos mezquinos que la detuvieron en seco. El rey frunció el ceño y le dio la bienvenida con una breve inclinación de cabeza, por pura obligación.

¿Por qué la había salvado el rey?

Solo para poder mirarla con infinito desdén.

Isla devolvió el frío saludo y ocupó el asiento vacío a su lado al tiempo que maldecía a quienquiera que la hubiera ubicado allí.

La cabellera empapada se le pegaba al brazo. El agua goteaba por su piel y resbalaba al suelo creando un charco a su lado. Temblaba ligeramente, muerta de frío, por cuanto ese remedo de vestido ligero y prácticamente sin tela no podía ayudarla a entrar en calor.

De nuevo oyó la misma vocecilla burlona: «¿Estás lista, Isla?».

Pues claro que no lo estaba. ¿Cómo había sido tan necia de aceptar la invitación al Centenario? ¿De acudir por voluntad propia a esos juegos mortales?

Uno de los seis gobernantes tenía que morir. Siendo la más joven y menos experimentada, sería tonta si no pensara que le iba a tocar a ella. En particular teniendo en cuenta que ya había estado a punto de morir dos veces el primer día.

Si Isla fuera lista usaría su varita estelar para marcharse esa misma noche.

Si quisiera vivir, abandonaría la isla, a su reino, a su pueblo y su deber sin mirar atrás. Había tierras más allá de Lightlark y nuevos territorios todavía por explorar. Siempre la habían intrigado. Sería arriesgado aventurarse en ellos, aunque sin duda no más peligroso que el Centenario.

Pero no podía hacerlo. No, si deseaba ser realmente libre. Su maldición no le permitiría disfrutar de la vida plena que deseaba, con las personas que más le importaban. Terra. Poppy. Celeste.

Si todo salía según el plan, nunca más tendría que vivir escondida como un secreto bochornoso. Nunca más se sentiría avergonzada por ser quien era. Podría conducir a su pueblo a una vida de prosperidad, recorrer los nuevos territorios a voluntad, visitar a Celeste siempre que quisiera.

Isla había pasado incontables horas de su vida observando a los demás, adivinando sus motivaciones.

La motivación de Isla era el ansia de libertad.

Oro se quedó mirando su cabello chorreante y tuvo el valor de sonreír.

—Ya sé que nuestros mares son irresistibles… Pero, por favor, en el futuro limita tus baños a las primeras horas de la mañana para no hacernos esperar a los demás. —Levantó ligeramente la barbilla. Lucía una corona de oro puro y reluciente con rayos tan afilados como puñales—. Ha sido una grosería, aunque tampoco albergaba demasiadas expectativas en relación a tu reino.

Los ojos de Cleo brillaron con hilaridad, según se deleitaba en el rubor que se extendía por las mejillas de Isla.

—¿Un baño en ese mar a estas horas? Está claro que no es más que un animalillo salvaje. Ni siquiera a un moonling se le ocurriría hacer algo semejante durante el Centenario. Solo un necio lo haría.

«Salvaje». «Animalillo». «Necia». La moonling se las había ingeniado para insertar varios insultos en unas pocas frases.

—Sin duda no lo haría con luna llena —dijo Isla con dulzura. Las palabras brotaron de sus labios antes de que pudiera detenerlas.

Silencio.

Unos cubiertos repicaron contra el plato en alguna parte de la sala.

La maldición de los moonling dictaba que cada luna llena el mar reclamaría decenas de vidas del reino y ahogaría a cualquiera que se encontrara en las inmediaciones de la costa. Eso imposibilitaba casi por completo el comercio con lugares lejanos, convertía la vida junto al mar en un peligro mortal y había hundido la economía de los moonling.

Isla se arrepintió de sus palabras de inmediato. La mirada que Cleo le dirigió, con ojos entornados como flechas apuntando a su objetivo, le confirmó que acababa de sellar oficialmente su primera enemistad.

Antes de que nadie pronunciara otra palabra, colocaron un plato delante de Isla. Contenía un corazón ensangrentado.

—Directamente extraído de nuestro peor prisionero —declaró Oro en tono meloso—. Un asesino de mujeres.

Isla tuvo que recurrir a toda su fuerza de voluntad para sonreírle con dulzura.

—Qué amable por su parte. Sin embargo, prefiero comer en privado. Para algunas personas resulta… perturbador. —Miró alrededor en busca de la starling que la había acompañado al comedor—. ¿Me lo podrían servir más tarde en mis aposentos?

—Tonterías —dijo Oro. Clavó la mirada en el corazón y luego en Isla—. Come.

Notó las miradas de todos los presentes pendientes de su persona. Llevaban largo tiempo sin coincidir con una wildling. Isla tomó el tenedor y el cuchillo con tiento, dedicó un gesto de agradecimiento al anfitrión y cortó un trocito de corazón que derramó sangre por todo el plato. Aspiró el aroma metálico.

Y se llevó el bocado a los labios.

Grim plantó su copa de vino en la mesa con brusquedad.

—Isla, por más que la sangre en los labios te siente de maravilla, percibo el desagrado de mi buen amigo Azul ante las… exquisiteces wildling. —Si bien saltaba a la vista que trataba de ser educado, el skyling parecía de hecho a punto de vomitar. Grim llamó al servicio con un gesto—. Por favor, llévenle eso a sus aposentos.

Habló como si él, y no Oro, fuera el dueño del castillo. El rey pestañeó, pero no impidió que un muchacho skyling retirase el plato de Isla.

—¿Tienes el estómago delicado, Grimshaw?

El nightshade sonrió y el hoyuelo retornó a su rostro.

—Todos tenemos debilidades, Oro —dijo—. Cuento con ellas.

Isla se las arregló para llegar al final de la cena sin tener que ofrecer una excusa para marcharse.

Y se pasó toda la noche vomitando sangre.

CAPÍTULO 4
REGLAS

Isla había nacido libre de la maldición de las wildling… y privada de su poder. Para que el reino no descubriera su secreto, había vivido encerrada desde el nacimiento, bajo la protección de Poppy y Terra.

Su madre tenía la culpa. Quebrantó la regla wildling más importante de todas: se enamoró. Y luego no pudo matar a su amado. Terra y Poppy siempre le recordaban a Isla que romper las reglas tenía consecuencias… y que, hicieras lo que hicieras, las maldiciones acababan por cobrarse su sangre. El padre de Isla había asesinado a su madre instantes antes de que ella naciera, y la hija nació sin poderes; era su propia maldición, consecuencia del boicot materno. Puede que la condena de Isla no fuera alimentarse de corazones ni asesinar a la persona amada. Pero ser una gobernante sin destrezas resultaba igual de letal.

Se suponía que los gobernantes debían transmitir sus poderes a las tierras para otorgar fuerza a su pueblo. Por eso Lightlark rebosaba energía y, gracias a esa capacidad, los reinos habían sobrevivido en los nuevos territorios que habían ocupado después de escapar de la isla. Como Isla carecía de poder para insuflarle, su reino languidecía. De momento las gentes culpaban de las muertes a las maldiciones y al tiempo que llevaban alejados de Lightlark. Pero algunos empezaban a sospechar de Isla.

Era su gran secreto. Un secreto que, de llegar a descubrirse, podía significar su sentencia de muerte en el Centenario.

Uno de los seis gobernantes debía morir para romper las maldiciones, decía la profecía del oráculo. Pero la muerte no era lo peor. La fuerza vital de un pueblo dependía de los poderes de su soberano y si uno de estos dejaba este mundo sin heredero...

Su reino al completo se extinguiría con él.

Era eso, nada menos, lo que se jugaban en el Centenario. Romper las maldiciones implicaba la destrucción de todo un reino.

Los primeros juegos fueron una verdadera carnicería. Los gobernantes invitados estaban decididos a aniquilarse mutuamente y muchos de los isleños quedaron atrapados en el fuego cruzado. A pesar de todo, los gobernantes eran demasiado hábiles, demasiado experimentados. Los cien días terminaron con todos los soberanos vivos y las maldiciones intactas. Y entonces decidieron imponer un orden a los Centenarios futuros.

Decidieron redactar unas reglas.

Oro se había quedado de pie en los peldaños que ascendían a su trono dorado en lugar de sentarse. Eso fue lo primero que Isla advirtió cuando entró en el salón. Por lo general, los soberanos ponían mucho empeño en recordar su autoridad a las gentes que tenían cerca. Las pocas veces que había visitado los nuevos territorios de Moonling, había visto incontables estatuas de hielo talladas con los rasgos de su gobernante, había oído a las gentes de la luna hablar de pagar sus diezmos mensuales y visto a la guardia de Cleo patrullar las calles sin cesar.

¿Había alguna razón por la que el rey se mostrara reacio a sentarse en su trono?

Lo siguiente que notó fue que había media docena de candelabros ardientes solapándose a lo largo del techo, réplica de las llamas que rugían en los cuatro hogares de la sala. Recordó el comentario de la asistente. El rey no quería que los fuegos se apagaran.

«¿Por qué no?».

Los gobernantes se reunieron en corro e Isla hizo de tripas corazón según trataba de olvidar los calambres de hambre que notaba en la barriga. Se había colado en las cocinas a primera hora de la mañana, pero solo había encontrado un mendrugo de pan, algo de fruta que recordaba vagamente a las moras de los nuevos territorios de Wildling y un tazón de leche. Tendría que dar con una solución a largo plazo para su problema de alimentación.

Celeste, enfrente de ella, parecía descansada; su piel lucía tersa. Isla imaginó que su amiga había visitado isla Estrella por primera vez esa mañana. Tal vez hubieran celebrado una ceremonia en su honor. Sin acceso regular a sus líderes, los skyling, starling y moonling que habían permanecido en Lightlark habían creado sus propias delegaciones de gobierno. Los soberanos exiliados habían adquirido el estatus de semidioses, iconos a los que cedían las decisiones y que solo veían durante unos meses cada cien años. A lo largo del Centenario, los gobernantes solían pasar todo el tiempo en la capital, pero acudían a los islotes de sus reinos en las ocasiones especiales.

Isla siempre se había preguntado qué aspecto tendrían los distintos islotes que constituían Lightlark. Ansiaba que su amiga le contara los detalles y le habría gustado dominar el funcionamiento de la varita estelar entre distancias cortas para poder presentarse en la habitación de Celeste cada vez que le apeteciese. En lugar de eso, tendrían que conformarse con usar los pasillos para sus reuniones. Y verse a menudo, recién comenzados los juegos, era demasiado arriesgado.

Se dio la vuelta y se interpuso sin pretenderlo en el camino de Cleo. La moonling la miró sin demasiado interés, si bien notó un matiz afilado en su mirada: los ojos del depredador que evalúa a su presa.

Isla pagaría su comentario de la noche anterior. Estaba segura. Oro habló finalmente.

—Empezaremos por exponer las normas del Centenario.

La energía chisporroteaba en el aire.

—Primera norma. Un gobernante no puede asesinar o atentar contra la vida de otro hasta el quincuagésimo día. —El alivio inundó a Isla al oír la norma. Durante la mitad del Centenario, con poderes o sin ellos, estaría a salvo. Por eso Celeste y ella tenían pensado abandonar la isla antes de que se celebrara el baile que marcaba la mitad del Centenario—. Y cuando los gobernantes se emparejen el vigésimo quinto día, el asesinato del compañero quedará prohibido durante todos los juegos.

Después del caos del primer Centenario, los cien días se habían dividido en etapas para otorgarles una estructura. Los primeros veinticinco días estaban dedicados a las presentaciones organizadas por cada soberano, que estaban diseñadas para que se midieran mutuamente las fuerzas… y decidieran quién merecía seguir con vida. Cada prueba tenía un ganador. El gobernante que ganara más pruebas tendría la potestad de emparejar a los gobernantes, que trabajarían juntos el resto del Centenario.

—Segunda norma. Todos los gobernantes deben asistir a todos los eventos del Centenario y participar en ellos.

La regla parecía inocua, pero podía ser peligrosa dependiendo del evento que fuera.

—Tercera norma. Para participar, ninguno de los soberanos puede tener un heredero. De ese modo, su muerte eliminaría definitivamente su linaje familiar y rompería las maldiciones, según dicta la profecía. Implicaría también la desaparición definitiva de su reino.

Cada gobernante recibía una invitación al Centenario en la que se detallaban las normas. La aceptación de la misma implicaba la conformidad con estas reglas.

Sin embargo, toda promesa que se precie debe sellarse con sangre.

A un golpe de muñeca del rey, un fuego estalló en el centro del corro. Isla sabía perfectamente lo que sucedería a continuación.

Poppy la había obligado a practicar el gesto una y otra vez («¡una vez más, hasta que lo hagas sin pestañear!»). Le suturaban la herida solo para volver a abrirla las veces que hizo falta hasta que no mostró la menor reacción visible al dolor.

En sincronía con los demás, Isla se retiró la corona de la cabeza… y usó el rayo más afilado para practicarse un corte profundo en la palma.

Ni siquiera se estremeció. Poppy estaría orgullosa.

Antes de ofrecer el chorro de sangre a las llamas, tenía que llevar a cabo otra parte de la ceremonia que también había practicado. La sangre de los gobernantes poseía propiedades especiales, acordes con sus habilidades. Se suponía que la sangre wildling poseía la capacidad de hacer que brotaran flores.

Isla estaba preparada con los pétalos ocultos entre los dedos. Cuando su sangre por fin goteó por su palma, esta contenía una rosa en miniatura.

La sangre de Cleo mudó en hielo antes de que el fuego la derritiera. La de Grim se tornó oscura como la tinta. La sangre de Azul permaneció en el aire y se dividió antes de caer goteando a las llamas. La de Celeste mudó en una explosión de chispas. Por último, la sangre de Oro ardió resplandeciente hasta que se unió a la hoguera.

El fuego adquirió un tono escarlata al devorar la sangre y luego se extinguió.

A partir de ese momento estaban obligados a cumplir las reglas. Romperlas tendría consecuencias. En el caso de Isla, Celeste, Grim, Cleo y Azul, implicaba la pérdida del derecho a alzarse con el premio del Centenario: el poder sin parangón que, según el oráculo, recibiría el responsable de romper todas las maldiciones. Para Oro, como rey y anfitrión de los juegos, la ruptura de las normas significaría perder la vida.

¿Sería por eso por lo que Oro la había salvado? ¿Estaba obligado a hacerlo? La profecía no especificaba qué pasaba en caso de muerte accidental.

Lo que sí tenía claro Isla era que el rey de Lightlark tenía un plan. Y al parecer requería que ella conservara la vida.

Al menos hasta que la quisiera muerta.

CAPÍTULO 5
GRIM

Al día siguiente, cuando la asistente de Isla llamó a su puerta, ella ya estaba lista.

No le habían dejado traer armas, pero sí un baúl con sus pertenencias. Se aplicó kohl a los ojos verdes con perfectos rabillos arqueados. Sus pestañas ya eran densas y largas, pero se las rizó todavía más. Se puso bálsamo en sus labios carnosos que dieron brillo a su tono natural. Tenía la piel bronceada de nacimiento, pero el tono se le antojaba demasiado pálido para su gusto después de haber pasado buena parte de su vida en interiores.

Eso pronto se iba a remediar. Gozando finalmente de libertad para explorar, no tenía la menor intención de encerrarse en sus aposentos.

Los pocos vestidos que albergaba el baúl más parecían una colección de cintas cosidas entre sí que verdaderas prendas. Transparentes, breves y tan delicados que parecían líquidos. En el reino Wildling, en la eterna reclusión de sus habitaciones, podía llevar prendas sueltas y livianas sin que nadie le dijera nada. Pero aquello era el Centenario y Poppy tenía buenas razones para haber escogido ese estilo.

Razones que le provocaban a Isla el deseo de arrojar todos los vestidos a la chimenea más cercana.

Ese día eligió uno del tono fucsia de los tulipanes con la espalda descubierta y un tejido que se le adhería al cuerpo como si estuviera mojado. La tradición dictaba que cada soberano luciera el color de una de sus fuentes de poder. Los starling llevaban prendas plateadas, los sunling lucían ropajes de color oro y los skyling vestían de azul. Los nightshade, por su parte, optaban por el negro, mientras que los moonling preferían el blanco. Como la naturaleza es multicolor, Isla no estaba obligada a lucir una tonalidad en concreto, siempre y cuando no coincidiera con el color de algún otro.

La chica starling se sobresaltó cuando Isla abrió la puerta a toda prisa. Sin perder un instante, le preguntó:

—¿Cómo te llamas?

—¿Yo? —respondió la chica con tal desconcierto que a Isla se le escapó la risa.

—Tienes nombre, ¿no? —bromeó con la esperanza de que su sonrisa le diera un aspecto afable y no malvado.

La joven le devolvió la sonrisa con inseguridad. «Bien».

—Claro. Me llamo Ella, señora. —Negó con la cabeza—. Quiero decir, Isla.

Isla agachó la cabeza como había visto hacer a la gente cuando estaban a punto de compartir una confidencia. Había oído más de un secreto susurrado en un callejón o en las afueras de una aldea gracias a su varita estelar. Con el tiempo había aprendido a pasar desapercibida, a fundirse en las multitudes con tanta naturalidad que nadie la habría tomado por una intrusa.

—He notado que cojeas un poco al andar, Ella —observó.

A juzgar por la expresión de la joven starling, la había pillado desprevenida. Reculó con inseguridad e Isla se preguntó si debería haber esperado un poco más... o si había sido demasiado directa. La mano de la muchacha se dirigió automáticamente a su pierna.

—Es... es el hueso —explicó por fin—. Me rompí la pierna hace un tiempo y no llegó a curarse bien.

Isla frunció el ceño.

—¿No hay sanadores entre los moonling que te puedan ayudar?

Las destrezas de ese reino eran legendarias. Además de controlar el agua, tenían el poder de curar.

—A cambio de un pago —respondió Ella con una sombra de sonrisa—. Y eso con suerte, últimamente. —Isla se preguntó a qué se refería, pero antes de que pudiera preguntar, la starling añadió—: Además..., no me falta mucho para cumplir los veinticinco. No vale la... No vale la...

«No vale la pena». Isla hizo una mueca compungida. Aunque Celeste era su mejor amiga, a veces olvidaba la crueldad de la maldición que asolaba a su pueblo. Ningún starling había sobrepasado los veinticinco en miles de años.

—Bueno —dijo Isla a la vez que hundía la mano en el bolsillo de su túnica—. Esto te ayudará.

Le tendió un tubo de pomada, un remedio sanador de las wildling creado a base de plantas especialmente cultivadas. La misma poción que le había curado a ella el corte de la mano tras la ceremonia del día anterior.

Ella se limitó a mirar el tubo que tenía en la palma hasta que Isla cerró los dedos de la muchacha en torno al recipiente y le empujó la mano con suavidad para indicarle que se lo guardara.

—Ahora —prosiguió Isla, animada— necesito que me hagas un favor.

Solucionado el problema de las comidas, Isla emprendió el camino al mercado. El sastre le había enviado una invitación que Ella le había entregado en mano. Antes de participar en ninguna de las seis presentaciones, necesitaba prendas nuevas. El número de modelos que podía incluir el equipaje asignado era limitado, así que a todos los gobernantes les regalaban un guardarropa completo confeccionado a medida con motivo del Centenario.

Aquel día el sastre había citado a Isla.

Oyó a Poppy susurrarle al oído:

«Los vestidos son tu armadura; las joyas son tus armas». El conjunto de ambas constituía el arsenal de una seductora.

Era el papel para el que Poppy la había entrenado como primer paso del plan de su guardiana... y que Isla no tenía intención de seguir. Tal vez no tuviera poderes, pero eso no significaba que fuera una inútil.

Sabía pasar desapercibida. Escuchar. Esconderse. Planificar estrategias. Todas las destrezas que el plan urdido con Celeste requería.

Ella, su asistente, había insistido en acompañar a Isla al ágora de la capital, donde trabajaba el sastre. La Venerable wildling se había referido a ese lugar en sus historias como «un rincón encantado que cobra vida al caer la noche como una flor que busca el sol». Sin embargo, Isla había preferido acudir a solas. Eso le proporcionaría la ocasión de inspeccionar esa parte de la isla y observar a los isleños desde la distancia, sin que se percatasen de su presencia durante tanto tiempo como fuera posible.

Con cuatro palabras, el plan se fue al garete.

—Te has levantado temprano.

«Grim».

Isla tragó saliva con dificultad. De súbito era muy consciente de cómo se le marcaban las formas bajo la tela ceñida de su vestido. Se dio la vuelta para mirarlo.

Lo tenía a pocos centímetros de distancia.

Isla trastabilló hacia atrás. Tardó un rato demasiado largo en recuperar la voz.

—Tú también.

Grim encogió un hombro poderoso y bajó la vista para mirarla. Ella tuvo que estirar el cuello para poder mantener contacto visual.

—Me gusta pasar fuera tanto tiempo como puedo.

Claro. Su maldición era la misma que la de Oro, pero a la inversa. Los nightshade no podían disfrutar de la energía y la tranquilidad de la noche. Si bien antes eran nocturnos y preferían vivir en la oscuridad, todo eso había cambiado quinientos años atrás.

—Y tengo cosas que hacer en el ágora.

—Yo también —dijo Isla.

Grim sonrió.

—Bien. No me gusta nada pasear a solas.

Los guardias custodiaban la entrada al castillo y entraron en tensión de manera perceptible cuando Grim salió. Isla intentó ahuyentar de su mente las cosas horribles que había oído contar sobre los nightshade. Sobre él. Lo intentó y no lo consiguió, y aunque siguió caminando con la barbilla alta, le flaqueaban las piernas a cada paso que daba.

Terra siempre le había dicho que Nightshade era el más peligroso de los reinos. Ellos extraían el poder de la oscuridad, mientras que todos los demás lo obtenían de la luz. Abundaban los rumores acerca de sus destrezas: la capacidad de tornarse invisibles, de traspasar paredes, provocar pesadillas y blandir las mismas tinieblas.

A Grimshaw lo precedía su reputación. Pocas décadas antes de las maldiciones estalló una guerra entre Lightlark y Nightshade. Él fue el guerrero más temible de todos. Se rumoreaba que, hacia el final de la batalla, su capa estaba siempre empapada con la sangre de sus enemigos. Y eso hacía aún más desconcertante su evidente incomodidad ante la idea de que Isla devorase un corazón en la cena del día anterior.

A pesar de la habilidad de Grim, Lightlark ganó la batalla y firmaron un tratado. La paz reinó entre todos los reinos durante un tiempo.

Entonces llegaron las maldiciones y la mayoría estaba convencida de que eran obra de los nightshade, que las habían lanzado como venganza.

Isla no sabía qué pensar. Nightshade había sufrido grandes pérdidas por culpa de la maldición. El gobernante del reino, el padre de Grimshaw, había dado su vida a cambio de la profecía. El hijo accedió al poder de inmediato, en una época en la que tener un heredero era lo más habitual. Ya no se permitían. Los gobernantes acudían al Centenario como representantes exclusivos de su reino.

Isla sabía por qué estaba ella en la isla. Las razones de Grim eran más misteriosas. Si los soberanos deseaban la muerte de alguno con más ardor que la de Isla, era la de Grim. El nightshade no encontraría aliados en el Centenario. Obtener el poder que el premio prometía sería prácticamente imposible sin aliados de confianza. ¿Por qué asistir...? ¿Por qué correr ese riesgo?

¿Qué andaba buscando?

Una sonrisa astuta se apoderó del anguloso rostro de Grim mientras la escudriñaba a su vez. El cabello, negro y liso, le caía sobre la pálida frente como tinta sobre una hoja de papel.

—¿Decidiendo si soy un villano?

Isla lo miró con desconfianza.

—¿Puedes…?

—¿Leer el pensamiento? —Grim sacudió la cabeza de lado a lado con suavidad—. En realidad no. Percibo las emociones súbitas. Miedo. Rabia. —Torció los labios al esbozar una sonrisa de medio lado—. Curiosidad.

La siguiente respiración de Isla fue tan entrecortada como si tuviera una pila de rocas sobre el pecho. Isla era una impostora, una gobernante sin poder entre una manada de lobos. Se le daba bien representar el papel de soberana wildling, de guardar las apariencias, pero reprimir las emociones le resultaba más complicado. El poder de Grim la podía delatar si no aprendía a controlar sus sentimientos cuando lo tuviera cerca.

Las capacidades mentales eran frecuentes entre los nightshade. En parte por eso se consideraban tan peligrosos. Los gobernantes a menudo poseían un don adicional; poderes raros que se transmitían a través de la sangre y que aparecían varias generaciones más tarde. No tenían nada que ver con las estrellas, la luna, el sol, la naturaleza, la oscuridad o el cielo.

Isla se preguntó si Grim poseía alguno.

—Ahora estás nerviosa. —Se detuvo y la miró—. ¿Por qué te has alterado?

La inquietud no era algo que una poderosa gobernante wildling debiera sentir, ni siquiera cerca de un soberano nightshade. Ella alzó la vista para mirarlo y se asomó a unos ojos tan oscuros que parecían insondables, dos agujeros negros en medio de una galaxia. Se recompuso lo suficiente para preguntar:

—¿Tienes un don?

Grim echó la cabeza hacia atrás mientras descifraba la pregunta.

—Te preocupa que tenga una habilidad oculta. Y que la esté usando contra ti en este mismo instante.

No tenía sentido disimularlo. Durante los cien días que pasara en la isla, tendría que mentir, robar y posiblemente matar.

Grim no formaba parte del plan. Todavía no.

Isla asintió.

Él encogió un hombro y de nuevo emprendió la marcha por el sendero.

—Lo tengo. Aunque prefiero guardármelo para mí de momento. —Grim le lanzó una breve ojeada—. Pero no leo el pensamiento. Ni hago nada que pudiera usar contra ti en secreto.

El camino por la ladera llegó a su fin, la hierba desapareció y abajo, en el valle que se formaba entre dos montañas, asomó un mercado.

Grim suspiró.

—Llevaba quinientos años sin venir. Y casi nada ha cambiado. —Se volvió a mirarla con un brillo travieso en los ojos—. Devoracorazones, ¿puedes comer chocolate?

Isla intentó que el hambre no se le notara en la cara.

—Podría comerme el equivalente a mi peso.

Los isleños inundaban el mercado con las monedas tintineando en los bolsillos. El alboroto resultaba inquietante. El Centenario era un concurso mortal. ¿Acaso no entendían que, si los gobernantes triunfaban, uno de sus reinos estaba condenado a desaparecer? ¿No sentían miedo?

Por lo que parecía, la perspectiva de disfrutar de cien días soleados, sin el peso de la tormenta, superaba el terror que los juegos pudieran inspirarles.

El ágora estaba formada de construcciones minúsculas, todas apiñadas y tan distintas entre sí como los reinos. Una tienda recordaba a una taza colocada del revés con las paredes de vidrio esmerilado. Otra, alta como una secuoya, expulsaba humo por la chimenea como una ristra de nubes de tormenta. Otra más se asemejaba a una estrella bajada del firmamento, plateada y reluciente.

La tienda en la que entraron se parecía a un adorno invernal, pintada de azul intenso.

—Los skyling son los mejores pasteleros, lo reconozco —dijo Grim por encima del hombro antes de abrir la puerta con tanta potencia que los goznes lanzaron un sonoro chirrido. Tan pronto como Isla entró, un gemido brotó de lo más profundo de su pecho.

Chocolate... Aterciopelado, intenso, azucarado y sedoso cacao.

Había probado el chocolate en sus escapadas a las aldeas skyling de los nuevos territorios, durante la celebración de los festivales trimestrales. El pueblo celestial buscaba excusas constantes para celebrar fiestas: antes de las tormentas, después de las tormentas e incluso durante las tormentas. Pero nunca había visto nada parecido. Nada como las gruesas lonchas de dulce que un skyling estaba cortando con un largo cuchillo ante sus propios ojos.

Grim se volvió a mirarla con una expresión jocosa.

El hombre que atendía el mostrador palideció al verlo. Miró por encima del hombro a su socio, que muy oportunamente había tenido que ausentarse a la trastienda. Ni siquiera reparó en la presencia de Isla.

«Interesante». Estar cerca de Grim la convertía en el rayo más pálido de una tormenta; toda la ira se dirigía contra él.

Si bien él era uno de los gobernantes más poderosos y ella no poseía ninguna destreza mágica, a ojos de los aldeanos ambos eran villanos. Isla sabía que se trataba de un detalle importante. Aunque serían los gobernantes los que decidieran quién moriría para cumplir parte de la profecía, las opiniones y los actos de los isleños podían influir en el curso del Centenario. Su ayuda (o la falta de esta) podía implicar la diferencia entre la vida y la muerte, en particular para Isla, que no contaba con la ayuda de su pueblo en Lightlark. Era habitual que se invitara a los isleños a presenciar las exhibiciones.

Grim no parecía percatarse de las reacciones que suscitaba su presencia. O, si acaso era consciente, le traía sin cuidado, hasta extremos inquietantes, representar el papel de villano.

O quizá no lo estuviera representando en absoluto.

—Dos de cada —pidió con aire indolente, al tiempo que extraía un puñado de monedas de su bolsillo sin molestarse en contarlas. Las dejó sobre el mostrador y, sin aguardar respuesta ni mirar al hombre a los ojos, buscó asiento en una de las mesas de la chocolatería.

Los muebles eran pequeños hasta extremas ridículos. Las rodillas del nightshade chocaban con la parte inferior de la mesa. Isla se acomodó despacio en el asiento de enfrente.

—Eso es mucho chocolate.

Grim se encogió de hombros.

—Has dicho que podrías comerte el equivalente a tu peso. Me lo he tomado al pie de la letra.

Al poco el propietario del local colocó una inmensa bandeja de plata sobre la mesa. Los saludó con sendas reverencias rápidas, primero a Isla y luego a Grim, antes de correr a esconderse con el resto del personal en la trastienda.

Isla enarcó una ceja.

—¿Acaso prendiste fuego al ágora la última vez que estuviste aquí?

La rodilla de Grim chocó con la suya y ella apartó las piernas con tanta precipitación que él sonrió.

—Digamos que los isleños tienen buena memoria.

Antes de que Isla pudiera pedir más detalles, él eligió un bombón, que sostuvo entre dos dedos inmensos.

—Empieza con este.

Ella lo tomó con inseguridad, se lo llevó a la boca… y abrió unos ojos inmensos.

—Sabe a gloria, ¿verdad?

Isla se apoltronó en la silla y dejó caer la cabeza hacia atrás. No debería perder un tiempo precioso degustando chocolate. Sin embargo, conocer a un nightshade —quizá incluso lograr que confiara en ella— podía resultarle útil. Cerró los ojos, todavía paladeando el relleno de caramelo.

—Despiértame cuando todo esto haya terminado.

Una risa queda. Todavía con los ojos cerrados, notó algo áspero contra los labios.

—Abre la boca.

Lo hizo, y Grim le depositó otro bombón en la lengua. El relleno de este era de crema de bayas, con la cubierta dura.

Isla los probó todos y cada uno según él se los iba ofreciendo. La trufa de dulce de leche, las láminas de chocolate con menta, una barrita de crema de plátano. Todos, excepto el bombón relleno de praliné con guindilla molida.

—No es tan picante —le aseguró Grim, llevándose uno a la boca con indiferencia. Se encogió de hombros—. Un ardor instantáneo, nada más.

—Quiero una lengua que funcione, gracias.

Grim entrelazó sus largos dedos y apoyó la barbilla sobre el puente de las dos manos.

—Ya... ¿O sea que devoras corazones y sangre, pero no chocolate con un poco de guindilla?

Era una broma, pero se acercaba demasiado a la verdad.

—Muy bien —asintió Isla, musitando algo más por lo bajo que arrancó a Grim una sonrisa maliciosa.

Isla se llevó el chocolate a la boca y al instante se arrepintió. Le lloraban los ojos, le ardía la boca, la lengua se le hinchó al instante. Lo escupió, olvidando sus modales, sin preocuparse siquiera de que el propietario de la tienda los estuviera observando por el ventanuco de la puerta que daba a la cocina. Se le dilataron las narinas.

—Serás... —dejó el reproche incompleto mientras bebía un trago tras otro de agua que empeoraba el picor.

Grim se reía a carcajadas, con ese estúpido hoyuelo más visible que nunca en el rostro. Intentó decir algo, volvió a reír y no se detuvo siquiera cuando se levantó y empleó sus habilidades nightshade para traspasar el mostrador como si no estuviera y servir leche de una jarra. Ni tan solo cuando plantó el vaso de leche delante de Isla y le dijo:

—Bebe.

Ella le lanzó dagas con la mirada mientras bebía con tanta ansia que el líquido se le derramó por la barbilla y la parte delantera del vestido. Desde luego que era un villano.

—Eres un demonio —le dijo con malicia.

Él la miró enarcando una ceja.

—No tanto. —Torció el gesto mirando el vestido de Isla—. Habrá que remplazar eso. ¿Ibas de camino al sastre?

—¿Y eso lo sabes por...?

Grim no respondió hasta que hubieron salido de la tienda.

—A mí también me ofrecieron una cita con el sastre de Lightlark.

—Supongo que tu fondo de armario no es muy variado.

Grim miró enfurruñado su camisa negra, pantalones negros, botas y capa del mismo color.

—Les he dicho que ya soy mayor para vestirme solo.

Las calles estaban repletas de antorchas instaladas en la piedra que ardían con vehemencia, aunque el día era cálido y brillaba el sol. Los guardias sunling se encargaban de mantenerlas encendidas con llamas que surgían directamente de las palmas de sus manos.

Llegaron a una tienda de ventanas transparentes que constaban de paneles cuadrados como tallas de esmeralda. Isla atisbó un arcoíris de colores wildling en el interior: rollos de tela, cinta, hilo y montones de alfileres.

Todo para ella.

—Que te diviertas —le dijo Grim en tono de guasa, y desapareció.

Se esfumó en el aire. Estaba allí y un instante después ya no. Un escalofrío recorrió la columna vertebral de Isla.

¿Qué se sentiría teniendo el poder de la invisibilidad?

Entró en el taller.

Sonó un timbre que anunció su presencia. En el interior, un joven starling con un alfiletero en la muñeca se quedó paralizado. Isla guardó silencio, esperando a que sus ojos se agrandaran con asco o miedo.

El sastre, sin embargo, la saludó con una reverencia.

—Isla, soberana de las wildling. Es un placer. ¿Qué le ha pasado a su vestido? —Antes de que ella pudiera responder, levantó una mano—. Que no cunda el pánico; en mi tienda solo usamos seda de araña gigante. No se mancha..., es fuerte como el acero... y se ajusta al cuerpo como un guante.

Le indicó por gestos que subiera a la tarima.

—¿Colores predilectos?

Aunque Poppy se encontraba a cientos de kilómetros de distancia, en el reino Wildling, las respuestas parecían proceder directamente de sus labios. Le había enseñado a Isla lo que debía decir palabra por palabra.

—Verde. Rojo. Rosas y morados, de vez en cuando.

—¿Suelto o ceñido?

—Ceñido.

—¿Longitud?

—Largo.

La observó.

—¿Le tiene mucho cariño a este vestido?

Ella lo miró y se encogió de hombros.

—No demasiado.

—Bien —dijo él, e hizo chasquear los dedos. Al momento, todo lo que había en la tienda empezó a flotar. Gracias a Celeste, Isla conocía bien los poderes de ese reino. Los starling canalizaban energía de las estrellas, que les permitía mover objetos a distancia. Apuntó con el dedo a un rollo de elegante tela color rojo sangre, que salió disparado y envolvió a Isla con movimientos raudos y hábiles al tiempo que sustituía el vestido rosa que llevaba puesto hacía un instante. Todo sucedió en un abrir y cerrar de ojos, y ella solo fue consciente de lo sucedido cuando vio en el suelo las cintas de su antigua prenda. El tejido rojo se le ceñía tanto a la cintura que le costaba respirar. Tijeras flotantes cortaban sin tregua; hilos y agujas voladores cosían a velocidad imposible. El sastre guiaba el proceso como el director de una orquesta, moviendo las manos con elegancia ante sí. Otra pieza de tela creó una capa suave y vaporosa. El corpiño se confeccionó con suma habilidad en torno a su figura e Isla contuvo el aliento cuando el corsé le oprimió el cuerpo.

En pocos segundos estaba enfundada en un precioso vestido nuevo.

Se volvió a mirar al sastre y descubrió a otra persona en la tienda, sentada con los codos en las rodillas.

—¿Cómo has llegado aquí? —preguntó con incredulidad.

Grim parecía aburrido. Enarcó una ceja en su dirección, como diciendo: «¿Me lo preguntas en serio?».

El sastre lo miró —con una tranquilidad sorprendente, a diferencia de los otros isleños con los que se habían cruzado— y devolvió la atención a Isla.

—¿Qué le parece?

Ella se contempló en los numerosos espejos.

—Es como llevar un vestido de agua. La tela… es suave como un pétalo de rosa.

—Seda de araña gigante, gobernante. Me pondré a trabajar en su guardarropa.

Bajando la voz al máximo y mirando de reojo a Grim, Isla susurró:

—Si no fuera mucha molestia, necesitaría, además de los vestidos, algo más apropiado para luchar. Pantalones. Cota de malla.

En este caso, las instrucciones procedían de Terra. Mientras el sastre tomaba notas, Isla echó un vistazo a la puerta trasera que asomaba detrás del hombre…, en particular a la cerradura.

El sastre unió las manos como si rezase. Por lo que parecía, veneraba más las vestimentas que la mayoría de la gente a sus gobernantes.

—Será un placer. Me ocuparé de que se lo envíen al castillo en breve.

Isla le dio las gracias y le lanzó a Grim una mirada asesina mientras abandonaba la tienda, sabiendo que él se lo tomaría bien. Compartir chocolate había acallado algunos de los miedos que le inspiraban los nightshade y sus poderes. En parte le sorprendía sentirse tan cómoda en presencia de un hombre que prácticamente acababa de conocer. Y quizá fuera eso lo que él pretendía: que Isla bajara la guardia.

—¿Podrías dejar de seguirme? —le pidió.

Grim adoptó una expresión seria.

—Si quieres que te deje en paz, lo haré. Solo tienes que decirlo y me esfumaré.

Isla no respondió. Se preguntó a qué estaba jugando Grim. Si podría utilizarlo de algún modo que le otorgara ventajas.

Él emprendió la marcha y ella echó a andar a su lado. Los isleños les clavaban los ojos cuando los veían pasar y la miraban a ella tanto como a Grim. Isla supuso que llamaba la atención con ese vestido rojo, tan vivo contra el azul cielo, el blanco y el plateado de los isleños que salían durante el día. Como sangre que salpicara el mercado.

—Sientes curiosidad de nuevo, Isla.

Ella rehuyó sus ojos.

—No interpretes mis reacciones. Es de mala educación.

Grim se rio con ganas.

—Tampoco es que pueda evitarlo.

Isla le lanzó una mirada incrédula.

—¿El afamado y todopoderoso gobernante nightshade no puede controlar sus habilidades?

Grim esbozó una sonrisa diabólica.

—¿Afamado? Bueno, al menos ahora sé que los rumores de mi grandeza han alcanzado incluso el reino Wildling. —Posó la mirada en ella y su sonrisa se desvaneció—. Me alegro de que hayas encargado una armadura —dijo al tiempo que extraía algo del bolsillo. Era una hoja de pan de oro, el mismo tipo de papel que habían usado para las invitaciones al Centenario—. Mi presentación será la primera —informó, y devolvió la tarjeta a su capa negra antes de que Isla pudiera leer las palabras. Grim se inclinó hasta colocar los labios peligrosamente cerca de su oído—. También vas a necesitar una espada.

Cuando Isla asimiló las palabras de Grim y el escalofrío de su proximidad se disipó…, él también había desaparecido.

Y ella se quedó a solas en el mercado, preguntándose por qué razón el gobernante nightshade la estaba ayudando.

CAPÍTULO 6
EL DESVINCULADOR

Isla le lanzó el arma a Celeste, que la atrapó al vuelo con el puño invisible de sus poderes.

—¿Qué es esto?

—Una espada —respondió Isla, que extrajo la suya de la espalda del vestido, donde había escondido las dos armas para introducirlas a hurtadillas en el castillo—. Y cara, por cierto.

Celeste la miró con impaciencia.

—Ya sé lo que es, Isla —replicó—. Lo que te pregunto es por qué has traído esta cosa tan horrible a mis aposentos.

Isla sabía desde hacía tiempo que la starling no valoraba las armas tanto como ella, si bien su reino tenía fama de fabricarlas con técnicas y metales secretos. ¿Por qué iba a apreciarlas, al fin y al cabo? Celeste tenía el poder de proyectar energía desde la yema de los dedos; podía herir a un enemigo desde la otra punta de una sala. Para ella, una espada era un burdo trozo de hierro malgastado.

Y por eso exactamente, supuso Isla, Grim había escogido un duelo para su presentación. Bueno, no había pronunciado la palabra «duelo», pero tenía que ser eso a juzgar por sus insinuaciones.

—La primera prueba es un duelo —informó Isla a su amiga—. La vamos a necesitar.

Celeste arrugó la nariz como si percibiera un olor nauseabundo.

—¿Y quién te lo ha dicho?

—Grimshaw.

Celeste parpadeó.

—¿Has estado con él toda la mañana?

—No, solo un ratito. ¿Por qué?

Celeste la miró con perplejidad.

—¿En serio, Isla?

No tuvo que decir nada más. Grim era un mal bicho. Peligroso. Poco de fiar.

—Ya lo sé, ya lo sé. Pero le he sacado información, ¿de acuerdo? ¿No crees que nos podría resultar útil?

Celeste hizo un vehemente gesto de negación.

—No, Isla. Pienso que, en todo caso, él te utilizará a ti. A nosotras.

¿Sería por eso por lo que la había acompañado al ágora? ¿Fue tan solo una estrategia del malvado gobernante nightshade?

Pues claro que sí. Sería de necios pensar otra cosa.

Isla empezó a preguntarse si el aviso de Grim habría sido fidedigno siquiera. Tal vez no hubiera escogido un duelo ni ninguna presentación que incluyese el uso de la espada y él solo estaba tratando de engañarla para que sacara esa conclusión.

Frunció el ceño.

Celeste suspiró con aire de paciencia infinita. Posó sus delicadas manos en las mejillas de Isla y le dijo:

—Mi queridísima e ingenua amiga. —Si alguien que no fuera Celeste hubiera pronunciado esas palabras, Isla se habría negado a escuchar siquiera. Sin embargo, aunque tenían prácticamente la misma edad, había aprendido valiosas lecciones de la starling. Celeste la había acogido bajo su tutela cuando ella no tenía a nadie más que a Poppy y a Terra—. Te mantendrás alejada de él —le dijo con firmeza, como haría una chica mayor con una despistada hermana pequeña que tuviera pájaros en la cabeza.

Celeste estaba en lo cierto. Grim la estaba distrayendo. No debería ser tan tonta como para morder el anzuelo. Especialmente sabiendo que su madre había fallecido por culpa del amor a un hombre.

En particular teniendo en cuenta que estaba decidida a demostrar que ella era algo más que la tentadora que sus guardianas le habían enseñado a ser.

El primer paso del retorcido plan de Terra y Poppy era que sedujese al rey. Que le robase el poder engatusándolo para que se enamorara de ella. Sin ese paso previo, el resto de la estrategia era inútil. E Isla estaba dispuesta a hacer muchas cosas para salvar a su reino. Pero esa no era una de ellas.

Afortunadamente, su amiga había ideado otra estrategia para que Isla se saliera con la suya.

—Bien. Vale. Aunque aún no han empezado las exhibiciones, cuanto antes encontremos el desvinculador, mejor —dijo Celeste.

El desvinculador. Ese era el plan. En una sala repleta de manuscritos que alguien se había llevado de Lightlark, Celeste había descubierto un texto que hablaba de una reliquia mágica. Una gigantesca aguja de cristal con dos puntas afiladas capaz de romper cualquier obligación que vinculase a una persona y a su linaje, incluidas las maldiciones.

Pero en Lightlark todo tenía un precio.

El precio del desvinculador había que pagarlo con sangre. Y se trataba de un coste tan alto que podía acabar con la vida incluso de un gobernante. Por eso, que ellas supieran, nunca antes se había empleado. En el suelo de la habitación de Celeste, habían ideado un plan que incluía dividir el coste entre las dos.

Y cruzar los dedos para no morir ambas.

Según el texto, el desvinculador estaba escondido en las profundidades de una biblioteca de Lightlark. No sabían en cuál, y cada isla tenía la suya. Así que tendrían que buscarlo en todas.

Celeste empezaría buscando en isla Estrella. Con un poco de suerte, lo encontrarían allí. De no ser así, la starling tendría que tomarse muchas molestias para conseguir la herramienta que Isla precisaría para acceder al resto de las bibliotecas.

Y como iban tan justas de tiempo, tenían que proceder dando por supuesto que la suerte no les iba a sonreír.

El desvinculador solamente rompería las maldiciones de sus dos reinos, pero no el resto. No obtendrían el poder que auguraba la profecía. A Isla no le importaba. Rompiendo la maldición de haber nacido sin poderes, recibiría por fin las capacidades que le correspondían como wildling y que le habían sido negadas al nacer. Y su reino dejaría de sufrir.

Podría volver a las nuevas tierras wildling y vivir en libertad; ya no tendría que quedarse escondida en su habitación. Insuflaría poder a la tierra para devolverle su prosperidad. Podría disfrutar de la vida de un gobernante inmortal; siglos enteros por delante para explorar el mundo en compañía de Celeste.

Todo cuanto deseaba dependía de que encontrara el desvinculador y de que este realmente fuera capaz de poner fin a las maldiciones que arrastraban ella y su reino.

—Empezaré esta noche —decidió Isla.

Para inspeccionar en secreto las bibliotecas de la isla del Sol, de isla Luna y de isla Firmamento, la wildling tendría que pasar desapercibida.

Su cabello oscuro sería la primera señal delatora. Pero había venido preparada. Antes de partir con rumbo al Centenario, había entrado en los aposentos de Poppy a hurtadillas. Las pócimas wildling abarcaban desde remedios sanadores hasta pociones mágicas y productos de belleza. Cremas para tintar los labios, las mejillas e incluso, de manera temporal, el cabello.

Tendría que hacer las mezclas ella sola para dar con el tono adecuado, lo que supondría en sí mismo un desafío, pero al menos contaba con los materiales.

El atuendo también representaba un problema.

Muy entrada la medianoche, abandonó el castillo furtivamente. Memorizó hitos a lo largo del camino para no perderse de regreso. La abadía con su único vitral redondo. La insignia junto al portal que había cruzado a su llegada, pocos días atrás. Unas ruinas que correspondían tal vez a un antiguo faro alimentado por rayos sunling, o eso le gustaba pensar. Había leído sobre los faros en los pocos libros que tenía permitidos al año.

Terra descubrió muy pronto que le gustaba leer, así que empleaba los libros como incentivos. Si Isla no se quejaba de las luxaciones en los nudillos o de las agujetas en los entrenamientos, si lograba dominar cierta técnica de lucha o lanzaba las estrellas arrojadizas en el centro de la diana, la premiaba con una excursión a la biblioteca.

Isla concedía gran valor a los libros y escribía sus frases favoritas en un papel. Sentía una pena inmensa cuando tenía que devolver un volumen a cambio de otro.

«De uno en uno —le decía su guardiana—. No seas codiciosa».

Se detuvo a poca distancia del ágora, paralizada por la sorpresa.

Por lo visto, el mercado se transformaba tras la puesta de sol. La mayoría de las tiendas estaban cerradas, los escaparates a oscuras, pero las que estaban abiertas se hallaban… a pleno rendimiento. Tal como le había descrito la Venerable wildling.

Los establecimientos se habían convertido en espacios exteriores, con las paredes plegadas para abrirlas a las calles, sin puertas que vieran los ojos, los techos desplegados como ventiladores. Los clientes entraban libremente en las tabernas y volvían a salir instantes después cargados con rebosantes bebidas espumosas. Los skyling bailaban en mitad de la calle al compás de una música que se perdía en la noche, tambores, guitarras y voces que obligaban a la oscuridad a seguir su ritmo desenfrenado. Los sunling eran motas doradas desparramadas por doquier que disfrutaban de la vida al aire libre mientras podían.

El ágora era un espacio animado y confuso, pero Isla recordaba las calles de su excursión matutina. Escogió rutas secundarias y callejones en lugar de las vías principales, siguiendo la luz de las antorchas, hasta que llegó a la puerta trasera del taller.

Las luces estaban apagadas. Las ventanas, cerradas a cal y canto.

Cuando tuvo claro que no había nadie dentro, se agachó y extrajo una horquilla de su peinado. En uno de sus viajes a los nuevos territorios de Skyling con su varita estelar, había seguido a un grupo de ladrones por pura curiosidad. Los había observado desde las sombras mientras ellos usaban alambres y agujas curvadas para forzar las cerraduras.

El truco le vino muy bien para colarse en los aposentos de Poppy y de Terra. También para forzar la salida de su propia habitación.

La puerta cedió por fin e Isla recogió sus herramientas con cuidado de no dejar ningún rastro. Escudriñó la oscuridad sin atreverse a encender las luces. Los robos no eran frecuentes en los talleres de costura, por eso los guardias no prestaban demasiada atención a esa calle, pero a saber cuánto rato pasaría antes de que alguien recorriera el callejón y la viera tal vez a través de la ventana.

«Date prisa». Sus ojos se posaron en los colores que necesitaba: los tonos de todos los reinos de Lightlark, salvo el de starling. De esa biblioteca se ocuparía Celeste.

Blanco. Echó mano de una sencilla túnica moonling de mangas largas y cuello alto.

Azul pálido. Escogió un vestido con pantalones que en teoría se usaban como ropa interior, una moda que habían adoptado algunas skyling, por lo que había visto en el mercado.

Oro.

No había telas doradas. Bien pensado, tampoco recordaba haber atisbado tejidos dorados durante su cita en el taller.

¿Acaso los sunling no acudían al mismo sastre que el resto de los reinos?

¿Por qué no?

Una voz junto a la ventana la empujó a agacharse a toda prisa. Había dos amigos recostados contra el establecimiento, intercambiando risas y entrechocando vasos. Se arrastró hasta la pared y pegó la espalda contra la superficie decidida a no emitir el menor sonido.

Pasó media hora antes de que los hombres se pusieran en marcha e Isla salió instantes más tarde, con cuidado de cerrar la puerta al salir y cruzando los dedos para que el dueño supusiera que había olvidado cerrar con llave.

Volvió al castillo cargada de tela, un paso más cerca del desvinculador.

CAPÍTULO 7

EL DUELO

El quinto día del Centenario llegó la invitación a la primera presentación. La tarjeta estaba chamuscada, renegrida y calcinada. Tan solo se distinguían unas pocas palabras talladas en la superficie con un cuchillo.

Prepárate para un duelo.

Isla sonrió sin poder evitarlo. Grim la había ayudado.

Pero ¿por qué?

La hora del evento estaba grabada en la parte inferior: en una hora a partir de ese momento. En lugar de tener que remover cielo y tierra para encontrar un arma, Isla ya tenía en sus manos la espada ideal. Un acero tan ligero que podría blandirlo sin apenas notar su peso, pero lo bastante afilado y sólido como para hacer daño a un enemigo. Había tardado horas en escogerlo en la armería starling. La forja de espadas en ese reino no tenía parangón..., si bien ella anhelaba el tacto de algunos de los aceros que tenía en casa.

El guardarropa del sastre había llegado el día anterior. El hombre había trabajado a una velocidad sorprendente. Tal grado de compromiso por parte del artesano con su oficio solo sirvió para que Isla se sintiera aún más culpable si cabe por haberle robado.

«Si encuentro el desvinculador, lo estaré salvando a él y a su reino», trató de convencerse Isla para contrarrestar el sentimiento de culpa.

Una túnica era del color oscuro de los zafiros, con orificios a los lados en forma de diamante. Otro vestido era del tono de la lavanda fresca con un corpiño dotado de un escote de escándalo y pantalones ajustados, todo ello acompañado de una rutilante capa que se ataba a la cintura creando la ilusión de una falda. Había uno, color esmeralda, tan ceñido y transparente como para sonrojarla. Otro más, descubrió, tenía bolsillos.

Para la presentación de ese día pensaba llevar la armadura. Ella, su asistente, la ayudó a unir las distintas piezas entre sí, levantando placas de metal entre soplidos y gruñidos.

A Isla la armadura se le antojaba una segunda piel. Terra se había asegurado de que fuera así.

¿Cuántas veces la había abandonado en mitad del bosque o en el corazón de una selva en plena tormenta, cubierta con veinte kilos de cota de malla y armadura? Tardaba más de un día en volver, sin agua, sin comida, con los aullidos de los lobos y el resuello de las panteras pisándole los talones.

Los últimos ochocientos metros siempre los hacía a rastras, clavando las uñas en las raíces y en la tierra para poder reptar de vuelta a su habitación.

En comparación, las recias telas y finas capas de hierro starling resultaban casi ingrávidas. Estaban confeccionadas a base de piezas que acentuaban su figura al mismo tiempo que la protegían: las hombreras metálicas, la mangas y los pantalones de cota de malla, las botas cubiertas con planchas que le ascendían hasta el muslo, la coraza esculpida para adaptarse a sus formas.

—Ya está —declaró Ella, que se desplomó una vez que hubo unido las últimas partes.

—Gracias —dijo Isla. Sin aguardar un instante, se dispuso a dar cuenta de la brocheta de verduras con cereales que Ella le había traído para almorzar. A cambio del ungüento sanador, la chica starling le había procurado comidas con regularidad pensando que a la soberana wildling le gustaba darse caprichos además de los corazones que Isla tiraba en secreto por el balcón—. Por todo.

Ella inclinó la cabeza a modo de reverencia y se dio unas palmaditas en la pierna. Su paso era ya prácticamente uniforme y su frente no reflejaba la tensión constante del dolor.

—Gracias —respondió la asistente a su vez.

El duelo se celebraba en un estadio situado en el extremo más remoto del castillo. Antaño estaba descubierto, pero una cúpula lo cubría desde las maldiciones. Por esa razón los vítores y los gritos resonaban y se entremezclaban hasta crear una única voz burlona surgida de un millar de labios. Los gobernantes controlaban buena parte de las condiciones de las pruebas: qué se evaluaba, dónde se celebraban, si se emitían avisos de antemano y quién tenía permitido asistir. Grim había invitado a todos los isleños. Se habían sentado agrupados por reinos y ocupaban hasta el último de los asientos dispuestos en decenas de filas iluminadas por antorchas. Los starling con sus atuendos plateados. Los skyling vestidos de azul intenso. Los moonling, de blanco inmaculado. Los sunling enfundados en oro bruñido.

Las presentaciones eran ante todo un espectáculo. Isla era consciente de ello. Se llevaban a cabo con la intención de poner a prueba distintas destrezas. Despertar simpatías. Decidir quién merecía morir.

O, cuando menos, quién merecía decidir la distribución de los equipos posteriores, circunstancia que modificaría en un sentido u otro el curso del Centenario en función de las alianzas que se forjaran.

Cada prueba entrañaba asimismo un riesgo. Si bien asesinar no estaba permitido hasta el quincuagésimo día, una antepasada de Isla había perdido las manos durante una presentación. La pérdida debilitó su capacidad de emplear sus poderes y se vio obligada a engendrar una descendiente al término del Centenario, para que los juegos siguientes contaran con una representante mejor.

La voz de Grim atronó entre los aplausos para silenciar a la multitud.

—Bienvenidos a mi presentación —dijo desde alguna parte del estadio. Isla no lo veía; tenía la sensación de que la voz procedía de todas partes al mismo tiempo—. Todos os creéis muy amenazadores con vuestros infinitos poderes, pero… ¿cómo os las arreglarías sin ellos?

Anunció a la primera pareja: Oro contra Azul.

La espada del rey estaba fabricada en oro macizo, a juego con su valiosa armadura. Isla se preguntó si el duelo acabaría poniendo en evidencia al rey delante de su pueblo y la idea casi le arrancó una sonrisa. En sus largos años de entrenamiento, nunca había escuchado comentarios elogiosos sobre la destreza del rey en la lucha, hecho que seguramente implicaba que el rey se apoyaba ante todo en el fuego.

El arma de Azul estaba cubierta de piedras preciosas, zafiros mezclados con diamantes. No llevaba armadura; buena parte de su pecho se encontraba expuesta. Sin embargo, sí lucía en el dedo la sortija que ella le había regalado. ¿Acaso era tan hábil que no necesitaba protección?

Isla se equivocaba en ambas suposiciones.

El duelo concluyó pocos segundos después. El rey atacó con un movimiento tan raudo que Isla estuvo a punto de perdérselo. Instantes antes la punta de la espada dorada reposaba clavada en la grava del estadio y al momento siguiente rozaba la garganta del skyling.

Azul se limitó a sonreír con elegancia e hizo una reverencia en reconocimiento de su derrota.

Los sunling se pusieron en pie mientras aclamaban al rey de viva voz y agitaban en alto largas tiras de tela dorada.

A continuación les tocó a Celeste y a Cleo.

Isla cerró los puños con tanta fuerza que se clavó las cuidadas uñas en las palmas de las manos cuando su amiga salió a la arena. La moonling exhibía una sonrisa venenosa. Tampoco llevaba armadura, pero había optado por los pantalones. Su arma era larga y delgada como un picador de hielo.

Celeste blandía la espada con firmeza. Isla había escogido un acero más ligero para su amiga, uno que facilitase un manejo sencillo a alguien que no se hubiera sometido a un entrenamiento extensivo. Celeste se había trenzado el cabello plateado y lo llevaba sujeto a la cabeza con firmeza.

Tan pronto como sonó la campana, Cleo se abalanzó sobre ella…

—¿Nerviosa, Devoracorazones?

La voz de Grim sonó directamente en su oído. Isla no se atrevió a despegar los ojos de la lucha. Celeste había esquivado un golpe de espada en el brazo por pocos centímetros y ahora intentaba contraatacar sin conseguirlo.

—No me llames así —replicó la wildling con voz queda. Se encogió al ver que Celeste trastabillaba casi encima de la hoja de Cleo.

Tuvo la sensación de oír la sonrisa en las palabras de Grim cuando este le dijo:

—¿Así me agradeces mi ayuda?

Ella le lanzó una mirada asesina, con la réplica en la punta de la lengua, y…

Se quedó helada. Con su atuendo de guerrero, Grim resultaba aterrador. Lucía un yelmo de pinchos afilados como dagas que salían proyectados del centro del cráneo. Uno se hundía entre los ojos para proteger la nariz. De sus hombros asomaban las mismas púas metálicas que le recorrían los brazos y las piernas; había pinchos por todas partes.

Era un demonio, la muerte personificada.

Isla tragó saliva. Él se fijó en el gesto y se quedó mirando su cuello demasiado rato antes de mostrar los dientes con un gesto reflejo, como si estuviera pensando en mordérselo. La imagen le provocó a la joven un inexplicable estremecimiento.

«No, es asqueroso». Isla se obligó a recuperar la compostura. Él no quería morderle el cuello. Solo eran fantasías suyas.

¿Por qué albergaba esas fantasías?

El sonido de una campana devolvió la atención de Isla a la escena.

La espada de Celeste yacía en el suelo. El acero de Cleo propinaba imprudentes golpecitos al corazón de la starling. Por fin la gobernante moonling soltó su espada también.

El alivio inundó a Isla. Celeste había perdido, pero eso no importaba. Ambas tenían pensado pasar por las exhibiciones sin pena ni gloria. No harían un papel deplorable, pues no querían ser consideradas rivales flojas, pero tampoco tan brillante como para ser escogidas como pareja. Si bien no podían controlar la composición de los equipos, que alguien decidiría a los veinticinco días de Centenario, a menos que ganaran ellas la mayoría de las pruebas —algo que las señalaría al instante como competidoras a eliminar—, confiaban en que el vencedor optara por emparejar a las dos gobernantes más jóvenes e inexpertas. Sería la decisión más inteligente, coligieron, unir los eslabones más débiles de la cadena con el fin de convertirlos en una presa fácil para los demás.

«Procura no llamar la atención», le había advertido Celeste.

—Nos toca, Devoracorazones —dijo Grim antes de pasar junto a Isla para acceder a la zona central.

«Ah».

Por alguna razón, Isla no se había dado cuenta de que se batiría en duelo con Grim. Estaba demasiado pendiente de la batalla de Celeste.

No movió ni un músculo mientras clavaba la vista en el centro de la arena, donde Grim desenvainaba de su espalda un acero más grueso que su muslo.

De súbito Isla tenía la garganta seca. Grim había escogido a los contendientes de cada duelo. Esa era su presentación. Debía de haberlos emparejado por alguna razón.

Una teoría cobró forma en su mente según encajaba las piezas. Ellos eran los dos únicos gobernantes que no contaban con representantes de su pueblo entre el público. También eran los más odiados. ¿La había elegido adrede para demostrar que era superior a ella? ¿Para asegurarse de buen comienzo que Lightlark lo apoyaría a él por encima de ella?

Celeste tenía razón. No podía fiarse de Grim.

—Ve —le susurró su amiga con urgencia. De repente se había materializado a su lado.

Claro. Cuando Isla salió a la pista, las piernas no la sostenían con tanta firmeza como antes.

Nadie aplaudió. Y cuando su espada chocó con las placas metálicas de sus largas botas, presa de un desequilibrio nada habitual en ella, el sonido se proyectó a través del silencio.

«Contrólate», se dijo, pensando en su entrenamiento. En Terra.

El nightshade bien podría estar urdiendo planes contra ella. Lo único que podía hacer Isla era desbaratarlos antes de que Grim tuviera ocasión de ponerlos en práctica siquiera.

Respirando hondo para sosegarse, Isla desenvainó su acero y adoptó una postura de combate. Era un gesto natural en ella, como quedarse dormida o respirar. Solo teniendo un arma en la mano percibía en su interior un asomo de poder. Una parte de ella todavía sentía tentaciones de arredrarse, pero Isla sabía manejar una hoja mejor que una pluma.

Sonó la campana, alta y clara.

Grim fue el primero en atacar.

Isla giró a un lado rauda como el viento. La hoja de Grim hendió el aire. Ella dio una vuelta sobre los talones y le apuntó al pecho.

Grim era demasiado rápido. Esquivó el golpe y, arremetiendo de nuevo, estampó la espada contra la hoja de ella. El brazo de Isla tembló un instante por el forcejeo. Recuperó el equilibrio al momento y deslizó la espada por debajo de la otra. El roce de los aceros hendió el estadio con un chirrido que la hizo estremecer.

Los ojos de Grim se agrandaron por la sorpresa mientras saltaba hacia atrás para escapar a duras penas de la punta de su acero.

«¿Lo ves? Quizá deberías haber escogido un adversario distinto», pensó Isla.

—Estás muy segura de ti misma, Devoracorazones —ronroneó Grim. Avanzó y ella bloqueó su golpe. Arremetió de nuevo solo para ser recibido por el metal. Durante unos segundos confusos y vertiginosos entrechocaron espadas una y otra vez, atacando, protegiendo, rozando al adversario. De algún modo que Isla no entendía, él seguía hablándole al oído.

—Dime, ¿cómo te vas a sentir cuando pierdas?

Ella tragó saliva e hizo un giro elegante; al momento se agachó y expulsó aire por la nariz cuando Grim le apuntó al cuello. Falló por un pelo. «Demasiado cerca».

Isla se dio impulso hacia arriba y adelante con un brazo completamente extendido y el otro detrás de la espalda. Sus pies eran ligeros como un diente de león, la hoja fuerte como un cuerno con cada avance. La espada era una extensión de su cuerpo, la quinta extremidad, algo hermoso y reluciente. Cada movimiento de Isla era más rápido que el anterior según iba encontrando su ritmo, su cadencia. Su baile. Notaba el suelo a sus pies igual que si estuviera descalza, el aire impregnado de electricidad. Brotó un gruñido del fondo de su garganta cuando empujó a Grim hacia la pared a través del estadio, hacia la multitud sentada en lo alto.

La boca de Grim había mudado en una línea de pura concentración; Isla habría jurado que una gota de transpiración resbalaba por la sien del nightshade.

—Esto no te lo esperabas, Grim —le dijo ella con voz profunda y ronca.

Él la miraba con ferocidad. Por una vez el brillo malicioso se había esfumado.

Isla sonrió, giró rauda como un remolino para cobrar impulso y atacó como una cobra, con tanta potencia que Grim se tambaleó.

No necesitaba más. La wildling saltó con un grito de guerrero y aterrizó justo ante él para acorralarlo contra la pared.

La hoja de Isla le apuntaba a la garganta.

El acero de Grim repicó contra el suelo.

Isla le resolló directamente en la cara. Él la miraba como si la viera por primera vez.

—Todo el mundo parece olvidar... —le dijo ella sin despegarle la mirada, aunque para ello tuviera que echar la cabeza hacia atrás. Los dos estaban jadeando y los pechos se agitaban con cada respiración— que las wildling son, por encima de todo, guerreras.

Puede que Isla no tuviera poderes. Y es posible que hubiera vivido atrapada como un pájaro enjaulado toda su vida por esa razón. Pero podía luchar tan bien como cualquier gobernante; Terra se había asegurado de eso. Apartó la hoja de la garganta de Grim.

Y resonó un aplauso solitario.

Isla se dio la vuelta atónita ante el sonido, la única ovación de una concurrencia de cientos.

El rey. El rey la estaba aplaudiendo.

De nuevo.

Se volvió a mirar al soberano nightshade, esperando ver una mirada de odio en sus ojos. Pero él estaba sonriendo y sus rasgos expresaban algo muy parecido a deleite.

Grim estaba encantado de que ella lo hubiera vencido.

Y eso no tenía lógica.

Lo observó entornando los ojos mientras trataba de adivinar sus pensamientos. Jamás las motivaciones de nadie habían constituido un misterio tan grande.

¿Qué pretendía Grim?

¿A qué estaba jugando?

Siguiendo el ejemplo del rey, unas cuantas palmadas resonaron aisladas entre la multitud y al momento se extendieron como un incendio incontrolado, hasta que el estadio entero estalló en una ovación que celebraba la victoria de Isla, el menor de dos males que había vencido al otro.

Todavía desconcertada, Isla se encaminó a la zona lateral, donde encontró a Celeste muy preocupada. Su amiga no podía decirle nada delante de los demás soberanos, pero Isla sabía que había destacado en exceso. Habían quedado en que pasaría desapercibida para que, con un poco de suerte, pudieran formar equipo.

En cambio, tanto isleños como gobernantes sin duda se acordarían de ella.

Cleo y Oro lucharían a continuación como ganadores de sus duelos respectivos. La moonling hizo una exhibición excepcional. A pesar de todo, el rey se alzó con la victoria menos de un minuto después. Pero no antes de que Cleo se las ingeniara para dejarle una marca en el brazo. La piel se abrió y una sangre chisporroteante cayó sobre la grava. Él ni siquiera hizo amago de curarse la herida antes de prepararse para el duelo siguiente.

Una parte de Isla se preguntaba cómo se atrevía la moonling a herir al rey. Una energía nerviosa se propagaba por el estadio, quizá porque algunos de los isleños estaban pensando lo mismo.

Oro no se molestó en abandonar la pista. Se quedó allí parado con el arma clavada en el terreno ante él y las manos apoyadas en la empuñadura. Todavía sangrando, volvió la vista hacia Isla. Su adversaria final.

Tenía los ojos huecos. Carentes de emoción.

Ella no se amedrentó ante esa mirada vacía cuando regresó a la arena. Esta vez no hubo aplausos que la alentaran. La lealtad del público había mudado tan rápida y predecible como la marea.

En alguna parte sonó una campana.

Al momento una espada cortó el aire en pedazos ante ella. Isla se las arregló a duras penas para enarbolar la suya a tiempo, pero la fuerza del primer golpe asestado por el rey le hizo temblar los huesos. Notó la potencia en los dientes.

Un gemido brotó de sus labios cuando aseguró la postura clavando los pies para absorber el impacto y escudarse contra su avance.

Cuando él volvió a cargar, el pie izquierdo de Isla resbaló, lo que debilitó su postura. La estaba obligando a desplazarse, a colocarse en una posición vulnerable.

¿Acaso la tomaba por necia?

Aferrando la empuñadura con las dos manos, empujó el acero con todas sus fuerzas.

El rey reaccionó como ella esperaba, defendiéndose con la misma potencia…

E Isla saltó en el último instante para que él trastabillase hacia delante.

Ella era más ágil, lo sabía; eso constituía su ventaja. Pero Oro la superaba en fuerza, aun herido como estaba.

La espada del rey impactó contra el acero de la wildling antes de que Isla se recuperase del todo y ella se esforzó en sostener el ritmo a la defensiva, bloqueando golpe tras golpe a cual más ensordecedor. Oro era consciente de su mayor resistencia. Su estrategia consistía en agotarla, obligarla a consumir las energías en parar los embates en lugar de tomar la iniciativa. Hasta que le fallaran los brazos.

Casi se le escapó una sonrisa.

No sabía que, cuando Isla tenía doce años, Terra la había dejado colgando de la rama de un árbol a quince metros del suelo durante cinco horas.

«Si te caes, te romperás las dos piernas —le dijo—. Te recuperarás, pero no podrás salir de gira por los nuevos territorios si estás herida».

Ella llevaba años esperando la primera gira por las nuevas tierras de su reino.

La primera hora no fue un espanto. Ya llevaba entrenando un tiempo a esas alturas. Tenía fuerza en los brazos.

Al comienzo de la tercera hora, estaba gritando.

Para la cuarta, se había quedado sin voz.

Al llegar la quinta, se le habían dislocado los dos hombros.

Pero no se soltó.

A pesar de todo no le dieron permiso para emprender la gira. Fue un castigo por los gritos.

«Debes tomarte el dolor como una medicina —le dijo Terra en respuesta a sus lágrimas—. Tragártelo con una sonrisa».

A continuación devolvió el hombro de Isla a su lugar sin administrarle medicación para el dolor. Otra lección.

No sería el rey el que agotara sus fuerzas.

Sin embargo..., le convenía hacerle creer que lo conseguiría. Aminoró sus movimientos ligeramente, dobló la muñeca un solo grado. Inclinó la espada como haría alguien que acusara el peso del acero.

Al notar que Isla se debilitaba, el rey redobló su embate.

Ella retrocedió un paso. Otro, en esta ocasión con un leve tambaleo.

Él se preparó para su maniobra final y más arriesgada.

E Isla desató todas las fuerzas que estaba reservando.

La fuerza del golpe pilló a Oro desprevenido. La hoja del hombre tembló con el impacto y ella aprovechó la ocasión para seguir avanzando al mismo tiempo que apuntaba a todas partes. El rey se vio obligado a retroceder mientras paraba los golpes con un ceño concentrado en el rostro.

Isla iba a ganar el duelo.

Su hoja se transformó en una serpiente, igual que si la sierpe de su corona hubiera cobrado vida y acometiera a matar con los colmillos por delante. Estuvo a un pelo de alcanzar el cuello de Oro.

Saltó hacia delante, lista para el golpe final… Y titubeó.

Celeste era una reminiscencia plateada a un lado de la pista, justo detrás del rey. En teoría Isla no debía ganar la prueba. No formaba parte del plan.

«¿No quieres ser libre?», le preguntó una vocecilla interna. Eso era más importante que su orgullo. Más importante que ganar. Más importante que cualquier cosa.

En el último instante, Isla apuntó más abajo, a una zona que Oro pudiera esquivar con facilidad. Cuando lo hizo aflojó la mano que sostenía el acero.

De ese modo, cuando la espada de Oro detuvo el impacto, la de Isla salió volando por el estadio.

La multitud estalló en vítores y no solo los sunling, sino todos los reinos de Lightlark se pusieron en pie. Para honrar a su rey.

Pero él únicamente estaba pendiente de Isla, a la que observaba con los ojos entrecerrados.

«Lo sabe».

De algún modo Oro había adivinado que lo había dejado ganar.

La punta de la espada real resbaló sin entusiasmo a la barriga de Isla, a su corazón. Al momento la retiró. Pero la mirada del rey era implacable mientras la estudiaba con atención.

Isla se arredró bajo esa expresión. Plegándose sobre sí misma, le dedicó una reverencia en reconocimiento de la derrota.

Se retiró al lateral mientras coronaban a Oro como ganador de la presentación.

No volvió a mirarlo a los ojos, pero notaba el foco del rey clavado en ella. Su expresión ya no era hueca…, sino implacable como llamas.

CAPÍTULO 8
CELESTE

El día que Isla conoció a Celeste se sintió aliviada. Llevaba toda la vida oyendo hablar de los otros gobernantes de los reinos. Cuatro eran ancianos y poderosos hasta extremos aterradores y ya estaban vivos cuando se lanzaron las maldiciones. Eran los herederos originales de los gobernantes que se habían sacrificado por la profecía. Isla no era rival para ellos, por más tiempo y empeño que dedicase al entrenamiento. La perseguían en sus pesadillas y todos la habían asesinado mil veces en sueños antes de que la invitación al Centenario llegara siquiera.

La starling era un misterio. Tan joven como Isla y en desventaja, porque ella no contaba con Terra o Poppy ni con ningún guardián anciano y sabio que la guiara, por culpa de la maldición.

A pesar de todo, el pueblo estelar era poderoso.

«Es tu enemiga —le decía Terra. Una informadora les había revelado tiempo atrás a sus guardianas que la última de una larga estirpe de gobernantes starling era una chica—. Una de las dos está condenada».

Terra la convenció de que, siendo las dos más jóvenes, serían presas codiciadas por los demás, que tratarían de acabar con ellas para cumplir una parte de la profecía. Solo una de las dos viviría.

«Tienes que ser tú».

Así pues, Isla se quitó un peso de encima cuando, viajando entre portales con su varita estelar, fue a parar sin pretenderlo al castillo de los nuevos territorios starling en el que moraba la gobernante.

«Me parece que la varita estelar sabía que te necesitaba», le diría Isla a Celeste años más tarde, durante una de las numerosas veladas que pasaron juntas en secreto.

«Y que yo te necesitaba a ti», asintió Celeste, estrechando su mano con fuerza.

No eran enemigas...

Eran amigas.

«Hermanas». La palabra definía mucho mejor el vínculo que las unía, una relación para la que Isla no podía estar preparada tras toda una vida de soledad. Quería a Celeste más que a nadie en el mundo. Más que a sus guardianas, incluso.

Fue lo más natural del mundo que le contara a la starling su secreto, tres años después de conocerse.

El amor que su amiga le inspiraba fue la razón de que se sintiera obligada a ser sincera.

«Si ya no quieres que trabajemos juntas, lo entenderé —le dijo Isla—. De veras, Celeste. Lo entenderé».

Celeste la abrazó con fuerza y las dos derramaron lágrimas. Saber que Isla carecía de poderes lo complicaba todo. Había muchas posibilidades de que los demás gobernantes averiguaran su secreto durante el Centenario e Isla muriera una vez que el resto de la profecía se hubiera materializado.

«No —susurró la starling contra el hombro de Isla pasado un buen rato—. Trabajaremos juntas. Siempre. —Rodeándole el rostro con las manos, miró a Isla a los ojos y le hizo una promesa—: Te protegeré. Saldremos juntas del Centenario una vez que todo haya acabado y no volveremos a separarnos durante el resto de nuestras largas vidas».

Por eso Isla había prometido seguir las instrucciones de su amiga; o lo había intentado. Celeste se había puesto en peligro, y a todo su reino, al forjar una alianza con ella.

Y era posible que Isla lo hubiera estropeado todo.

—Lo siento —le dijo con la mirada fija en el suelo del dormitorio de Celeste. Pasaba de la medianoche, así que nadie oiría sus susurros. Apenas se habían visto desde su llegada, conscientes de que su plan secreto se iría al garete si las pillaban entrando y saliendo del dormitorio de la otra.

Pero esa noche Isla había corrido el riesgo.

Celeste negó con la cabeza. Suspiró. Se estaba trenzando ese cabello de plata por tener las manos ocupadas. A su amiga le gustaba mantenerse activa cuando la invadía el nerviosismo. Antes del Centenario, Celeste andaba tan estresada que tejió una manta entera. Hacía punto durante horas, hasta que Isla le escondió las agujas.

—No podemos deshacer lo que ya está hecho —se limitó a decir.

Se hizo un silencio, algo que siempre incomodaba a Isla. Lo llenó con excusas.

—O sea, ¿tenía que perder con Grim? No podía. Era eso lo que él quería.

Por más que su sonrisa cuando lo había derrotado sugiriese otra cosa…

Isla no tenía ni idea de lo que el hombre se proponía.

Celeste le lanzó una mirada reprobadora.

—En teoría, no tenías que llamar la atención.

Isla no supo por qué ponía los ojos en blanco, pero lo hizo, súbitamente irritada.

Fue entonces cuando la starling se puso en pie. La energía chisporroteó en el ambiente, señal inconfundible de que estaba enfadada.

—Tienes que pensar en esto a largo plazo —le explicó, cerrando los puños con aire frustrado—. Los isleños te estaban mirando. Al igual que todos los gobernantes. Has vencido a Grimshaw. Por poco derrotas al rey. ¿Te has propuesto hacer enemigos, Isla? ¿Te quieres convertir en alguien de quien los otros gobernantes deseen deshacerse?

Isla apartó la mirada.

—Claro que no.

—Pues entonces tienes que hacer lo que te diga. Tenemos un plan. Terminar las presentaciones sin llamar la atención. Ser las gobernantes jóvenes e inexpertas que ven en nosotras para que el ganador de esta ronda nos empareje. Eso nos permitirá buscar el desvinculador, trabajar juntas sin tener que ocultar nuestra alianza. —A Isla le sorprendió advertir que a Celeste se le quebraba la voz. Eran contadas las ocasiones en que había visto llorar a la starling—. Solo así podré pasar tiempo contigo sin que nadie sospeche. Para protegerte. —Una lágrima plateada le rodó por la mejilla. Profirió un suspiro entrecortado mientras Isla se acercaba a su amiga, súbitamente avergonzada—. No puedo protegerte si no me haces caso.

Isla rodeó a Celeste con los brazos y la estrechó con fuerza.

Lo cierto era que, si la soberana starling únicamente deseara sobrevivir y salvar a su reino, ya habría abandonado a Isla. Conocía su secreto, a fin de cuentas. Nada le impedía contárselo a los demás. Asegurarse de que muriera una wildling y no una starling cuando llegara el momento de escoger a qué gobernante y qué reino sacrificar.

Pero no lo había hecho. Porque eran hermanas.

Celeste era una amiga mejor de lo que merecía.

—Lo siento —dijo Isla—. Te prometo tener presente el plan. Te prometo hacerte caso.

Más tarde, Celeste informó a Isla de que había inspeccionado la biblioteca de isla Estrella.

—Allí no está —la informó. Una menos en la lista.

El estómago de Isla se encogió de la decepción. Ejecutar el plan habría sido infinitamente más sencillo si el desvinculador hubiera resultado ser una reliquia starling.

—Tendré que conseguir los guantes —añadió Celeste.

Isla levantó la cabeza de golpe y buscó los ojos de su amiga.

—No me mires así —respondió esta con voz queda—. Como si no supieras lo que venía a continuación. —Hundió la barbilla—. Fue idea tuya, ¿no?

Isla estaba al corriente de que ese era el paso siguiente, por descontado. Si el desvinculador no se encontraba en la biblioteca de isla Estrella, necesitarían un modo de acceder a las secciones protegidas de las otras bibliotecas.

Los guantes eran indispensables para entrar en ellas.

Este tipo de accesorio mágico era de sobra conocido en todos los reinos, incluidos los nuevos territorios. Con esos guantes se podía invocar una mínima parte del poder de un soberano. Isla había investigado el objeto hasta la obsesión, pensando que podría ayudarla en el Centenario. Solo tenía que conseguir un atisbo de la destreza de Poppy o Terra para dominar la naturaleza y usarla para fingir…

Por desgracia, hacerse con esos guantes entrañaba peligro. Se decía por ahí que estaban fabricados de piel humana desollada. Solo los mercados negros de los nuevos territorios se atrevían a vender algo así… e Isla los había buscado en casi todos.

Los guantes eran una rareza en esos tiempos. Ya casi nadie los fabricaba. La gente consideraba que no merecía la pena tomarse la molestia de confeccionarlos, por cuanto el poder que otorgaban era mínimo. Intrascendente.

A menos que alguien los quisiera para algo muy específico.

Isla había sugerido los guantes cuando discurrían maneras de colarse en las bibliotecas, como último recurso.

—¿Te encuentras mal, Isla? —le preguntó Celeste torciendo el gesto.

Ella tragó saliva.

—¿Cómo vas a conseguirlos?

Su amiga la observó con atención. Suspiró.

—No hagas preguntas cuya respuesta no quieres conocer.

Quizá sí que tuviera la barriga revuelta, bien pensado.

—Si vas a fabricar unos nuevos, ve a la cárcel. Escoge un asesino, alguien que haya hecho algo horrible y…

Celeste aferró a Isla por los hombros con una intensidad casi dolorosa con el fin de traerla de vuelta al presente y obligarla a serenarse.

—Esa parte del plan me corresponde a mí —le dijo—. Concéntrate en la tuya.

Claro. En su parte. Isla se había ofrecido voluntaria para inspeccionar las otras tres bibliotecas. Una vez que tuvieran los guantes, tendría que aplicarse en serio.

—Hablando de mi papel en el plan… —comentó. Le tocaba a ella compartir las malas noticias sobre los problemas para conseguir las prendas sunling.

Celeste arrugó el entrecejo.

—Qué raro… —Torció los labios—. Ahora que lo pienso, cuando fui a isla Estrella, los nobles me contaron que han estado sucediendo cosas extrañas desde el último Centenario.

Sunling se ha separado más que nunca de los otros reinos. Casi nunca salen de su propia isla.

—¿Piensas que es cosa del rey?

Celeste frunció el ceño de nuevo.

—No estoy segura. Pero no me fío de él ni un pelo.

Isla tampoco. Por más que la hubiera salvado de morir ahogada el primer día del Centenario. Y después del duelo que había protagonizado, se apostaría cualquier cosa a que él tampoco confiaba en ella.

—Y hay más —continuó Celeste. Isla se preparó para un obstáculo adicional—. Moonling también se comporta de forma extraña. Los nobles de mi reino dicen que apostan guardias en el puente a diario. Durante todo el día.

Isla maldijo por lo bajo. ¿Cómo iba a colarse en isla Luna para inspeccionar la biblioteca si había guardias apostados en la entrada?

La dejarían pasar, pero informarían a Cleo de cada uno de sus movimientos. Y esta recelaría de inmediato.

—¿Lo has comprobado? —preguntó Isla a su amiga.

Celeste asintió. Siempre era concienzuda.

—He ido a dar un paseo por esa zona de la isla y lo he visto con mis propios ojos. Había dos guardias justo a la entrada de la pasarela que paraban a todo el mundo.

Dos moonling no se interpondrían entre sus planes y ellas.

—Encontraremos la manera —prometió Isla, ansiosa por ayudar después de su metedura de pata. Esperaba que no fuera una más de las promesas que no podía cumplir.

CAPÍTULO 9
CORONA

Por fortuna para Isla, los gobernantes no compartían todas las comidas. Algunas noches, Celeste, Azul, Cleo y Oro cenaban en sus islotes. En otras ocasiones todos comían a solas, cada cual en sus aposentos. Las cenas en grupo venían siempre precedidas de una invitación y resultaban de lo más embarazoso, en particular para Isla, que tenía que sentarse delante de un plato vacío. Desde aquella primera cena, ya ocho días atrás, el rey había respetado su deseo de comer en sus aposentos. Las wildling sobrevivían con un par de corazones al mes, pero le servían uno a la semana, que ella despachaba al momento con el máximo sigilo.

Los insultos constantes de Cleo constituían otro motivo de incomodidad. Desde aquel primer día en que Isla fuera tan necia de morder el anzuelo, la moonling no se privaba de demostrar el desagrado que la wildling le inspiraba. Isla no había dejado de arrepentirse ni un instante, en especial cuando los ojos de Celeste se posaban en los suyos, un gesto que servía para recordarle por qué era tan importante pasar desapercibida. Ser invisible. Imperceptible.

Isla estaba a punto de entrar en el comedor para participar en una de esas cenas grupales cuando se detuvo súbitamente.

En la sala resonaban demasiadas voces. Decenas.

Alguien abrió las puertas e Isla atisbó un salón repleto de nobles pertenecientes a todos los reinos de Lightlark. Muchos se volvieron a mirar a Isla con el miedo y la curiosidad batallando en el semblante mientras la escudriñaban con tanta atención y recelo como un joyero que buscara defectos en un diamante.

Todas y cada una de las lecciones de Poppy acudieron a su mente a la vez.

«La espalda recta».

«La barbilla alta».

«Los hombros bajos».

«Mira al frente; no les prestes atención».

«Los dedos relajados junto a los costados».

Era obvio que se trataba de una presentación. Quienquiera que la hubiese organizado había decidido invitar únicamente a la nobleza de Lightlark.

No la habían avisado de antemano. Las sorpresas eran frecuentes durante el Centenario. «Debes estar preparada para cualquier cosa», le había dicho Terra.

Las presentaciones eran ocasiones para que los gobernantes se evaluasen mutuamente. Para identificar a los débiles. Para tener la oportunidad de decidir qué parejas de gobernantes cooperarían durante el resto del Centenario en conseguir que se cumpliera la profecía.

Isla se devanó los sesos tratando de adivinar qué clase de prueba era esa. Sus guardianas le habían mostrado una lista con las presentaciones de anteriores ediciones del Centenario. Algunas eran más sofisticadas que otras. Había misiones diversas, el reto de domar un animal salvaje, incluso búsquedas del tesoro. Pruebas de fuerza física, de estrategia o mentales.

Nada de cuanto veía le ofrecía alguna pista. Allí solo había mesas preparadas con copas de vino y platos de cristal.

Parecía una cena normal y corriente. Su nerviosismo se atenuó una pizca. Tal vez solo fuera una cena más, y los nobles, solamente invitados.

Todos ellos la habían visto en la primera prueba, aunque fuera de lejos. Y estaba claro que no la habían olvidado. Algunos se quedaban mirando las partes de su cuerpo que abrazaba el vestido. Otros la observaban como si estuviera a punto de desnudarse o estallar en llamas. Unos cuantos retrocedieron con los ojos fijos en sus labios y dedos, como si en parte esperaran ver garras en lugar de manos.

Era una seductora. Un monstruo que se alimentaba de las presas a las que tan fácilmente cautivaba.

Pensaban que la conocían.

No sabían nada.

Unas cuantas personas lanzaron exclamaciones cuando Grim se materializó de la nada junto a Isla. El nightshade no se inmutó.

Los pocos que antes no la observaban sin duda la estaban mirando ahora. La seductora y el gobernante de la oscuridad. Una pareja ganadora.

—Grim —le espetó con brusquedad, evitando su mirada. Se recordó que no sabía nada de él ni de lo que pretendía.

—Devoracorazones —susurró él de forma que solo ella pudiera oírle. Bajó los ojos para estudiar hasta el último centímetro del nuevo vestido escarlata de Isla. Los finos tirantes. La exigua pieza de tela que hacía las veces de corpiño. La cintura, donde el vestido se le ceñía al máximo antes de derramarse junto con otras capas de tela que se adherían a su cuerpo. Los guantes hasta los codos, que casi nunca llevaba, pero que había decidido enfundarse aunque solo fuera para cubrirse un poco más, del mismo color y material que el vestido.

Él la miraba con descaro, ansioso, como si tuviera que aprenderse de memoria hasta el último centímetro de su persona. Nunca nadie la había escudriñado con tanta minuciosidad.

¿Pretendía abochornarla?

¿O seducir a la seductora?

Sus ojos negros se tornaron aún más oscuros cuando buscaron los de Isla y dijo:

—No tengo claro qué me gusta más, si ver cómo aferras la espada… o cómo el vestido se aferra a tu cuerpo.

Si las miradas matasen, el nightshade estaría muerto e Isla habría roto la primera regla del Centenario. Los labios de Grim dibujaron una sonrisa malvada en respuesta a la mirada asesina de ella.

Isla avanzó un paso hacia él, envalentonada. Todavía no entendía a qué estaba jugando Grim, pero sí sabía que el nightshade disfrutaba cuanto ella respondía a sus pullas.

—Y yo no tengo claro qué me gusta más, si recordar la imagen de mi espada contra tu garganta… o imaginar el aspecto que tendría tu corazón en mi plato.

Los ojos oscuros de Grim brillaron con hilaridad.

—Cuidado, Devoracorazones —susurró él demasiado cerca, erguido junto a ella todo lo largo que era—. No vaya a ser que te lo ofrezca.

En esos últimos instantes, Isla tenía la sensación de que solo estaban Grim y ella en la sala.

Un aplauso la devolvió a la realidad. Cuando Isla se giró, advirtió que Azul se había situado a la cabecera de la mesa, ya ocupada por el resto de los gobernantes.

—Bienvenidos —dijo—. Si todos los presentes son tan amables de ocupar sus asientos, empezaremos.

Isla se apresuró hacia la mesa, agradecida de tener una excusa para poner distancia entre el nightshade y ella. Pero los dos únicos asientos libres estaban juntos. Perfecto.

Sin duda se trataba de una presentación y no de una sofisticada cena, aunque decenas de asistentes ya estaban sirviendo la comida. Su mente sopesó toda clase de posibilidades. Isla permanecía atenta, observando hasta el último detalle y preparándose para la prueba que estaba a punto de afrontar, fuera cual fuese.

Los nobles ya se habían acomodado en los asientos. Isla observó los trajes y los vestidos, todos confeccionados con tejidos deslumbrantes. El sastre debía de haber trabajado sin cesar los meses anteriores. Se preguntó si ya habría reparado en que le faltaban dos piezas.

En la tienda había cientos de telas... Sería casi imposible hacer inventario a diario. Por otro lado, el sastre se tomaba su profesión muy en serio. Tal vez sí que se había percatado. ¿Denunciaría el robo?

¿Sospecharía de la wildling que había visitado la tienda la mañana del robo?

—Empecemos —sugirió Azul con entusiasmo, sonriendo de oreja a oreja.

El gobernante skyling poseía la dentadura más perfecta y brillante que Isla había visto jamás. Esa noche vestía una túnica con aberturas triangulares a lo largo de los costados que revelaban las marcas grabadas en su piel oscura, símbolos que Isla no reconoció. Algunos wildling se tatuaban también con agujas y pintura al concluir los entrenamientos o tras una gran hazaña. A Isla no se lo permitían. Su cuerpo no le pertenecía únicamente a ella, decía Poppy. Pertenecía al reino.

Ella era su representante, su ancla. Aunque fuera defectuosa de nacimiento.

—Esta noche me gustaría hacer un homenaje a las fantásticas destrezas que nos permitirán romper nuestras maldiciones —dijo Azul—. Gobernantes de los reinos, ¿nos haríais el honor de ofrecernos una demostración de vuestros poderes?

Isla estuvo a punto de soltar la copa de agua que un momento antes había alcanzado con ademán distraído.

Los ojos de Grim estaban fijos en su copa. Los dedos de Isla temblaban contra el tallo y el agua se agitaba en el interior. De haber pensado que las piernas serían capaces de sostenerla, habría abandonado la sala a la carrera.

Ella no tenía poderes que exhibir ante los demás.

«Grim». El nightshade podría apagar las luces. Podría hacerla desaparecer o al menos provocar una distracción. Si se lo pedía, lo haría. Le encantaría tener la oportunidad de provocar una gran confusión. Y por más que sus intenciones fueran turbias, ya la había ayudado en otra ocasión.

Claro que entonces Isla tendría que explicarle el motivo de su petición. Tragó saliva, sopesando los riesgos.

Antes de que pudiera pronunciar una palabra, Azul dijo:

—Grim. Hacía siglos que un nightshade no visitaba nuestra isla. —Su voz sonaba tensa. Desconfiada—. ¿Quieres empezar?

Grim permaneció sentado unos instantes e Isla se preguntó qué pasaría si se limitara a hacer caso omiso al gobernante de Skyling. Por fin se puso en pie y abrió la palma de la mano.

La sala se transformó. De súbito había cientos de nightshade idénticos a él de pie entre silla y silla. Todos esgrimiendo sonrisillas burlonas. El techo se abrió, el suelo se dividió, grandes losas de piedra cayeron sobre sus cabezas, los gritos hendieron el aire...

Todo desapareció. La sala recuperó la normalidad. Tan solo había un Grim con expresión aburrida, como si la exhibición no le hubiera requerido ni un ápice de su energía mágica.

Se hizo el silencio en la sala. Alguien dejó caer una copa.

Los nightshade poseían destrezas mentales, Isla lo sabía. Pero eso era algo más, una alucinación colectiva.

¿Qué peligro podía entrañar una visión semejante en una guerra?

¿O en los juegos del Centenario?

Isla volvió la vista hacia el rey. Oro observaba a Grim con expresión hosca, como si su exhibición constituyera una amenaza. Una declaración de lo que era capaz.

—Cleo, si eres tan amable —dijo Azul, esta vez con menos entusiasmo.

Isla tenía que discurrir algo. Y cuanto antes.

Terra y Poppy la habían preparado para esa eventualidad exacta. Pero el complicado plan que habían ideado requería que ya se hubiera acercado al rey y le hubiera robado una de la piezas mágicas que, en teoría, formaban parte de su colección personal, una flor wildling capaz de multiplicarse y vivir eternamente. Le habían dado instrucciones específicas de que se hiciera con ella cuanto antes.

Algo que Isla había olvidado por completo, concentrada como estaba en el plan que Celeste y ella habían urdido.

No había vuelto a hablar con el rey desde aquella primera cena y lo evitaba siempre que podía. Tal vez demasiado, en flagrante desafío al primer y humillante paso de la estrategia ideada por sus guardianas.

¿Qué podía hacer? ¿Reconocer su secreto no solo ante los nobles, sino también ante los demás gobernantes?

En ese caso, podía darse por muerta en cuanto el reloj marcase la medianoche del quincuagésimo día. Ni siquiera Celeste podría protegerla de los demás soberanos. Su amiga lo había reconocido.

«Celeste». Isla volvió la vista por fin hacia la gobernante starling, que la miraba fijamente, como si llevara un buen rato tratando de captar su atención.

Su expresión era tensa y abría los ojos de par en par con expresión preocupada.

Isla era una carga. Siempre necesitada de vigilancia. De cuidados.

Sin saber muy bien por qué razón, le dedicó una sonrisa desenfadada a su amiga y asintió levemente, como diciendo: «No te preocupes, tengo un plan».

Aunque ella nunca tenía planes propios, ¿verdad? Se limitaba a adaptarse a las estrategias de los demás. No eran suyas. En realidad no.

Cleo estaba de pie de cara a la mesa de los gobernantes. Levantó las manos con ademán histriónico. Vino color rojo sangre salió disparado de todas las copas hacia el centro de la sala. La moonling movió las manos como si acariciase a un animal salvaje y del vino surgió un tiburón inmenso con tres filas de dientes. Se precipitó sobre la multitud con sus monstruosas mandíbulas abiertas, pero antes de que llegara a la altura de Cleo, esta cerró el puño y el tiburón se convirtió en una figura de hielo. Sus dientes mudaron en carámbanos color malva que se clavaron en torno a la moonling formando un círculo perfecto. El resto del animal se esfumó en una nube de vapor.

La sala estalló en aplausos y los nobles no mostraron el más mínimo fastidio ante sus copas vacías. Cleo parecía sumamente satisfecha de sí misma cuando volvió a su asiento.

—¿Celeste?

La starling se levantó despacio, con los hombros rígidos. Isla sabía que su amiga no estaba nerviosa, al menos no por su propia demostración. Caminó despacio hacia la zona central de la sala y su cabellera titiló bajo las llamas de las lámpara. Celeste enarboló un dedo.

Y la sala estalló.

Brotaron fuegos artificiales de cada rincón, chispas plateadas que llovieron sobre los presentes como minúsculas estrellas fugaces. Silbaban y rugían según salían disparadas antes de estallar contra las paredes en motas de color plata.

Los presentes lanzaron exclamaciones de asombro y algunos levantaron las manos para tocar el polvo estelar que caía como confeti cubriendo las mesas de partículas brillantes. Algunas se precipitaron sobre el cabello de Isla.

Era hermoso.

Notó un retortijón en la barriga mientras esperaba a que se pronunciara su nombre. Necesitaba un plan, una salida…

—Me toca, supongo —dijo Azul, esbozando una sonrisa simpática.

El skyling se puso en pie con elegancia y su capa ondeó a su espalda con la brisa generada por el movimiento. Hizo un giro de muñeca en dirección al techo y el aire empezó a ondularse. Aparecieron tres nubes semejantes a algodón de azúcar que crecieron sin cesar hasta que sus bordes entraron en contacto. Se oscurecieron antes de iluminarse con ráfagas de luz; eran nubes de tormenta. Un trueno resonó en la sala antes de que la nubes se apaciguaran y se tornaran blancas como pergamino. El público alzó la vista asombrado cuando las nubes flotaron hacia sus cabezas. Las atravesaron con los dedos. En el momento en que las nubes llegaron a la mesa de Isla, incluso esta levantó una mano enguantada, haciendo lo posible por sonreír mientras el miedo le hervía en la barriga.

Tenía que pensar… Necesitaba ayuda…

Azul inspiró hondo y sopló con tanta fuerza que los cabellos de los presentes revolotearon hacia atrás y las capas restallaron en las sillas con la corriente generada. Tras eso, las nubes se habían esfumado.

El skyling se volvió a mirar a Isla con una sonrisa radiante.

Había llegado la hora de la verdad.

El corazón de Isla latía como un tambor cuando Azul pronunció su nombre.

«Inútil, inútil, inútil». La palabra era una cantinela en su cabeza, una burla tan atronadora que le extrañó que nadie más la oyera.

Comparada con los demás gobernantes, se sentía tan inepta y ordinaria como un pedazo de carbón entre diamantes. Sin embargo, tenía que seguir fingiendo unas cuantas semanas; el tiempo suficiente para dar con el desvinculador.

Celeste no podía ayudarla. Sus guardianas no podían ayudarla. Grim no podía ayudarla.

Tendría que encontrar su fuerza interior.

Isla se puso en pie. Notaba los ojos de los presentes fijos en ella como los focos de un escenario. Los nobles susurraban con el asco y el miedo escritos en sus caras empolvadas. Apretó los labios mientras un plan cobraba forma en su mente como un puzle ensamblado a toda prisa y luego sonrió tratando de aparentar seguridad, aunque le temblaban las piernas debajo del vestido.

—¿Su majestad? ¿Sería tan amable de ayudarme?

Oro la miró de hito en hito. En ese momento Isla no vio vacío en sus ojos velados, sino muchas otras cosas. Curiosidad. Irritación. Quizá incluso inquietud. Todo ello desapareció en un instante. Su mirada carecía de expresión para cuando se puso en pie y, descollando sobre Isla, le ofreció la mano.

Era de necios granjearse su atención tras el duelo, después de que él hubiera mostrado tanto recelo ante sus actos. Sin embargo, la audacia era la única baza que tenía para superar la presentación sin que todo el mundo pusiera en duda sus capacidades.

Acompañó al rey al fondo de la sala aferrando su mano con demasiada fuerza, un signo de nerviosismo.

—Quédese aquí —le ordenó. A continuación, evitando mirar los rostros que expresaban indignación por el atrevimiento que suponía darle órdenes al rey, semblantes que parecían tan ávidos de presenciar su fracaso como lo estaban por la carne roja que aguardaba en sus platos, se encaminó al extremo opuesto de la sala.

Despacio, ordenando mentalmente a su pulso que permaneciera firme, se quitó las numerosas sortijas y las dejó en la mesa más cercana, ante un sunling que jadeó impresionado al tener ese despliegue de riqueza tan cerca. Isla se despojó de los guantes y sujetó uno con el puño cerrado. Con una mano, extrajo un prendedor de su cabello.

No era una horquilla normal sino una estrella arrojadiza disfrazada de accesorio.

Reinaba el silencio en la habitación, así que la voz de Cleo se proyectó cuando dijo:

—No me había fijado en que acudías a las cenas armada, wildling.

Isla levantó la barbilla una pizca a la vez que sostenía el frío metal en la palma de la mano.

—Yo siempre voy armada —declaró.

Habría jurado que oyó a alguien tragar saliva en las inmediaciones.

Oro no se movió. Permaneció plantado e inmóvil a unos metros de distancia. Isla no despegó los ojos del rey cuando sujetó la estrella arrojadiza con los dientes y se vendó los ojos recurriendo al guante.

Los presentes ahogaron exclamaciones, pero ella ya no veía sus expresiones. No veía nada detrás de la tela rojo oscuro.

Cogió la estrella que tenía entre los labios y la sostuvo entre los dedos. Las puntas letalmente afiladas se le clavaban en la piel.

Isla inspiró despacio mientras las lecciones de Terra desfilaban por su mente.

«Quédate quieta, niña».

«No dejes que nada te perturbe».

«Eres una guerrera».

«Haz que te teman».

«Que sepan lo que significa ser silvestre».

La estrella salió volando.

Isla oyó el repique inconfundible de dos metales cuando impactó contra su objetivo.

Se retiró la tela de los ojos… y, sin poder evitarlo, sonrió con suficiencia al ver a Oro, rey de Lightlark, todavía inmóvil en el mismo sitio. La mirada del monarca no estaba clavada en ella, sino en la corona que Isla había arrancado de su cabeza dorada. Repicó sonoramente contra el suelo antes de posarse finalmente con los ecos todavía resonando en la silenciosa sala.

Isla se acercó a Oro caminando con elegancia, sin acordarse de sus anillos. Los ojos del rey regresaron por fin a la wildling. Ella no supo descifrar sus pensamientos en esta ocasión y tampoco lo intentó. En lugar de eso, se inclinó y recogió la corona.

—Se le ha caído esto —susurró antes de tendérsela y regresar a su asiento.

No había empleado ni un ápice de poder en su presentación. Pero nadie la había cuestionado; así de horrorizados estaban con su insolencia. Así de indignados.

Y, durante una milésima de segundo, se sintió la persona más poderosa de todos los presentes.

Oro actuó en último lugar.

Isla esperaba que hiciera una exhibición con fuego. Una hoguera furibunda que surgiese de su mano.

En vez de eso, el rey se levantó, plantó la mano sobre la mesa...

Y la piedra se transformó en oro. Sucedió en oleadas. El metal se extendió por el mármol y luego hizo lo propio por el suelo. Pasados unos segundos, todo era dorado.

Un poder inconcebible. Miles de años atrás, por lo que decía la gente, los starling podían crear diamantes. De las palmas de las wildling brotaban esmeraldas y rubíes como si fueran flores.

Los sunling transformaban las copas en oro.

La capacidad de hacerlo representaba el grado de poder más absoluto.

¿Podía transformar a una persona en oro? ¿Acabar con su vida convirtiéndola en metal?

Los gobernantes deliberaron cómo se juzgaría la prueba. Azul anunció que los nobles votarían a su favorito, con la salvedad de que no podían elegir a nadie de su propio reino. Como si eso sirviera para que la votación fuera justa.

A nadie le sorprendió que el rey se alzara vencedor de nuevo. Lo merecía, Isla debía reconocerlo, con esa exhibición que los había dejado a todos sin habla.

Incluso los nobles sunling parecían estupefactos. Saltaba a la vista que nunca antes habían visto a Oro emplear su poder.

Isla se preguntó qué otros secretos guardaría el rey.

CAPÍTULO 10

JUNIPER

La noche sabía a sal. El viento transportaba el olor del mar hacia lo alto de los riscos y los árboles y también hacia donde Isla estaba agazapada, en las inmediaciones del ágora.

La paciencia es la madre de la ciencia, Isla lo sabía bien, y había aprendido a desarrollar un tipo de constancia especial mientras vivía atrapada en su castillo de cristal. Ya habían pasado cinco días desde la presentación de Azul. Celeste estaba ocupada procurándose los guantes. De momento no se habían anunciado nuevas presentaciones. Así que Isla se había concentrado en su parte del plan. Visitaba el ágora casi cada noche. Observaba. Esperaba.

Conocía a los nobles que frecuentaban cierto establecimiento dedicado a la venta de arte durante el día, pero que se transformaba en un burdel secreto al caer la noche. Conocía las tiendas que contaban con entradas traseras y a qué hora exacta cerraban en realidad. Había contado el número exacto de canciones que tocaba la banda antes de dar la noche por terminada (siempre catorce) y tenía localizados a los músicos que pasaban por el bar antes de regresar a casa.

Recogía la información más importante cuando los sunling ya llevaban un rato retirados, no fuera a ser que ardieran en llamas con el sol naciente. Cuando la primera alborada teñía el horizonte y las únicas personas que quedaban en el mercado estaban demasiado empapadas en alcohol para reparar en ella, recorría los callejones prestando atención. Escuchando.

Fue así como supo del cantinero.

El hombre cerraba la puerta de su negocio a altas horas de la noche con una llave que guardaba en el bolsillo de unos almidonados pantalones azul pálido. Isla había notado algo raro en el repiqueteo de la cerradura; el hombre giraba la llave cinco veces antes de darse por satisfecho.

Ese día, cuando el cantinero dio media vuelta, se llevó un buen susto.

Isla estaba sentada en un taburete inestable con las manos unidas ante sí. El local hedía a alcohol. Un licor fuerte, puro, concentrado. Ella nunca lo había probado, porque Poppy y Terra no se lo permitían, pero conocía muy bien el olor.

«Tú ya tienes la cabeza en las nubes —le decían—. No hay ninguna necesidad de que te nubles aún más el entendimiento».

—Parece ser que el negocio va viento en popa —comentó ella a la vez que señalaba las decenas de vasos vacíos que había por las mesas, restos de una noche de euforia.

El cantinero sonrió, lo que curvó hacia arriba los extremos del curioso bigote que lucía.

—Bueno, los tiempos no son amables. Pero las épocas complicadas le sientan bien al negocio.

Isla no llevaba puesta la corona ni un vestido de colores brillantes, pero el cantinero la miró fijamente a los ojos.

—Así que sabes quién soy —constató ella.

La mirada del skyling permaneció clavada en la gobernante según se encaminaba a la otra punta de la barra. Descorchó una botella, la sirvió directamente en un vaso y tomó un sorbo del líquido color miel sin apartar los ojos de Isla.

—Pues claro que lo sé, wildling. La cuestión es…: ¿sabes tú quién soy yo?

Isla había visto a incontables isleños entrar y salir de su bar sin bebidas en las manos. Las visitas eran demasiado breves como para que hubieran entrado a divertirse y algunos de los que salían ni siquiera emanaban el clásico olor a alcohol. Había seguido a algunos, había tropezado con ellos y comprobado que no llevaban nada en los bolsillos. Eso significaba que el cantinero vendía algo además de licor. Algo invisible pero muy valioso. Los cotilleos que había escuchado en las calles se lo acabaron de confirmar.

—Tú eres la persona a la que acuden los isleños en busca de información.

El skyling frunció los labios con aire pensativo. Por fin dejó la bebida en la barra e hizo una reverencia.

—Juniper, a tu servicio.

—¿Cuál es tu precio? —preguntó. Había venido preparada. Sin esperar la respuesta del hombre, dejó caer un puñado de piedras preciosas en el mostrador, además de un montón de dinero. Estaba dispuesta a pagar lo que hiciera falta a cambio de la información que buscaba.

Juniper miró la pequeña fortuna que tenía delante y sonrió.

—Yo pido un tipo de pago distinto… —dijo.

Isla perdió el aliento. ¿Qué estaba insinuando?

Debió de notar la tensión en ella, porque añadió:

—Comercio con secretos, cariño.

—¿Secretos?

Juniper asintió.

—Tú me revelas uno de los tuyos… y estaré encantado de proporcionarte la información que necesites.

A la mención de los secretos, Isla notó que se le helaba la sangre en las venas. Sus secretos implicarían la muerte. Irguió la espalda.

—No tengo ninguno —declaró con voz firme.

Juniper se limitó a sonreír.

—Ambos sabemos que eso no es verdad.

Ella tragó saliva con dificultad. ¿Qué sabía el hombre exactamente?

El pánico se extendió por su pecho; la bilis ascendió por su garganta.

Una parte de ella estaba deseando salir por piernas.

Sin embargo, para entrar en la biblioteca de isla Luna, necesitaba información. Inspiró hondo y, antes de que le diera tiempo a pensarlo dos veces, dijo:

—Dejé ganar al rey en la primera presentación. Podría haberle vencido…, pero no lo hice.

Juniper respiró satisfecho, como si el secreto lo estimulara, y asintió.

—Con eso me basta. ¿Qué deseas saber, gobernante?

Isla se echó hacia delante para formular su pregunta en susurros.

—¿Cómo puedo sortear a los guardias de isla Luna?

El hombre se llevó un dedo a los labios mientras meditaba la respuesta.

—No hay guardias durante la luna llena, cuando la maldición moonling se encuentra en su máximo apogeo. Todos los moonling se encierran en el castillo durante esas horas.

Bien.

—¿Y cuándo es la próxima luna llena?

Juniper respondió de inmediato, como si supiera que esa sería la pregunta siguiente.

—El vigésimo día del Centenario.

Dentro de una semana. Isla asintió.

—Gracias.

Dudó si preguntar por las bibliotecas restantes. Dónde estaban. Trucos para entrar sin ser vista.

Pero no podía confiarle al cantinero más detalles de su plan. Hacerlo sería una necedad. Y peligroso.

Isla dio media vuelta para marcharse.

—Ah, una cosa más, wildling —le dijo Juniper, tamborileando con los dedos sobre la barra.

Ella se quedó paralizada. Lo miró por encima del hombro.

—El sastre ha echado en falta unas prendas. Tú no sabrás nada al respecto, ¿verdad?

A Isla se le retorcieron las tripas, pero su rostro no reveló nada. El entrenamiento al que Poppy la había sometido le garantizaba que las emociones nunca se reflejaran en su rostro.

Aquello era un juego y todos formaban parte del mismo. La vida de los isleños también corría peligro. Tenía que recordarlo. Tenía que recordarse que no podía confiar en nadie. Y menos en Juniper.

Sonrió.

—Dejaremos ese secreto para otra ocasión —replicó antes de abandonar la taberna por la puerta trasera.

CAPÍTULO 11
MIEDO

El sastre era consciente de que le habían desaparecido prendas. Era más importante que nunca que encontraran el desvinculador antes de que alguno de los gobernantes se enterara de que se había producido el robo y empezara a sospechar. Pero había un problema: no podía ponerse a buscar en las bibliotecas hasta que se hubiera celebrado la presentación de Celeste. Esta les proporcionaría el artículo final que Isla necesitaba para localizar el desvinculador.

Por fortuna, la elegante tarjeta dorada de Oro llegó al día siguiente. Los gobernantes tenían derecho a escoger la hora a la que se celebraba su presentación, siempre y cuando fuera dentro de un margen de dos días tras la recepción del aviso.

Celeste decidió celebrar la suya de inmediato.

Cuando Ella llamó a la puerta de Isla, la wildling tardó un rato en responder, como si no se hubiera enfundado ya el atuendo perfecto para la prueba siguiente. Como si no llevara unas horas imaginando distintos escenarios o no hubiera solicitado, casualmente, que le sirvieran la comida temprano.

El papel que la ayudante le entregó era de plata centelleante. Las palabras estaban escritas con la perfecta caligrafía inclinada de Celeste.

Una prueba para vencer el miedo, decía.

Lugar: La sala de cristal.

Hora: De inmediato.

Isla siguió a Ella por el castillo de la capital. Nunca había recorrido esa zona, una parte que parecía más antigua, casi deshabitada durante cientos de años.

Las paredes estaban cubiertas de cuadros. Eran retratos de gobernantes sunling.

Isla se fijó en el que debía de ser el predecesor de Oro, su hermano, el rey Egan. Había gobernado durante siglos antes de sacrificarse la noche de las maldiciones. Ambos compartían el mismo cabello dorado. Un trazado de cejas semejante.

Los ojos del rey Egan, sin embargo, estaban llenos de vida. En ellos se percibía una chispa de alegría.

No se parecían en nada a los de su hermano.

Isla se preguntó si Oro habría sido siempre como ella lo había conocido... o si acaso quinientos años de maldiciones le habían pasado factura.

La sala de cristal estaba cubierta de escarcha y la luz del sol se mantenía a raya como protección para los sunling. Isla se preguntó si Oro se molestaría siquiera en abrir las contraventanas de sus ventanas durante la noche, sabiendo que olvidarse de cerrarlas antes del amanecer equivalía a una muerte segura.

Al momento recordó el día que la había salvado. Oro había salido al balcón tan pronto como el sol se ocultó, como si estuviera desesperado por encontrarse a escasos centímetros y minutos de los rayos solares. Por la contigüidad del sol.

Qué maldición tan cruel.

Todas eran infinitamente crueles.

Celeste ya estaba allí, hablando con un grupo de nobles starling. La amiga de Isla lucía una capa espectacular, especialmente confeccionada para la ocasión. Por lo que veía, un sastre del reino Starling se las había ingeniado para confeccionar una seda tan fina y translúcida que casi parecía cristal. De un leve tono plata, con estrellas cosidas en los bordes, cristalina y rutilante.

Isla tuvo que contenerse para no sonreír a su amiga, para no saludarla siquiera.

El rey también estaba allí, rodeado de sus cortesanos y consejeros, así como de isleños ricos engalanados con gemelos, collares y tantos detalles dorados que parecían estatuas a las que su soberano hubiera bañado en oro.

En ese momento entró Cleo acompañada de su séquito, que la seguía como si fuera su guardia.

Azul reía en compañía de varios skyling, relacionándose con ellos más como amigo que como un soberano dirigiéndose a sus súbditos.

Isla estaba sola. A ella nadie la rodeaba. Incluso Ella la había dejado para retirarse a un lado con los demás asistentes.

También Grim. Apareció en el otro extremo de la habitación, provocando una desbandada entre los nobles que tenía más cerca, que huyeron como cucarachas.

Los ojos oscuros buscaron los de Isla, que vio comprensión en ellos.

Los dos estaban solos.

¿Por eso la había ayudado?

¿Porque sabía cómo se sentía?

No. Él era el enemigo. Debía recordarlo.

—Bienvenidos —dijo Celeste. Estaba de pie junto a un objeto alto y velado. Parecía una estatua tapada con una sábana.

No lo era.

—Mi presentación es un desafío al miedo. Quienquiera que sea el primero en conquistar su mayor miedo será el ganador.

Había un reloj de arena en el otro extremo de la sala, ya efectuando la cuenta atrás.

Las presentaciones se planificaban al detalle. Algunas buscaban exhibir la superioridad del gobernante que la organizaba. Otras pretendían demostrar la debilidad de un oponente en particular. En algunos casos, como en este, obedecían a una intención más misteriosa.

Con una mano enguantada en plata, Celeste tiró de la reluciente sábana, bajo la cual apareció un enorme espejo.

Se trataba de una antigua reliquia starling que la soberana había traído de su propio reino. Hacía más de un año que Isla la veía plantada en una esquina de la habitación de Celeste como un espectro. Cada persona podía usarla una sola vez, de modo que Isla no había podido practicar. Pero estaba casi segura de cuál sería su mayor miedo.

—¿A quién le gustaría empezar? —preguntó Celeste.

El miedo era quizá la mayor debilidad de un gobernante. Aquello que más temían podía condenar a su reino. Era una buena prueba.

Pero ese no era el motivo que había llevado a Celeste a escoger ese desafío.

El rey avanzó un paso. En el instante en que posó la mano contra el cristal, el espejo se onduló como agua en una copa.

De súbito la superficie dejó de moverse. Y el rey se quedó paralizado.

Durante varios minutos, Oro emprendió un viaje que nadie más podía ver. El rey se limitaba a mirar el espejo con semblante inexpresivo, todavía con la mano en la luna y uniendo las cejas de vez en cuando.

Todo el mundo tenía un miedo secreto. Isla se preguntaba qué le inspiraba al monarca tanto temor. Según Celeste, el espejo atrapaba a la persona que lo miraba hasta que esta lograba vencer su mayor terror. Algunos se perdían allí dentro para siempre. Más de uno había perecido empleando la reliquia.

Oro se irguió, ya roto el hechizo. Despegó la mano de la superficie. Había vencido su miedo.

En solo tres minutos.

Isla tragó saliva. El rey llevaba viviendo más de quinientos años. ¿Y si ella obligaba a los presentes a permanecer allí durante horas? ¿Qué pensarían de ella y de sus destrezas? ¿De su solvencia para sobrevivir al Centenario?

¿Y si nunca conquistaba su miedo y el espejo la atrapaba?

Isla era consciente de la importancia de esa reliquia para el plan que Celeste y ella habían urdido. Sin embargo, súbitamente deseó que su amiga hubiera escogido una prueba distinta.

Azul fue el siguiente. Tardó cinco minutos. Más que el rey, pero no demasiado.

Cuando el skyling se separó del espejo, Isla se fijó sin pretenderlo en que su sonrisa parecía más apagada de lo habitual. Algo en su expresión sugería que todavía se sentía turbado.

¿Qué había visto?

¿Qué miedo se había visto obligado a afrontar?

Las palmas de Isla empezaron a sudar. Se las enjugó contra la capa e inspiró hondo. «Céntrate».

En cuanto Cleo posó la pálida palma de la mano en la superficie del espejo, Isla supo que en esa ocasión las cosas serían distintas. La luna no se onduló tanto, ni por asomo. La gobernante cerró los ojos y se quedó paralizada, una soberana convertida en hielo.

No habían pasado ni dos minutos cuando volvió a abrirlos.

Exclamaciones de asombro brotaron de los presentes. Cleo había vencido incluso al rey. Por un minuto entero.

A Isla le chirriaban los dientes. La moonling debía de ser una desalmada. O quizá no le tenía miedo a nada. Ambos rasgos eran peligrosos en un enemigo.

Grim concluyó el ejercicio en poco menos de tres minutos.

Celeste lo hizo en cinco.

Y le tocó el turno a Isla.

El silencio era absoluto cuando enfiló hacia el enorme objeto. Sus tacones repicaron contra el suelo. Le temblaban las rodillas debajo del vestido y dio las gracias de que fuera tan largo.

Antes de lo que le habría gustado, Isla levantó la mano. Los dedos le temblaban levemente cuando los posó contra la luna.

La superficie se movió… Se abrió…

Y algo la arrastró al otro lado del espejo.

CAPÍTULO 12
AÑICOS

Cuando Isla atravesó el espejo, emergió a un mundo de cristal.

Durante los largos meses que llevaba imaginando esta prueba, había concluido cuál era su mayor miedo: fallarle a su reino.

Se había preparado para ver un terreno sembrado de wildling caídos. Bosques calcinados. A Poppy y a Terra muertas a sus pies.

Ahora que había llegado el momento de la verdad, no había cuerpos, ni llamas, ni naturaleza muerta.

Solamente una habitación. Su alcoba en Wildling.

Tenía el mismo aspecto exacto que cuando se había marchado. Aseada. Cada cosa en su sitio. La panoplia con las espadas en la pared lateral, que la saludaban con su fulgor.

Esperó a que la inundara el alivio por el hecho de estar de vuelta, de hallarse en un sitio que conocía a la perfección tras dos semanas rodeada de desconocidos en un territorio extraño y gobernado por los secretos.

Pero lo único que sintió fue terror.

Si fracasaba, tendría que regresar a su habitación. Viviría el resto de su breve, maldita e inútil vida mortal nuevamente escondida. El reino precisaría una heredera mejor para el siguiente Centenario, así que la obligarían a tener un hijo.

Viviría de nuevo entre algodones.

Un solo libro por viaje a la biblioteca.

Visitas a su pueblo a distancia, o ninguna en absoluto.

Someterse a las decisiones de las wildling más sabias, que conocían algo más que esas paredes de cristal.

Viajes secretos con su varita estelar.

Ni siquiera tendría que entrenarse, porque ya no habría nada para lo que prepararse.

Los bosques y las gentes continuarían muriendo, la flores se extinguirían, las wildling estarían obligadas a matar para sobrevivir, incapaces de enamorarse y cada vez más parecidas a los animales con los cuales las identificaban los demás reinos.

«No».

No podría soportar esa clase de vida.

Lightlark era un lugar peligroso, pero repleto de maravillas. Ahora que había saboreado la libertad, no soportaría que volvieran a encerrarla en una jaula de cristal como si nada hubiera pasado.

Quería más de lo que nunca le había pedido a la vida.

Isla se miró en el reflejo de las ventanas que tenía delante. Como azuzada por sus pensamientos, su reflejo empezó a moverse a su antojo. Lo vio pasear por la habitación. Tumbarse en la cama. Leer un solo libro. Una y otra y otra vez. La imagen se aceleró, los movimientos se emborronaron y los días pasaron raudos como si el tiempo hubiera tropezado consigo mismo infinidad de veces. En esta ocasión, en lugar de estar leyendo un libro, su reflejo arrancaba las páginas. Golpeaba las ventanas con el puño en vez de asomarse a ellas. Se mesaba el cabello en lugar de trenzarlo. Levantaba los tablones del suelo, uno a uno, según buscaba algo con los dedos ensangrentados. ¿La varita estelar? «¿Acaso sus guardianas la habían encontrado y se habían librado de ella?». Los días parecían transcurrir en segundos y por fin su reflejo permaneció inmóvil en mitad de la habitación mientras los años la atravesaban, su cuerpo se debilitaba, se le caía el pelo, el alma era arrancada de su pecho. Sus ojos vidriosos miraban a la nada.

No soportaba verse así. Vacía. Privada de lo mejor de sí misma. Isla alargó la mano y tocó su reflejo para consolarlo.

Y, súbitamente, de nuevo se estaba mirando a sí misma en el cristal.

El corazón le latía a toda velocidad.

¿Sería ese su destino si fracasaba? ¿En esto estaba condenada a convertirse? ¿En una sombra de lo que fue?

¿En una prisionera?

Notó una sacudida, un chirrido…

La habitación empezó a menguar.

Sobresaltada, Isla corrió al centro de la alcoba. Las paredes se desplazaban de un modo que no entendía, el suelo se desmoronaba.

Siguió menguando.

Los cristales traquetearon al encogerse. Los perfumes cayeron del tocador y se estrellaron contra las baldosas. Los afeites que había dejado allí pronto sufrieron el mismo destino, los colores se mezclaron y los polvos dibujaron penachos en el aire.

La alcoba seguía menguando.

El corazón de Isla atronaba en sus oídos como una sirena de alarma; le temblaban los dedos y gotas de transpiración le resbalaban por la frente. La habitación se la iba a tragar entera, a presionar el cristal contra su piel, a convertirlas a ella y a su reflejo en una sola.

Más exigua.

El techo se combó casi ensartándola contra el suelo. Las paredes se plegaron sobre sí mismas según encogían y se unían sin cesar.

La cama había desaparecido, sus objetos yacían destrozados entre el estropicio y la habitación no cesaba de contraerse en derredor.

Ese era su destino. El reflejo se lo había mostrado.

Encerrada por siempre en una alcoba.

Un secreto demasiado vergonzoso para ser compartido.

Una maldición demasiado dolorosa para ser sobrellevada.

La habitación emitió un inmenso chirrido y los huesos de Isla traquetearon mientras todo alrededor desaparecía engullido, encerrado, machacado.

«No».

Isla no había trabajado todos esos años para que sus esfuerzos quedaran en nada, para acabar siendo una víctima de esa alcoba y sus circunstancias.

Nunca antes había sabido lo que se estaba perdiendo. Ahora que había visto lo que el mundo tenía para ofrecerle, quería más.

Lo quería todo.

Isla no volvería a su alcoba. Rompería la maldición… o moriría intentándolo.

Antes de que pudiera hacer un solo movimiento para detener su destino, comprendió que ya era demasiado tarde. No pudo hacer nada cuando lo que quedaba de las paredes se desplomó sobre ella.

La constelación que formaban un millón de esquirlas de cristal le acribilló el cuerpo cuando la habitación se hizo añicos. Antes de que pudiera apartarse, una enorme hoja de cristal la aplastó sin quebrarse. Isla se quedó sin aliento mientras el mundo se tornaba negro y silencioso. Tenía la cara pegada al cristal, tan cerca que no podía respirar.

¿Se había quedado atrapada en el espejo?

¿Se había unido a la chica del reflejo?

Trató de mover un pie, una pierna, lo que fuera... y finalmente recuperó el tacto de los dedos. La pared solo le había aplastado uno.

«Dadme una oportunidad —les pidió a sus huesos rotos—. Dadme una oportunidad y prometo no convertirme nunca en ella».

Los dedos de Isla palparon con desesperación ciega hasta que una hoja le hendió la carne como mantequilla. Sonrió bajo los escombros. Era uno de sus aceros. Aferró la empuñadura...

Y se abrió paso entre el cristal que la había asfixiado.

Isla jadeó de la impresión.

Había regresado al salón. El espejo había recuperado la estabilidad. Su agitado reflejo le devolvía la mirada. Esta vez no se movió a su antojo.

Isla despegó del espejo una mano fría como el hielo.

No oyó aplausos. Ningún sonido rompió el silencio cuando se apartó de la luna y la presentación terminó.

Fue Cleo quien venció la prueba.

Isla permaneció en el salón hasta que todos, salvo Celeste y el espejo, lo abandonaron.

—¿Cuánto he tardado? —preguntó Isla por fin. Estaba convencida de que había pasado allí dentro mucho más rato que los demás. Por eso los presentes se habían marchado con tanta precipitación. Por eso nadie la había mirado a los ojos y Celeste no había asentido ni se había tocado la nariz ni ninguno de los gestos sutiles que usaban para comunicarse en secreto.

Celeste frunció el ceño.

—Seis minutos —respondió sin más—. ¿Por qué no has mirado el reloj de arena?

Seis minutos. No estaba mal.

Isla no se molestó en responder a la pregunta de Celeste porque no quería admitir que no se había atrevido a mirar. Que se sentía al borde del colapso.

Puede que hubiera afrontado sus miedos en el espejo..., pero jamás en su vida había estado tan asustada.

Por primera vez, sus peores miedos se habían materializado ante ella.

Haría lo necesario para impedir que esos temores se hicieran realidad. Y quizá fuera eso lo que más la aterraba.

La gobernante starling caminaba alrededor del espejo al tiempo que lo miraba con suma atención. Observándola a cierta distancia, Isla vio que Celeste entrelazaba los dedos y sonreía.

—Ha funcionado.

Isla enderezó la espalda.

—¿Cómo lo sabes?

Celeste hizo chasquear los dedos y brotaron chispas que iluminaron el salón. Distintas huellas de manos resplandecieron en la luna del espejo. La reliquia había almacenado la huella y la esencia de cada uno de los gobernantes.

La starling extrajo unos guantes del bolsillo. Eran tan finos que parecían casi translúcidos. A Isla le entraron arcadas. Su amiga lo había hecho. Había llevado a cabo su parte del plan.

Isla abrió la boca para preguntar si Celeste había conseguido los guantes en algún mercado negro de Lightlark. La otra posibilidad...

La mirada que le lanzó Celeste la disuadió de seguir indagando.

Con un ceño de concentración, la starling procedió a enfundarse los nuevos guantes. El crujido que emitieron al resbalar por su piel recordaba a algo entre papel y cuero. Isla se encogió asqueada. Cuando terminó de ajustárselos, Celeste los fue posando con cuidado sobre cada una de las huellas para que las marcas impregnaran los guantes, que absorberían la energía extraída por el espejo encantado starling a cada gobernante para que pudieran usarla más tarde. La cantidad era insignificante. No había suficiente para emplearla en batalla ni para ninguna muestra de poder significativa.

Pero todas las bibliotecas de Lightlark contaban con una sección protegida en las que se conservaban las reliquias más valiosas del reino. Estaban protegidas con encantamientos que solo permitían la entrada a un gobernante y su esencia.

Llevando esos guantes, Isla se aseguraba el acceso.

Ya tenía todo lo que necesitaba para empezar a buscar el desvinculador en las bibliotecas.

CAPÍTULO 13

LA TORRE

Al día siguiente, Celeste se quedó mirando los materiales que habían extendido entre las dos y frunció el ceño.

—¿De verdad es todo?

—Sí.

O, al menos, allí estaba lo que necesitaban para fabricar el afeite, hasta donde alcanzaban los conocimientos de Isla.

Ese día se cumplían quince del Centenario. Isla estaba ansiosa por ponerse a buscar el desvinculador cuanto antes. No lo habían encontrado en isla Estrella, pero quizá tuvieran suerte y formara parte de la colección de isla Firmamento. De no ser así, tendría que esperar hasta la luna llena para desplazarse a isla Luna. Y todavía no tenía un plan para entrar en la isla del Sol sin ser vista.

Intentó ser optimista. Tal vez encontrara el desvinculador esa misma noche. Podrían usarlo y los linajes de ambas se librarían de todas las maldiciones que padecían. Isla obtendría los poderes wildling que le habían sido negados al nacer. Las habitantes del reino silvestre no tendrían que asesinar a sus amados ni alimentarse de corazones nunca más. Celeste y todos los starling vivirían para cumplir veintiséis años.

El desvinculador era la pieza clave para la libertad de ambos reinos. Y en ese momento estaban consultando las escasas instrucciones que tenían sobre tinte capilar que necesitaban para hacerse con él.

Isla sostuvo la pieza de pergamino rasgado entre las dos. No pudo pedirle ayuda a Poppy para el plan alternativo, así que había arrancado una hoja de un libro de sus guardianas, escamoteados unos cuantos ingredientes específicos para wildling y cruzado los dedos para que todo saliera bien.

Leyó la lista por última vez.

—Agua de rosas.

La tenía. Había sisado un frasquito del tocador de Poppy.

—Extracto de hoja de fresno.

Solo había podido encontrar una hoja de fresno durante una excursión al bosque de última hora y esperaba que fuera suficiente.

—Tierra de tulipán *mutabilis*.

La tenía. Había robado unos puñados de la colección de objetos mágicos de Poppy. La flor encantada solamente crecía junto a la costa de las nuevas tierras de Wildling, donde la tatarabuela de Isla las había plantado, traídas directamente de la capital. Las wildling habían trasplantado allí numerosas flores de Lightlark después de las maldiciones con la intención de crear un ecosistema parecido al del archipiélago.

Y muchas de ellas habían desaparecido desde el nacimiento de Isla.

Vertió una pequeña cantidad de tierra en la marmita de agua caliente que Ella le había llevado, supuestamente para el té.

Para terminar, tenía que añadir el material que cambiaría el color de su pelo. Si bien el cabello de Azul era negro, la cabellera de muchos skyling tenía el color de su reino. Quizá fuera una cuestión de moda o una forma de honrar su fuente de poder, o tal vez fuese natural, como la cabellera plateada de Celeste; Isla lo ignoraba.

Solo sabía que debía hacerse pasar por uno de ellos y ese sería el color menos llamativo.

La receta incluía los pétalos de cierta flor azul, pero no la había encontrado en Wildling. Para remplazarla, arrancó con cuidado la orilla del vestido que le había robado al sastre y añadió la tela a la poción.

La mezcla burbujeó y se espesó. Isla y Celeste la vieron convertirse en una pasta.

La starling observó el contenido de la marmita con atención.

—¿Debería tener este aspecto?

—No lo sé —musitó Isla. Notó un aleteo nervioso en la barriga. No solo estaba a punto de colarse en la isla de otro gobernante. Iba a suplantar a otro reino. Ninguna regla del Centenario lo prohibía, pero de todos modos era peligroso.

Nadie podía reconocerla. De ser así, el plan peligraría de inmediato.

El tinte encantado tenía que funcionar.

—Ya se ha enfriado —dijo Celeste después de hundir un dedo enguantado en la mezcla.

Llevaron el recipiente al cuarto de baño. Isla se sentó en la bañera y su amiga le cubrió la larga melena con la pasta azul pálido.

Celeste trabajaba en silencio, con movimientos delicados, frotándole la mezcla en las raíces y extendiéndola después hacia las puntas.

—¿Qué tal ha quedado? —preguntó Isla cuando tuvo la sensación de que ya le había cubierto casi toda la melena.

Celeste no respondió.

Isla se dio media vuelta para mirar la expresión de su amiga. Y descubrió una sonrisa bailándole en la comisura de los labios.

—¿Qué pasa?

La starling soltó una carcajada.

—Es que... estás distinta —dijo—. Pero ha quedado bien. El color es casi exacto.

—¿Casi?

Celeste desdeñó la preocupación de Isla con un gesto de la mano.

—Nadie lo notará a la luz de la luna —dijo—. Y no habrá gente en la biblioteca a estas horas de la noche...

Isla gimió. Demasiadas imprecisiones, demasiados imponderables que debían salir bien.

Se trataba de un tinte encantado, por descontado, gracias a la tierra de tulipán *mutabilis*. Sin eso el color no se habría adherido a su cabello oscuro tan fácilmente ni con tanta rapidez. No obstante, el tono azul solo duraría unas horas.

Su amiga se despojó de los guantes manchados y le aferró la mano con fuerza.

—Funcionará. Haces esto constantemente.

Isla la miró con incredulidad.

—¿Constantemente me cuelo en la isla de otro reino?

—No. Pero te cuelas en los nuevos territorios de los otros reinos todo el tiempo. Vestida con prendas robadas. Haciéndote pasar por súbdita de otro soberano. Con tu varita estelar.

Era cierto. Pero esto era distinto. Esto era el Centenario.

—Te mueves como una sombra —prosiguió su amiga—. Diseñas estrategias como un general. Eres capaz de pasar desapercibida en cualquier ambiente... Te he visto.

Su amiga tenía razón. Sin pretenderlo, había pasado años desarrollando las destrezas que ahora necesitaba para dar con el desvinculador.

Isla se retiró la pasta del pelo, se lo peinó y cruzó los dedos para que estuviera seco cuando llegara a su destino.

—Bien —dijo Isla al tiempo que miraba su reflejo. Se sentía rara con ese color que nunca le habían permitido lucir—. De momento he sido una ladrona. Una mentirosa. —Suspiró—. Ha llegado la hora de convertirme en una farsante.

Tardó cuarenta y cinco minutos en llegar al puente de isla Firmamento. En otro tiempo, las islas formaban un todo. Pasado un tiempo, miles de años atrás, se dividieron en partes, de modo que cada reino tenía su islote. Todas estaban conectadas a la capital por pasarelas de madera y cuerda que no inspiraban la menor confianza. El viento silbaba entre los grandes resquicios abiertos entre las planchas. Las cuerdas que unían la pasarela eran finas y estaban deshilachadas. El puente se columpiaba de lado a lado como un péndulo. Isla posó la vista en el fondo, situado a lo que debían de ser sesenta metros, donde las aguas se revolvían como en un caldero, una sopa dispuesta a hervirla en su interior.

—No —exclamó. La palabra brotó de sus labios hacia la noche desierta.

Había leído acerca de esos puentes encantados. Si bien todo el mundo estaba autorizado para visitar cualquier isla, era sabido por todos que algunos reinos restringían el acceso en momentos de agitación política. Si Azul o el gobierno skyling con sede en Lightlark había decidido no permitir el paso a las personas ajenas a su reino, el puente cedería e Isla se precipitaría al vacío.

Era improbable…, pero no imposible. Si caía al mar, nadie la oiría gritar. Lo que es peor, si alguien la oía, no quedaría nada que salvar.

Todo su reino se extinguiría en un instante y solo porque había sido tan necia como para caer de una pasarela.

El riesgo era demasiado alto.

Isla reculó.

Y se estampó contra el cuerpo de alguien.

Reprimiendo un grito, recuperó la compostura y se dio media vuelta con las manos abiertas en ademán de disculpa.

Un skyling alto y pecoso se había parado a su espalda con los ojos entornados y una bebida en la mano.

—¿Vas a cruzar? —le preguntó en tono alegre, mirándola como si nada en ella le llamara la atención.

No le preguntó por su pelo.

No se quedó mirando su atuendo o su rostro como si la reconociera.

Su mirada se afiló en ese momento e Isla se quedó helada, temiendo que fuese a gritar a los cuatro vientos que Isla Crown, gobernante de Wildling, estaba intentando colarse en isla Firmamento.

Y entonces cayó en la cuenta de que la miraba con extrañeza, no porque estuviera atando cabos acerca de su identidad, sino porque Isla llevaba varios segundos mirándolo de hito en hito sin responder.

—Sí, claro —consiguió farfullar al tiempo que forzaba una sonrisa.

Él sonrió a su vez y sus ojos se desplazaron al puente, como si le dijese: «Bueno, ¿a qué esperas?».

Isla no tenía elección. Avanzó un paso, reconfortada por esa pizca de tranquilidad que le proporcionaba saber que, si acababa cayendo en picado decenas de metros, al menos alguien sabría al momento cuál había sido su destino.

Su pie encontró una plancha sólida.

El alivio le provocó un cosquilleo en la parte trasera de las piernas.

El resto del trayecto fue inestable y en más de una ocasión el vértigo volvió a apoderarse de ella, pero llegó al otro lado sana y salva.

Y entonces se detuvo a contemplar el mundo en el que acababa de penetrar.

Isla Firmamento era una ciudad flotante. Fragmentos gigantes de roca planeaban en lo alto, unidas por pasarelas como las cuentas de una pulsera. Cataratas se precipitaban desde cordilleras levitantes cuyas triangulares bases y raíces descendían casi hasta la tierra. En la mayor pieza flotante se alzaba un palacio de agujas tan altas que ascendían hasta las nubes y debían de rozar el mismo cielo.

La base de la ciudad se encontraba a gran distancia de los peñascos flotantes; Isla se sentía como si caminara por un fondo marino y alzara la vista hacia la superficie con asombro. Poppy le había explicado que, en otro tiempo, los skyling podían volar. Antes de la maldición que los amarró por siempre a la tierra.

La única persona capaz de volar en la actualidad era Oro. Al ser uno de los primigenios, poseía los poderes de todos los reinos de Lightlark, si bien no compartía la totalidad de las maldiciones. Únicamente lo afectaba la maldición de los sunling, pues su familia se había apropiado del reino largo tiempo atrás.

La segunda ciudad, construida debajo de la primera, cubría hasta el último centímetro de una montaña. En la cumbre descollaba una torre tan alta que rozaba el fondo de la roca flotante más cercana. Isla se preguntó si sería ese el camino para alcanzar la ciudad de las nubes… y quién tenía permitida la entrada a esta. En la falda de la montaña había un mercado que emanaba efluvios de menta y cerveza.

Sobre todo de cerveza.

Alguien salió trastabillando de la taberna más cercana directamente a la calle. Con el rostro rojo como un tomate, esquivó un charco de vómito por los pelos.

Los skyling eran famosos por su carácter festivo. Una parte de Isla ansiaba correr al bar más cercano y probar su primera bebida alcohólica. Había oído que el alcohol prestaba valor.

Pero no podía correr el riesgo de distraerse o de sufrir efectos adversos. No esa noche.

Celeste había averiguado la ubicación de la biblioteca recurriendo a su asistente, un muchacho skyling de tez pálida y una voz tan queda que para escucharla tenías que aguzar al máximo los oídos. Al parecer, antes estaba ubicada en las tierras superiores, pero ahora ocupaba una torre en el nuevo castillo de isla Firmamento, en la base de la gran montaña.

Isla no sabía cómo se las ingeniaría para colarse en el palacio. Sin embargo, por lo que parecía, los skyling no eran tan histriónicos o paranoicos como otros reinos. Las puertas del castillo estaban abiertas y todos los súbditos eran bienvenidos, desde los nobles hasta los isleños. Tampoco había guardias.

A esa hora de la noche solo quedaban un puñado de visitantes pululando por los salones. Una pareja se paseaba de la mano compartiendo una bebida espumosa. Un grupo de adolescentes se turnaban para lanzarse una pelota usando únicamente los poderes que les permitían controlar el aire.

Las gentes de este reino no eran muy distintas a su gobernante. Parecían satisfechas, felices. Resultaba un poco inquietante teniendo en cuenta que ya llevaban más de dos semanas de Centenario. ¿No estaban nerviosos? ¿Acaso sabían algo que ella ignoraba? ¿Tenía Azul un plan para este Centenario y se lo había comunicado a su pueblo?

Isla dobló un recodo hacia la zona oriental del palacio. La observó con atención. Le sorprendía encontrarla tan cuidada y aseada para ser el hogar de un gobernante que solamente regresaba unos meses cada siglo. Representaba tan solo una fracción del castillo que había en la capital y estaba pintado de azul pálido, como un huevo de pájaro gigante. La decoración de los altísimos techos recordaba a un cielo infinito. Las ventanas abiertas creaban una corriente de aire que silbaba por los pasillos.

Era un espacio despejado. Aireado. Luminoso.

No le costó demasiado encontrar la torre. Era una entre apenas unas pocas y se accedía al interior por unas puertas de cristal sin mecanismo de seguridad que dejaban el interior a la vista.

Libros. Pisos y pisos de libros que ascendían en espiral hacia una claraboya redonda. Todo desierto. Celeste tenía razón. Por lo que parecía, a nadie le apetecía leer a esa hora.

Solo tenía que encontrar la sección restringida.

Isla observó el espacio y frunció el ceño. No parecía que hubiera estancias retiradas en rincones ocultos a la vista. Todo el contenido estaba expuesto en estantes empotrados en las paredes. Empezó a ascender por la pasarela en espiral obligándose a no mirar los títulos con demasiada atención. Si los leía, no estaba segura de poder resistir la tentación de enfrascarse en sus páginas.

«Tendrás tiempo de sobra para leer una vez que las maldiciones hayan desaparecido», se dijo. Después de usar el desvinculador, sería libre de asaltar la biblioteca del reino Wildling y devorar todos los libros que contenía, si se le antojaba.

Solo tenía que encontrarlo.

La torre era más alta de lo que parecía desde la base. Tardó varios minutos en llegar al final.

Cuando lo hizo, frunció el ceño. No había ninguna sección restringida.

Ni reliquias. Solo libros. Miles de volúmenes.

Isla aferró la barandilla y se asomó a los treinta metros que la separaban del fondo. La biblioteca estaba vacía. Hueca. Apenas pudo resistir el impulso de llenarla con sus gritos de frustración.

Pero no se había teñido el pelo, robado las prendas e invadido un territorio de Lightlark perteneciente a otro reino para rendirse sin más.

Todas las bibliotecas de las islas contaban con una zona restringida.

Esta debía de estar escondida.

Isla se acercó a la pared y la examinó minuciosamente propinando suaves golpecitos con los nudillos. Parecía sólida y los libros cubrían hasta el último centímetro del interior de la torre. El centro estaba vacío.

No había espacio para una habitación secreta.

A menos que…

Levantó la vista hacia la claraboya. Si se ponía de puntillas, podría alcanzarla.

Se le retorcieron las tripas cuando extrajo con sumo tiento los guantes que llevaba en el bolsillo. Eran tan finos y rugosos que se rasgarían si no los manejaba con tiento. Intentó no pensar en el material con el que estaban confeccionados o de dónde había sacado…

No. Tenía que concentrarse en la misión, si no quería vomitar la cena.

Esperando que Celeste tuviera razón y la esencia de Azul hubiera impregnado realmente la tela, se los enfundó y pegó la palma de la mano enguantada al cristal.

La claraboya se abrió y unos elegantes peldaños de metal se desplegaron ante sus ojos.

Isla esbozó una sonrisa prístina de pura satisfacción. Había descubierto el secreto de un gobernante. Lo había averiguado ella sola. Una joven soberana sin poderes.

«No hay tiempo para celebraciones», la reprendió Terra en su mente. Cada vez que Isla sonreía tras adquirir el dominio de una destreza o desarmar a su guardiana, esta la reprendía.

«No pasa nada por descansar un momento», replicó Isla en cierta ocasión.

«En tu caso, sí. La cuenta atrás empezó en el instante mismo de tu nacimiento», fue la respuesta de Terra. Un segundo no empleado en la preparación del Centenario era un segundo desperdiciado. Desear algo que no fuera la defensa y la protección de su reino era egoísta. La vida de Isla nunca había sido suya.

Con el desvinculador lo sería.

Isla subió el primer peldaño.

La claraboya era una puerta que daba a una pequeña habitación de cristal bañada en luz de luna. Había unos cuantos manuscritos enrollados; un cetro con una gema en el pomo de color lechoso, como si alguien hubiera mezclado nubes y cielo con el pulgar; una espada de acero trenzado, dos hojas entrelazadas como dos amantes.

Pero ninguna aguja de cristal de gran tamaño.

El desvinculador no estaba allí.

La decepción la tornó imprudente. Isla entró en el castillo de la capital sin tomar las precauciones habituales. No esperó entre las sombras hasta estar segura de que no hubiera nadie cerca. No enmascaró sus pasos, lo que habría requerido ralentizar sus andares. No tomó el camino largo, a través de pasillos que nadie recorría nunca porque eran antiguos y la piedra estaba sembrada de resquicios que dejaban pasar la luz de la luna y las corrientes frías; corredores privados de los inmensos fuegos que ardían en las chimeneas del resto del palacio.

Solo quería llegar a su habitación lo antes posible, retirarse el tinte del pelo, romper en pedazos las prendas azules y sumirse en el sueño lo que quedaba de noche.

Para cuando dobló un recodo hacia el pasillo principal, era demasiado tarde.

Cleo ya la había avistado.

Isla despareció al instante. Siguió andando en línea recta en lugar de encaminarse a sus aposentos, sin saber por dónde iba y con el corazón atronando en el pecho al tiempo que se preguntaba si la moonling habría llegado a distinguir sus facciones.

Reinaba la oscuridad. Isla estaba en el otro extremo del pasillo.

No, no estaba tan cerca como para que Cleo la hubiera reconocido.

Pero sí lo suficiente para despertar sus sospechas.

Segundos más tarde, Isla oyó el inconfundible rumor de unos pasos a su espalda.

Cleo la estaba siguiendo.

Unas zancadas más y la moonling la alcanzaría, descubriría que la joven de cabello azul y atuendo skyling era una de las gobernantes.

Una impostora.

El descubrimiento plantearía tantas preguntas y desentrañaría tantos de sus secretos que Isla empezó a sudar, jadeando de pura ansiedad.

Cleo no se detendría hasta acorralar a Isla en una esquina. Sus pasos sonaban a poca distancia de sus propias pisadas.

Isla tomó el primer recodo que vio, empleando los escasos segundos en que la gobernante moonling no podía verla para salir disparada.

Corrió como alma que lleva el diablo hasta otro recodo y…

Chocó contra algo sólido.

Tuvo la sensación de estar flotando en el aire. Habría caído hacia atrás de no ser por dos fuertes manos que la sujetaron por la cintura.

Grim.

Los pasos resonaban tras ella proyectando ecos en el último pasillo que Isla había recorrido. Un giro más y la soberana moonling los encontraría allí, a los dos.

El gobernante nightshade bajó la vista para mirarla y el desconcierto asomó a su entrecejo. Observó el color de su pelo y su atuendo con una pregunta en las facciones.

No había tiempo para explicaciones.

—Por favor —suplicó Isla aferrándolo por los brazos, y le horrorizó que se le rompiese la voz al pronunciar las palabras.

Grim entendió lo que quería y, antes de que Cleo doblase la esquina, abrazó a Isla contra su pecho y los dos desaparecieron.

La soberana moonling se quedó quieta al encontrar el distribuidor vacío. Isla habría disfrutado al ver el desconcierto en el rostro de Cleo de no haber estado tan asustada.

Temblaba. Cleo se encontraba a solo unos pasos de distancia. Si la moonling la descubría, los planes y la ayuda de Celeste habrían sido en vano. Solo porque Isla había sido tan tonta como para no tomar precauciones. Y todo por la rabia que había sentido al no encontrar el desvinculador al primer intento.

La moonling avanzó un paso hacia ellos. Silencioso como una sombra, Grim levantó a Isla en vilo como si no pesara nada y los desplazó a los dos al otro extremo de la estancia. La wildling notó la piedra áspera de la pared contra la espalda. Grim la protegía con su cuerpo. Percibió el aliento del hombre contra la frente.

Isla intentó no concentrarse en las otras cosas que estaba sintiendo. Las manos férreas del nightshade contra su cintura, el frío que emanaba de él y se filtraba a través de la tenue tela de sus prendas robadas. El escalofrío que le acariciaba la columna como si la misma noche estuviera floreciendo en sus huesos.

Se debe al miedo, se dijo, al terror a ser descubierta. Nada más.

La moonling recorrió el espacio de un extremo a otro… antes de retirarse por donde había venido.

Grim esperó a que los pasos se perdieran a lo lejos para devolverles a ambos la visibilidad.

E Isla se sintió conmocionada por su proximidad.

Estaba pegada a la pared y él descollaba sobre ella con la cabeza tan inclinada que su nariz casi rozaba la de ella.

La miró.

—¿Has decidido cambiar de reino, Devoracorazones? —preguntó Grim al mismo tiempo que tomaba un mechón de su cabellera teñida entre los dedos—. De ser así, deberías plantearte Nightshade. No podemos competir con Skyling en cuestión de dulces o bebidas creativas, pero si lo que buscas es juerga y desenfreno… —Su mirada oscura emitió un destello socarrón—. Los sombríos somos famosos por nuestra minuciosa exploración del placer.

¿Qué insinuaba? Las manos de Grim seguían en su cintura, sus largos dedos contra las costillas de Isla. Ella respiró con dificultad.

Al momento lo apartó a manotazos, enfurruñada.

—Conmigo no cuentes para eso —replicó.

Grim se limitó a apartarse con una sonrisa.

Cómo no. El demonio percibía sus emociones, el calor que se le acumulaba en el vientre solo de pensar en ese tacto inesperadamente delicado de sus manos. En la forma de sus labios cuando articulaba la palabra «placer»…

No. ¿En qué estaba pensando? Siempre había mirado con malos ojos a las wildling que eran tan imprudentes como para empezar a albergar sentimientos por alguien. Se arriesgaban a que la relación desembocase en la muerte.

Los actos de Isla ponían a todo el reino en peligro.

Ella quería ser libre. Quería romper sus maldiciones y las de su pueblo. Nada más.

Eso era todo.

—Gracias —dijo finalmente, y abandonó el pasillo tan rápidamente como fue capaz.

CAPÍTULO 14
AZUL

La invitación de Isla llegó por la mañana. Su presentación era la siguiente.

El nightshade no había dejado de aparecérsele en sus sueños. Su breve encuentro en el distribuidor la había afectado más de lo que estaba dispuesta a admitir.

Grim la había tornado invisible, tal como ella le había pedido. No tenía motivos para ayudarla. De no haber sido por él, Cleo la habría descubierto y todos los planes de Isla se habrían ido al traste en una sola noche desastrosa.

Sabía que se arrepentiría. Si Celeste lo averiguaba algún día, tal vez se replantease su amistad muy en serio.

Era una tontería, y peligroso, pero Isla salió a buscar al nightshade. A esas alturas ya conocía las costumbres de todos los gobernantes gracias a los dieciséis días que llevaba fisgoneando por ahí. Azul siempre estaba con su gente y pasaba una cantidad de tiempo sorprendente paseando por la costa. Cleo solía rodearse de nobles con los que guardaba las distancias y visitaba su isla mucho más a menudo que los demás gobernantes. Oro abandonaba el castillo casi cada noche e Isla todavía no había reunido el valor necesario para seguirlo.

Los movimientos de Grim eran más misteriosos, por cuanto a menudo se tornaba invisible e iba de un lado a otro sin que nadie reparara en él. Sin embargo, lo había visto entrar unas cuantas tardes en un bar del mercado. A ese establecimiento se dirigía Isla en ese momento.

Casi había llegado al ágora cuando oyó su nombre.

Isla se dio la vuelta y descubrió a otro gobernante allí parado. Azul.

Se le heló la sangre en las venas. ¿Sabía él que había visitado su isla la noche anterior? ¿La había visto alguien?

¿O se lo había contado Grim? No parecían ser amigos, pero las alianzas tendían a ocultarse durante el Centenario. Isla y Celeste eran el vivo ejemplo de ello.

De no haber estado distraída, lo habría oído acercarse. No habría dado un respingo al oír su voz.

Se pegó una sonrisa ensayada a la cara.

—Qué agradable sorpresa —exclamó Isla en un tono tan sincero que se preguntó en qué momento había aprendido a mentir tan bien.

—Lo mismo digo —respondió Azul con una expresión igual de entusiasta—. ¿Qué te trae por esta parte de la capital, gobernante?

Isla hizo esfuerzos para que no le temblara la voz igual que lo hacían sus manos. Las escondió a la espalda.

—El castillo me estaba resultando un poco deprimente. Se me ha ocurrido salir a explorar un poco.

La sonrisa de Azul se ensanchó, pero el gesto no se reflejó en sus ojos. Permanecieron tan fríos como las piedras preciosas que coleccionaba. ¿Y si no había sido tan discreta en isla Firmamento como había pensado?

O quizá el hombre desconfiaba de ella. ¿Por qué no? Isla tampoco se fiaba de él.

—Si lo que deseas es visitar la capital…, permite que te lleve a ver una de sus grandes maravillas.

Isla no quería ir a ninguna parte con un gobernante que tal vez supiera, o tal vez no, de sus andanzas del día anterior disfrazada como uno de sus súbditos. Eso de haberse topado con él por casualidad le parecía demasiada coincidencia.

El hombre debía de saberlo.

Sin embargo, rechazar su oferta solo habría servido para disparar aún más sus sospechas.

—Qué generoso por tu parte.

Se quedaron mirando la cadena montañosa que cercaba la isla. La roca era parda y rojiza en unas zonas, marmórea en otras.

—¿Lo estás pasando bien en la isla? —le preguntó Azul en tono desenfadado, como si el Centenario fueran unas vacaciones y no la única oportunidad de supervivencia que tenía Isla.

Él no lo sabía, por descontado. Se suponía que los gobernantes wildling eran prácticamente inmortales.

—Percibo su atractivo…, aunque me queda mucho por explorar. —Isla sabía muy bien que era más conveniente dejar hablar a los demás cuando tenías mucho que ocultar. A la mayoría de la gente le encantaba hablar de sí misma, en cualquier caso—. ¿Y qué tal tu quinto Centenario?

Él se rio sin alegría. Isla percibió algo extraño en esa risa. Amargura, tal vez.

—Es… interesante. —Azul frunció los labios—. El primer Centenario, como sin duda ya sabes, fue una pesadilla. Casi peor que la guerra. En el segundo se establecieron reglas y cierto tipo de orden. Teníamos planes. Estrategias. Pero todavía no alianzas. Nadie se fiaba de los demás después de aquella primera edición, ¿sabes? Y con razón.

Su voz se fue apagando e Isla vio un atisbo de algo en sus ojos.

¿Era dolor?

—El tercero fue mejor. Por primera vez nos dividimos en equipos. Pensábamos que estábamos a punto de romper la maldición; de descifrar todas las partes de la profecía. Nos equivocábamos, por descontado. Para el cuarto Centenario fue como si todos hubiéramos perdido la esperanza. Cleo ni siquiera participó..., ¿lo sabías?

Isla asintió, aunque no tenía ni idea.

Los gobernantes que no acudían no podían optar al gran premio... y su maldición no se rompería con las demás, en caso de que alguien diera con la solución. ¿Por qué Cleo se había mantenido al margen?

Aún más importante..., ¿por qué había regresado ese año?

El miedo aleteó en sus huesos. Isla tenía el presentimiento de que todos sabían cosas que ella ignoraba.

—Aun sin ella, creíamos haberlo conseguido. —Negó con la cabeza—. Las maldiciones han sido nuestra ruina en muchos aspectos. Pero lo peor de todo fue que dividieran nuestros reinos. Antes estábamos prácticamente unidos.

Isla lo sabía por las lecciones de historia de Poppy. Y se apuntaría encantada a cualquier tema de conversación que no involucrase su incursión en la biblioteca de isla Firmamento.

—Por eso el rey Egan se iba a casar con otra gobernante, ¿verdad? Para volver a unir los reinos.

Isla nunca se terminó de creer que el rey hubiera decidido esposarse con una soberana de otro reino por amor, algo que no era lo habitual. Aunque así le había contado Poppy la historia del rey Egan y Aurora. Un sunling y una starling enamorados a pesar de sus diferencias. Solo en esa ocasión su guardiana le había hablado de amor en un contexto que no fuese admonitorio.

—Exactamente. —Azul suspiró—. En fin, ya estamos en el quinto. —La miró un instante por encima del hombro con una expresión compasiva—. Y me temo que no tendré fuerzas para asistir al sexto.

Isla tragó saliva ante su tono sombrío. ¿Se trataba de una advertencia?

¿Le estaba diciendo que, a pesar de su temperamento jovial, sería capaz de matarla con tal de que aquel Centenario fuera el último?

Ahora Isla estaba desesperada por cambiar de tema.

—¿Estás muy unido a tu nobleza?

Isla Firmamento estaba muy bien conservada. Se notaba que los nobles se esmeraban en su cuidado incluso en ausencia del rey.

Azul frunció el ceño.

—No existe la nobleza skyling. —Isla debió de mirarlo con extrañeza, porque él prosiguió—. Vivimos en democracia desde que yo accedí al trono. Los skyling que participan en las decisiones menores son funcionarios electos. Todas las grandes decisiones se someten a referéndum.

Isla lo miró de hito en hito.

—En ese caso, si decidieran que desean otro gobernante...

El skyling se encogió de hombros.

—Me retiraría. Aunque eso complicaría las cosas, teniendo en cuenta la existencia del Centenario y el modo en que efectuamos el traspaso de poderes —reconoció—. Tengo suerte de que les guste mi forma de gobernar.

Isla nunca había oído hablar de un sistema de gobierno como ese.

Mientras meditaba las palabras de Azul, descubrió que él la observaba con atención.

La estudiaba.

¿Qué buscaba en sus facciones?

Se habían detenido en la falda de una montaña de aspecto peculiar, pero no tan especial como para justificar la caminata. Azul le había revelado muchas cosas, detalles que, por lo general, un gobernante no le revelaría a otro con tanta franqueza durante el Centenario.

¿Lo hacía a sabiendas de que Isla no viviría tanto tiempo como para sacar partido al conocimiento que le proporcionaba?

Tan solo faltaba un mes para llegar al quincuagésimo día. Isla entró en tensión al preguntarse si el skyling estaría contando las horas para poder asesinarla sin quebrantar las reglas. Tal vez su pueblo ya hubiera votado y decidido que fuera ella la que muriera cuando llegara el momento de cumplir la totalidad de la profecía.

Azul se limitó a alzar los ojos. Isla siguió su mirada con recelo y vio túneles excavados que ascendían hacia el cielo. Si forzaba la vista, alcanzaba a atisbar el azul celeste al otro lado, a través de la montaña. Contó siete, todos alineados en horizontal y excavados en la tierra con esmero.

—Cuando era niño venía a esta montaña a menudo con amigos —comentó, sonriendo. Esta vez el gesto alcanzó sus ojos—. Volábamos por los túneles tan deprisa como podíamos y nos cronometrábamos. Era un juego que teníamos.

Habían transcurrido quinientos años desde que Azul volara por última vez. Al parecer, lo añoraba tanto como Grim echaba de menos la noche y Oro, el día.

—En la actualidad tiene un uso distinto.

Separó las piernas y enarboló el puño.

Isla reculó por instinto y luego observó una ráfaga de aire recorrer uno de los túneles. Instantes después se dejó oír un hermoso sonido.

Al momento Azul envió aire a través de todos los túneles, uno tras otro, raudo como el viento.

Una canción resonó en la tarde.

Isla tarareó exultante, imitando la melodía. La montaña era un instrumento..., no se lo podía creer. Azul la deleitó con una canción tras otra, sin perder nunca fuelle. El cansancio de sus ojos fue desapareciendo poco a poco.

A la postre, Isla estaba encantada de que Azul le hubiera salido al encuentro, aunque solo fuera por disfrutar de un rato de distracción.

Para cuando Azul acompañó a Isla de regreso al castillo de la capital, estaba anocheciendo. Grim ya se habría marchado del ágora.

En lugar de acudir a su encuentro en el bar, tendría que ir a su alcoba.

Hacía días que Isla había averiguado dónde estaban ubicados los aposentos de los gobernantes. Podría haberle preguntado a Ella y se habría ahorrado horas de fisgoneo, pero Isla se sentía más segura si dispersaba sus pesquisas. De ese modo nadie podía reunir demasiada información acerca de aquello que necesitaba, no fuera a ser que sumaran dos y dos en relación a sus planes. Resultaba complicado seguir a los soberanos por el interior del castillo, así que había optado por vigilar a los asistentes que les había proporcionado Lightlark.

Por eso sabía que la alcoba de Grim se encontraba en el otro extremo del castillo, más alejada que ninguna otra de los aposentos de cualquier otro gobernante.

Isla estaba decidida. Aun conociendo las posibles consecuencias y el riesgo que entrañaba, cruzó el castillo hasta la alcoba del nightshade.

No obstante, una vez que estuvo plantada ante la puerta con los nudillos a pocos centímetros de la piedra, titubeó.

Antes de que diera media vuelta, la puerta se abrió.

Al otro lado Grim la miraba con una ceja enarcada.

—Perdón por haberme marchado corriendo —le dijo Isla. En verdad había sido una grosería, después de que él la hubiera ayudado—. He venido a darte las gracias una vez más. Y a ofrecerte algo en agradecimiento por... tu gesto.

Una sonrisa se extendió por el rostro del nightshade a la mención de una ofrenda.

—¿Ah, sí? —fue su respuesta en un tono aún más grave si cabe de lo habitual.

Isla lo fulminó con la mirada, como diciendo: «No esa clase de ofrenda». La desvergüenza de ese hombre no tenía límites. ¿Acaso se portaba así con todo el mundo? ¿Veía a Isla como la última persona con la que había decidido flirtear?

Tenía que ser parte de su plan. Lo que significaba que estaba a punto de hacer el más absoluto de los ridículos.

Los ojos de Grim brillaron con malicia.

—Mi presentación es la próxima —dijo Isla, que se apresuró a pronunciar las palabras antes de que le diera tiempo a cambiar de idea—. Mañana. Requiere preparación.

La expresión de Grim adoptó una seriedad nada propia de él.

—Devoracorazones, no tienes que...

No. Sí tenía que hacerlo. Grim conocía ahora uno de sus secretos, después de haberla visto con su atuendo skyling. La había ayudado al hacerla invisible para que Cleo no la descubriese. Isla estaba en deuda con él y eso no le gustaba. Le proporcionaría esa información y daría el asunto por zanjado.

—Se trata de demostrar la valía del propio reino mostrando alguna creación importante para el futuro de Lightlark.

El nightshade no apartó la mirada. No sonrió ni le dio las gracias. Se limitó a asentir.

Isla respondió con el mismo gesto.

Solo más avanzada la noche, cuando estaba mirando el cielo en lugar de dormir, Isla se preguntó si habría cometido un grave error.

CAPÍTULO 15

EL REMEDIO

Isla les había dado una hora.

En lugar de una prueba centrada en el poder del gobernante, Isla, por razones obvias, había decidido centrar la presentación en las capacidades del reino. Puede que su pueblo no estuviera en la isla, pero sería su oportunidad de mostrarle a Lightlark que las silvestres eran mucho más que esa maldición que les provocaba sed de sangre.

Sus guardianas se habían empeñado en que su presentación fuera algo distinto. Una oportunidad de impulsar su propia estrategia.

Isla las había convencido de que demostrar que su pueblo era capaz de sanar tanto como lo era de matar podía convencer a otros gobernantes del valor de las wildling, en particular frente a los nightshade, que se limitaban a destruir.

El haberle revelado a Grim en qué iba a consistir la exhibición contradecía en parte esa estrategia. Lo complicaba todo.

De nuevo estaban en el estadio. Isla quería que hubiera presentes tantos isleños como fuera posible para que vieran lo que se había traído de sus nuevos territorios.

Ya había anunciado la prueba a un público receloso. Se había dirigido a ellos en un tono sorprendentemente sereno, sin un ápice del nerviosismo que notaba por dentro.

Las reglas también se habían divulgado. El público votaría por aquella habilidad que considerase más útil para el futuro de la isla. Nadie podía votar por su propio gobernante, si bien Isla no se hacía ilusiones de que la norma colocara a Wildling en igualdad de condiciones. Su reino no ganaría. Pero tampoco tenía que hacerlo. Lo único que pretendía era hacer saber a la multitud que las wildling eran algo más que malvadas seductoras.

Los soberanos esperaban ya en los laterales. Isla se preguntó si habrían tenido tiempo para prepararse en una hora; los que no sabían en qué consistía la presentación, cuando menos.

Sus expresiones no dejaban entrever nada mientras esperaban a que ella pronunciara sus nombres.

—Azul.

El gobernante se encaminó al centro del estadio seguido de otros skyling que le ayudarían con su exhibición.

—Nuestro reino lleva un tiempo trabajando en un sistema de comunicación basado en el viento. Una comunicación más sencilla implica mayor eficiencia, procesos mejorados…, invitaciones más rápidas a las fiestas.

El público se rio. Sin duda, Azul sabía meterse a su audiencia en el bolsillo. Isla recordó lo que el hombre le había contado sobre el gobierno de su reino el día anterior. Su pueblo parecía adorarlo. ¿Se debía a que tenían la opción de aceptarlo o rechazarlo? Ella más que nadie entendía la importancia de la libertad…

Azul extrajo un trozo de pergamino de un bolsillo interior de su capa y escribió un mensaje en el mismo. A continuación lo dobló con cuidado hasta convertirlo en un recuadro de papel y usó su poder para impulsarlo volando por el estadio hasta la mano de Isla.

Todos los ojos estaban pendientes de ella. La anfitriona abrió el papel y leyó las palabras que había escrito el gobernante: «También tenemos la música, por descontado»...

Isla sonrió sin poder evitarlo.

—Se puede replicar a gran escala —añadió Azul. Hizo un gesto a los skyling que se habían unido a él. Portaban montones de pergaminos. Sin previo aviso, los lanzaron al aire. Cada hoja se dobló pulcramente y emprendió el rumbo, una tras otra, por las decenas de caminos que los skyling habían creado en el cielo, corrientes de viento que los mensajes emplearon para llegar a su destino. Una verdadera infraestructura de comunicación a gran escala.

Fue una exhibición fantástica. Una innovación que sin duda supondría una gran mejora para Lightlark.

A juzgar por su reacción, la multitud pensaba lo mismo.

Isla se preguntó qué dirían los mensajes de Azul. Quizá fueran invitaciones para la fiesta que el skyling ofrecía en el ágora tras la presentación de Isla.

—Cleo.

Isla albergaba la esperanza de que la falta de tiempo hubiera aturullado a la gobernante. Imaginaba a la moonling haciendo esfuerzos por organizar una presentación a toda prisa y casi se le escapó una sonrisa.

Cleo, sin embargo, irradiaba seguridad en sí misma cuando caminó tranquilamente al centro de la arena. Ella no llevaba ayudantes. Ni herramientas... Ni nada que mostrar.

Pronunció un discurso sencillo.

—Nosotros tenemos barcos —declaró—. A lo largo de los últimos dos siglos, hemos construido muchísimos barcos, infinidad de ellos.

Eso fue todo.

La moonling regresó a su asiento e Isla notó un pellizco de rabia en el pecho. Se preguntó si el público guardaría un silencio desconcertado. Si acaso los otros gobernantes protestarían por no haber aportado ningún elemento visual.

Pero nadie lo hizo. Los moonling la vitorearon, confirmando así que llevaban décadas construyendo la flota descrita por Cleo con tanta indiferencia.

Era posible que hubiera mentido. Pero la expresión de Oro sugería que la creía.

Sugería que no tenía la menor idea de la existencia de los barcos.

«Interesante». Celeste tenía razón. Había tensión latente entre los reinos de Lightlark.

Si bien contar con una flota no tenía demasiada lógica mientras la luna representara un peligro mortal para los moonling, les resultaría útil en un mundo posmaldiciones. Los barcos se podrían usar para traer a los miles de moonling, starling, wildling y skyling de vuelta a Lightlark y unificar los reinos en un mismo territorio. Podrían explorar tierras lejanas, más allá de la isla y los nuevos territorios.

También se podrían usar para la guerra.

—Celeste —dijo Isla, preguntándose si había articulado el nombre de su amiga de manera distinta al resto. Preguntándose si el hecho de haber pronunciado el nombre de una persona miles de veces le otorgaba otro sonido en los labios.

La starling estaba preparada, por descontado. Una docena de súbditos se reunió con ella.

—Mi reino ha estado desarrollando un modo de fabricar herramientas y armas recurriendo únicamente a nuestro poder —declaró al tiempo que indicaba a su gente con un gesto que procedieran a la exhibición.

La multitud observó maravillada cómo reunían tal concentración de energía que eran capaces de crear una espada en un instante, ante los ojos de la multitud. Convertían la energía en metal casi con la misma facilidad con que Oro había transformado su mesa en oro.

Casi.

En este caso hicieron falta doce starling y un gran esfuerzo. Para una sola espada.

El rey habría podido transformarlos a todos en oro con un solo aliento.

Celeste tomó la espada terminada y la enarboló entre la incansable ovación de los starling que habían asistido a la presentación.

Isla sentía tentaciones de sonreír, de decir algo en honor de su amiga, pero se limitó a pronunciar el siguiente nombre.

—Oro.

El rey no la miró a los ojos cuando ocupó su lugar. Siempre la había tratado con desdén, pero después de que lo dejara ganar en el duelo, algo de lo que probablemente fue consciente, y de que lo utilizara como atrezo para la presentación de Azul, Isla no parecía merecer siquiera su atención.

—Hemos descubierto nuevas maneras de proyectar la luz y el calor a través de la isla.

Encendió un fuego ante sí mediante el sencillo gesto de enroscar los dedos. A continuación hundió la mano en las llamas para volverla a sacar de inmediato con los dedos extendidos. Las llamas se separaron y el fuego se proyectó por el estadio como salpicaduras de pintura. Se oyeron gritos; algunos isleños se protegieron recurriendo a sus poderes.

Sin embargo, las llamas estaban encerradas en un sinnúmero de esferas que aterrizaron inocuas en manos y regazos.

—No se extinguirán mientras la llama original siga encendida.

Teniendo en cuenta los infinitos hogares encendidos en el interior del castillo, las antorchas que iluminaban la capital y esa exhibición, era evidente que el rey estaba obsesionado con que hubiera fuego en todas partes. ¿Se debía a que lo consideraba un símbolo de su regencia? ¿De su reino?

Dejó que el público examinara las esferas de fuego unos instantes, las lanzaran al aire y se asombraran ante el calor que desprendían, así como una luz semejante a cientos de luciérnagas que iluminaran el estadio. A continuación cerró la mano para extinguir las llamas.

Las luces se estremecieron y se apagaron, tal como había prometido.

Los aplausos parecían acompañar cada cosa que Oro hacía y lo mismo sucedió en su presentación.

—Grimshaw —anunció Isla a continuación.

El nightshade rozó a Isla al pasar por su lado. Una corriente eléctrica le recorrió el brazo con aquel breve contacto.

Tenía que controlarse.

La multitud guardó silencio. Saltaba a la vista que sentían curiosidad por lo que el nightshade pudiera mostrar. Su reino constituía un misterio desde que erigieran la fortaleza. Fueron el enemigo durante la guerra. Aun después del acuerdo de paz, nadie se fiaba de ese pueblo. Muchos todavía consideraban a Grim responsable de las maldiciones, imaginó Isla.

Y quizá tuvieran razón.

Grim se detuvo en el centro de la arena. Miró directamente a los rostros de los curiosos al tiempo que giraba sobre sí mismo para que todos pudieran verlo bien.

—Mi reino no tiene nada provechoso que ofreceros —declaró.

Y se marchó.

Silencio. Susurros.

Isla notó que le ardía la cara. ¿De rabia? ¿De sorpresa?

Le había dado tiempo de sobra para hacer los preparativos. A sabiendas de que estaba cometiendo un error. A espaldas de su amiga. Y él se había burlado de su gesto.

Había llegado adrede con las manos vacías.

¿Por qué?

A su regreso, el nightshade tuvo el valor de encaminarse directamente hacia ella y decirle:

—Te toca a ti, Devoracorazones.

A continuación se fundió con las sombras.

«Demonio. Monstruo».

Isla irguió la espalda. No dejaría que la pusiera nerviosa. Sin duda era eso lo que se proponía.

Isla no se molestó en anunciarse a sí misma cuando se preparó para su presentación. Solo necesitaba una cosa.

La ayuda del rey.

—¿Sería tan amable de encender un fuego? —le pidió.

Durante un momento Oro se limitó a mirarla enfurruñado. Isla se preguntó si la ningunearía o se negaría a complacerla, y tendría que pedirle ayuda a algún otro sunling. Como si fueran a acceder.

A continuación, con una mínima sacudida de muñeca, plasmó una columna de fuego en el centro de la arena.

—Gracias —dijo Isla con voz tensa.

El rey no asintió ni hizo el más mínimo gesto antes de que ella se encaminara hacia las llamas que Oro había creado.

Todos los ojos estaban pendientes de ella. Ya debería estar acostumbrada, pero el escrutinio se le antojaba un millar de cuchillos que apuntaran en su dirección.

Isla extrajo un pequeño frasco del bolsillo en forma de corazón. Contenía un líquido denso y rojo como la sangre.

—Las wildling han desarrollado remedios de sanación avanzados —anunció, mostrando el frasco para que todo el mundo lo viera. Ahora solo tenía que demostrar su potencia.

Antes de que le faltara el valor , igual que había hecho media docena de veces en los ensayos, Isla inspiró hondo.

E introdujo un brazo en las llamas.

Gritos. Exclamaciones de horror. La multitud emitió un jadeo colectivo, horrorizado, y la piel de Isla se chamuscó. Se derritió.

Isla no dio un paso atrás. Aunque el dolor amenazaba devorarla entera. El brazo le temblaba entre las llamas. Cerraba el otro puño con tanta fuerza que se clavó las uñas en la palma de la mano hasta sangrar.

«Solo un poquitín más». Se le saltaban las lágrimas y levantó la cabeza para no derramarlas. El público debió de considerarlo un gesto triunfal. De ausencia de dolor.

No lo era.

Cuando no fue capaz de soportarlo más, no sin caer de rodillas y romperse como una cáscara de huevo delante de la multitud, retiró el brazo.

La piel se le había arrugado, abrasada; solo se veía carne viva de un rojo encendido.

Era nauseabundo a la vista, al olfato. Se le revolvieron las tripas; un instante más y vomitaría.

Con los labios temblando sin control, retiró la tapa del frasco con los dientes. A continuación vertió hasta la última gota de líquido en las heridas.

Ante sus ojos y los del resto de la concurrencia, el aspecto de la piel se suavizó. Las heridas sanaron por sí mismas y la piel volvió a crecer hasta que el brazo de Isla recuperó su aspecto normal.

Las quemaduras no habían dejado ni una sola marca.

El dolor no había desaparecido —ni por asomo—, pero Isla evitó que se reflejara en su rostro cuando saludó con una inclinación de cabeza que marcó el final de su presentación.

Nadie aplaudió. No hacía falta. Isla veía el asombro grabado en sus caras.

En teoría, los moonling eran los únicos que poseían la capacidad de sanar, valiéndose del agua. De creer la información que los nobles habían proporcionado a Celeste y lo que Ella le había contado, últimamente estaban privando a la gente de sus poderes en la isla. Cobraban demasiado. Sanaban cada vez menos.

Casi como si desearan que el resto de la isla se debilitase.

Isla acababa de demostrar que otros podían hacer lo mismo que ellos. Tal vez incluso mejor. Y eso, lo sabía, solo serviría para que Cleo la odiara todavía más si cabe.

Azul se proclamó ganador.

Algunos dirían que la decisión no era justa, pero tampoco lo eran los juegos.

CAPÍTULO 16
SOMBRAS

Por la noche todavía le escocía la piel. Isla se encogió cuando deslizó despacio el fino tirante de su vestido por el brazo, maldiciéndose por no haber escogido un atuendo distinto.

Y luego estaba el problema de la cremallera. Dada su ubicación, necesitaba las dos manos para bajarla, pero…

—Si necesitas ayuda para desnudarte, permite que te ofrezca mis servicios, Devoracorazones.

Isla dio un respingo ante el sonido de esa voz profunda y se dio media vuelta a toda prisa.

Grim estaba sentado en una silla bañada en sombras, casi completamente oculto por la oscuridad. Se inclinó hacia delante con los codos en las rodillas y sus ojos resbalaron por el hombro desnudo de Isla hasta el tirante que le caía sobre el brazo arrastrando consigo la parte alta del vestido.

Ella lo devolvió a su sitio con el brazo malo y gimió; un relámpago de dolor brilló en el fondo de sus ojos.

Puede que la pócima wildling la hubiera curado, pero no estaba tan avanzada como para paliar el dolor. Había que escoger entre mitigar este o curar la herida; una cosa o la otra. Aunque no hacía ninguna falta que los gobernantes y los isleños lo supieran, por descontado.

Por eso era tan importante que Isla no parpadease siquiera. Para que nadie advirtiera lo mucho que estaba sufriendo. Y por eso Terra y Poppy la habían obligado a practicar una y otra vez hasta que fue capaz de ejecutar la prueba a la perfección.

—¿Cómo has entrado aquí? —preguntó Isla con una vocecilla más tenue de lo que le habría gustado. Qué grosero era Grim. Qué sensual. Isla habría declarado que lo odiaba ante cualquiera.

Pero no era cierto. Se odiaba a sí misma por no considerar repulsivas las palabras del nightshade.

Él se encogió de hombros.

—A través de la pared.

Cómo no.

Isla recordó su demostración. La ira remplazó el dolor.

—Bien. En ese caso, supongo que puedes marcharte por donde has venido —le propuso, señalando un muro.

Grim se levantó. Isla tragó saliva. Su envergadura siempre la sorprendía. Su altura. El poder que emanaban sus tentáculos invisibles.

—Lo reconozco —empezó él. Una sonrisa le bailaba en la comisura de los labios. Avanzó un paso hacia ella—. No era así como había imaginado nuestro encuentro en tus aposentos.

Ella frunció el ceño. Lo fulminó con la mirada. Ninguno de los dos gestos resultó muy convincente. El efecto quedó atenuado por otras emociones que sin duda él podía notar.

Grim intentaba distraerla.

—Te has burlado de mi presentación, demonio —lo acusó, por temor a olvidar que estaba enfadada—. Te revelé en qué consistía la prueba. Te di tiempo para prepararte.

Su expresión debió de dejar entrever el inexplicable dolor de sus sentimientos heridos, porque la mirada del nightshade se suavizó.

—Devoracorazones —dijo en un tono dulce que la pilló por sorpresa—. Pensaba que a estas alturas ya lo habrías adivinado, pero te lo voy a aclarar. No siento ningún interés en ganar el Centenario. Ni en crear alianzas. Ni en participar en estos juegos, de hecho.

Se hizo un silencio mientras Isla asimilaba las palabras.

Tal vez estuviera mintiendo. Pero ella tendía a fijarse en los actos, más que en las palabras. Y las de Grim encajaban con su conducta. No había intentado aliarse con otros gobernantes. No se había tomado en serio ninguna de las presentaciones.

Isla notó que la extrañeza se extendía por sus facciones.

—Y entonces ¿qué haces aquí? —le preguntó, verbalizando por fin la pregunta que se hacía desde el primer día. La que gritaba mentalmente cada vez que Grim se le acercaba. Cada vez que sentía el deseo de tenerlo cerca. El nightshade no respondió, así que avanzó hacia él para llenar el vacío. Todo el mundo quería algo. Todo el mundo tenía motivaciones. Isla llevaba casi veinte días del Centenario tratando de descubrir las de Grim sin conseguirlo. Lo miró a los ojos, exigiendo una respuesta—. ¿Qué quieres?

Grim le sostuvo la mirada e Isla habría jurado que la expresión del hombre se entristeció. Un instante más tarde, sin embargo, la sonrisilla maliciosa había regresado.

—Creía haber dejado claro lo que quiero —respondió al mismo tiempo que deslizaba un dedo por el brazo que Isla se había lastimado.

Ella se preparó para el dolor..., pero no apareció. Fue como si Grim enmascarara el escozor de algún modo que ella no entendía. La piel de él era gélida al tacto. Calmante. Hielo para un quemadura.

Pese a todo, Isla reculó.

—No has venido al Centenario por mí —le dijo. No dejaría que Grim se escabullera.

—No —se limitó a responder él—. No he venido por eso.

—Y entonces ¿por qué?

El nightshade torció el gesto.

—¿Tú sabes cómo se creó Lightlark, Devoracorazones? —dijo.

Isla cerró los puños. Tenía la sensación de que Grim estaba eludiendo la pregunta de nuevo, pero prefería que siguiera hablando a que se limitara a desvanecerse, así que le siguió la corriente. Tal vez le dijera algo útil, en cualquier caso.

—La fundó el antepasado de Oro, el rey Horus primigenio.

—Eso es mentira. Dos personas crearon la isla. No solo Horus; también Cronan Malvere.

Las cejas de Isla se unieron en su entrecejo.

—Mi antepasado —concluyó Grim.

Que Isla supiera, solo el rey Horus había fundado Lightlark miles de años atrás. Los nightshade ni siquiera eran bienvenidos a la isla, ni tan solo tenían ya un islote propio.

—Lightlark desarrolló más poder del que ninguno de sus fundadores podía prever. Ambos se tornaron codiciosos. Se enfrentaron entre sí. Sus diferencias desembocaron en un duelo y, cuando Cronan perdió, todos los nightshade se marcharon para crear su propio feudo, que no era ni por asomo tan fuerte como Lightlark.

Los ojos oscuros buscaron los de Isla. Y, aunque quería hacerlo, ella descubrió que no podía apartar la mirada.

—El poder nightshade construyó este sitio tanto como el sunling. Mi padre pensó que había llegado el momento de que recuperásemos el control del reino que fundamos en su día.

Esa fue la razón de la guerra entre Nightshade y Lightlark.

Con razón no habían invitado a Grim a ninguno de los Centenarios anteriores. Isla se preguntó cómo era posible que Oro hubiera invitado esta vez a la persona que había invadido su hogar y asesinado a sus congéneres. El rey debía de estar verdaderamente desesperado por poner fin a las maldiciones.

¿Por qué? ¿Qué ocultaba?

—¿Y qué piensas tú? —preguntó Isla con una voz poco más alta que un susurro. Aun así se le antojó estridente.

Grim apretó los dientes.

—Le dije a mi padre que firmara el tratado. Habíamos perdido a demasiada gente. Íbamos a perderlo todo si no nos aveníamos a la paz. Como parte del acuerdo, tuve que venir a vivir a Lightlark. Para recordarnos que, si los nightshade cometían un error, podían matar al único heredero de mi padre. Estuve viviendo aquí veinte años hasta que…

«Hasta que…». No pronunció las palabras, pero Isla sabía muy bien lo que venía a continuación.

Hasta que alguien maldijo los reinos y todos los gobernantes se sacrificaron cierta noche espantosa. Hasta que el poder se transfirió a los herederos por última vez. Hasta que los nuevos gobernantes y casi toda su gente abandonaron la isla y la tormenta en ciernes que los habría sepultado.

Isla temía la pregunta siguiente. Pero tenía que formularla.

—Grim, ¿lanzaste tú las maldiciones?

Él la miró, la miró de veras.

—De ser así, ¿volverías a hablarme?

Ella retrocedió, tensa. Le temblaron las narinas. Respondió de inmediato.

—No. Las maldiciones acabaron con la vida de muchos de mis hermanos. Nos convirtieron en monstruos. —Se le espesó la voz—. Por culpa de las maldiciones murieron mis padres.

Algo parecido a tristeza brilló en los ojos de Grim.

—Las maldiciones mataron también a mi familia. —Agachó la cabeza, pero no apartó la mirada—. No, Isla, yo no maldije a los reinos.

Ella sabía que era de necios creer a los otros gobernantes. Pero el dolor de Grim era real. Y el vivo reflejo del suyo.

—Entonces ¿por qué has venido? —quiso saber—. ¿Para vengarte? ¿Para volver a invadir Lightlark? —Otra idea asomó a su pensamiento y palideció—. ¿Para asegurarte de que no se rompan las maldiciones?

Grim enarcó una ceja.

—¿Por qué estás tú aquí, Devoracorazones? ¿Qué persigues?

Isla se quedó petrificada. Las mentiras inundaron su boca, listas para ser pronunciadas, pero Grim sonrió. Había notado su desasosiego. Su titubeo. Captaría que no decía la verdad.

No desvió la mirada, pero tampoco pronunció una sola palabra.

El nightshade se limitó a negar con un movimiento de la cabeza.

—¿Sabes qué? —dijo mientras avanzaba hacia la pared que había traspasado para entrar—, haces demasiadas preguntas, Devoracorazones. —La miró de arriba abajo antes de fruncir el ceño al posar la mirada en su brazo, como si notara el dolor que todavía sentía—. Para ser alguien que guarda tantos secretos.

CAPÍTULO 17
CONGELADA

Isla pasó el día siguiente con el brazo envuelto en hielo. Ella le había traído un cubo de la cocina y lo remplazaba con regularidad sin hacer preguntas. La herida todavía le escocía, pero ya no tanto. Alternaba el hielo con los remedios wildling. Cuanto antes se le curara la piel, menor sería la sensación de que se la había arrancado a tiras.

El día anterior, tras el encuentro con Grim, el dolor aún la importunaba… y quizá también los pensamientos sobre el nightshade, igual de molestos. En lugar de tratar de conciliar un sueño que no llegaría, se dedicó a fisgonear por los pasillos como tenía por costumbre.

Fue entonces cuando advirtió el revuelo en la zona del castillo que daba al estadio.

Estaban preparando una presentación. Decenas de isleños pululaban de un lado a otro gritando órdenes. Intentó acercarse lo más posible para tratar de adivinar en qué podía consistir la prueba, pero había demasiada gente. No pasó mucho rato antes de que el brazo volviera a escocerle, reclamando el hielo.

Sus pesquisas, sin embargo, no habían caído en saco roto. La gran mayoría de los que merodeaban por los pasillos iban vestidos de blanco. Eran gentes de la luna.

Así pues, los golpecitos en la puerta cuando Ella llamó veinticuatro horas más tarde, en plena noche, no deberían haberla pillado por sorpresa.

La piel todavía le escocía, pero no con tanta intensidad. Había hecho lo posible por acelerar la curación tras ver los preparativos de la prueba, aplicándose ungüentos con más frecuencia y tomando pócimas por vía oral. Pese a todo, pensaba que tendría más tiempo. Solo a alguien tan cruel como Cleo se le ocurriría celebrar su presentación a medianoche.

—Mi prueba tiene que ver con el deseo —dijo la gobernante moonling con las manos unidas como si rezara. Estaba en el centro de la arena, que había transformado en un laberinto de canales de agua. Cada uno de los soberanos se encontraba en un extremo del perímetro. Una vez que se sumergieran en los carriles, los muros de hielo que constituían las paredes del laberinto les impedirían verse mutuamente.

No los habían avisado con algún tiempo de margen. Ni les habían concedido un momento para cambiarse. Por eso Isla había acabado en el gélido adorno navideño en el que se había transformado el estadio sin nada encima salvo una camiseta de tirantes y unos minúsculos pantalones cortos. Se iba a congelar en el agua. Si bien el resto de los gobernantes no vestían sus típicas capas y elaborados atuendos, tampoco habían acudido en pijama. Isla no sabía cómo, pero se las habían arreglado para enfundarse ropas apropiadas para el agua. ¿Lo habían conseguido gracias a sus poderes? ¿O habían insistido en que les dieran tiempo para vestirse, mientras que Isla había seguido a Ella por el castillo medio dormida?

—Un verdadero gobernante renuncia a los deseos egoístas de su corazón por el bien de su reino. Tenéis que dejaros guiar por el corazón a través del laberinto. Os conducirá a aquello que más deseáis. El ganador no se decidirá en función del deseo, sino que será aquel que lo alcance en primer lugar. Pues aún peor que desear algo por encima del bien del propio reino es no saber lo que uno quiere.

El rey estaba parado a pocos pasos de distancia del laberinto, mirando el agua como si le guardara rencor. No llevaba un delicado pijama, sino pantalón y camisa dorados, esta última pulcramente remangada.

Tenía una zona de la mano algo hinchada y una erupción empezaba a asomar en la piel.

—Giselia, mal asunto —observó Isla en tono quedo, casi para sí.

Oro entró en alerta. La miró como si acabara de verla en el carril contiguo, lista para empezar.

—¿Sabes lo que es?

Ella se encogió de hombros.

—Claro. ¿La hoja tiene cinco puntas? ¿Con manchas verdes? ¿Y los brotes son amarillos?

Oro asintió despacio.

—Es giselia —confirmó Isla—. Venenosa. Provoca urticaria y pesadillas.

Oro la miró estupefacto.

—Vale, puede que eso de las pesadillas solo fuera un truco de mis guardianas para que me mantuviera alejada. —La giselia crecía en el bosque justo al otro lado del panel suelto de su ventana. Después de que Poppy y Terra lo fijaran, advirtieron a Isla contra la planta, por si encontraba otra manera de salir de la habitación—. Se lo tiene que tratar con un ungüento hecho de leche, pasta de tomate, miel, corteza de sauce, ceniza y moras machacadas.

Oro apretó los labios antes de decir:

—Gracias.

Con el tono de quien hace un esfuerzo para pronunciar la palabra.

Isla entornó los ojos.

—La giselia solo crece en el corazón del bosque, allí donde los árboles son tan abundantes que se rozan entre sí. ¿Qué estaba haciendo en un lugar así, en el nombre del reino?

Su tono sugería: «¿Acaso no sabe lo peligroso que es?».

Oro le lanzó una mirada extraña. Isla se la devolvió.

Sin previo aviso, sonó una campana.

E Isla no tuvo más remedio que saltar a su carril.

La sensación del agua fría fue como si un millar de agujas le perforaran la piel. Al principio casi agradeció el helor en el brazo dolorido, pero al momento se intensificó hasta tornarse excesivo y multiplicó el malestar. De inmediato salió a tomar aire con el pecho convertido en un puro hielo, los dedos de las manos y de los pies ya entumecidos.

Cientos de isleños la saludaron desde arriba, gritando, deleitándose en su debilidad, abucheándola y animando a sus gobernantes.

«Continúa», le dijo una vocecilla interna, aunque su cuerpo le gritaba que saliera del agua. Sin duda estaba en desventaja al proceder de un reino como Wildling, donde no existía el invierno.

Pero no era su primer encuentro con la inclemencia de los elementos.

Terra sabía que algunas de las pruebas podían involucrar duras condiciones climatológicas. Cuando Isla contaba diecisiete años de edad, la dejaron con los ojos vendados en mitad del bosque durante un huracán.

Para cuando se arrancó la tela de los ojos, sus guardianas hacía rato que se habían marchado. El viento doblaba las copas en formas grotescas, la tierra y las hojas se le pegaban a la piel y los bichos ya habían empezado a roerle los tobillos.

Los bosques eran mortales para aquellos que no sabían controlarlos. De ahí que la decisión del rey de aventurarse en la fronda resultase tan sorprendente.

Isla había tardado tres días en llegar a casa. Durante ese periodo bebió agua contaminada y tuvo que refugiarse temblando bajo un improvisado toldo de palmas presa de una fiebre que le provocaba un zumbido constante en la cabeza, como una campana que no dejara de repicar. Sabiendo que moriría si se quedaba allí, se obligó a caminar teniendo presentes las clases de supervivencia. Cazó el alimento con arcos y flechas fabricados por ella misma con la daga que siempre llevaba prendida al muslo.

Dado su estado de ofuscación, se cortó los dedos y manchó las armas de sangre, que actuaba como un reclamo para todavía más insectos si cabe; se dieron un banquete a su costa como si ya estuviera muerta.

Para cuando se desplomó delante del castillo de Wildling estaba tan enferma que las mejores sanadoras tardaron semanas en devolverle la salud.

«Has estado a punto de matarme» fueron las primeras palabras que brotaron de sus labios una vez que pudo volver a hablar, dirigidas a Terra.

Su guardiana se limitó a sonreír. «El único modo de no temer a la muerte es verla de cerca».

Isla sabía qué sensación producía la muerte. Y no era esa. De modo que siguió nadando a pesar de las agujas que se le clavaban más profundamente, hasta que le perforaron los huesos y el frío se apoderó de todo su cuerpo.

Allí delante el laberinto se dividía en dos. Isla se preguntó qué dirección tomar hasta que notó un pequeño tirón que le marcaba una ruta.

Y, al momento, un segundo tirón en sentido contrario.

Se detuvo y sacó la cabeza para tomar una buena bocanada de aire. Una dirección le sugería su tierra; Poppy y Terra. Su pueblo.

La otra le sugería más.

No acababa de distinguir su significado, pero las emociones eran poderosas. Embriagadoras. Deslumbrantes.

Las palabras de Cleo resonaron en el fondo de su mente. Se suponía que su corazón debía guiarla. ¿Por qué estaba tan indecisa?

El tiempo se congeló mientras ella flotaba en el agua.

¿Cuánto rato llevaba allí parada? ¿Unos instantes? ¿Minutos? ¿O más tiempo?

«Espabila», le dijo su voz mental.

Isla ansiaba la libertad, eso lo tenía claro. Pero ¿de verdad era ese su mayor deseo?

Un silbido procedente de alguna parte la arrancó de sus cavilaciones. El primer gobernante había llegado al final de su laberinto.

Isla estaba muy atrás. Tenía que tomar una decisión. Seguir el dictado de su corazón.

Escogiendo una de las rutas, empezó a nadar, revitalizada, con el pecho repleto de escarcha y penachos blancos brotando de su boca cada vez que asomaba la cabeza para respirar.

La cabellera de Isla se había dividido en mechones gruesos y helados; la ropa no le aportaba el más mínimo calor.

Notaba la piel rígida, sus músculos agarrotados contra la implacable temperatura del agua.

«Un poco más», le suplicó a su cuerpo, consciente de que había salido de situaciones peores. La habían entrenado para esto.

Al principio se le cerraron los pulmones, anegados en el agua que se había abierto paso hasta su boca sin que Isla se diera cuenta.

Otra revuelta.

El laberinto parecía cerrarse en derredor; cada vez que tomaba aire, el público se tornaba más borroso. Los gritos de la multitud, más lejanos.

¿Se estaba moviendo siquiera? No notaba los brazos.

El frío era cada vez más intenso. Le fallaron los pulmones.

Abrió los ojos con esfuerzo, una vez más, y únicamente vio luz que se alejaba.

Se estaba hundiendo.

Isla se preguntó si parte de la profecía se cumpliría en caso de que la prueba acabara con su vida. Puede que la gobernante moonling hubiera escogido esa prueba a sabiendas de que le permitiría eliminar a una de los gobernantes más débiles sin romper las reglas. De ser así, al menos Celeste viviría.

Pero no el pueblo de Isla.

Ni tampoco Terra y Poppy.

Eso no podía ser la muerte. Su muerte no podía ser tan silenciosa. Se parecía demasiado a caer dormida.

Quería todo lo que la vida podía ofrecerle. Deseaba la larga existencia de una poderosa gobernante para explorar Lightlark hasta sus confines, una vida entera de amistad con Celeste, quizá incluso de… amor. Algo que siempre había criticado en otras wildling. Incluida su propia madre. Algo que siempre había juzgado insensato. Ansiaba con toda su alma ver cumplidos sus anhelos más egoístas, más allá de salvar a su reino y romper las maldiciones…

Despacio, sus dedos agarrotados se desplegaron solos. Un gemido surgió de las profundidades de su garganta y luchó contra el impulso de mantener los ojos cerrados. Ordenó mentalmente a sus miembros que volvieran a la vida.

Arañó el agua gélida como si fuera lo único que se interpusiera entre ella y todo aquello que albergaba su corazón.

La visión de Isla iba y venía, pero palpó el final del laberinto. Se aferró a la reluciente losa de hierro que aguardaba en el punto de llegada y salió del agua a pulso recurriendo a las escasas fuerzas que le quedaban.

Isla no vio la inscripción en la losa ni oyó a la multitud. Únicamente notó algo que algo cálido le envolvía el cuerpo. Ella. La starling le cubría la espalda con una toalla.

Isla estaba temblando y todavía no había recuperado del todo la visión.

—Por favor, llévame a mi habitación —consiguió decir a duras penas.

Isla le debía a Ella mucho más que un ungüento para el dolor, pensó mientras su asistente la sacaba del estadio, usando las ovaciones de la multitud y el coronamiento de Cleo como vencedora para que pasara desapercibida. Estaba claro que la moonling había empleado su prueba para exhibir su superioridad frente a los demás.

Tal vez le habría preocupado más que Cleo y el rey estuvieran empatados y que quizá acabara siendo la lunar quien decidiera las parejas de no sentirse tan débil.

Ella era menuda pero más fuerte de lo que parecía. Prácticamente sostenía el peso de Isla mientras avanzaban despacio por el castillo vacío. El agua dejaba un reguero a su paso.

El resto era escarcha. Le dolían los pulmones, que se le antojaban dos cubos de hielo en el pecho.

—Te prepararé un baño —dijo Ella cuanto llegaron por fin a la alcoba de Isla—. Y traeré té.

Abandonó la habitación a la carrera.

Isla entraba y salía de la consciencia. Tenía el cuerpo anestesiado.

Solo podía pensar en la misión.

Tenía que encontrar el desvinculador.

Sus deseos llevaban demasiado tiempo reprimidos. Los había empujado al fondo de su ser. Siempre había tenido en mente las advertencias de sus guardianas, que le decían que su vida no le pertenecía solo a ella, que cualquier deseo al margen de salvar a su pueblo era egoísta.

Ahora, Isla ya no podía mentirse más.

Quería muchas, muchísimas cosas.

Y estaba dispuesta a cometer atrocidades por conseguirlas.

Y no eran solo anhelos egoístas. Sus propios deseos la ayudaban a entender a su pueblo más que nunca. Merecían tener lo que querían. Al igual que el pueblo de Celeste, Ella incluida.

«Lo prometo. —Puede que pronunciara las palabras de viva voz o tal vez nunca alcanzaran sus labios. Ella la había ayudado a entrar en la bañera y el agua caliente le escaldó la piel helada, le arrancó gritos de dolor que en su estado de aturdimiento se sentía incapaz de contener—. Encontraré el desvinculador. Romperé las maldiciones».

«Aunque sea lo último que haga».

CAPÍTULO 18
EL CASTILLO

Cuando despertó, Isla se sentía al borde de la muerte. Notaba un frío implacable en el centro del pecho. Pasó todo el día en la cama, tomando caldos. Ella mantenía un fuego enérgico en el hogar. Le traía un caldo tras otro. Le preparaba baños calientes. Al llegar la noche, Isla apenas se encontraba un poco mejor.

Celeste se arriesgó a hacerle una visita para llevarle una sopa, especialidad starling, cuya receta se había traído de isla Estrella.

—Iré yo —decidió tan pronto como la vio. E Isla comprendió que no solo se sentía al borde de la muerte, sino que así lo sugería su aspecto también. Negó con la cabeza.

Era el vigésimo día del Centenario. Esa noche había luna llena; su única posibilidad de entrar en isla Luna sin ser descubierta.

—No te ofendas, Cel —replicó—, pero tú no sabes desplazarte en silencio como yo.

Su amiga suspiró.

—Ya lo sé, pero…

De nuevo Isla hizo un gesto de negación, interrumpiendo a la starling.

—Si te pillan, se acabó. No podemos correr ese riesgo.

Celeste frunció el ceño.

—¿Y nos podemos arriesgar a perderte a ti? —preguntó incisivamente.

Isla desdeñó la preocupación de su amiga con un gesto de la mano. Estirando las extremidades, se dispuso a preparar el nuevo tinte para el cabello.

—Estoy bien —mintió. Celeste sabía que no era verdad.

Pero era consciente asimismo de que no tendrían otra oportunidad.

Todo lo que deseaba estaba muy presente en su pensamiento cuando Isla enterró el dolor del brazo, el frío que todavía la embargaba con cada aliento, la necesidad de descansar. Nada tenía importancia comparado con la necesidad de encontrar el desvinculador.

Tal vez Juniper fuera el cantinero más fiable de la isla o puede que el más embustero, Isla todavía no lo tenía claro. Sea como fuere, la información que le había proporcionado era correcta.

No había guardias en el puente esa noche.

A causa de la maldición moonling, el mar buscaba la sangre del reino lunar con cada plenilunio. Olas de muchos metros de altura partían los barcos en dos; mareas monstruosas se llevaban a las muchachas de los riscos. El mar se lo tragaba todo y luego recuperaba la calma.

Esa noche tenía un hambre voraz.

La isla al completo estaba desierta. La quietud era tal que Isla oía el azote del mar contra el acantilado del castillo, incesante, como si la muerte llamara a una puerta para exigir la reparación de una deuda.

Isla Luna recordaba a un adorno navideño rodeado de hielo, agua y cristal. Desde el instante en que bajó del puente, Isla notó la escarcha contra su pecho, gélida como el remordimiento. Tan inclemente como la gobernante que la regentaba.

E igual de hermosa.

Riachuelos y arroyos culebreaban por isla Luna de tal modo que los moonling, señores del agua, tenían acceso constante a su poder. Erguido ante Isla, el palacio de hielo la contemplaba con tanta atención como la luna. Los caminos estaban tallados en madreperla y flanqueados por estatuas de mármol que representaban seres marinos de sinuosos tentáculos, mujeres con colas de pez y barcos que flotaban en la nada. No había guardias por ninguna parte.

Por desgracia, se encaminaba directamente al lugar en el que estaban todos refugiados.

Celeste había descubierto que la biblioteca moonling se encontraba en las profundidades del castillo, más allá de las murallas. Y ese era el destino de Isla.

Se había teñido el cabello de blanco con la pócima wildling y se había enfundado el vestido adecuado. Sin embargo, algo le decía que ser moonling era mucho más que eso… y que si alguno de los guardias le echaba la vista encima, sabrían de inmediato que tenían delante a una impostora. Encontrarse a la intemperie con luna llena constituía el indicio más delator de su verdadera identidad. Ningún moonling sobreviviría en el exterior esa noche, así que Isla debía moverse como un fantasma y entrar sin que nadie la viera. Se fundió con las sombras por si acaso alguien vigilaba desde arriba.

El castillo se encaramaba en lo alto de una ladera de roca blanca. Una senda descubierta conducía al palacio a través de los jardines. Seguramente estaría vigilada. Imposible que Isla la usara sin ser detectada.

Rodeó el perímetro del monte con la esperanza de ver otra entrada. La roca era impenetrable salvo por una ventana, a quince metros de altura, que debía de dar a la planta baja del palacio.

No contaba con la protección de unas rejas.

Esa sería su vía de entrada.

Isla se preparó. Los nervios le habían humedecido las palmas de las manos, así que se las cubrió con el polvo que desprendían las rocas calcáreas de las montañas.

El risco era prácticamente plano, pero encontró resquicios. Le habían enseñado a buscar hasta el más minúsculo de los orificios, las grietas invisibles.

Sus manos hallaron los dos primeros asideros con pocos centímetros de separación. Con un gruñido, se dio impulso hacia arriba.

Los primeros movimientos de una escalada nunca representaban un esfuerzo excesivo. La tierra no estaba demasiado lejos. Si erraba, solo tenía que volver a empezar.

El ascenso se tornaba más precario a diez metros de altura.

Avanzó deprisa para no perder el impulso y no darle cabida al miedo, del mismo modo que se tragaría una medicina a toda prisa para no notar el sabor.

Era una de las lecciones de Terra. Su guardiana la había obligado a observar a los monos que se desplazaban por la selva sin esfuerzo y se encaramaban a los árboles con suma facilidad.

No planificaban sus movimientos. Se balanceaban con tranquilidad, a sabiendas de que siempre encontrarían algo a lo que prender los brazos o la cola.

«Trepa hasta que tus músculos se aprendan los movimientos; sin pensar», le decía Terra. E Isla escalaba el árbol, el risco, el muro, una y otra vez. Y otra. Y otra.

Sus manos estaban habituadas. Se movían por sí solas buscando muescas en la piedra. Las encontraban y ella seguía escalando. Arriba, cada vez más arriba.

Otro movimiento. Una mano aferrada a un pequeño saliente. Los dedos de la otra palpando en busca de agarre.

Pero, por una vez, la roca era lisa.

No había nada a lo que aferrarse.

Más arriba. Tendría que buscar más arriba. Con el brazo temblando por el esfuerzo, se dio impulso en busca de un punto de apoyo. Contuvo un grito a duras penas cuando su piel, todavía delicada, acusó el movimiento.

Nada.

Ese era el problema de escalar una pared de roca desconocida. No tenías garantías. Sin embargo, siempre encontrabas algo, algún modo de subir.

Los dedos se le estaban humedeciendo. Su agarre al pequeño saliente empezaba a perder firmeza. Notaba frío y demasiado calor al mismo tiempo. ¿Acaso tenía fiebre? ¿Estaba enferma?

No, solo débil. La piel del brazo todavía estaba algo sensible. El frío se intensificó en su pecho.

Tenía que encontrar un punto de agarre para la otra mano cuanto antes. Más arriba.

A pesar de su empeño en guardar silencio, Isla gruñó del esfuerzo cuando obligó a su brazo a elevarse un poco más…

Solo entonces encontró un pequeño hueco en la roca. No perdió ni un instante antes de encajar los dedos en el resquicio con dificultad y volver a distribuir el peso.

Se había salvado por los pelos.

La ventana estaba cerca. Tenía tamaño suficiente para que pudiera colarse al interior e incluso contaba con un alféizar que le prestaría apoyo.

Isla procedió a efectuar el siguiente movimiento. Y justo cuando su mano estaba a punto de aferrarse a otra hendidura, el saliente que sostenía su peso cedió.

Se precipitó al vacío.

A tanta altura, podría fracturarse las dos piernas. O, dependiendo de cómo aterrizase, sufrir alguna fisura en las costillas. O quizá en la columna vertebral.

En cualquier caso la descubrirían. La encontrarían desmadejada junto a los muros del castillo.

Adiós al desvinculador.

Ya podía despedirse de ese futuro que deseaba por encima de cualquier cosa, un futuro que se transformaba día tras día cuanto más veía y experimentaba.

«No».

Con la rapidez que le prestaba su memoria muscular, Isla desabrochó la parte trasera de su collar —una daga que simulaba ser una gargantilla con la punta afilada en lugar del cierre— y aplicando todas sus fuerzas clavó la hoja oculta en una roca.

Dejó de caer.

A duras penas.

Pasado un instante, la hoja cedió.

Para entonces, sus manos ya habían encontrado puntos de agarre. Estaba a seis metros de la ventana. Pero viva. Entera.

Tenía el estómago revuelto, el corazón le martilleaba contra la pared.

«No hay tiempo para celebraciones». Con el sudor lamiéndole la nuca a pesar del frío, Isla recorrió el resto del trayecto hasta la ventana. Un rugido todavía le saturaba los oídos, del mar, de la adrenalina o de su cuerpo advirtiéndole que no estaba lista para ejercer tanto esfuerzo; Isla no estaba segura.

Pasados unos minutos, se encaramó a pulso al alféizar, levantó la hoja de la ventana —que afortunadamente no estaba trabada— y se arrastró al interior.

Reinaba el silencio en el castillo de isla Luna.

Hasta el último centímetro del palacio estaba esculpido en mármol blanco con vetas azul oscuro que recorrían la piedra como ríos. Le recordó a Cleo.

Inmaculado. Sin edad.

Por alguna razón aquel lugar le ponía la piel de gallina.

Era tarde. Los moonling debían de haberse retirado a sus aposentos del castillo. Desde las maldiciones, le había explicado Celeste, la mayoría se habían trasladado al palacio, la única construcción de la isla lo bastante alta para escapar de las mareas mensuales.

Aun en el interior, Isla alcanzaba a oír el rugido del mar, que alzaba sus tirabuzones hacia los habitantes con movimientos desesperados.

La mayoría debían de estar dormidos. Y quizá hubiera reglas. Cleo parecía deleitarse en el ejercicio de su poder. Tal vez hubiera impuesto un toque de queda obligatorio. O restringido el paso a ciertas zonas del palacio.

Era un laberinto.

Isla no sabía adónde iba, tan solo que la biblioteca se encontraba al fondo del castillo, de cara al mar.

Se internó en los pasillos.

De vez en cuando resonaban pasos en los corredores, seguidos de voces que repartían órdenes. Eran guardias patrullando ciertos pasillos.

Había demasiados. Muchos más de los que había visto en otras partes del archipiélago. Ahora que lo pensaba, no había guardias en isla Firmamento. Ni siquiera la capital estaba tan vigilada, al margen de los que encendían las antorchas del ágora.

¿Qué estaba tramando Cleo?

Isla cruzó los dedos con la esperanza de que la biblioteca no estuviera tan controlada. El acceso a la sección restringida requería la presencia de Cleo, al fin y al cabo. Sin embargo, cuanto más se internaba en el palacio, más sonidos llegaban a sus oídos. Susurros a través de las paredes. El borboteo del agua sometida a los poderes moonling. El crujido agudo del agua transformada en hielo.

¿Estaba Isla cerca de las mazmorras? ¿O los guardias solo estaban practicando?

¿Para qué?

Vio un destello blanco a un lado y se precipitó a la primera sala que encontró.

Estaba vacía. Solo había cuatro paredes de piedra que la enfriaron hasta los huesos cuando se pegó contra ellas con la esperanza de que no la hubieran visto.

Durante unos instantes nada llegó a sus oídos, solo silencio.

Y al poco escuchó voces.

—¿Estabas tú patrullando este pasillo?

Una voz masculina.

—No.

Esta pertenecía a una mujer.

—¿Era Lazlo?

La mujer gruñó una respuesta negativa.

—¿Por qué?

Un instante de silencio.

—He visto a alguien.

—¿Aquí?

Isla se quedó helada. El hombre la había avistado.

Los dos vigilantes recorrían el corredor; oía el taconeo de sus botas contra el mármol, un repiqueteo semejante al tintineo de la porcelana.

—¿Cómo han burlado a los soldados?

¿Soldados?

Cleo estaba preparando un ejército.

¿Por qué?

¿Qué se proponía?

Isla no tuvo demasiado tiempo para sumirse en cavilaciones porque, pasado un instante, la puerta de la sala en la que estaba escondida se abrió.

CAPÍTULO 19
BAJO EL AGUA

Los guardias no tuvieron tiempo de echar mano de sus espadas de hielo ni de blandir el agua que chapaleaba en frascos colgados de sus cintos.

Antes de que pudieran pedir ayuda siquiera, Isla les había asestado seis golpes distintos en puntos especiales que Terra le había indicado en sus entrenamientos.

Los músculos de los dos vigilantes flaquearon al instante.

Sendos golpes bien dados en la zona de la nuca y ambos se desplomaron inconscientes. Ni una gota de sangre.

Terra estaría orgullosa.

En cuanto dejó de moverse, Isla se descubrió resollando. La escalada, la lucha… Todo ello le había exigido demasiada energía. No debería estar levantada y mucho menos en el territorio de otra gobernante.

Pero ya era demasiado tarde. Estaba allí y empezaba a perder el control de los acontecimientos.

Con todo el sigilo del que fue capaz y tanta energía como pudo reunir, los arrastró a las profundidades de la sala, cerró la puerta y salió al pasillo a la carrera.

Los guardias pronto despertarían y pedirían ayuda o alguien más advertiría su ausencia y daría la voz de alarma.

O bien alguien le daría alto y advertiría a los demás de su presencia.

En cualquier caso, ya no era el momento de deslizarse como una sombra.

Solo tenía que llegar a la biblioteca. Tan rápidamente como le permitiesen sus debilitadas piernas.

El pasadizo siguiente estaba vacío, pero en el de más allá avistó cuatro guardias pegados a la pared, con las barbillas alzadas y las espadas de hielo contra el pecho como los cascanueces que Isla había visto en el mercado una vez. Al sonido de sus pasos, los vigilantes cobraron vida y se volvieron a mirarla.

«Hora de irse», pensó Isla, que tomó otro recodo con la esperanza de estar avanzando en la dirección adecuada.

Las botas de los vigilantes taconeaban tras ella, el repiqueteo se intensificó según otros guardias se unían a la persecución. Isla corría como alma que lleva el diablo, con el vestido blanco rizándose a su zaga como un penacho de vapor. Su pecho emitía sonidos inquietantes con cada respiración. Le dolían los músculos y los huesos.

Los pasillos no se acababan nunca. Isla tuvo la sensación de que se había equivocado de camino. No aguantaría mucho más.

Quizá se estuviera alejando de la biblioteca en lugar de acercarse. Quizá se hubiera desorientado tratando de burlar a los guardias. Quizá…

Y entonces el fragor llegó a sus oídos.

El mar, más potente que antes, estruendoso como el trueno. Un animal salvaje que sacudía los muros del castillo con sus potentes zarpas.

La biblioteca no podía estar lejos.

Avanzó un paso hacia el sonido del mar, guiándose por el empuje de las olas y contrayendo el gesto contra el dolor pulsante del brazo, el pecho y la cabeza, que parecían mantener una conversación entre sí. Cuanto más se internaba en el castillo, más temblaban los candelabros del techo, cristales pálidos que tintineaban con el movimiento. Más se balanceaban las obras de arte en las paredes. Más implacable era la maldición moonling.

¿Cuántos ciclos lunares más harían falta para que el castillo sencillamente se desplomara desde el acantilado a las fauces abiertas del océano? ¿Cuándo obtendría el mar su recompensa a tanto esfuerzo y engulliría el palacio junto con todos sus habitantes de un solo trago?

Esta noche no, confió Isla mientras corría como una flecha, más rauda que los guardias, tan rápidamente como era capaz sin venirse abajo.

Hasta que estuvo a punto de estrellarse contra un muro.

Había llegado a un lugar sin salida.

Ya no había más corredores. Ni más recodos ni puertas.

Solamente una pared desnuda.

Se encorvó con las manos en los muslos y empezó a toser según el frío del pecho le ascendía por la garganta. Se le doblaron las rodillas.

Los pasos a su espalda habían mudado en una estampida que se aproximaba por momentos. Unos segundos más y estaría rodeada.

El océano embistió el palacio una vez más, embravecido. Isla pensó que notaría el embate en los huesos, estando tan cerca del exterior, que el mar se estrellaría contra la piedra que tenía ante ella. Pero según se preparaba para el embate, la ola golpeó el palacio y la roca no acusó la embestida tanto como cabría esperar.

Eso significaba que había algo más detrás de ese muro.

Justo cuando los guardias doblaban el recodo, Isla se enfundó los guantes de Celeste a toda velocidad y pegó las palmas contra la pared.

Las piedras rotaron como un rompecabezas que se desmonta por sí solo y una entrada se reveló ante sus ojos.

La puerta se abrió e Isla la cruzó sin perder un momento. Una vez dentro la cerró de un portazo con la esperanza de que se bloquease por sí misma.

La presencia de los guardias mudó en una explosión de ruido al otro lado de la pared según alertaban a más soldados. El batallón de Cleo, quizá.

—¡Intruso! —oyó Isla—. ¡En la biblioteca!

Estaba atrapada en el interior. Acorralada.

Al menos, ahora estaba segura de que había dado con ella.

Isla se dio la vuelta hacia una sala esculpida enteramente en hielo. Perfecto. Como si no tuviera ya bastante frío. Cada uno de los libros se encontraba enfundado en un estuche gélido. Bloques y más bloques que formaban filas enteras, una sala al completo de pergamino y escarcha.

Debería haber sospechado que Cleo habría restringido la totalidad de la biblioteca y no solo una sección específica.

Unos fuertes golpes se dejaron oír al otro lado de la pared cuando los guardias intentaron derribarla.

«No hay tiempo que perder». Emprendió la marcha entre los pasillos helados, casi resbalando en el mármol del suelo cubierto de hielo. Patinó al doblar la esquina…

Y se encontró cara a cara con una ola monstruosa. El mar se estampó contra las puertas acristaladas con una potencia que parecía capaz de arrancar el castillo de sus cimientos. De no ser porque Isla se aferró en el último momento a un estante de hielo, habría caído al suelo.

Las puertas daban a un balcón curvado blanco, ahora inundado de espuma marina como una boca rabiosa según el mar se retiraba y reunía fuerzas para embestir una vez más. Isla no entendía cómo era posible que las puertas de cristal no se hicieran añicos. Debían de estar reforzadas con algún tipo de encantamiento.

«Encantamiento».

¿Dónde estaban las reliquias? Allí solo veía libros.

—¡Está dentro!

—¡Id a buscar a la gobernante!

«¿La gobernante?». Isla tragó saliva con dificultad. Se suponía que Cleo estaba durmiendo en el castillo de la capital. La tradición era pasar allí las noches, en particular los primeros veinticinco días del Centenario.

Tenía que darse prisa. Forzó la vista, tratando de abarcar hasta el último centímetro de la biblioteca. Solo constaba de una planta.

Nada. Únicamente libros encerrados en hielo, por lo que ella alcanzaba a ver. Debía de haber pasado algo por alto.

Isla se dio la vuelta con la idea de revisar de nuevo las estanterías delanteras cuando otra ola demoledora la empujó hacia delante.

Esta vez cayó al suelo.

Oyó un tremendo crujido cuando se le estampó la cabeza contra el hielo.

Permaneció un momento donde estaba, incapaz de ver nada que no fuera un blanco deslumbrante. Parpadeó tratando de recuperar la visión al tiempo que le recordaba a su cuerpo que no tenía tiempo que perder ni para ceder al dolor.

Tenía la mejilla prácticamente pegada al suelo. Se mareó al despegarla, y el mundo entero trastabilló antes de definirse de nuevo.

Le temblaban los brazos cuando intentó levantarse.

Fue entonces cuando lo vio.

El suelo estaba escarchado, pero el calor de su cuerpo lo había calentado, de modo que la capa superior se había aclarado revelando una segunda biblioteca debajo.

Agua. Había decenas de reliquias sumergidas en agua, encadenadas, flotando debajo del suelo.

Una capa que ondeaba con movimientos fantasmales hacia este lado y el otro.

Una flecha con un copo de nieve en la punta.

Dagas de cristal.

Libros protegidos con candados.

Llaves tan largas como su brazo.

Pero ningún desvinculador.

Nada que recordase siquiera a una enorme aguja de cristal.

La decepción mudó en rabia rápidamente cuando se levantó sobre unas piernas que apenas la sostenían. Isla buscó apoyo en un bloque de hielo.

Algo le resbaló por la mejilla.

¿Lágrimas?

¿Estaba llorando y no se había dado ni cuenta?

Se llevó una mano temblorosa a la mejilla, que retiró manchada de rojo.

No. Era sangre.

Isla retrocedió un paso, a punto de desmayarse.

Intentó mover el otro pie, pero le falló la rodilla.

Primero el brazo, dolorido y abrasado. Luego los efectos de la presentación moonling. Ahora una herida en la cabeza.

Era excesivo.

Isla había jurado romper la maldición aunque fuera lo último que hiciera. Quizá debería haber formulado su promesa de un modo ligeramente distinto.

Nuevos golpes retumbaron en la sala, pero esta vez no procedían del balcón ni estaban causados por el mar. No, venían de la pared que había traspasado al entrar.

—El batallón ha llegado —gritó una voz al otro lado—. La gobernante está en camino. Estás acorralado. No tienes adónde huir. No hay salida.

Isla esbozó una sonrisilla sardónica.

El hombre estaba en lo cierto. No tenía adónde huir.

En cuanto a que no había salida…

En eso se equivocaba.

—Menos mal que no tenía pensado salir por donde he entrado —le dijo a la sala desierta. Le dolía hasta la última fibra de su ser cuando echó el brazo hacia atrás para extraer la varita estelar de su escondrijo, pegada a la columna vertebral.

No tenía claro cómo usarla para salvar pequeñas distancias o desplazarse a lugares que nunca hubiera visitado. Pero ninguno de los dos casos se aplicaba a su alcoba en el castillo de la capital.

El muro cedió justo cuando cruzaba el portal estelar.

CAPÍTULO 20
TÉ

Isla pasó dos días enteros durmiendo. Únicamente despertaba para sorber un poco de caldo antes de perder la conciencia de nuevo. Tuvo sueños extraños. Grim aparecía en algunos de ellos. Imágenes aisladas del nightshade. De Isla. De ambos.

Se cumplieron veintitrés días del Centenario y, cuando apareció Ella para anunciar que los gobernantes estaban invitados a tomar el té, Isla comprendió que había llegado el momento de levantarse. De despojarse del dolor y la debilidad igual que la serpiente de su corona se libraría de su vieja piel.

El desvinculador no se encontraba en ninguna de las tres bibliotecas que había revisado hasta el momento. Así pues, solo quedaba una posibilidad.

La isla del Sol.

El islote del rey. Tenía sentido que una reliquia tan poderosa como el desvinculador estuviera guardada allí.

Pero no tenía manera de conseguir telas doradas y apenas le quedaba tinte para el cabello. Y, en cambio, Isla acumulaba más problemas que nunca.

Cleo sabía que alguien había atacado a sus guardias y entrado en la biblioteca de la isla para luego marcharse sin dejar rastro.

Seguro que había sospechado de Isla de inmediato. Desde aquella primera cena, Cleo la tenía entre ceja y ceja. La descripción física proporcionada por los guardias a los que Isla había atacado habría confirmado sus sospechas.

Cleo no tenía pruebas de que fuera ella. Pero lo sabía.

Tenía que saberlo.

La herida en la cabeza de Isla casi se había curado por completo, gracias al remedio wildling. Ya no quedaban trazas blancas en su cabello y había tirado las prendas moonling al fuego.

Pese a todo, cuando entró en la sala del té se sentía como si llevara escrita en el cuerpo la verdad de su paradero tres noches atrás.

La estancia debió de haber sido hermosa en otro tiempo. En ese momento, gruesos cortinajes cubrían los ventanales arqueados que había cada pocos pasos, como una casa deshabitada cuyos espejos permanecieran cubiertos con grandes telas. Igual que la alcoba de la propia Isla allá en su hogar. El techo, una bóveda acristalada, estaba pintado de tal modo que impidiera el paso de la luz del sol. La única iluminación de la sala procedía de cientos de esferas ardientes que flotaban temblorosas en lo alto, las mismas que el rey había mostrado en su presentación. Columnas de mármol flanqueaban la estancia como harían los guardias si Oro les permitiera la entrada. Sin embargo, el rey no necesitaba guardias. Ni siquiera contra los demás gobernantes del reino. Era más poderoso que todos ellos juntos.

Isla notó el chisporroteo de ese poder cuando Oro apareció.

Cleo entró a continuación y sus ojos buscaron los de Isla al instante. Su expresión no reveló nada.

Pero a la wildling se le humedecieron las palmas de las manos. Se obligó a sostener la mirada de la moonling hasta que un asistente mostro a Isla su asiento.

La gobernante moonling lo sabía. Lo notaba en los huesos.

Cleo era una enemiga peligrosa. Una enemiga que estaba preparando un ejército. ¿Para qué? ¿Alguno de los otros gobernantes tenía conocimiento de que, entre los soldados y los barcos de los que hablaba, los moonling parecían estar preparándose para la guerra?

Una vez que todos los soberanos estuvieron sentados, un batallón de trabajadores del palacio cruzó dos enormes puertas cargados con relucientes bandejas de porcelana. Rodearon la mesa una vez antes de detenerse de golpe con movimientos perfectamente coreografiados. Un skyling, un moonling y un starling se situaron detrás de cada silla.

Oro hizo un gesto de asentimiento.

Los starling levantaron las manos y minúsculos platos revolotearon sobre la mesa antes de aterrizar en la superficie con delicadeza, seguidos de tazas que se posaron sobre estos con un tintineo. Un total de tres tazas aterrizaron delante de Isla. Teteras profusamente decoradas planearon en lo alto, muy por encima de la mesa. Ejerciendo su poder sobre el agua, los moonling elevaron las manos y el humeante té —sin duda caldeado por los sunling— cayó desde las teteras en forma de minúsculas cascadas, pasando por los coladores que sostenían los starling. Un líquido de color rojo intenso llenó la primera taza de Isla. Las teteras se enderezaron y se desplazaron antes de que su segunda taza se llenara de un té color miel dorada. Pasado un momento, un líquido azul zafiro fue a parar a la tercera taza.

Los starling enarbolaron los brazos y terrones de azúcar se hundieron en todas las tazas seguidos de gotas de miel y nubes de crema. Cada uno de los sabores recibió un acompañamiento especial: una rodaja de limón para el té azul, una hoja de menta para el rojo y una mondadura de naranja confitada para el dorado.

Por fin, con una sacudida de muñeca, los skyling enviaron una suave brisa sobre las tazas que las refrescó.

Grim suspiró.

—Supongo que no es el mejor momento para mencionar que detesto el té.

Oro obvió el comentario.

—Por favor, disfrutadlo —dijo.

A Isla le encantaba el té. En circunstancias más alegres habría sonreído. Las wildling eran expertas en recoger las mejores hierbas, hojas y especias para infusión, con las que creaban bebidas deliciosas.

Escogió la infusión roja para empezar. Las gotas de crema la habían tornado del tono rosado de las dalias. Se llevó la taza a los labios con tiento, preparada para notar el líquido ardiendo. Pero los skyling habían refrescado el té a la perfección; cuando tomó el primer sorbo estuvo a punto de soltar un gemido. Sabía a bayas sin la amargura de estas, a miel sin ser empalagoso.

Había cerrado los ojos y solamente volvió a abrirlos después de apurar todo el té de su taza. La dejó sobre la mesa y descubrió que Oro la estaba mirando.

—¿Está a la altura del té wildling? —preguntó.

—Sin duda tiene un sabor aceptable —respondió ella en tono monocorde. Alcanzó la segunda taza.

Cleo la escudriñó. Con demasiada atención.

—¿Cómo toman el té las wildling? —preguntó con un destello en su mirada afilada—. ¿Con un chorrito de sangre?

Isla sorbió el segundo té despacio. Este, el dorado, sabía a caramelo.

—Y lo bebemos en los cráneos de nuestros enemigos —replicó con desenfado, sonriendo de buen grado, como si las palabras de la moonling fueran la broma de una amiga y no la pulla de la que sin duda se había convertido en su enemiga declarada.

Hubo unos instantes de silencio, quebrado tan solo por el tintineo de la porcelana, mientras todos saboreaban el té. Isla se fijó en que las hojas pegadas al fondo habían adoptado una forma extraña.

Algo parecido sucedió en la segunda taza.

Para cuando apuró la tercera, la sangre se le había helado en las venas.

Oro se levantó.

—Bienvenidos a mi presentación —dijo. La tensión se instauró en la sala. Una corriente de energía circuló entre los gobernantes.

«¿Presentación?». ¿Cómo era posible? Ni siquiera habían invitado a los isleños…

Por otro lado, supuso Isla, la presencia de isleños tampoco era realmente una regla. Tan solo una costumbre. Algo por lo que optaba la mayoría de gobernantes para exhibir su excelencia en sus propias pruebas.

El dedo índice del rey recorrió el borde de una de sus tazas.

—Este no es un té normal y corriente —prosiguió en tono tranquilo—. Es un té de la verdad.

Isla se quedó helada. El miedo le recorrió la columna vertebral.

—Vuestro mayor secreto está escrito en la hojas.

Se aventuró a echar un vistazo a sus tazas.

Allí estaba su mayor verdad, escrita en los tres recipientes con una caligrafía delicada.

«No tengo ningún poder».

Tuvo que recurrir a toda su preparación para impedir que el terror se reflejara en su semblante. Permaneció tranquila, si bien su interior era una tempestad que pugnaba por escapar.

Observó a los demás gobernantes para no pensar en el pánico que le había puesto los pelos como escarpias. Cleo estaba más pálida de lo habitual. Azul se limitaba a fruncir el ceño. Grim parecía dispuesto a cubrir la sala con las cenizas de Oro. Celeste se arriesgó a lanzarle a Isla una mirada con un mensaje escrito en sus ojos desmesuradamente abiertos.

«Eres tú», parecía estar diciendo. Pues claro. El mayor secreto de la starling era el que le guardaba a Isla.

La urgencia de su mirada decía «corre».

Antes de que Isla pudiera plantearse qué hacer, el rey levantó su primera taza y dijo:

—Quien comparta su secreto gana mi prueba.

Se oyó un estrépito de cristales rotos cuando Celeste tiró sus tazas al suelo, retirándose así del desafío. Le dedicó a su amiga una mirada elocuente, solo un instante, y el corazón de Isla se ensanchó. Celeste era mejor amiga de lo que merecía.

Azul fue el siguiente en romper sus tazas.

Sin perder un instante, Isla empujó las suyas al suelo y las vio estallar en mil pedazos, con su secreto ya perdido entre los fragmentos.

Grim soltó las suyas una a una sin despegar los ojos del rey. A Isla nunca le había inspirado tanto miedo como en ese momento. Se había transformado en el legendario asesino nightshade, el gobernante cruel contra el que la habían advertido. Su semblante albergaba promesas de tortura y oscuridad.

La potencia de su poder invisible se desató, olas de un frío gélido atravesaron la estancia. Por un instante Isla notó los huesos huecos, muertos.

Una cosa estaba clara. Grim tenía un secreto. Y si la sola idea de que saliera a la luz le provocaba tanta ira, Isla prefería no conocerlo.

Solo quedaban Oro y Cleo.

Era la última prueba.

El rey había ganado el duelo y la demostración de poder. Cleo había ganado su propia prueba y la de Celeste.

Estaban empatados.

Quienquiera que ganara esta demostración decidiría cómo se emparejaban los gobernantes. Se trataba de un poder importante. A causa de la primera regla, un soberano no podía asesinar a su compañero de equipo. La decisión forjaría alianzas, guiaría el desciframiento del resto de la profecía, modelaría lo que quedaba de Centenario. Quizá incluso marcase la elección de quién debía ser asesinado.

La mirada de Oro era implacable cuando clavó los ojos en la moonling, desafiándola a revelar su secreto. Y, durante un instante, Isla pensó que lo haría.

Pero Cleo, pensándoselo mejor, dejó caer la taza al suelo.

El rey había ganado oficialmente las pruebas.

Sus ojos carecían de vida cuando miró fijamente su taza y reveló:

—Me.

La soltó.

Tomó la segunda.

—Estoy.

Al llegar a la tercera, alzó la vista e Isla captó su mirada. Frunció el ceño un momento, como extrañado de que sus propios ojos se hubieran posado en ella. Pero no desvió la vista mientras pronunciaba la última palabra de su gran secreto:

—Muriendo.

CAPÍTULO 21
COMPAÑEROS

El rey se estaba muriendo. ¿Qué significaba eso? Su confesión provocó un revuelo, pero Oro no añadió nada más antes de abandonar la habitación con arrogancia. Reivindicando su victoria.

El secreto les afectaba a todos.

La fuerza vital de Oro guardaba una relación directa con la energía de la isla. ¿Implicaba eso que Lightlark corría peligro?

Él era el más fuerte de todos. Un primigenio, que era starling, skyling, moonling y sunling al mismo tiempo. Si se estaba muriendo…

¿Qué esperanza había para los demás?

La medianoche había quedado atrás cuando Isla oyó unos golpecitos suaves en la puerta. Celeste.

La starling entró a toda prisa con la misma expresión que si hubiera visto un fantasma.

—Por los pelos —fue lo único que dijo.

A Isla se le encogió el corazón al recordar las palabras escritas en su taza. Suponía que las de Celeste debían de ser más o menos las mismas.

—Ya lo sé. —Torció el gesto—. Gracias. No tendrías que protegerme como lo haces, pero… gracias.

Celeste agitó la mano para quitarle importancia, como si no fuera nada. Pero era importante. Lo único que podía hacer Isla para compensar a su amiga todos los riesgos que estaba corriendo por su causa era encontrar el desvinculador.

—¿Qué crees que significa? —preguntó Isla.

La starling comprendió de inmediato que se refería a la confesión del rey. Se encogió de hombros.

—No estoy segura. Pero es razón suficiente para que nos demos prisa en encontrar el desvinculador y salgamos de esta isla cuanto antes.

Tenía razón. Tan pronto como se liberaran de las maldiciones, se habrían desvinculado de Lightlark. La muerte del rey no afectaría a sus reinos.

Sin embargo, había más factores que las obligaban a acelerar la ejecución del plan, que ya era urgente de por sí. Y que lo complicaban.

Isla le contó a Celeste el papel tan penoso que había hecho en el castillo de isla Luna y compartió su certeza casi total de que Cleo supiera que Isla era la intrusa.

Celeste se paseaba por la habitación de Isla echando chispas por las manos. Las emociones a menudo le provocaban descargas de energía y eso era una de las razones por las que con frecuencia llevaba guantes. Para mantener a raya su electricidad.

—Haré lo que pueda para conseguir información sobre la biblioteca de la isla del Sol —fue lo único que dijo pasado un rato. Isla asintió, aunque eso no resolvería sus mayores problemas. ¿Cómo conseguiría colarse en territorio sunling sin una prenda dorada? Celeste dejó de caminar por fin y unió las manos ante sí. Las chispas cayeron como cintas y se desvanecieron antes de llegar al suelo.

—Dentro de dos días se asignarán los compañeros. Con un poco de suerte, Oro nos colocará juntas. A partir de entonces ya no tendremos que trabajar en secreto. Encontraremos la manera de entrar en la isla del Sol sin que nos vean.

Isla no quería contradecir a su amiga, en particular habiendo sido ella la que lo había complicado todo al despertar las sospechas de Cleo, pero no pudo evitar expresar una duda.

—¿Y si no nos emparejan?

Celeste frunció el ceño. Posó en la mejilla de Isla una mano amable, en la que todavía chisporroteaba su energía.

—Yo sé que eres increíble, mi brillante amiga —empezó—. Pero ellos no. El rey no te va a escoger. Ni a mí, por cierto.

Tenía toda la razón; Isla no podía sino reconocerlo.

—Venga —le dijo Celeste—. No todo son malas noticias, ¿no? Ahora estamos seguras de que el desvinculador se encuentra en la isla del Sol. Entraremos, lo encontrarás y lo utilizaremos. Romperemos las maldiciones. Recuperarás tu poder. Nuestros reinos serán libres. Dentro de una semana nos habremos marchado de la isla. Dentro de dos, a lo sumo.

Dicho así parecía muy fácil.

Pero Isla ya sabía que nada en Lightlark lo era.

El vigésimo quinto día del Centenario, volvieron a la sala del trono para la ceremonia de emparejamiento.

—Oro… —El tono de Azul era tranquilo, si bien en sus ojos centelleaba la urgencia—. ¿Nos vas a explicar tu… verdad?

En esta ocasión Oro estaba sentado en su trono, como para recordarles su superioridad a los demás.

Aunque supuestamente se estuviera muriendo.

La corona de Oro destellaba bajo las llamas de las lámparas. El rey frunció el ceño.

Los demás gobernantes guardaban silencio. Era obvio que se preguntaban lo mismo que Azul había verbalizado tan oportunamente.

El monarca tomó la palabra por fin.

—Desde el último Centenario, la isla se ha ido deteriorando de manera constante. Los Venerables han muerto. Edificios que llevaban miles de años en pie han quedado reducidos a ruinas. Nuestros animales más antiguos han desaparecido. —Se aferró a los apoyabrazos del trono con tanta fuerza que sus nudillos palidecieron—. Las maldiciones. Gobernantes viviendo en tierras lejanas desde hace siglos. Miles de súbditos teniendo que marcharse. Todo eso le ha pasado factura a la isla. A mí.

Isla pensó en su propio reino. Allí había sucedido lo mismo. Abundaban las señales de que no se estaba insuflando poder suficiente a la tierra ni utilizando la habilidad necesaria.

Oro se levantó de su trono. Los fue mirando por turnos con la misma expresión vacía de siempre.

—Temo que este Centenario no sea una oportunidad para romper las maldiciones. Temo que sea nuestra última oportunidad.

Todos los presentes guardaron silencio.

Una ola de energía —de rabia, miedo o cansancio, Isla no lo sabía— se propagó por la sala.

Fue Azul el que habló de nuevo.

—¿Cómo sabes que te estás muriendo?

El rey se levantó la manga. Su piel dorada se estaba tornando gris a partir del codo. Parecía casi azul.

—Se está extendiendo —aclaró—. Con más rapidez de lo que yo preveía. —Apretó los dientes—. Parte de mi papel ha sido otorgar a la isla luz y calor, incluso durante la tormenta eterna. —Torció el gesto—. He perdido poder. La última década ha sido la más fría de nuestra historia. Esto ha provocado la muerte de plantas y animales. He intentado minimizar el impacto…, pero pronto no seré capaz de detenerlo.

Por esa razón había ordenado que todas las chimeneas permanecieran siempre encendidas. Y por eso había tantas antorchas en la capital, y fuego en casi todas las salas del castillo. Todo ello disimulaba la debilidad del rey.

Bajó los peldaños hasta situarse al nivel del resto.

—Espero que entendáis por qué es más importante que nunca desentrañar la profecía y llevarla a término.

El rey hizo un gesto en dirección a la pared. Las palabras empezaron a tallarse por sí solas en la piedra en grandes letras ardientes. Era el acertijo del oráculo, el mismo que le habían enseñado a Isla años atrás. La clave para romper las maldiciones.

Solo la unión romperá la maldición,
solo si uno de los seis se alza triunfal.
Cuando el agravio original
se cometa en modo igual
y una estirpe llegue al final
la historia conocerá reparación.

—«Solo la unión romperá la maldición» —leyó Oro—. Por eso nos dividimos en equipos para cumplir la profecía.

Y para intentar resolverla. También nos sirve para recordar la primera regla: los gobernantes tienen prohibido asesinar a sus compañeros.

A Isla no le preocupaba demasiado la profecía. El plan que tenían Celeste y ella no la requería.

Pese a todo, fingió leer las palabras de la pared mientras le daba vueltas a la cabeza. Quizá pudiera modificar la pócima de forma que sirviera para teñir tejidos... Tal vez encontrara el modo de convertir uno de sus vestidos en un atuendo dorado.

No funcionaría. Además, apenas le quedaba pócima suficiente para decolorarse el pelo una vez más y mucho menos para teñir toda una pieza de tela.

¿Se sentía capaz de atracar a un sunling en el mercado y robarle la ropa?

Isla hizo una mueca de dolor solo de pensarlo.

Era una idea horrible. Además, el sunling denunciaría el robo de inmediato, y Oro adivinaría que alguien intentaba colarse en su islote.

Isla estaba tan concentrada en fingir interés en la profecía mientras urdía planes para entrar en la biblioteca de los solares que no oyó que se pronunciaba su nombre. Solo cuando lo repitieron a voz en cuello volvió a la realidad con un respingo.

—Isla —estaba diciendo el rey.

Su expresión debió de delatar que no había oído ni una palabra de lo dicho con anterioridad, ni siquiera que le formulaban una pregunta, porque el rey le lanzó una mirada reprobadora.

—La compañera que escojo... —repitió el rey con los dientes apretados. Saltaba a la vista que le reventaban cada una de las palabras que salían de sus labios. La habitación se desvaneció ante ella. Olvidó controlar la expresión de su rostro o reprimir sus emociones ante Grim. Es posible que contemplara al rey boquiabierta. Tal vez le lanzara a Celeste una mirada horrorizada sin pretenderlo—… es Isla.

CAPÍTULO 22
TRATO

El asunto tenía mala pinta. Era peligroso.

Se suponía que debían emparejarla con Celeste. Las dos amigas tenían un plan.

Otro factor más que lo complicaba todo.

¿Por qué, en el nombre del reino, Oro había decidido emparejarse con ella? Lo último que deseaba Isla era que la obligaran a pasar tiempo con el gobernante de Lightlark. No solo porque fuera insufrible, sino también porque hacerlo le exigiría emplear sus poderes en buscar la manera de romper la maldición recurriendo a la profecía.

Unos poderes que no tenía.

¿Notaría él la incapacidad de Isla si pasaban más tiempo juntos? Grim no se había percatado de nada. Pero Oro era el rey de Lightlark; sus destrezas eran infinitas. Tenía que encontrar un modo de escabullirse..., una excusa. En cuanto Celeste llamara a su puerta tendrían que pensar en algo.

Celeste. A su amiga la habían emparejado con la peor gobernante posible. Cleo. Se le encogió el corazón.

Todo había salido mal.

Por culpa del rey.

Horas más tarde alguien golpeó la puerta con los nudillos. Isla había hecho todo lo posible por distraerse mientras esperaba la llegada de la starling. Se había dado un baño, como si eso pudiera arrancarle de la piel los desastres del día. Se había enfundado la vestimenta más cómoda que tenía, las prendas que había incluido de matute en su equipaje antes de salir del reino Wildling: una camisa de manga larga que Poppy la dejaba llevar para dormir y unos pantalones ajustados tan suaves como la camisa.

«Celeste, por fin», pensó mientras abría la puerta.

Pero no era Celeste.

Las cejas de Oro se enarcaron ligeramente cuando la observó. Isla supuso que parecía una persona completamente distinta; sin maquillaje, con la cabellera recogida en un moño alto y una camisa cinco tallas más grande que las prendas que solía llevar. A Isla le habría preocupado que el rey la viera de esa guisa, sin el disfraz de tentadora wildling, de no haber estado tan enfadada.

Se cruzó de brazos.

—¿Tiene por costumbre visitar a los gobernantes a media noche?

Él adoptó su misma expresión gélida antes de volver la vista hacia los aposentos.

—¿Puedo entrar?

A Isla le dio un vuelco el corazón. Había muchísimas cosas en su alcoba que podían traicionar sus secretos. La varita estelar. La gran cantidad de brebajes, que delataba lo mucho que dependía de ellos. Pero no podía negarse. Hacerlo habría despertado las sospechas de Oro.

—¿Por qué no?

Debería haber supuesto que vendría a buscarla. Al fin y al cabo, había decidido emparejarse con ella por la razón que fuera. Tras el anuncio, Isla se había disculpado tan pronto como había podido para huir a su habitación, temiendo que la sala al completo oyera los latidos irregulares de su angustiado corazón si se quedaba demasiado rato.

El rey entró con zancadas decididas y torció el gesto al ver el estado de su alcoba.

Sin embargo, no estaba tan desordenada. Había unos cuantos vestidos que no había guardado todavía extendidos sobre los muebles y unas cuantas tazas de té en la mesilla de noche, pero ¿acaso el rey conservaba en perfecto orden sus aposentos privados?

Cerró la puerta sin alejarse de esta.

—¿Sí? —le preguntó en tono inexpresivo.

Oro recogió uno de los vestidos con tiento, lo dejó en la cama y se acomodó en la silla que antes ocupaba la prenda. Se arrellanó como si estuviera en su propia habitación. E Isla supuso que así era.

Repasó con los dedos los reposabrazos curvados de la butaca al decir:

—He venido a proponerte un trato.

Durante un momento Isla se planteó si sacar la varita estelar de su escondrijo en el armario y transportarse a algún lugar muy lejano. Sería tan fácil…

Pero se obligó a erguir la espalda y decir:

—¿Ah, sí? ¿Y qué me propone?

Ya formaban un equipo. No entendía por qué razón el rey quería forjar otra alianza, pero decidió que sería preferible dejarlo hablar. Tal vez así averiguase algo más.

Oro entrelazó los dedos.

—Tengo una teoría sobre las maldiciones en la que llevo trabajando este último medio siglo. Y creo que tú podrás ayudarme. —A Isla le entraron ganas de echarse a reír y decirle que si era poder lo que necesitaba, mejor se buscase a otra. Solo quería quitárselo de encima con todas las excusas posibles—. Verás, necesito a alguien que posea conocimientos sobre la naturaleza. Y está claro que tú eres la persona ideal.

Por eso la había salvado aquel primer día. Y esa era asimismo la razón de que hubiera querido formar pareja con ella. Necesitaba algo…

—¿Y qué trato propone?

—Conoces tan bien como yo el penúltimo verso del acertijo del oráculo. Uno de nuestros reinos debe caer para que se rompan las maldiciones. —Isla asintió—. Como compañero tuyo, no puedo hacerte daño. Y si me ayudas a encontrar lo que busco, haré lo que pueda para protegerte de los otros gobernantes también.

«Protegerla».

Isla odiaba esa palabra, aunque estaba claro que necesitaba protección.

Ojalá no fuera así.

Y también… «¿Lo que pueda?».

Le lanzó una mirada mordaz. Sus verdaderos pensamientos asomaron sin filtros. ¿Por qué molestarse en practicar el juego que empleaba con todos los demás, representar un papel, decirles solo lo que querían oír? Cada vez que lo miraba resonaba en su mente el primer paso del plan de sus guardianas. Seducirlo. Robarle sus poderes.

¿Tan pobre era la opinión que tenían de ella?

¿Tan pobre era la opinión que tenía el rey como para pensar que necesitaba su protección?

—¿Tú me ofreces protección a mí? Pensaba que te estabas muriendo.

Los ojos de Oro ardieron como fuego. Isla supuso que, si él no la necesitara o no estuviera obligado a seguir las reglas, la habría incendiado con una sola mirada.

—¿Hay trato o no, wildling? —Escupió la última palabra como si le quemara la lengua.

Isla esbozó una sonrisilla maliciosa.

—Te asqueo, ¿no es cierto? —lo desafió. Avanzó un paso hacia él—. ¿Es por el asunto de los corazones? —preguntó. La complacencia se extendió por su pecho al ver que el ceño de Oro se acentuaba—. ¿O por los vestidos? —Fingió lástima—. Qué pena que la única persona capaz de prestarte ayuda con tu teoría sea alguien que te inspira tanta repulsión.

Oro se levantó.

No respondió a la pregunta de Isla, pero la wildling la leyó en su rostro. Ella y las de su especie le producían asco.

—Me estás haciendo perder el tiempo —gruñó el rey entre dientes—. ¿Hay trato o no?

Isla lo meditó un momento.

No tenía ni idea de cuál era la teoría de Oro y le traía sin cuidado. Lo que sí le interesaba era el hecho de que la posible alianza le ofrecía algo que necesitaba.

La mejor oportunidad que tendría de acceder a la biblioteca de la isla del Sol.

No tenía que colaborar en el plan del rey. Solo hacerle creer que lo haría.

Sin embargo…

Si acaso la estrategia de Oro resultaba ser interesante, podían tenerla en cuenta como plan alternativo. Así pues, debía asegurarse de que Celeste no correría peligro. Pero si se lo pedía directamente, el rey sospecharía que habían forjado una alianza…

—Hay trato si me garantizas la seguridad de un segundo reino, el que yo elija.

El ceño de Oro se acentuó todavía más si cabe.

—¿Tienes alguno en mente? —quiso saber.

Ella se encogió de hombros con indiferencia.

—Si te ayudo a romper las maldiciones, al menos debería ser capaz de decidir qué otro reino merece salvarse. —Esbozó una sonrisa felina—. Y teniendo en cuenta que me necesitas…, diría que hay espacio para la negociación.

La mandíbula de Oro se crispó. Por lo que parecía, no esperaba que Isla pusiera condiciones. Unas fuertes campanadas arrancaron un respingo a Isla. Era oficialmente medianoche. Cuando sonó la última, Oro dijo:

—Muy bien. Entonces ¿hay trato?

Sentaba bien eso de tomar decisiones propias. Contar con un plan alternativo. Isla llevaba toda su vida dejándose guiar por los demás. Por sus guardianas. Por Celeste. Aunque obraban inspiradas por las mejores intenciones, se le antojó liberador elegir por sí misma.

—Hay trato —asintió con convicción, aunque en el fondo se preguntaba en qué se estaba metiendo.

—Bien.

Isla se encaminó a la puerta, ansiosa por poner fin a la reunión.

El rey no la siguió, como ella pretendía.

—Ahora.

—¿Ahora?

Su voz delató un pánico excesivo. Necesitaba tiempo para pensar una excusa que explicase su carencia de poderes…, para prepararse…

—¿Hay algún problema? —preguntó él, entornando los ojos.

Isla lo fulminó con la mirada.

—Bueno, mi plan era meterme en la cama.

Y hablando de dormir… Viendo al rey de cerca, sus ojeras moradas resultaban llamativas. ¿Dormía el rey siquiera? Oro no se movió ni reaccionó a sus palabras, así que dijo—: Bien. Deja que me vista. —Echó mano a uno de los vestidos nuevos—. Si no te importa esperar fuera…

Oro torció el gesto al ver la prenda que Isla había escogido, tan deslumbrante y reveladora como las demás.

—No puedes ponerte eso.

Cuando todavía se estaba preparando para el Centenario, Isla temía conocer al rey. Se preguntaba si se acobardaría en su presencia o si él notaría que carecía de poderes y acabaría con su vida tan pronto como pudiera. Ahora, mirando a Oro y su ceño desaprobador, comprendió que su principal problema sería controlar el impulso de estrangularlo.

—¿Ahora me dices cómo debo vestirme? —le espetó.

Oro pestañeó despacio, irritado.

—Cuando salgamos juntos, nadie debe saber que eres la gobernante wildling.

Isla se puso tensa.

—¿Por qué?

—A Lightlark no le gustas.

«No me digas». Pese a todo, Isla lo miró con furia.

—¿Disculpa?

—Algunos de los seres más antiguos de la isla, los que todavía viven en las profundidades de Lightlark, piensan que los wildling los abandonaron quinientos años atrás. Si perciben tu presencia u oyen rumores de que te encuentras en las inmediaciones de sus territorios, atacarán. Y eso solo serviría para provocar derramamiento de sangre y un exceso de atención a nuestra empresa.

Isla era consciente de que Lightlark no quería a los wildling pero nunca había oído hablar de nada parecido. ¿Los abandonaron? Los sanguinarios wildling prácticamente habían huido de la isla. O, al menos, eso le habían contado.

—Entonces… ¿quieres que escoja otro atuendo?

—No solo eso. —Avanzó un paso hacia ella y bajó la voz—. No percibo tus capacidades, wildling.

Se le cerró el estómago. Isla retrocedió.

—Entiendo que las enmascaras —prosiguió él sin aguardar respuesta—. Solo te pido que sigas haciéndolo cuando nos desplacemos por los islotes.

Isla lo miró de hito en hito. De nuevo.

—Así pues…, ¿no quieres que use mis poderes?

Estaba a punto de caer de espaldas. Eso era fantástico. Un detalle sensacional.

Suerte… Había tenido suerte. Isla sentía gratitud e inquietud a partes iguales. La suerte era peligrosa. Porque, igual que las pócimas difíciles de encontrar, antes o después se agotaría.

Oro asintió.

—Si los usas, atraerías a esos seres primordiales de inmediato.

Isla se preguntó qué serían esos seres tan antiguos y misteriosos. Y por qué motivo incluso el rey de Lightlark deseaba evitarlos. Fingió sentirse ofendida, incómoda. Enfadada.

—De acuerdo.

—Bien. —Oro miró su atuendo y dijo—: Con eso ya vas bien.

—Es un pijama…

Él se limitó a pestañear.

Isla quería que ese rato en compañía de Oro terminara lo antes posible, así que se encogió de hombros, se trenzó el cabello a toda prisa y salió sin su corona.

CAPÍTULO 23
TORMENTA

Oro se internó en la noche como si estuviera en su elemento, un soberano del día condenado a recorrer únicamente la oscuridad. Isla se preguntó si le resultaría doloroso salir del castillo y recordar el aspecto que tenían las cosas a la luz del sol. O quizá ya estuviera acostumbrado.

Quinientos años es mucho tiempo.

No le preguntó al respecto mientras se apresuraba para seguirle el paso.

Supuso que se dirigían al ágora o a algunas de las islas que había más allá. Pero antes de llegar al valle, Oro dobló súbitamente a la izquierda.

—¿A dónde vamos? —preguntó Isla.

Oro avanzó varios pasos más sin pronunciar palabra. Bajaron por las verdes colinas de la isla principal, lejos de los isleños que disfrutaban de la noche. Lejos de cualquier ruta conocida.

—¿No me vas a responder?

Una parte de ella prefería guardar silencio. En realidad le daba igual adónde la llevara, siempre y cuando Isla consiguiera lo que pretendía de esa alianza, ¿verdad? Pero el desdén del rey empezaba a rayar en grosería.

Oro siguió andando e Isla obtuvo unas magníficas vistas de su capa dorada, que ondeaba delicada con la brisa nocturna.

La wildling se detuvo con los brazos cruzados.

En el instante en que dejó de avanzar, él lo hizo también. La espalda del rey entró en tensión antes de que se volviese a mirarla despacio. Abrió la boca para hablar, pero ella se adelantó.

—Solo porque me hayas pedido que me pusiera esto —dijo, señalando la enorme camisa y esos pantalones apropiados para montar a caballo— y que no llevara esto —levantó la mano y propinó un capirotazo a la corona del rey, cuyo metal vibró en respuesta. La uña de Isla también vibró de dolor, pero lo disimuló— no significa que yo no sea también la gobernante de un reino. Te exijo que me trates con respeto, rey.

Escupió la última palabra como si fuera veneno.

Poppy se habría caído muerta allí mismo de haber oído el tono que Isla acababa de emplear con el soberano de Lightlark. En particular teniendo en cuenta lo que su guardiana le había ordenado hacer.

Pero ella estaba cansada de medir sus palabras, de reprimir sus emociones, de decirle a todo el mundo lo que quería oír. ¿De qué le había servido?

Cleo sin duda estaba decidida a asesinarla. Todavía no habían encontrado el desvinculador. El asunto de las parejas había resultado un fiasco.

Oro la fulminó con la mirada. No, no le habían gustado un pelo ni su tono ni el capirotazo a la corona.

—Vamos a la tormenta —replicó lacónico antes de dar media vuelta y reanudar la marcha.

«¿A la tormenta?».

Isla no entendía a qué se refería. Pero lo siguió igualmente, satisfecha de haberle arrancado al menos una respuesta.

Se encaminaban a la costa. La misma que Azul visitaba a menudo; Isla lo sabía. El aire empezó a transportar un regusto salobre. La brisa le empujaba el cabello hacia atrás y la trenza le azotaba la espalda con violencia.

En las tierras wildling, el viento susurraba. Entonaba canciones, chivaba chismorreos y silbaba melodías chillonas como campanadas de un reloj. Antes de que Terra y Poppy sellaran el cristal suelto de la ventana, Isla lo dejaba en ocasiones abierto durante el día con la esperanza de captar fragmentos de las historias que contaba el viento.

Hablaba de corazones rotos, de wildling que habían cometido el error de enamorarse. De corazones devorados y despedazados por uñas agudas como cuchillos. Le narraba cuentos que parecían antiguos como los árboles, nacidos de semillas que, según decían los rumores, procedían directamente de Lightlark.

Los nuevos territorios de Wildling se habían formado hacía solo quinientos años, pero sus orígenes eran ancestrales. Las historias contaban que, después de huir de la isla y de su tormenta maldita, un centenar de wildling se habían sacrificado para nutrir los nuevos territorios, cediendo su poder a ese suelo seco y yermo. Brotaron flores de su sangre, crecieron bosques enteros en cuestión de semanas y una nueva tierra surgió de sus huesos.

Eso narraba el viento, en cualquier caso. A Isla se le antojaba quizá excesivamente dramático.

En ocasiones Isla respondía. Le confiaba sus secretos. Atrapada en su esfera de cristal opaco, expresaba sus pensamientos al viento.

Nunca le respondió. Ni una sola vez. Pero Isla confiaba en que la escuchara.

Llegaron a otra pendiente inclinada. La wildling empezó a notar tensión en las pantorrillas. No tenía claro por qué la llevaba el rey a esa parte de la capital. ¿Qué había allí para ver? ¿El océano?

Y entonces lo avistó. Algo se había tragado la costa.

Una tormenta paralizada.

Nubarrones oscuros como borrones de tinta ennegrecían el cielo sobre la playa. Rayos plateados gruesos cual espadas bajaban de las nubes a la arena, relumbrantes de energía contenida. Un tirabuzón de fuego planeaba allí cerca con las llamas detenidas en el tiempo. Chorros enormes, letales, manaban de huecos en las nubes, largas láminas de agua como rayos de luna teñidos de morado.

El mar se había retirado igual que una manta detenida en el aire, una ola alta como una torre en su punto álgido que nunca caía. Estaba congelada, pero no era de hielo. Aun desde su puesto elevado Isla atisbaba el agua circulando por el interior, burbujeando en espera. La ola había dejado un largo tramo de lecho marino al descubierto. Piedras relucientes y antiguas alhajas perdidas en tiempos remotos cubrían la arena junto a las conchas marinas.

Era la maldición de la isla, temporalmente aplacada. La tormenta encantada.

¿Era eso lo que Azul visitaba siempre?

Oía susurros que la animaban a avanzar. El poder latía en la tormenta. Isla quería verla de cerca.

El acantilado más cercano a la tempestad estaba fragmentado. Partes del mismo se habían desprendido dejando huecos de sesenta metros entre unos cuantos islotes de roca. Algunos estaban conectados por puentes improvisados; los tablones se encontraban tan separados que parecía más fácil precipitarse por los resquicios que cruzarlos. A su lado, las pasarelas que unían los islotes de Lightlark resultaban seguras.

El rey avanzó hacia uno de los puentes.

—No —dijo Isla.

Oro se volvió a mirarla.

—¿No? —le preguntó, como si no la hubiera oído bien.

Ella no lo miró a los ojos, pero adivinó que la contemplaba con algo muy parecido a asco.

El rey suspiró. Isla atisbó un amago de movimiento, como si Oro se hubiera llevado los dedos a las sienes de pura frustración.

—Es seguro. Pero, si cayeras por alguna razón, obviamente te rescataría.

Isla se volvió hacia él para fulminarlo con los ojos.

—¿Rescatarme? ¿Cómo hiciste el primer día?

El cuerpo de Oro se crispó. Le devolvió la mirada y dijo:

—Sí, como te rescaté el primer día.

Ella lanzó una carcajada incrédula.

—¡Pero si fui a parar al agua! Y tú me dejaste empapada en el balcón, como un trasto viejo, sin molestarte siquiera en comprobar que recuperaba la consciencia!

Oro resopló.

—Es verdad que caíste al agua antes de que pudiera alcanzarte, pero también tenías una herida en la cabeza y no te habrías despertado si yo no te la hubiera curado.

Isla recordó el fuerte dolor de cabeza y la ausencia de sangre. Irguió el cuerpo.

—Acabas de reconocer que no me recogiste hasta que prácticamente era demasiado tarde, así que, si quieres que cruce este puente, tendrás que caminar pegado a mí. Si yo caigo, tú caes.

Oro la miró como si estuviera deseando empujarla él mismo desde el acantilado.

—Bien —replicó entre dientes, y le entrelazó el brazo con brusquedad.

Antes de que ella tuviera tiempo de titubear, el rey la arrastró al puente.

Isla contuvo el aliento. El viento que soplaba entre los resquicios proyectaba escalofríos a sus piernas, que de súbito estaban tan rígidas como los finos tablones que se desplazaban con furia a sus pies.

—Deprisa —susurró Isla, cerrando los ojos. Avanzó un paso y luego otro mientras procuraba no pensar en la sensación de caer, caer y seguir cayendo al mar desde el balcón. En cómo el aliento rasgaba su pecho. En cómo…

—Ya puedes abrir los ojos —le dijo Oro, que soltó su brazo como si quemara. Isla nunca se había alegrado tanto de notar la tierra firme a sus pies.

Obedeciendo, miró a su alrededor. Habían llegado a un fragmento de montaña que era angosto por la parte superior, pero estaba unido a la montaña por la base. Si se precipitara desde allí al vacío solamente recorrería unos treinta metros antes de acabar en alguna grieta del acantilado. Hizo una mueca horrorizada. La perspectiva tampoco era mucho más atractiva que despeñarse por el borde de la isla.

La tormenta parecía tan próxima como para tocarla, enroscada hacia ellos en su danza gélida. Los susurros que había oído cuando estaba en el acantilado sonaban más altos ahora. Casi insistentes.

Oro se había detenido ante un orificio abierto a unos pasos de distancia, redondo como un pozo. En la oscuridad casi cerrada, Isla no veía el fondo. Por lo que ella sabía, tal vez descendiese en picado hasta el fondo de la montaña.

—Yo bajaré primero —le dijo Oro—. Luego me sigues tú.

Hizo ademán de avanzar un paso hacia el oscuro pozo y ella lo agarró por el codo. ¿Primero? ¿Iban a saltar al interior?

—¿Hay algo… que vaya a detener mi caída?

—Obviamente.

Se asomó al orificio y forzó la vista. Aquello estaba más negro que la parte interior de sus párpados. Si no podía ver el fondo, sin duda la caída sería larga. Podía ser mortal.

—¿Estás… seguro?

Oro suspiró.

—Miedo a las alturas. Miedo a caer. Miedo a los puentes. ¿Hacemos una lista de tus miedos, wildling?

Isla le lanzó una mirada asesina. En lugar de señalarle que todos aquellos miedos se podían clasificar como uno solo y no tres, señaló el hueco con un gesto de la cabeza.

—Adelante, rey.

Oro le sostuvo la mirada mientras daba un paso adelante y desaparecía por el hueco.

Isla entró en tensión. Le tocaba a ella.

No se movió ni un centímetro.

Oro podía volar; para él no había saltos mortales. Tenía un millón de maneras de sobrevivir a una caída. Isla no tenía ninguna.

Solo podía aferrarse a la promesa del rey de que no le pasaría nada. La vida de Isla dependía de la sinceridad de Oro. Algo de lo que parecía enorgullecerse, a tenor de lo que sugería la prueba de su presentación.

Por otro lado… Si Isla perdía la vida al saltar a ese hueco, el rey no habría roto las reglas, estrictamente hablando…

¿No sería una estratagema para librarse de ella?

¿Estaban los demás gobernantes en el ajo, excepto Celeste y Grim?

Pasaban los segundos. Los susurros de la tormenta se tornaron más altos. Más insistentes.

Isla tenía miedo. Aunque Terra la había entrenado para no temer la muerte, la temía.

Pero no era la muerte lo que le inspiraba más miedo.

Su mayor terror era aquel que había afrontado en la prueba de Celeste; no vivir la vida. Quedarse atrapada por toda la eternidad en una alcoba sin haber experimentado todo aquello que soñaba.

Estaban a punto de encontrar el desvinculador. Tanto si le gustaba como si no, Oro se había convertido en una parte fundamental del plan. Él era la llave para entrar en la biblioteca de la isla del Sol.

Antes de que le fallara el valor, inspiró hondo.

Y saltó.

Fue como precipitarse entre mundos, peor, muchísimo peor que caer del acantilado o saltar entre portales. El hueco tenía el tamaño justo para dar cabida a su cuerpo y apenas había aire allí dentro, nada salvo los muros húmedos, el tufo del moho y sus gritos, su voz desgarrada al fondo de su garganta, los ojos cerrados con tanta fuerza que le latían las sienes, le dolía la cabeza…

El fondo se la tragó.

Antes de que pudiera procesar el frío, antes de que el agua gélida le mordiera la carne como un millar de bocas, dos fuertes brazos la izaron a la fría piedra. Isla empujó al rey con todas sus fuerzas y se aferró a la roca. La cabellera empapada se desplegaba como un abanico en torno a su cabeza mientras ella resollaba y tosía agua alternativamente.

Cuando su respiración se apaciguó, miró a través de la cortina de cabello y vio a Oro allí de pie, seco de pies a cabeza. Fruncía el ceño.

—Te has tomado tu tiempo.

En menos de un segundo, ella se incorporó a su vez y se quedó plantada ante él. Cerró los puños, los echó hacia atrás y se abalanzó sobre Oro…

Pero Isla estaba empapada, se había mareado y él era demasiado rápido.

El rey le aferró las muñecas con fuerza.

—Esto era una prueba, ¿verdad? —chilló ella. Le castañeteaban los dientes—. Querías saber si confío en ti.

El rey desconfiado, el gobernante paranoico que siempre andaba pendiente de si alguien pretendía arrebatarle su poder. Qué hipocresía. Quería que Isla confiara en él, pero Oro no se fiaba de nadie.

Oro se quedó paralizado. E Isla no precisó más respuesta.

—Lo sabía.

La wildling forcejeó para zafarse de sus manos, pero las gigantescas zarpas bien podrían ser cadenas que le ceñían las muñecas con holgura. Si Isla hubiera traído un acero, una daga, algo más que sus pendientes con pequeños cuchillos colgantes, que no le harían ni de lejos tanto daño como le habría gustado…

Isla escupió a los pies del rey con la esperanza de que el gesto le transmitiera lo que pensaba de él.

Oro se enfurruñó.

—Escúchame con atención, wildling. Me da igual no inspirarte simpatía. Pero si vamos a trabajar juntos, tienes que ofrecerme un voto de confianza.

Ella lanzó un gruñido exasperado.

—¿Cómo quieres que confíe en ti si todavía no me has dicho lo que estamos buscando?

Oro lo meditó un momento y dejó caer las manos.

Y entonces dijo algo que la hizo retroceder con sorpresa.

—¿Vas a compartir lo que te cuente con Grim?

¿Qué? ¿Por qué le preguntaba eso? ¿Acaso pensaba que el nightshade y ella eran aliados?

Aunque también era cierto que el nightshade buscaba su compañía constantemente. No era difícil extraer conclusiones, supuso.

Isla se preguntó si sería ese el motivo por el cual Grim se acercaba a ella de manera tan ostentosa. ¿Pretendía hacer creer a los demás que estaban confabulados?

—No.

Oro se avino a creerla, al parecer, porque a continuación confesó:

—Estoy buscando el corazón del Lightlark.

Ella torció la cabeza con extrañeza.

—¿El corazón de Lightlark no eres… tú?

Oro le lanzó una mirada rara.

—No, yo soy el conducto de la isla, en todo caso. Mi vínculo de sangre con Lightlark me une a esta tierra. A través de ese vínculo canalizo el poder.

—Pero si tú pereces, Lightlark muere.

—Si el poder no se encauza o se desequilibra, la isla se desmoronará. No porque yo sea su corazón, sino porque todo lo que hemos construido, todo lo que somos, depende del poder que yo canalizo.

—Ah… Entonces… ¿posee un corazón real?

—Sí —dijo—. Pero no es como esos que tú devoras.

«Interesante».

—Y entonces ¿cómo es?

El rey negó con un movimiento de la cabeza. Ya irritado. Isla tenía la sensación de que le había asignado una cantidad limitada de paciencia y un número de palabras concreto, y ella había agotado ambas cosas.

—No lo sé. Cada vez que florece tiene un aspecto distinto.

¿Florecer? Isla tenía tantas preguntas que formularle... Por qué buscaba el corazón. Cómo encajaba este en la profecía. Cómo pensaba que ella podía ayudarle.

Pero antes de que pudiera pronunciar otra palabra, Oro siguió hablando.

—Sí, wildling. Esto ha sido una prueba de confianza. Pero estamos aquí por una razón.

Por primera vez Isla giró sobre sí misma para contemplar el lugar al que habían ido a parar.

Era un oasis en el corazón de la montaña. Un paraje imposible. Más allá del arroyo que había amortiguado su caída asomaban cientos de plantas que surgían del suelo de la cueva, como si la misma roca fuera fértil.

La temperatura en la caverna era gélida. Isla todavía temblaba por el frío del agua que le goteaba por la cara, por las ropas empapadas contra la piel. No podía entender que creciera nada allí abajo, careciendo de tierra y de luz del sol, y mucho menos cientos de especies distintas. No tenía sentido. La cueva debía de estar impregnada de algún encantamiento wildling.

—¿Qué es este sitio?

Oro torció el gesto ante las prendas chorreantes de Isla. A ella le complacía saber que seguramente tenía un aspecto horrible, envuelta en la enorme tela que casi se la tragaba, la cabellera dividida en mechones salvajes que se le pegaban a la cara. El rey hizo ademán de disponerse a secarla empleando sus poderes, pero cambió de idea. Bien. Isla no necesitaba su calor.

—Los wildling construyeron un jardín en el corazón de la montaña para proteger la flora de la isla. Esta cueva alberga plantas de todo el archipiélago de Lightlark.

A Isla se le encogió el corazón. Habían muerto infinidad de plantas wildling desde su nacimiento a causa de su carencia de poder. Pensaba que se habían perdido para siempre. Pero quizá subsistieran allí abajo.

—El corazón de Lightlark florece cada cien años, prendido a algo vivo. A una planta. Si pudieras identificar qué clase de plantas elegiría un corazón, nuestra búsqueda sería más sencilla. Podríamos buscar directamente en la zona que las alberga.

Así pues, para eso la necesitaba. Eso sí podía hacerlo. Nunca había visto la mayoría de esas especies propias de Lightlark, pero haberse criado entre wildling le otorgaba un saber profundo sobre las plantas. Sabía qué buscar.

Se inclinó para observar los arbustos que tenía más cerca.

—Para que un corazón florezca con regularidad, necesita nutrirse de la vida de la isla. Necesita un anfitrión dispuesto y maternal.

Isla se abrió paso por el jardín y, pasado un ratito, el rey la siguió hacia el centro de la montaña. La flora era fascinante. Vio un árbol con las hojas de todos los tonos del fuego. Un pequeño cactus que poseía una sola flor, espectacular y sin duda venenosa. Un arbusto con tallos que se enroscaban y desenroscaban como dedos que la llamaran por gestos.

Había un muro completamente cubierto por una maraña de rosas rojas. Isla habría jurado que canturreaban.

—¿Son…?

—Solo crecen sobre cuerpos muertos —replicó él con impaciencia—. O donde se ha derramado sangre. Se dice que captan las últimas palabras de los fallecidos que las han alimentado.

«Ah».

—Como las hojas de sauce llorón —comentó Isla con voz queda. En Wildling había un bosquecillo de antiguos árboles sagrados en el que se conservaban los recuerdos y las voces de los difuntos. Si te enroscabas los tallos a la muñeca podías oírlos.

¿Significaba eso que había cuerpos enterrados bajo la montaña? ¿O los wildling sencillamente habían trasplantado los rosales?

Solo cuando llegó al fondo del jardín, una hora más tarde, Isla volvió a hablar.

—Esas —dijo, señalando las plantas que se enroscaban y se desenroscaban—. Podrían ocultar algo en el centro. Incluso he visto pájaros viviendo en ese tipo de plantas. Las llamamos bolsos. Guardan cosas. Sin quitarles la vida. —Lanzó una mirada elocuente a una planta del otro lado, una carnívora que parecía idéntica a los bolsos, salvo por la fila de dientes que remataba el centro de la planta. Se dio la vuelta de nuevo—. Y esos —continuó, señalando dos árboles de gruesos troncos—. Tenemos algo parecido en Wildling. Los llamamos sarcófagos. Crecen alrededor de las cosas vivas, casi como escudos. O, en algunos casos, como celdas. —Poppy le había contado la historia de una chica que pasó semanas perdida en el bosque. Un árbol creció a su alrededor en segundos y la atrapó en el interior del tronco. La alimentó y le administró agua, pero intentó quedarse con ella. Hicieron falta tres wildling para liberarla. Se encogió de hombros—. Sería un escondrijo perfecto para un corazón que necesitara nutrirse de algo vivo.

Finalmente señaló la balsa en la que había aterrizado.

—Esos nenúfares tienen raíces —dijo—. Podría estar atascado en una de las raíces, en el fondo del agua.

Oro asintió. Se dispuso a dar media vuelta.

—¿Y ahora qué? —preguntó Isla.

Él se amasó la mandíbula, molesto, como si cada información que compartía le doliera en el alma.

—Decidiré la mejor zona para empezar a buscar. Una que tenga las plantas que me has indicado.

Eso sonaba muy bien. Isla disimuló un bostezo, agotada. Buscó con los ojos la salida de la cueva, pero no había ningún túnel. Tan solo el orificio al que habían saltado, de treinta metros de altura, visible incluso desde ese lado de la cueva. Frunció el ceño.

—¿Cómo...?

Oro se volvió a mirarla. Y había una expresión malvada en sus ojos, un gesto que se deleitó en el horror que asomó al rostro de Isla.

—Ni lo sueñes. Debes de haber pasado demasiado tiempo debajo de la luna, lunático, si piensas que yo...

—Es el único modo de llegar al castillo antes del alba —alegó Oro.

Ella abrió la boca, lista para poner objeciones, pero él la interrumpió.

—Créeme, si hubiera otro modo, si hubiera una sola manera de hacer esto sin ti, no estaríamos aquí.

Rápidamente, antes de que Isla pudiera advertirle lo que le haría si la dejaba caer, le pasó un brazo por debajo de las piernas y otro por la espalda. Bajó la vista para mirarla, suspiró cuando la vio pestañear con unos ojos rebosantes de terror y amenazas...

Salió disparado hacia arriba. Debió de virar en algún instante para dirigirse a la abertura, que no se encontraba directamente encima de ellos, pero no se detuvo ni aminoró el ascenso; voló raudo como una estrella fugaz, un rayo que cambia de sentido.

Isla le gritó con tanta fuerza en pleno oído que fue un milagro que no la soltara sin más, en particular cuando le clavó las uñas en la parte trasera del cuello con una saña capaz de arrancarle sangre. Fingir valor se le antojaba imposible. Surcaron la noche más veloces que el viento durante unos instantes antes de que todo se tornara ingrávido.

Oro estaba… caminando. ¿Ya habían llegado al suelo? Isla se movió para saltar, pero él gruñó y sus brazos la aferraron con más fuerza, casi hasta el dolor. Solo cuando abrió los ojos descubrió la wildling que seguían en pleno vuelo, a decenas de metros de altura. El rey caminaba sobre la nada, por un puente invisible en lugar del endeble que habían recorrido a la ida, por encima del precipicio. Las zonas expuestas de la playa se extendían al fondo entre rocas puntiagudas como esquirlas de cristal. Isla contuvo el aliento y pegó la cara con fuerza al hueco entre el cuello y el hombro de Oro.

Este rio con maldad, divertido por su miedo. Isla le susurró palabras al oído que le arrancaron un ceño.

—Cualquiera pensaría que quieres que te deje caer.

Antes de espetarle algo de lo que pudiera arrepentirse —y que tampoco habría tenido demasiada garra, de todos modos, teniendo en cuenta cómo lo abrazaba aterrorizada—, Oro dio un paso que parecía mucho más sólido.

Por fin estaban de regreso a la capital.

En el instante en que fue seguro hacerlo, Isla se despegó de él trastabillando, aliviada de poder alejarse del rey. Él la fulminó con la mirada.

—Ha sido horrible —le espetó Isla por si le quedaba alguna duda acerca de los sentimientos que le inspiraba volar y estar tan cerca de él.

Él le respondió con una mirada igual de gélida.

—Nos vemos mañana —gruñó él en un tono que casi parecía de amenaza.

Al momento se elevó en el aire, hacia al castillo, dejando allí a Isla para que regresara andando.

CAPÍTULO 24
BÚSQUEDA

Puede que Isla hubiera prometido no contarle a Grim el asunto del corazón. Pero no se había comprometido a no revelárselo a Celeste.

Tan pronto como llegó al castillo se encaminó a la habitación de su amiga.

Golpeó la puerta con los nudillos y Celeste abrió de inmediato, aunque faltaba poco para el amanecer. La starling debía de llevar toda la noche esperando para hablar con ella.

El asunto de las parejas había complicado el plan.

Isla se lo contó todo a su amiga, que le preguntó:

—¿Estás segura de que ha dicho «corazón»?

La wildling asintió.

—Piensa que encontrarlo servirá para ejecutar la profecía. Un agravio original que se comete de nuevo, sea cual sea. Quizá encontrarlo fuera el primer agravio.

Celeste hizo un gesto de negación con la cabeza.

—No sé. Esto no me gusta. No me gusta nada.

—A mí tampoco. Es obvio que el rey está desesperado por romper las maldiciones en esta edición —dijo Isla—. Pero creo que eso puede ser bueno para nosotras.

Su amiga se la quedó mirando como si a Isla le hubiera brotado una flor en medio de la frente.

—Será nuestra llave para acceder a la biblioteca de la isla del Sol —aclaró ella.

Celeste lo meditó.

—¿Piensas que podrás convencerlo de que te la enseñe?

Isla hizo una mueca compungida. El rey la odiaba. No obstante, encontraría la manera. Asintió.

—Vale —dijo la starling—. Pues consigue que te enseñe la biblioteca cuanto antes. Faltan pocas semanas para el baile.

«Pocas semanas para que los gobernantes puedan asesinar a los demás». Ese era el mensaje implícito.

Isla ya se encaminaba a la puerta cuando su amiga la llamó una vez más.

—Esto… Isla… Ten cuidado. —Celeste se mordió el labio con un gesto de preocupación—. Los gobernantes… Me da miedo lo que puedan hacer para ganar, ahora que saben que Lightlark está en peligro. No me fío de ninguno. —La miró directamente a los ojos—. En particular, no me fío del rey.

Oro fue a buscarla a sus aposentos al día siguiente, tal como había prometido. Apenas se dignó a mirar a Isla antes de conducirla al siguiente destino.

Esta vez Isla no preguntó adónde iban. Ya había visitado algunos de los islotes y sabía dónde se encontraban casi todos. Lo adivinaría por sí misma.

A los veinte minutos de caminata, estaba segura de que se dirigían a isla Firmamento.

Cuando se internaron en el puente, lo tuvo claro.

Oro pensaba que Isla veía el islote por primera vez. Ella no llevó el engaño tan lejos como para fingir que la ciudad flotante le inspiraba asombro, pero guardó silencio.

Abandonaron la aldea de la zona inferior y pusieron rumbo a un área boscosa. Isla tragó saliva sin poder evitarlo. Se preguntó si los bosques de Lightlark serían como los de Wildling. Peligrosos. Letales. Hasta los necios temían el bosque. Nadie entraba sin protección. Por eso le había sorprendido tanto al ver que Oro tenía una erupción. Las plantas podían ser tan salvajes como los animales. Atacaban, mutilaban, asesinaban. Terra decía que por eso las wildling poderosas eran tan importantes. Solo ellas podían domesticar a la naturaleza. Proteger a los demás de ella.

Pero Isla no era una verdadera gobernante wildling. Las plantas no la obedecían. Tenía muchas cicatrices que lo demostraban, marcas cuya atenuación había requerido años de remedios.

¿Qué pensaría el rey si las plantas los atacaban?

¿Lo atribuiría al hecho de que, teóricamente, Isla enmascaraba sus poderes a petición del soberano?

¿Sospecharía de ella?

Por fortuna nada sucedió cuando penetraron en el bosque. Los árboles se erguían orgullosos como todo lo demás en isla Firmamento, como sus mismas gentes. De sus ramas colgaban bayas del color del cielo, pequeñas como botones, y albergaban vilanos como si hubieran atrapado trocitos de nube. La temperatura bajó al instante e Isla lamentó no haber llevado una capa, alguna tan grande como para envolverla entera. Pensó en el secreto del rey. El frío era mucho más intenso lejos de los inacababes hogares y fuegos de la capital.

Oro no tuvo que consultar un mapa. En vez de eso, avanzaba con seguridad, como si la propia isla lo arrastrara con una fuerza de gravedad que solo le afectase a él.

—He identificado dos zonas en Lightlark con un número considerable de las plantas que me señalaste en el jardín —dijo a la postre—. Una está aquí. La otra se encuentra en la isla principal.

El suelo del bosque mudó en una cuesta acusada y ascendieron en silencio. El rey podría haber subido volando, Isla lo sabía. Se habría ahorrado mucho tiempo. Si optaba por subir andando, debía de ser por algo. Había mencionado que llevaba más de medio siglo buscando el corazón. Tal vez hubiera sobrevolado hasta el último centímetro del archipiélago sin resultado.

Esta vez se había propuesto ser concienzudo, por lo que parecía.

Coronaron la cima de la ladera e Isla contempló un valle repleto de plantas bolso a sus pies. El alivio le refrescó la espalda. Esa especie no era peligrosa. Estaría relativamente a salvo allí.

Pero apareció un nuevo motivo de preocupación. Había miles de plantas que ocupaban hasta el último centímetro del terreno, de montaña a montaña. Kilómetros y kilómetros. Inspeccionar la zona al completo con la atención que requería, a pie, sería un trabajo de varios días.

—¿Cómo sabremos que lo hemos encontrado?

—Lo sabrás. El poder que irradia es inconfundible. Pero solo se detecta de muy cerca.

Así pues, por eso no la había abandonado para sobrevolar el valle en cuestión de minutos.

Isla no confiaba en su capacidad para detectar el corazón recurriendo únicamente a su poder. No, teniendo en cuenta que carecía de este.

—¿Tiene una apariencia… especial? —preguntó.

Las comisuras de los labios del rey descendieron a su posición favorita.

—Sí, wildling —respondió—. Tiene una apariencia especial. —Dobló a la izquierda sin dedicarle una segunda mirada—. Empezaré por aquí.

Bien. Al menos no tendrían que buscar juntos.

Isla devolvió la vista al valle y tragó saliva con dificultad. Había un montón de terreno que cubrir. Y, por si fuera poco, todo tenía el mismo aspecto. Sería fácil confundir las zonas ya revisadas con las otras conforme pasaran los días. Necesitaba una estrategia.

Isla descubrió un patrón en las plantas, filas que no eran regulares, pero que no resultaban difíciles de distinguir una vez que conocías la forma. Ahora solo necesitaba señales para marcar las que ya había inspeccionado. Pasó la vista por el terreno en busca de algún color que destacase. Un tipo distinto de flor, quizá. Alguna zarza diferente.

No había nada. Todas las plantas parecían idénticas. Incluso las del bosque que se extendía a su espalda tenían una forma similar.

Isla era la única nota discordante en todo el valle.

Suspiró y se recordó que esa era la mejor opción que tenía para acceder a la biblioteca de la isla del Sol antes de proceder a rasgar el bajo de su camisa favorita.

En fin. Tendría que hacerlo así.

Trabajó con eficiencia. Pasadas cuatro horas, Isla había revisado una buena parte del terreno. Había ideado un sistema. Las plantas bolso se abrían cuando les acariciabas la parte superior. Las hojas y los tallos tardaban un ratito en desenroscarse y se requería un par de minutos más para echar un buen vistazo al interior antes de que volvieran a cerrarse.

Si se daba prisa, podía inspeccionar cinco por minuto. Una vez que terminaba con una fila, la marcaba atando una tira de su camisa a la última planta.

Para cuando Oro fue a buscarla, Isla había revisado el interior de un millar de plantas bolso. Y su camisa había mudado en una colección de cintas. Antes le alcanzaba casi hasta las rodillas. En ese momento apenas le llegaba al ombligo.

El rey parecía horrorizado. Isla sonrió de oreja a oreja, deleitándose en tener un aspecto tan salvaje como él la consideraba, cubierta de tierra, el cabello rizado en torno a la cara, las prendas reducidas a jirones.

—¿Qué has hecho? —le preguntó.

Ella se cruzó de brazos.

—Lo que he hecho ha sido revisar toda esta zona —replicó al tiempo que señalaba una gran sección de terreno marcada con tela.

Los ojos del rey volaron un instante al lugar que Isla le indicaba. No dio muestras de sentirse impresionado.

No dio muestras de nada.

Isla entornó los ojos.

—Entiendo, por lo que dices, que no lo has encontrado.

Sin dignarse a responder, Oro dio media vuelta para volver por donde habían venido.

Al día siguiente, Ella llegó con ropa nueva. Más camisas de manga larga exactas a la que Isla había cortado a tiras. Pantalones iguales al otro par (que habían quedado cubiertos por una capa de tierra), pero más gruesos, con refuerzos en las rodillas, apropiados para el clima. Botas más adecuadas para recorrer bosques y valles que sus chinelas ahora irrecuperables de tan sucias.

—El rey te envía esto —le dijo la starling.

Isla puso los ojos en blanco.

Estuvo a punto de rebelarse y llevar las mismas prendas que los días anteriores para mostrarle su desprecio. Pero pensó en la misión: conseguir que le mostrase la biblioteca. Todavía no accedería a complacerla si se lo pedía. No obstante, quizá si veía que se esforzaba en ayudarlo, en encontrar el corazón...

De todos modos decidió llevar la corona esa noche, como la más ínfima reminiscencia de que ella también era una gobernante del reino a la que no se podía tratar a la ligera. Si bien la llevaba prácticamente escondida entre las capas de cabello para que no la delatara ante los seres misteriosos de los que le había hablado el rey.

Antes de que se separaran para inspeccionar distintas zonas del bosquecillo, Isla le preguntó algo que le rondaba la cabeza desde que Oro le había contado su plan.

—¿Cómo descubriste la existencia del corazón?

El rey no respondió.

Ella recorrió los pocos pasos que los separaban con aire despreocupado, sonriendo con dulzura.

—Me lo vas a decir. Porque si no lo haces..., no pienso abrir ni una sola planta bolso más.

Los ojos de Oro destellaron irritados, como fuego que crepitase. Pero no dijo nada.

Isla hizo chasquear la lengua.

—Un rey desconfiado que siempre oculta sus cartas... —Puso los brazos en jarras, los dedos recogiendo la inmensa tela de su nueva camisa de manga larga. Miró el brazo de Oro con elocuencia, allí donde la mancha azulada había empezado a extenderse. La marca de la inminente muerte del rey—. Dime, ¿qué tal te ha funcionado esa actitud hasta ahora?

Oro la fulminó con la mirada. Inspiró hondo con una impaciencia que pareció estremecerle los hombros. El poder irradiaba de él en oleadas densas; un viento intenso que Isla no veía, una marea de la que no podía sustraerse. De súbito, el aire fresco se tornó tan cálido como el de Wildling.

La energía que emanaba Oro le hacía flaquear las rodillas. Pero no le daría la satisfacción de que lo advirtiese. En lugar de eso Isla volvió a sonreír, agitó las largas pestañas y se puso de puntillas hasta situarse a pocos centímetros de su rostro para decir:

—¿Y bien?

De inmediato, el poder que circulaba entre ambos se cortó como reabsorbido. Él no se arredró ante su proximidad.

—Correré el riesgo, wildling —respondió con indiferencia antes de propinar un capirotazo a la corona de Isla. El movimiento la empujó hacia atrás trastabillando unos pasos. De inmediato le dolió la cabeza. «¿Tan fuerte la había golpeado?». Recorrió el metal con el dedo y descubrió que estaba abollado.

Un destello de malicioso deleite brilló en los ojos de Oro al ver las facciones de Isla contorsionarse de rabia.

—¡La has abollado!

Él se limitó a dar media vuelta para emprender la marcha hacia su lado del valle.

—¡Arréglala! —le ordenó Isla.

Lo único que vio fue su espalda mientras él se alejaba cada vez más con su capa dorada ondeando al viento con suavidad.

—Miserable —susurró Isla enfadada entre dientes—. Si no fueras mi compañero en el Centenario, te destriparía.

Eso lo detuvo en seco. Se volvió a mirarla como si hubiera oído hasta la última palabra.

Ella le dedicó un gesto que esperaba que demostrase hasta qué punto hablaba en serio.

Y solo porque él representaba la mejor opción que tenía de colarse en la biblioteca de isla Sol y encontrar el desvinculador, cerró los puños con rabia y enfiló hacia sus hileras de plantas.

Pasaron tres noches más inspeccionando las plantas bolso. Trabajaban desde la puesta de sol hasta una hora antes del amanecer, con un margen suficiente para que el rey llegara al castillo antes de que el día lo alcanzara. Justo cuando la luz inundaba su alcoba, Isla se desplomaba en la cama, a veces sin darse un baño siquiera, agotada.

Tenía los dedos rígidos, las palmas de las manos llenas de llagas. Le dolían los brazos después de levantarlos mil veces uno tras otro y notaba el cuello agarrotado de tanto alargarlo para asomarse al centro de las plantas. De los riñones mejor ni hablar.

Día a día, Oro e Isla se iban aproximando según avanzaban de los bordes del valle a la zona central.

El día que se cumplían treinta y uno del Centenario, se encontraron en el centro. Los dos cubiertos de tierra. Ambos agotados y frustrados, a juzgar por las miradas que se lanzaban.

—No está aquí —dijo Isla por fin. Tenía la voz ronca. Dormir un par de horas durante el día y trabajar toda la noche empezaba a pasarle factura, en particular porque no había iniciado la búsqueda en condiciones físicas ideales. Se le había curado el brazo, pero el frío no acababa de abandonar su pecho.

El rey había perdido su porte altivo. Se pasó los dedos por el pelo sin preocuparse por la tierra que le ensuciaba las manos.

—No —dijo—. No está.

Isla debió de gemir, porque él la miró con los ojos en llamas, como desafiándola a hacer un comentario sarcástico.

Lo habría hecho. Si no necesitara a Oro.

La wildling tuvo que recurrir a toda su fuerza de voluntad para inspirar hondo y preguntar:

—¿Dónde buscamos ahora?

CAPÍTULO 25
EL SEGUNDO EMPLAZAMIENTO

La noche había caído y las luces del castillo ya estaban apagadas. La oscuridad era tan profunda que parecía filtrarse por las rendijas como tinta derramada en derredor.

Isla buscó alguna luz, alguna cortina que descorrer. Encontró una vela y la encendió.

Su propia sombra se cernió ante ella, atrapada contra la pared.

Una segunda se le unió. Mucho más grande que la suya.

Isla se volvió a toda prisa y ahí estaba él. Grim. Llevaba puesta la armadura. Brillantes placas de metal negro.

Era un ser de pesadilla, un monstruo de la oscuridad.

Durante un instante la invadió el nerviosismo, pero no el temor.

Retrocedió un paso a pesar de todo, hasta que ella y su sombra fueron la misma.

Él avanzó. Levantó los brazos para retirarse el yelmo, que repicó cuando lo dejó caer al suelo. La levantó por la parte trasera de los muslos mientras Isla cerraba los puños en torno a su pelo y ella dijo…

Isla jadeó. Parpadeó al ver la hiedra que culebreaba por el techo de su dormitorio, el delgado rayo de sol que se colaba entre las cortinas. Estaba en el castillo de la isla principal…, no en la habitación oscura.

No con Grim.

«Necia».

Culpó al cansancio de sus sueños. Sus patrones de sueño habían cambiado y su cuerpo todavía no se había acostumbrado. Sin embargo…

Isla llevaba una semana sin ver a Grim. Desde la ceremonia de emparejamiento.

Una semana. Antes él acudía a su encuentro cada vez que podía. ¿Acaso había conseguido ya lo que fuera que necesitaba de ella y había avanzado al paso siguiente de su plan?

Notaba un ahogo en el pecho al pensar en ello, pero se sentó e hizo lo posible por olvidarse del sentimiento. Sería una tonta si dedicara un instante más a preocuparse por él.

Isla debía concentrarse en su propio plan. Esa noche Oro y ella viajarían al segundo emplazamiento. Sería mejor que intentara dormir un poco más…, pero la idea de volver a soñar con Grim o, aún peor, de disfrutar con ello, la hizo saltar de la cama hacia el balcón. A juzgar por la posición del sol, todavía era temprano.

Se vistió y decidió buscar a Ella por las plantas inferiores del castillo. Recordaba la receta de un bebedizo wildling para dormir. Solamente precisaba unos cuantos ingredientes.

Sí, se dijo mientras recorría el palacio, era eso lo que necesitaba. Una buena taza de té y dormiría como un tronco todo el día, sin ningún nightshade que la persiguiera en sueños. Nada de despertarse cada pocas horas aferrada a la manta y empapada en sudor.

Estaba a punto de doblar un recodo cuando oyó unos susurros quedos.

Isla se había acostumbrado a desplazarse por los antiguos corredores abandonados. Eso le garantizaba que rara vez se cruzaría con asistentes y nunca con otros gobernantes. Mediante ese método había visitado a Celeste un montón de veces sin que nadie se diera cuenta.

Por lo que parecía, no era la única que empleaba esos pasillos vacíos cuando buscaba privacidad.

Sin hacer el menor ruido, se pegó contra la pared y aguzó los oídos.

—Tu plan es una locura.

Isla se quedó helada. La voz resonó aun hablando en susurros, profunda y enfadada.

La voz de Oro.

Otra respondió, demasiado queda para que distinguiera las palabras. Pero supo quién las había pronunciado.

Azul.

¿Qué hacían reuniéndose en un rincón tan raro y escondido?

Isla se aproximó un poco más al origen de las voces. Se desplazaba en silencio, tal como Terra le había enseñado. De puntillas sobre los dedos de los pies y apoyando luego los laterales, sin tocar nunca el suelo con los talones.

—Sentenciarás a muerte a miles —gruñó Oro.

Isla no se atrevía a respirar. Se hizo un silencio.

—Un reino tiene que desaparecer, Oro —respondió Azul finalmente.

Retrocedió un paso sobresaltada; el tacón de su zapato rozó apenas el suelo.

Las voces se acallaron.

Pasado un instante sonó un portazo e Isla no pudo escuchar el resto de la conversación.

Esa noche se quedaron en la capital. Isla y Oro penetraron en los extensos bosques que arrancaban a un lado del castillo y continuaban hasta la costa. Notó el familiar cosquilleo del miedo en la nuca. Esa flora era más salvaje que la de isla Firmamento. La energía circulaba por el aire. Las ramas parecían curvarse hacia ella igual que si quisieran acercarse a mirarla. Las zarzas del suelo se tensaban a su paso como intentando que tropezara.

La naturaleza parecía sentirse intrigada por la presencia de Isla. A ella se le acumulaba la transpiración en la zona del pecho mientras observaba la fronda. Al menos nada intentaba hacerle daño. Todavía.

El terror empezó a envenenar sus pensamientos, así que decidió concentrarse en el rey con la esperanza de que, cuanto menos observase el bosque, menos se fijaría este en ella. Los ojos de Oro parecían más entornados de lo normal, los rabillos más arrugados. También caminaba con un paso más rígido que de costumbre.

—No has dormido nada en absoluto, ¿verdad?

El rey no hizo ninguna señal que indicase que la había oído.

—Al menos podías tratar de dormir durante el día, si tenemos que trabajar de noche.

Oro siguió avanzando por la espesura. Se agachaba para esquivar ramas que Isla no habría alcanzado ni levantando el brazo.

—A menos que tengas otro aliado con el que te estés reuniendo a esas horas.

—No tengo otros aliados —replicó él en tono arisco.

—¿En serio? —preguntó Isla—. ¿Ni siquiera Azul?

Oro adoptó una expresión aburrida.

—Escuchar detrás de las puertas es rastrero incluso para una wildling.

Así pues, sabía que era ella la que estaba escuchando. Bien.

—¿Y cuál es su plan? —quiso saber. Antes de que pudiera morderse la lengua, añadió—: Prometiste protegerme de los demás gobernantes. ¿Debería preocuparme?

Oro suspiró irritado. Se volvió a mirarla.

—Azul es inofensivo. Tú, especialmente, no tienes nada que temer en lo que a él respecta.

Eso no tenía sentido. Azul había hablado de eliminar a todo un reino. Si no estaba hablando de Wildling, ¿a qué reino se refería?

—Pero…

La mirada ceñuda del rey la hizo callar.

—No voy a revelarte nada más de nuestra conversación privada, así que harías mejor en ahorrarte el aliento y dar gracias de haber oído algo siquiera.

Isla notó algo raro en el tono.

Oro no le contaría más detalles de su conversación. Pero tal vez conocer la historia de Azul la ayudara a entender mejor los motivos del soberano.

—¿Le ha… ocurrido algo? —preguntó pasados unos instantes. Si bien el skyling siempre exhibía un talante alegre, Isla había captado unas cuantas veces una expresión atormentada en su semblante. Habría apostado algo a que había tristeza, o quizá rabia, detrás de su apariencia afable.

El silencio se alargó unos segundos e Isla pensó que Oro la iba a ningunear de nuevo. Pero el rey dijo a la postre:

—Azul perdió a alguien. A una persona querida.

«Ah». Isla no se lo esperaba. Suponía que todos habían perdido a alguien importante la noche que se lanzaron las maldiciones. Esto parecía distinto.

—¿A su pareja? —adivinó.

Él asintió.

—A su marido.

Se le encogió el corazón. No conocía a Azul demasiado bien, pero la idea de que hubiera perdido a una persona tan próxima le dolía de un modo inexplicable.

—¿También era skyling? —preguntó.

Él negó con la cabeza.

Eso la llevó a pensar en el hermano de Oro y en esa boda que las maldiciones habían destruido. Dos soberanos se iban a casar por primera vez en siglos, una oportunidad para unir los reinos. No quería preguntar directamente por el rey Egan, pero insinuó:

—¿Es habitual en Lightlark el matrimonio entre reinos?

—Cada vez es más frecuente —fue la única respuesta de Oro.

Isla frunció el ceño.

—¿Y cómo afecta eso al poder? Los hijos… ¿nacen con la habilidad de un solo reino? —Lo miró—. No heredan los dos, ¿verdad?

El rey respondió con un gesto negativo.

Ella aguardó expectante a que ampliara la explicación.

Oro suspiró.

—Nacen con un poder, wildling.

«Interesante». Isla ya estaba abriendo la boca para formular otra pregunta más cuando Oro le lanzó una mirada que la silenció de nuevo.

Estupendo.

Si bien era él quien había puesto fin a la conversación, menos de diez minutos después estaba diciendo:

—La entrada a isla Agreste está aquí cerca.

Murmuró las palabras, como si en realidad no quisiera pronunciarlas.

Isla se quedó paralizada. Sabía que las wildling tenían su propio islote en Lightlark, por descontado. Incluso había buscado el puente durante sus incursiones por la isla. Pero no lo había encontrado por ninguna parte.

—¿Y cómo sabemos que el corazón no está en isla Agreste? —preguntó, súbitamente desesperada por verla. Oro no se había detenido y tuvo que correr para alcanzarlo—. Allí debe de haber más plantas que en ninguna otra parte.

El rey se volvió a mirarla.

—Tú misma lo dijiste. El corazón necesita un anfitrión dispuesto y maternal. —Se encogió de hombros—. Toda la naturaleza de isla Agreste está muerta.

Muerta. La palabra fue un golpe en el pecho.

Podría haberlo imaginado. Pero escucharla dolía igualmente.

Transcurrió un instante.

—¿Qué piensas de nosotras? —preguntó, aunque prácticamente conocía la respuesta, teniendo en cuenta el desprecio con que la había tratado durante la primera cena—. De las wildling.

Oro frunció el ceño e Isla se preparó para una retahíla de insultos por los que habría podido abofetearlo.

—Eran mi reino favorito, además de Sunling —confesó finalmente.

Isla soltó una carcajada explosiva.

—No lo dirás en serio.

Él se la quedó mirando por encima del hombro.

—He dicho «era», wildling.

—¿Por qué?

Siguieron andando. Los árboles empezaron a cambiar. Se espaciaron, hasta que llegaron a un claro.

—Las wildling eran consejeras de nuestra corte —explicó—. Cuando era niño, me enseñaron a manejar la espada, a recolectar bayas comestibles. Eran leales. Buenas.

Isla le clavó los ojos.

—¿Y ahora?

—Y ahora… —Entraron en otra zona boscosa, compuesta enteramente de árboles sarcófagos. Cientos de ellos—. Las wildling merecen lo que se dice de ellas.

Pasaron toda la noche arrancando corteza e inspeccionando el interior de cada uno de los árboles. Oro lo hacía sin necesidad de cuchillo, gracias a sus poderes starling. Isla usaba las manos y una pequeña daga que se había traído a la isla disfrazada de pulsera. Con cada corte de su hoja contraía el rostro, pensando que el árbol se vengaría. Pero ninguno intentó hacerle daño. Isla avanzaba deprisa, con la esperanza de que Oro no sugiriese que recurriera a sus poderes para avanzar más en la tarea. Cada hora que pasaba estaba más preocupada, pensando que de un momento a otro Oro pronunciaría las palabras.

Al final lo hizo.

—Sería más fácil si emplearas tus destrezas —propuso, torciendo el gesto.

Isla se quedó paralizada, planteándose si echar a correr. Y de qué le iba a servir eso.

—Claro que eso atraería a los seres… No estoy seguro de que el riesgo merezca la pena.

Isla se preguntó qué seres serían esos. Oro ya los había mencionado. ¿Quiénes eran y por qué odiaban tanto a las wildling?

¿Por qué incluso Oro les tenía miedo?

Isla siempre había dado por supuesto que los gobernantes eran lo peor del Centenario. Los más poderosos. Los más letales.

El tono del rey al hablar de esos entes primordiales sugería que se equivocaba. La llevaba a preguntarse hasta qué punto podían ser mortales.

Esperaba no tener que averiguarlo nunca.

CAPÍTULO 26
ESPINAS

Habían pasado diez días desde que Grim acudiera en busca de Isla por última vez. Debería haber sido un alivio. Pero le provocaba cierto abatimiento comprender que seguramente Celeste tenía razón.

¿Qué otra explicación podía haber para que la evitara súbitamente después de haber acudido a su encuentro una y otra vez? Sin duda Isla había formado parte de un plan…, fuera cual fuese.

«Necia», se dijo, por haber pensado otra cosa.

Era la tercera noche en el bosque de los árboles sarcófagos. Habían revisado cientos de árboles sin encontrar el corazón. Isla empezaba a preguntarse si quizá no habría prestado atención suficiente en el jardín subterráneo.

¿Había pasado algo por alto? Creía haber identificado las plantas que más fácilmente podrían albergar el tipo de poder que Oro había descrito…, pero tal vez se hubiese equivocado.

De regreso a la capital, le hizo más preguntas al rey. Cada día que pasaba con él era una prueba que consistía en sonsacarle la máxima información posible.

—¿Por qué Cleo no asistió al último Centenario?

Era un detalle que Azul había mencionado.

Los bosques todavía no la habían atacado y sin embargo Isla notaba su energía desplegada en torno a ella, como si la naturaleza solo estuviera esperando el momento adecuado para abalanzarse. Incluso el rey miraba dónde ponía los pies, sin subestimar el poder del bosque ni por un instante.

—Deberías preguntárselo. Vosotras dos os lleváis muy bien.

Isla habría pensado que intentaba hacer un chiste amistoso y se habría quedado pasmada ante la posibilidad de que el rey fuera capaz de bromear de no haber sido su tono tan hostil.

Lo miró de soslayo.

—Yo no tengo la culpa de estar en su punto de mira desde que hice aquel comentario durante la cena.

El rey negó con la cabeza. Parecía no dar crédito a la necedad de Isla.

—Cleo jamás te mataría porque le inspires antipatía.

Isla se atragantó de la risa. Estaba claro que Oro no se había fijado en cómo la había estudiado la moonling, como si estuviera contando las horas para la mitad del Centenario.

—Pareces tener muy buena opinión de ella.

Se quedó de piedra cuando el rey asintió.

—La tengo. Cleo piensa en el bien de su reino por encima de todas las cosas.

Isla recordó la presentación de la moonling. Había puesto a prueba el deseo de cada cual.

Terra y Poppy siempre predicaban ese mismo compromiso implacable con el propio pueblo. Solo en Lightlark había comprendido Isla la magnitud del sacrificio que implicaba renunciar a todo lo que el mundo tenía para ofrecer.

—¿Ah, sí? —preguntó Isla con incredulidad—. ¿No tiene aficiones? ¿Ni amantes?

Oro no la miró a los ojos.

—Tuvo unas cuantas relaciones con hombres y mujeres antes de acceder al poder. Pero, desde que se convirtió en soberana, se ha concentrado por completo en el futuro de su reino. Su foco es admirable. —Se masajeó la mandíbula—. Aunque eso no significa que no represente un problema.

«Un problema». Isla se preguntó si sabía lo del batallón de Cleo. Lo de sus soldados. Seguro que sí.

—¿Y ese compromiso con su reino no implica que sería capaz de matar a cualquier gobernante con tal de cumplir la profecía? ¿Para asegurarse de que su pueblo no se extinga?

El rey se detuvo en seco.

—¿Cualquier gobernante? —repitió.

Isla se encogió de hombros.

—El primero al que tenga opción de asesinar.

Nunca había visto tan asqueado a Oro como en ese instante.

—¿Acaso no lo entiendes, wildling? Matar a un gobernante no es lo más difícil. Todos tenemos muchas oportunidades de cumplir esa parte de la profecía. ¿Sabes por qué no se permite matar a nadie hasta el quincuagésimo día?

Parecía tan disgustado que Isla no se atrevió a aventurar una respuesta.

—Se debe a que escoger al gobernante que va a morir y al reino que se va a extinguir es lo más difícil. No solo porque estaríamos sentenciando a muerte a miles de personas, sino porque el futuro de todos depende de que se tome la decisión correcta. —Su voz aumentó de volumen. Isla nunca lo había oído hablar con tanta pasión. Ni lo había visto tan enfadado—. Todos nuestros reinos están interconectados. No puedes ni imaginar las consecuencias de perder a uno. Aunque supiéramos sin la menor sombra de duda qué agravio se debe cometer de nuevo, la decisión de quién debe morir sería casi imposible. Eso, por encima de cualquier otra cosa, es la razón de que las maldiciones aún no se hayan roto.

Isla no supo por qué pronunció las palabras siguientes. Pero necesitaba claridad. Respuestas.

—Entonces ¿por qué no matar a Grim y en paz? —quiso saber, si bien la mera idea le retorcía las entrañas hasta extremos sorprendentemente dolorosos. Aunque todo indicase que se había olvidado de ella—. Él no forma parte de Lightlark. ¿No es la opción más evidente?

La sonrisa de Oro fue burlona. Cruel.

—No puedo matarlo —confesó. Quizá porque estaba tan enfadado, tan ansioso por echarle en cara lo poco que entendía, le reveló más de lo que ella esperaba—. Grim es lo único que se interpone entre nosotros y un peligro todavía mayor, tan grande que no puedes ni concebirlo.

«¿Un peligro mayor?». ¿Qué podía ser más peligroso que el nightshade? ¿O la maldición? ¿O el Centenario?

El rey la miró como si fuera una boba, una gobernante ingenua. Isla se sentía una ignorante. Terra y Poppy siempre le habían descrito el Centenario como un juego de supervivencia del más apto. Un juego en el cual el eslabón más débil sería asesinado, si los demás tenían oportunidad de hacerlo. De creer a Oro, los cien días consistían en tomar la decisión correcta y no la más cómoda. Antes de que pudiera seguir preguntando, él se alejó a toda prisa.

El rey estaba en el otro extremo del bosque. Lo oía cada pocos minutos, retirando la corteza con sus poderes, solo la suficiente para asomarse al interior del tronco. No se distraía por más que pasara muchas horas realizando la misma tarea.

Isla no podía decir lo mismo. No cuando albergaba tal cantidad de preguntas en el pensamiento.

Había terminado la sección de esa noche. Nada de corazones. Solo algún que otro animal refugiado en el interior del tronco que le echaba una vistazo con ojos curiosos.

Celeste la había visitado por la mañana para que la pusiera al día.

«Estoy en ello», le había dicho Isla. Solo que nunca le parecía el momento oportuno para preguntarle al rey por la biblioteca. Demasiado pronto o sin venir a cuento y el rey sospecharía de sus motivos.

En ese momento se preguntaba si su conversación anterior habría eliminado cualquier posibilidad de que el rey la llevara a la biblioteca de la isla del Sol. Oro parecía furioso.

Era peligroso y una tontería, pero se internó más profundamente en el bosque, deslizando la mano al pasar por los sarcófagos hasta que se acabaron. La naturaleza cambió, se tornó más salvaje. Aparecieron flores por todas partes, rojas como los vestidos que Isla solía llevar.

Rosales trepadores. Pétalos bulbosos protegidos por halos de espinas.

La última Venerable wildling, aquella con la que había coincidido tiempo atrás en el bosque, la comparó con esa flor.

«Eres una rosa con espinas», le dijo. Algo hermoso capaz de defenderse.

Ojalá.

Los aceros bastarían en otras circunstancias. Isla era una magnífica guerrera. Pero contra los poderes mágicos… el metal no se diferenciaba del papel.

Los rosales se tornaron más densos, hasta convertirse en otra planta. Un matorral dotado de púas largas y gruesas como dedos que sobresalían por todas partes. Parecía un arma. Isla no supo por qué lo hacía, pero se internó en el bosque siguiendo ese arbusto que se tornaba más alto y más grueso por momentos.

Hasta que llegó a un muro formado de espinas y púas.

Se le aceleró el pulso. Las plantas desarrollan pinchos para protegerse. Eran mecanismos de defensa, igual que las estrellas arrojadizas y los aceros de Isla.

El muro estaba allí para proteger algo.

El corazón de Lightlark, tal vez.

Isla se dio media vuelta exultante para gritarle a Oro que viniera.

Y entonces la planta la atacó.

La maleza espinosa cobró vida; la envolvió en un abrazo.

Y la arrastró hacia el nido de pinchos.

El grito de la wildling fue gutural. Decenas de púas le perforaron la espalda a un tiempo, agudas como espadas. Otras espinas se le clavaron en los brazos.

Por más que estuviera acostumbrada al dolor, no la habían entrenado para eso. Superaba cualquier cosa imaginable.

Intentó despegarse del muro sin resultado; las espinas se curvaban dentro de su piel como ganchos. La retenían. Con cada tirón se hundía más en la maleza. La sangre le corría por la espalda; las lágrimas manaban a chorros por su rostro. Un ruido ahogado brotó de sus labios.

Entonces notó unas manos cálidas que la enderezaban.

—Deja de moverte. Lo estás empeorando —gritó una voz.

Isla sintió el impulso de escupirle a los pies por reprenderla en un momento como ese. Quiso advertirle a Oro que se alejara de la planta maléfica. Pero apenas veía nada. El dolor había devorado sus sentidos.

El rey maldijo e Isla supuso que le estaba inspeccionando la espalda.

—Tendré que cortarlas para liberarte.

Isla asintió y gritó a todo pulmón instantes después, cuando Oro partió en dos la primera púa con su energía starling. No importaba el poder que ejerciera el rey; por más firme o suave que fuera, Isla notaba las espinas en la espalda que se retorcían hacia sus huesos. A la planta no le estaba gustando la intervención. Le clavó el resto de las púas más profundamente si cabe. Sin embargo, no atacó al rey. Como si solo Isla le despertara el apetito.

—Hay… muchas.

No podría soportar otra más. La primera había sido…

Volvió a gritar. Vio fogonazos cambiantes detrás de los ojos entre un dolor tan intenso que parecía tener color propio.

Otra vez.

Y otra.

Y otra.

Isla no podía controlarse. Cuando Oro volvió a cortar una púa y la planta se vengó clavándole el resto más profundamente en la carne, vomitó encima de su ropa.

Si acaso salpicó al rey, este no dijo una palabra. Se limitó a sostenerla mientras seguía cortando.

Otra púa. Y otra. Y otra más.

Isla insistió en extraerse los pinchos sin ayuda.

Estaba en el suelo, lejos del muro de zarzas, y Oro se había arrodillado delante de ella. El resto del bosque guardaba silencio. La observaba.

—¿Cómo es posible? —le preguntó el rey.

Claro. Oro no lo entendía. Las plantas no se atreverían a atacar a su gobernante. Por más que Isla estuviera enmascarando sus poderes mágicos, en teoría.

—He… tropezado —improvisó con un rictus de dolor. Él seguía escudriñando su rostro e Isla le lanzó una mirada incendiaria—. Ve a mirar lo que protege el muro —le espetó—. No me pasa nada. Yo me quitaré los pinchos.

Aunque estaba malherida y empapada en sangre, el rey tuvo el valor de fulminarla con la mirada.

—Estás cubierta de vómito —le dijo en tono monocorde. Tendió la mano hacia su espalda para ayudarla, pero ella reculó y luego gimió.

—He dicho que lo hago yo —gruñó.

Oro lanzó un rugido frustrado.

—¿Por qué tienes que ser tan testaruda?

—¿Y tú por qué tienes que ser tan mandón? —replicó ella—. He dicho que no. Ve.

El rey permaneció quieto un instante.

A continuación se incorporó para dirigirse a la maleza mientras maldecía entre dientes.

«Bien».

Cuando se hubo alejado lo suficiente, Isla se dobló sobre sí misma y se aferró a la tierra con todas sus fuerzas con brazos temblorosos por los sollozos. El dolor…

No se parecía a nada que hubiera experimentado anteriormente. «Malditas plantas».

Y no había terminado.

Con un rictus de agonía, Isla echó el brazo hacia atrás para palparse la espalda en busca de la primera púa.

Tiró con todas sus fuerzas.

Su grito resonó en todo el bosque; habría jurado que hasta empujó las copas de los árboles. El rumor de las hojas recordó demasiado a una explosión de risitas.

Nunca se había odiado tanto a sí misma por haber nacido sin poderes como en ese momento. Si de verdad fuera una gobernante wildling, podría controlar hasta el último centímetro de las frondas. Las plantas nunca la habrían atacado. La ayudarían.

Le temblaba la mano cuando sostuvo la espina ensangrentada. La tiró al suelo sin contemplaciones.

Solo quedaban diez más, si había contado bien cuando Oro la había separado del zarzal.

En ese momento regresó el rey, que se acuclilló a su lado.

Con el brazo temblando de arriba abajo, Isla se dobló hacia atrás para extraer la siguiente espina.

—Te he dicho que fueras a buscar…

—Lo he hecho —respondió él—. El corazón no está.

Las lágrimas le rodaron por las sienes siguiendo el ángulo de su cabeza inclinada. Tanto dolor para nada.

—Puedes…, puedes irte —sugirió ella al tiempo que cerraba los ojos con fuerza.

Pasaron unos segundos. La wildling no oyó movimiento y se preguntó si el rey habría salido volando de ese modo silencioso suyo.

Sin embargo, cuando volvió a abrir los ojos, allí estaba él, mirándole la espalda con expresión de estar viendo una carnicería.

Oro alargó la mano hacia ella e Isla dio un respingo. Él le mostró la palma. Una ofrenda de paz.

—Los pinchos son todos tuyos —le dijo con expresión despejada. Razonable. Señaló las decenas de espinas que tenía clavadas en los brazos, de las cuales surgían regueros rojos semejantes a lágrimas de sangre—. Yo me ocuparé de estas. —Ella empezó a negar con la cabeza—. Será más rápido —añadió él—. Cuanto antes terminemos, más pronto podremos reanudar la búsqueda.

Algo de razón tenía. Isla supuso que podía dejar que la ayudara si eso servía para completar la misión. Y largarse cuanto antes de ese bosque malvado.

—Vale —susurró.

Notó las manos de Oro calientes al tacto, pero más delicadas de lo que esperaba mientras procedían a arrancarle las espinas una a una. Cada cual acompañada de un pinchazo de dolor.

Pero nada comparado con las púas de la espalda.

Isla rodeó la siguiente con la mano. Tiró. Gritó contra las rodillas.

Otra más. Esta tenía forma de gancho y estaba a un par de centímetros de la columna vertebral. Tiró y notó una descarga en todo el cuerpo parecida a tener agujas en los huesos y veneno en las venas. Se mordió la lengua con fuerza de la impresión y un sonido animal le brotó de la garganta. La sangre se encharcó de inmediato y goteó por sus labios.

—Toma. —De súbito Oro le estaba ofreciendo algo para morder—. Te vas a arrancar la lengua —le advirtió—. Lo he visto en alguna ocasión; necesitas morder algo para…

Isla arrancó otro pincho, pensando que sería imposible sentir más dolor del que ya experimentaba.

Pero se equivocaba. Lo duplicó, lo triplicó y mordió con fuerza lo que él le ofrecía.

Una vez.

Y otra.

Isla cerraba los ojos con tanta fuerza que le dolía la cabeza. Entraba y salía de la consciencia. Pero se arrancó hasta la última púa de la espalda.

Solo cuando hubo terminado y se desplomó contra el tronco de un árbol comprendió que estaba mordiendo la mano de Oro. La había sembrado de dentelladas y rasgado la piel en varios puntos.

Isla estaba demasiado cansada para sentirse abochornada. No pudo hacer nada más que contar las respiraciones mientras Oro empleaba un odre de agua y sus poderes moonling para cerrarle las heridas.

Para cuando dejó de sangrar, era hora de partir. El amanecer se aproximaba.

—¿Y ahora qué? —preguntó Isla con una voz que era apenas un suspiro.

Antes de que la zarza la atacara, Isla había terminado de registrar los árboles que tenía asignados. Supuso que Oro también. A todas luces el corazón no se encontraba en ese bosque.

La mandíbula de Oro se crispó.

—Hay demasiadas zonas con las plantas que señalaste. Ya sabía, teniendo en cuenta la cantidad, que nos haría falta un poco de…

«Suerte», pensó Isla, rellenando el hueco mentalmente.

Estuvo a punto de echarse a reír. O a llorar.

Si acaso había suerte en el mundo, ni ella ni el rey se habían cruzado jamás con ella.

Él negó con la cabeza.

—Tengo otro plan. Esperaba poder evitarlo. —La miró a los ojos—. ¿Recuerdas aquellos seres primordiales de los que te hablé?

Isla asintió.

—Bueno —dijo Oro—. Me parece que ha llegado el momento de conocer a uno.

CAPÍTULO 27
EL PUERTO

Oro llevaba cinco días sin llamar a su puerta. En teoría debía de estar buscando al ente primordial para hacer un trato con él que garantizase su seguridad y la de Isla.

—¿De verdad esos seres serían capaces de atacar al rey de Lightlark? —le preguntó ella.

—No estoy seguro —fue la respuesta de Oro—. Pero no dudarían en hacerte daño a ti.

Isla agradeció el descanso. Oro le había curado la espalda con sus poderes moonling, pero su cuerpo se negó a dar un paso más durante los dos días posteriores a su regreso al castillo. Estaba destrozada. Agotada. Machacada.

Pero nunca había tenido la mente más clara.

Su encuentro con las púas y las espinas redobló su deseo de romper las maldiciones. No solo por conquistar la libertad…, sino también el poder.

Nunca más volverían las plantas a hacerle daño. Nunca más se sentiría impotente contra ellas.

Transcurrido el tercer día, cuando ya estaba lista para reanudar la misión y seguía sin saber nada del rey, empezó a preocuparse.

¿Acaso había decidido que una wildling a la que atacaban las plantas no le ofrecía la ayuda que necesitaba? ¿Había decidido seguir adelante con su plan sin contar con ella?

Se negaba a esperar sentada en su habitación. Si el plan de Oro había cambiado, debía modificar el suyo también. Tenía que hablar con Celeste.

Isla había deslizado una nota por debajo de la puerta de la starling pidiéndole que se reuniera con ella en el ágora. Como no las habían emparejado, Isla había pensado que sería mejor exhibir una amistad superficial delante de los isleños, para no despertar sospechas. Se encontrarían de forma supuestamente casual en la tienda de armas starling. Isla necesitaba una daga; un arma que no hiciera las veces de accesorio de moda.

Pero, por encima de eso, necesitaba hablar con su amiga.

El plan de Oro la había tenido tan absorta que casi se había olvidado de que la starling estaba forzada a pasar tiempo con Cleo. ¿Cómo se habría sentido? Celeste tendía a no compartir con Isla información que pudiera preocuparla. Pero ella quería apoyar a su amiga. Igual que la starling la había apoyado siempre.

El ágora estaba más animada que nunca. Los vendedores habían sacado sus mejores accesorios a los escaparates: sombreros de seda, guantes cubiertos de cristales, vestidos tan abullonados como los bizcochos que reposaban en las ventanas de las pastelerías cercanas. Los preparativos para el baile estaban en su máximo apogeo.

Solo faltaban diez días.

Diez días para que se abriera la veda del asesinato.

Diez días para encontrar la manera de entrar en la biblioteca de la isla del Sol.

Diez días para hallar y usar el desvinculador.

Diez días para romper las maldiciones y marcharse de Lightlark.

Isla se detuvo delante de la tienda starling. Justo cuando estaba a punto de entrar, alguien chocó con ella.

Qué raro. Por lo general los isleños guardaban con Isla tanta distancia como si tuviera veneno en la piel.

En ese momento notó que le habían deslizado una nota en la mano.

Era una pequeña hoja de papel. Las palabras la dejaron de una pieza.

«Estás en peligro», decía.

«¿Cómo?». Isla se dio media vuelta a toda prisa y buscó con la vista a la persona que le había entregado la advertencia. Localizó una capa blanca que ondeaba a través del mercado bajo una cabeza gacha. Tenía que haber sido ese individuo.

¿Un moonling?

No pensaba ponerse a descifrar el acertijo de quién pretendía hacerle daño. Había demasiados candidatos en esa lista.

En lugar de eso, seguiría a quienquiera que le hubiera entregado el mensaje.

Sonaba música en las calles, un cuarteto seguramente contratado para generar emoción en torno al baile inminente. Las tiendas habían abierto las puertas de par en par y chicos y chicas jóvenes voceaban sus anuncios: «¡Oferta especial! ¡Dos pares de guantes por el precio de uno! ¡Sombreros espectaculares para isleñas especiales!».

Isla se abrió paso a empellones entre compradores que portaban pilas de cajas atadas con cinta y niños que sostenían cucuruchos de helado. Susurró disculpas que fueron recibidas con exclamaciones sobresaltadas y estuvo a punto de estrellarse contra un carro que portaba frutas maduras y frutos secos recién tostados. Pero allí, muy adelante, lo vio. Un destello de tela blanca que doblaba un recodo.

Celeste se interpuso en su camino súbitamente, de camino a la tienda starling. Su amiga entornó los ojos desconcertada cuando Isla pasó rauda por su lado y le susurró: «Vuelvo enseguida», sin aguardar respuesta.

Con los brazos pegados a los costados para deslizarse por la concurrida calle, avanzaba como una cinta al viento según sus pies buscaban espacios libres en el pavimento y su cuerpo llenaba huecos entre la marea de gente. Instantes después estaba doblando esa misma esquina hacia una calle que se encontraba prácticamente desierta, tan vacía que vio al moonling alejándose a la carrera con la estela de su capa ondeando al viento.

La bocacalle del mercado bajaba en lugar de ascender a las montañas. El tufillo de la sal, el pescado y la salmuera impregnaba el aire. Los desiguales adoquines se tornaron húmedos bajo sus zapatos y estuvo a punto de resbalar en su precipitación por atrapar al moonling.

Dobló otra esquina. Y no vio a nadie.

«Tendrías que haber corrido más». Lo había perdido. El mar estaba cerca. Había llegado a los restos de lo que antaño debió de ser un puerto, cuando la isla aún no estaba atrapada en su maldición.

Isla se obligó a detenerse, reacia a darse por vencida. Miró en derredor, escudriñando cada rincón, atenta al bandazo o el rumor de una tela.

Se dio la vuelta… y lo vio. El rizo de una capa blanca desapareciendo detrás de un barco que de algún modo había terminado en tierra. Parecía una ballena varada y tendida de lado.

Isla avanzó un paso y jadeó sobresaltada.

Unas cadenas aparecieron de la nada en torno a sus muñecas y tobillos.

El frío filo de una espada pegado con firmeza a su garganta.

—Ha sido demasiado fácil —le dijo una voz al oído. Isla forcejeó contra las cadenas y descubrió que no eran de metal sino de agua trenzada, firme como una ola solitaria, potente como la marea.

Cinco hombres más salieron de los escondrijos que les prestaban antiguos cobertizos y barcos en dique seco. Vestían impecables atuendos blancos en los que un diamante sustituía el botón superior de las camisas.

Nobles moonling. Los reconoció de las presentaciones.

Un gruñido brotó de su garganta. Se convirtió un poco más en el animal por el que ellos la tomaban.

La persona de la capa blanca apareció ante ella e Isla le gruñó con rabia y una expresión que prometía violencia. La figura ni se molestó en mirarla antes de que le tendieran un puñado de monedas y se esfumara.

Una trampa. La habían engañado.

«Necia».

No. Ellos eran los necios.

Levantó la barbilla con gesto altivo y dijo con tanto veneno como pudo infundir a sus palabras:

—Liberadme y mostraré indulgencia. Retenedme y averiguaréis lo que pasa cuando intentas apresar a una wildling.

Los hombres si limitaron a sonreír.

—Salvaje incluso apresada —dijo uno. Llevaba el cabello blanco peinado hacia atrás y sostenía delicadamente un bastón con la empuñadura de cristal, aunque saltaba a la vista que no lo necesitaba. Señaló a Isla con el bastón y las cadenas de agua se tensaron tanto que tuvo que arrodillarse.

Isla echaba chispas mientras sus huesos gritaban y su piel se rasgaba contra el húmedo suelo de piedra—. Pero también las bestias salvajes se pueden domesticar. Y enjaular. Dime, ¿vas a suplicar por tu vida, wildling?

Ahora le tocaba a Isla echarse a reír.

—¿Eso significa que vuestra soberana os ha encargado a vosotros el trabajo sucio?

Todavía no habían alcanzado la mitad del Centenario. O bien Cleo había burlado las reglas evitando ordenar de forma explícita el asesinato de Isla..., o bien a la gobernante moonling le traía sin cuidado saltarse las normas. Quizá no persiguiera el poder que otorgaba el premio, a fin de cuentas.

Pues vaya con Oro y su teoría de que Cleo no la asesinaría solo por no simpatizar con ella.

Si bien debía reconocer que seguramente colarse en la biblioteca de isla Luna no la había beneficiado.

El moonling que portaba el bastón entró en tensión, como si se sintiera insultado. Los demás se miraron mutuamente e Isla adivinó el resto. Puede que Cleo no les hubiera ordenado que la asesinaran directamente, algo que violaría las reglas del Centenario. Pero había autorizado la empresa.

—Lo siento —dijo uno de los hombres, sorprendiendo a Isla y al resto del grupo, a juzgar por sus expresiones—. Los juegos del Centenario no son solo para gobernantes. Uno de los reinos debe caer. Y tenemos familia... —Negó con la cabeza—. No queremos ser nosotros.

Isla lo entendía. El Centenario era un concurso mortal en el que participaban numerosos jugadores. Y las consecuencias eran terribles para todos.

Escupió a los pies del hombre de todos modos.

—Ya basta. —El hombre que Isla tenía detrás la obligó a levantarse sin despegarle la espada de la garganta—. Despídete, wildling —le dijo al oído con voz ronca al tiempo que retiraba la hoja para disponerse a asestar un corte limpio y directo.

Isla pugnó por romper las cadenas acuáticas, tratando de escapar.

Pero su fuerza física no era nada al lado del poder lunar.

Estando en el bosque de la isla principal, Isla había pensado que nunca había deseado más esos poderes wildling de los que carecía. Se equivocaba. Ahora no solo los deseaba…, los necesitaba.

Las palabras sonaban machaconas en su mente, las últimas que escucharía en su vida: «Es demasiado tarde. Has fracasado. Inútil. Si hubieras…».

Antes de que hubiera terminado, oyó una palabra más.

—Despedíos —dijo una voz, la misma que detuvo la hoja a un centímetro de su cuello.

Y el hombre salió disparado de espaldas.

Celeste cerró el puño y las cadenas de agua colgaron laxas antes de desaparecer entre una maraña de chispas plateadas. Debía de haber seguido a Isla. Uno de los nobles precipitó sobre ella una ola de mar y la starling giró sobre sí misma para detenerla con una corriente de energía.

Liberada, Isla no perdió un instante. Alargó ambas manos hacia las muñecas opuestas y se destrabó las pulseras, que mudaron en cuchillos arrojadizos. Los lanzó con soltura y los dos acertaron en el objetivo.

Dos corazones moonling.

Los hombres se desplomaron e Isla dio media vuelta… para estrellarse de bruces contra una ola de poder.

Logró aferrar una astilla de cristal del suelo, pero el mundo entero se inclinó en torno a ella cuando la estamparon contra un viejo barco.

Isla notó sangre en la lengua; un latido asaltó su cabeza, entre los ojos. Tenía la mano del hombre alrededor del cuello, que la despegaba del suelo. Oyó un rugido que no era el mar y emitió un sonido horrible cuando trató de respirar.

A pesar de todo, sonrió.

Puede que encadenada no pudiera plantar cara.

Pero las ataduras habían desaparecido.

Isla aferró con fuerza la astilla de cristal alargado que tenía en la mano... y se la clavó al hombre en la garganta.

Él la liberó de inmediato para aferrarse el cuello. Intentó decir algo, pero ni una sola palabra salió de su boca.

Los otros nobles moonling no habían salido mejor parados. Isla corrió hacia Celeste, que estaba plantada en mitad de un desparrame de cuerpos tendidos en la piedra húmeda del puerto.

—Ha intentado que te mataran —dijo Celeste con una voz sorprendentemente firme—. Tienes que dejarle un mensaje. Hacerle saber que eres fuerte. Para que se lo piense dos veces antes de volver a atentar contra tu vida.

Trabajaron juntas para escribir una respuesta con sangre.

Cuando terminaron, Isla bajó la vista y sonrío. Es posible que tiempo atrás las sangrientas palabras le hubieran producido arcadas. Pero llevaba cuarenta días en la isla. En ese tiempo se había batido en duelo contra afamados gobernantes. Había sobrevivido a incontables pruebas. Se había tragado un dolor inenarrable. Se había arrancado grandes púas de su espalda con las manos desnudas. Se irguió sin vacilar, recordando cómo la habían amenazado los hombres. Recordando lo débil que se había sentido, encadenada hasta la inmovilidad. Impotente contra el poder. Nunca más, se prometió.

«Esfuérzate más», decía el mensaje.

CAPÍTULO 28
LA CASA DE ESPEJOS

Jamás en su vida había ansiado Isla tener poderes tanto como en ese momento. Primero, las púas. Luego, el intento de asesinato, que demostraba el poco peso que los aceros tenían en Lightlark.

En cambio, su utilidad era excelente para descargar la rabia que se le arremolinaba dentro como una tormenta.

Se había encaminado directamente a la tienda starling tras el atentado y había comprado una daga. Un arma con una serpiente enroscada a la empuñadura, adecuada para una wildling. La blandía en ese momento para destrozar el aire. El metal se le antojaba ingrávido en el puño. La hizo girar entre los dedos, la lanzó al aire y la recogió sin tener que mirarla. Fingió apuñalar a alguien en el vientre.

Los nobles moonling asomaron a su mente y la hoja hendió el vacío como si los atravesara a ellos.

Curvó el labio. Los apuñaló a todos, uno a uno, a los hombres y a sus recuerdos.

—¿Acaso el aire ha hecho algo que te ha ofendido?

Isla se volvió a toda prisa y su daga salió volando… hasta clavarse en la piedra del palacio, justo encima del pelo oscuro de Grim.

El nightshade sonrió. Con un movimiento ágil, desclavó la daga y se la lanzó de nuevo a Isla.

Ella la atrapó al vuelo sin despegar la mirada del hombre.

Grim. Le dio un vuelco el estómago al verlo. Y luego la ira la invadió. Lo fulminó con la mirada.

—Quién iba a pensar que el soberano de Nightshade sería tan indeciso.

—¿Indeciso?

Isla avanzó un largo paso hacia él.

—Indeciso. Por lo que parece, no te aclaras. Un día te comportas como si fuéramos amigos y al siguiente, como si no me conocieras de nada. Desapareces durante semanas.

Grim no se arredró ante su mirada.

—¿Cuál de las dos cosas prefieres? —le preguntó como si de verdad esperase una respuesta—. ¿Amigos o desconocidos?

Ella tragó saliva mientras suplicaba a sus emociones que no se desbordasen.

—Ninguna de las dos —mintió—. Solo quiero que te mantengas alejado de mí. Por sistema.

Él avanzó hacia Isla. Esbozó una sonrisa mínima.

—¿De verdad es eso lo que quieres, Devoracorazones?

Ella perdió el aliento un instante. El nightshade lo percibía todo.

Se dio media vuelta antes de que pudiera notar algo más.

La sonrisa de Grim desapareció. De súbito su semblante adquirió una seriedad letal.

—La verdad es que no deberíamos relacionarnos —dijo—. Por eso no me has visto.

Así pues, sí que la había estado evitando.

—¿Por qué? —preguntó ella, aunque se le ocurrían mil respuestas.

Él encogió un hombro.

—Soy el famoso guerrero nightshade… con miles de muertes grabadas en mi acero. Todo el mundo me odia. Nadie confía en mí. Y hacen bien. No deberían. —Le lanzó una mirada torva—. Tú no deberías.

Isla quiso preguntarle a qué se refería, pero antes de que pudiera hacerlo él se acercó todavía más si cabe. La cabellera de la wildling era una mata salvaje en torno a su rostro y notaba la camisa demasiado pegada a la piel; se había enfundado pantalones y una casaca de entrenamiento. Aunque todos sus vestidos estaban diseñados para una seducción fatal, en ese momento sus prendas de combate se le antojaban mucho más reveladoras.

—Sabes lo que se siente cuando te odian, ¿verdad, Devoracorazones? Cuando te consideran un monstruo. Un salvaje.

Era verdad. A pesar de todo, dolía oír la verdad expresada de viva voz.

—Estás irritada, Devoracorazones. ¿Acaso niegas lo que eres?

Isla respiraba con dificultad. Ni siquiera sabía por qué.

—No. ¿Y tú?

Grim negó con la cabeza. Avanzó otro paso hacia Isla.

—Nunca. Yo soy un monstruo.

Isla era consciente de que debería huir o marcharse o hacer algo que no fuera acercarse más a él. El nightshade torció la cabeza. Algo en su manera de mirarla, en su cercanía sostenida, la atraía. Estaba más cerca de lo que nadie se habría atrevido a aproximarse.

—No soy tu enemigo —dijo él con el tono de voz más quedo que había empleado nunca en su presencia.

Y entonces ¿por qué Isla no podía confiar en él? ¿Por qué Grim la rehuía?

¿Por qué Isla se preocupaba siquiera?

—Demuéstralo —lo desafió—. Dime una cosa.

—Lo que quieras.

La wildling recordó las palabras del rey en el bosque. La razón por la cual los demás gobernantes no se habían limitado a matar a Grim para cumplir la profecía.

—Oro me ha dicho que eres lo único que se interpone entre nosotros y un peligro mayor. ¿A qué se refería?

Grim no pareció demasiado sorprendido por la pregunta. Sin embargo, se tomó su tiempo para responder.

—Hay peligros en este mundo peores que las maldiciones. O que yo.

—¿Cómo qué?

Él negó con la cabeza.

—Podría decírtelo. Pero solo serviría para distraerte. Ahora mismo las maldiciones son el peligro más inminente, créeme.

Isla se enfurruñó. ¿Quién era él para decidir qué la distraía y qué no? ¿Qué podía ser tan terrible como para que no le hablaran de ello? No obstante, notó en el tono de su voz que Grim no se dejaría convencer.

—Muy bien. Enséñame una cosa, pues.

—Lo que tú quieras —repitió él, si bien la frase tenía menos peso ahora que Isla conocía la existencia de límites.

—Enséñame dónde moraban los wildling cuando todavía estaban en Lightlark.

La petición la sorprendió incluso a ella. Todavía no había encontrado la entrada a isla Agreste. Los comentarios de Oro al respecto en el bosque habían espoleado su curiosidad. Había tantas cosas acerca de su reino que Isla desconocía...

Y ahora sentía más interés que nunca. Deseaba el poder infinito que sus antepasados wildling poseyeran antaño. Tal vez hubieran dejado algo atrás. Algo que ella pudiera utilizar.

Grim la miró con atención e Isla contuvo el aliento mientras se preguntaba si acaso adivinaba lo mucho que había pensado en él a lo largo de las últimas semanas. Si sería consciente de que, por intensos que fueran los latidos de su corazón, por muchas veces que las palabras de él se hubieran repetido ya en su mente, el nightshade tenía razón; Isla no podía confiar en él.

Y Grim tampoco se podía fiar de ella.

—Por supuesto, Devoracorazones.

Isla no pronunció una palabra cuando la llevó al bosque de la capital, a la sombra del castillo; no muy lejos de la fronda de árboles sarcófagos, pero en dirección contraria. Era un camino silvestre. La senda de piedra llevaba mucho tiempo invadida por hierbajos que la cubrían por completo. Isla se estremeció al mirar los bosques, preparada para un nuevo ataque. Notó una comezón en la espalda, como si su piel lo rememorase. Pero el bosque no se atrevió a atacar en presencia de Grim. Pisaron zarzas gruesas como extremidades y pasaron bajo telarañas grandes como paraguas. Pronto los árboles perdieron las hojas y mudaron en ramas afiladas y desnudas que parecían racimos de espadas. Piedras que tal vez bordearan antaño las riberas de un río remplazaron la hierba. No vio el final del camino hasta que lo dejaron atrás.

La luz del sol la cegó un instante e Isla esperó.

Había una pasarela rota por partes diversas. Las barandillas estaban fabricadas con enredaderas trenzadas.

En la isla del otro lado no se atisbaba el menor signo de vida. Pero algo parecía llamarla. Isla fue la primera en internarse en el puente, sin vacilar, y lo cruzó sin darse ni cuenta.

El rey tenía razón. No había nada vivo allí.

La isla Agreste había quedado reducida a un bosque de carcasas vacías. Los árboles eran troncos desnudos y retorcidos, esqueletos que se agitaban al viento. Las zarzas y raíces que cubrían el suelo crujían resecas bajo sus pies. El terreno era un amasijo de ramas rotas como serpientes en posición de ataque. Sin animales. Ni verde. Sin… nada.

En el centro de todo ello se erguía una estructura.

Grim estaba a su lado.

—Lo llaman «la Casa de Espejos».

Hasta el último centímetro del palacio estaba cubierto de cristal reflectante que reproducía el bosque desnudo, duplicando el entorno. Los bordes titilaban con la luz del sol.

La Casa de Espejos parecía frágil como si un fuerte viento pudiera hacerla pedazos. Pero había sobrevivido, a diferencia del resto de isla Agreste. Su forma le recordó a las carpas de feria que Isla había visto en las afueras de los nuevos territorios de Skyling cuando viajaba allí con su varita estelar: abultada, como hinchada por el viento, y con tres puntas.

Aunque el exterior parecía espejado, el interior era transparente. Isla entró y vio los bosques arrasados a través de interminables ventanas con un millón de formas distintas. El techo era curvado.

Estaba casi vacía. Tan solo quedaban unas cuantas estatuas, además de la hojas que se habían colado arrastradas por el viento. Isla se internó un poco más en la Casa de Espejos y descubrió que el resto del gran palacio no estaba hecho de cristal en absoluto. Las paredes interiores eran de piedra y se abrían a lo que debió de ser en sus tiempos un jardín interior, donde el techo desaparecía del todo. Enredaderas muertas envolvían las columnas. Una pequeña fuente contenía ahora agua oscura. Siguió andando por salas y pasillos abandonados y reclamados por el bosque muerto hasta que llegó a la pared trasera, que era más sólida que el resto, tallada en la base de la montaña.

Estaba cubierta de marcas, la más destacada de estas era una gran espiral. El resto eran dibujos que representaban una batalla: hombres y mujeres cubiertos con armaduras y empuñando espadas y escudos. Algunos montaban enormes animales que no reconoció. Repasó los esbozos con los dedos.

—¿Es como esperabas que fuera? —le preguntó Grim.

Isla se volvió a mirarlo.

—Es mucho más.

—¿Aunque esté prácticamente vacía?

Isla no había terminado de inspeccionar el palacio, pero suponía que lo encontraría despejado, igual que el resto de las habitaciones.

—El hecho de que siga aquí… —Pegó las manos a la pared—. Me proporciona esperanzas de que las wildling pueden sobrevivir a todo esto.

Grim estaba en otra parte; lo veía en sus ojos. Se preguntó qué tendría en la cabeza. Cada cosa que hacía el nightshade la confundía más.

—¿Cómo son las tierras de los nightshade? —le preguntó Isla, sin saber muy bien por qué razón.

En sus aventuras con la varita estelar nunca se había atrevido a viajar a ese territorio. Las advertencias de Terra sobre ellos la habían mantenido a distancia.

Grim la miró largo y tendido.

—Algún día —prometió— te lo enseñaré.

Isla esperó a contar con la protección de las tinieblas para abandonar el castillo. Oro todavía no había vuelto a buscarla. La noche era suya. Y la emplearía con tiento.

Le habría gustado poseer la capacidad de Grim para ver en la oscuridad cuando emprendió la marcha por la isla principal con la luna como única guía. En el camino de vuelta había estudiado a fondo la ruta a isla Agreste, pero todo parecía distinto bajo el manto de la noche.

El camino continuaba cuando ya debería haber desaparecido bajo la maleza. Debía de haber tomado un desvío equivocado o haberse perdido por completo. Pronto estaba de regreso al castillo de la capital.

Isla lanzó una maldición y volvió a intentarlo. Se esforzó por recordar la forma de los árboles o el número de pasos que había contado horas antes, mientras hacía lo posible por disimular sus emociones para que Grim no las percibiera. No quería que supiera que, mientras él respondía sus preguntas, ella estaba pensando en lo que había visto en la Casa de Espejos; y en regresar cuanto antes. A solas.

Forzó la vista a través de las tinieblas y se inclinó para palpar el sendero, esperando que las flores silvestres empezaran a suavizar la piedra, señal de que iba por el buen camino.

Si tuviera poderes wildling, podría limitarse a preguntarle al bosque y aguardar su respuesta. Seguir su canción hasta el palacio.

Pero no los tenía. Así que siguió trastabillando a ciegas a través de la noche.

Por fin la hierba le rozó los dedos, un segundo camino que se desviaba del primero. Lo siguió hasta el bosque y titubeó. Los árboles corcovados tapaban la luna casi por completo y su luz no alcanzaba la fronda. Tendría que avanzar a tientas. Y solo podía cruzar los dedos para que el bosque se diera por satisfecho con la cantidad de sangre que Isla ya le había entregado.

Agachó la cabeza mientras se preguntaba si debía volver por la mañana. Se lo siguió preguntando mientras avanzaba entre zarzas que le arañaban los tobillos. Se lo preguntó una vez más cuando tropezó con un tallo y aterrizó a cuatro patas.

No, nadie debía saber de su excursión nocturna al palacio wildling.

Ni siquiera Grim.

Para cuando llegó trastabillando a isla Agreste, su trenza había mudado en una mata enmarañada y notaba el agudo escozor de los cortes en las palmas. Sin embargo, hasta el dolor se suavizó cuando contempló el edificio que tenía delante.

Por la noche, la Casa de Espejos solo reflejaba oscuridad. Sus prendas de un tono tostado hendían la negrura como un acero. Se vio a sí misma despegarse de las sombras que eran los bosques desnudos, cual espectro.

En el interior, la luz de la luna volvió a brillar. El suelo gimió a sus pies como si hubiera despertado de un sueño. En alguna parte crujieron vigas de madera. «Son los ruidos normales de un antiguo palacio», se dijo Isla. Algo golpeó el piso superior. «Solo es una rama caída». A pesar de todo, recorrió a toda prisa salas y pasillos. Solo se detuvo al llegar al muro trasero.

Lo había visto ese mismo día, con Grim. Fue entonces cuando supo que tenía que volver.

Isla había reconocido la espiral de la pared: era una puerta. Había un trazado idéntico a ese oculto en sus aposentos, debajo de un panel roto de su armario. En ese lugar había encontrado la varita estelar, escondida entre las pertenencias de su madre.

Si en el palacio wildling había una puerta secreta, lo que hubiera dentro tenía que ser tan importante como para ocultarlo. Y debía de seguir intacto, a diferencia del resto del edificio.

Tenía el presentimiento de que esa puerta guardaba algo que podría ayudarla en el Centenario. De que el escondrijo contenía algo que necesitaba.

Isla debía acceder a la cámara secreta.

Empujó la espiral con todas sus fuerzas, pensando que se abriría si aplicaba presión suficiente, igual que la de su habitación.

Pero esta no cedió.

Isla observó la pared y encontró un hueco. El espacio para una llave. No, era demasiado largo para una llave. A menos que fuera enorme.

Miró en derredor buscando algo que pudiera encajar en el complicado diseño, un extraño patrón que recordaba a una cordillera en miniatura. Un candelabro corto le pareció más o menos del mismo tamaño. Intentó introducirlo en el hueco, pero no encajaba. Ni por asomo. Trató de construir algo parecido con zarzas. Sin embargo, cuando le daba la forma que tendría la llave, las plantas se rompían.

Apretó los dientes con fuerza. Si había algún modo de abrir esa puerta, tenía que estar en alguna parte del palacio.

Isla subió una escalera de caracol cubierta de hojas muertas que crearon una sinfonía de crujidos a sus pies. Deambuló por salas y más salas con la luna como única guía.

Minutos más tarde había reunido un puñado de objetos que podrían encajar en el hueco. Un viejo peine abandonado. Una fina copa de champán. Un jarrón que únicamente podía alojar una flor. Un arpa en miniatura.

Empujó objeto tras objeto al interior, maniobrando como si fueran llaves, hasta que el alba inundó el palacio bañando de violeta la entrada de cristal. Ningún objeto funcionaba.

La puerta seguía cerrada.

CAPÍTULO 29
EL MONASTERIO

Isla estaba más convencida que nunca de que la cámara secreta wildling albergaba algo que podría emplear para encontrar el desvinculador. O ayudarla de algún otro modo trascendental.

Y si alguien en aquella isla conocía el secreto para abrirla, era Juniper.

Entró en el bar al día siguiente. Estaba vacío, salvo por un hombre sentado en un rincón del fondo con el sombrero echado sobre la cara como si dormitara en la taberna a la espera de la animada concurrencia nocturna.

—Mi wildling favorita —la saludó Juniper desde la barra. Se retorció las manos—. ¿A qué debo el placer?

Isla necesitaba ir al grano. Con un poco de suerte nadie la habría visto entrar en el bar y quería que siguiera siendo así.

—Unos nobles moonling han intentado asesinarme.

Ahí lo tenía. Ese era su secreto.

Juniper echó la cabeza hacia atrás, como si la noticia le sorprendiera incluso a él.

—¿Qué información buscas?

—El antiguo palacio wildling de isla Agreste. ¿Qué sabes de él?

El hombre frunció los labios.

—Pues no demasiado, a decir verdad. ¿Hay algo en concreto que despierte tu curiosidad?

—¿Sabes si hay algo escondido dentro? De ser así, ¿tú sabrías encontrarlo?

Juniper frunció el ceño con aire contrariado. Por lo que parecía no estaba acostumbrado a no poder ofrecer una respuesta. Isla tenía que reconocer que había apostado a una posibilidad remota. Hacía cientos de años que los wildling no vivían en Lightlark. Dudaba que la mayoría de isleños supieran siquiera que el palacio seguía en pie, a juzgar por el estado de abandono en que se encontraba.

—Lo lamento, gobernante. Nunca he oído comentar que hubiera nada escondido en el palacio wildling. Por lo que yo sé, cualquier cosa de valor fue saqueada tiempo atrás.

Isla asintió escuetamente. Ya sabía que había pocas probabilidades de que alguien tuviera información sobre la cámara secreta. Tendría que emplear su secreto en otra ocasión, para otro tipo de información. Se dispuso a marcharse, pero Juniper retomó la palabra.

—Ahora bien, sí sé algo sobre la Casa de Espejos.

Ella volvió a sentarse. Juniper había usado el nombre propio del palacio, el mismo que había empleado Grim.

—¿Qué es?

—La Casa de Espejos es el único lugar de toda la isla donde cualquier poder que no sea wildling deja de tener efecto. Solo la destreza silvestre funciona en el interior.

«¿Qué?».

Hacía falta un encantamiento muy poderoso para lograr algo así. Isla ni siquiera sabía que fuera posible. Debía de guardar relación con lo que escondía la cámara secreta.

No era la información que buscaba, pero sí suficiente para que Isla estuviera aún más desesperada por averiguar qué había detrás de esa puerta.

Y aún más segura de que el contenido, fuera cual fuese, podía ayudarla en las presentes circunstancias.

Isla salió al ágora con más preguntas que respuestas. Una tormenta se cernía en el horizonte. Nubarrones negros como lobos al acecho, envueltos en pelaje gris, se acumulaban en el cielo. Parecían un reflejo de su mente atribulada.

—¿Crees que ese vestido te protegerá de la lluvia?

Grim. Estaba recostado contra la parte exterior del bar, esperándola.

Isla pestañeó.

—¿Me estás siguiendo?

Había pasado de evitarla por completo a perseguirla... No tenía sentido. ¿Qué había cambiado?

¿Qué pretendía?

Grim enarcó una ceja.

—No. Me han traído asuntos propios y he notado tu presencia.

—¿Mi presencia?

«¿Asuntos propios?».

El nightshade asintió.

—Tus emociones poseen un matiz peculiar..., casi un color. Sabía que andabas por aquí cerca.

Isla no estaba segura de cómo sentirse al respecto. Quería saber qué color era ese, pero no preguntó. En vez de eso, levantó la barbilla y le espetó:

—Pervertido.

Isla dio media vuelta para alejarse del mercado y Grim se adaptó a su paso con facilidad.

—Mira, si le vas a pedir información a Juniper, yo te recomendaría que tomaras precauciones. Puedo hacer que olvide vuestra conversación, si quieres. O sencillamente amenazarle para que guarde silencio...

Lo fulminó con la mirada al mismo tiempo que se planteaba si aceptar la oferta. Juniper la había ayudado, pero era imposible confiar en un cantinero cuyo negocio era el intercambio de secretos.

Había albergado esperanzas de que Juniper supiera cómo abrir la cámara secreta de la Casa de Espejos. Estaba claro que requería una llave y no tenía tiempo para buscarla.

Encontrar el desvinculador debía ser su prioridad. Sin embargo, algo le decía que lo que sea que albergaba la cámara podría ayudarla a dar con él.

No podía describir la sensación..., pero esa puerta la atraía, la llamaba. Le decía en su lenguaje silencioso que debía conseguir abrirla.

Ojalá tuviera el tiempo y los recursos para conseguirlo.

—Estás decepcionada, Isla.

Isla pestañeó y allí estaba Grim, plantado ante ella, observándola. El castillo asomaba a lo lejos, erguido en su acantilado como un gigante acuclillado.

Ella apretó los dientes con fuerza y se detuvo también.

—Te he dicho que no me leas el pensamiento.

—Y yo te he dicho que no puedo evitarlo.

La wildling se cruzó de brazos ya con la boca abierta para responder.

Y en ese momento el cielo crujió como un huevo que se rompe y empezó a llover.

El chaparrón la empapó en un instante. El agua caía con tanta furia que Isla apenas veía lo que tenía delante. Grim no era más que una figura oscura ante ella. Lo oía, eso sí, una risa profunda como el rumor del trueno.

El viento le empujaba el vestido y la cabellera, le aullaba en los oídos. Los árboles que tenían cerca se doblaron mientras las hojas bailaban con furia.

Grim le tendió la mano. Isla la tomó.

El castillo estaba demasiado lejos y ella no tenía claro que algún poder nightshade pudiera protegerla de la lluvia. Pero él la guio al edificio más cercano, un monasterio que Isla había avistado en distintas ocasiones, con un gran rosetón en la fachada.

Grim abrió la puerta haciendo uso de sus poderes y la arrastró al interior.

Isla estaba jadeando, helada. Remojada. Los mechones se le pegaban a la cara sin orden ni concierto y el vestido..., el vestido se le adhería a la piel resaltando hasta el último centímetro de su cuerpo. Alargó la mano para retirarse la corona y descubrió que se le había enredado con el pelo.

El nightshade permanecía a pocos pasos de distancia, observándola.

También estaba empapado. El cabello oscuro se le desplegaba sobre la frente y minúsculas gotas le resbalaban por ambos lados de la cara. Las prendas negras que vestía siempre parecían ahora demasiado finas, como si apenas llevara nada encima, y los músculos se le definían a la perfección bajo la tela. La capa goteó también sobre el suelo de madera del monasterio, con suavidad, cuando él se acercó despacio. Y al mirar a los ojos de Grim, Isla no encontró guasa en ellos, ni un asomo de hilaridad.

Él se detuvo a pocos centímetros e Isla dejó de respirar. Cuando alargó la mano hacia ella, se quedó paralizada, pero las manos del nightshade se dirigieron a la corona. Con sumo tiento fue separando los mechones del metal para separarla de su cabeza.

En cierto momento tiró demasiado y ella lanzó un quejido que de inmediato atrajo la mirada de Grim hacia sus ojos. Algo malicioso brilló en la expresión del nightshade, algo que le rizó el final de la columna vertebral.

No había luces en el monasterio, ninguna llama. Solo el rosetón les brindaba una luz tenue mientras la tormenta rugía al otro lado y la lluvia azotaba los cristales con violencia. E Isla habría jurado que los umbríos rincones de la sala se oscurecían todavía más si cabe, como si liberasen tinta según las sombras se alargaban hacia las filas de bancos.

Percibió su propia respiración tensa, temblorosa, y se convenció de que se debía al frío. Grim le miró los labios y dijo:

—Estás sintiendo… desasosiego, Devoracorazones.

El nightshade estaba tan cerca que Isla notaba su aliento en la mejilla, frío como la lluvia que caía en el exterior, gélido como los dedos que seguían todavía parcialmente enredados en su pelo.

—¿Y tú? —preguntó ella con un susurro ronco—. ¿Qué sientes tú?

Grim sonrió.

—Ah —dijo sosteniéndole la mirada, como queriendo asegurarse de que oyera hasta la última palabra—, lo que yo siento no se puede decir en un sitio como este.

Isla no debería estar perdiendo el aliento; su pulso no debería acelerarse por la proximidad de Grim ni por sus palabras. Todavía no sabía por qué él había acudido al

Centenario, qué buscaba. Isla había criticado a su propio pueblo por su insensatez en relación al amor. Ahora las entendía un poco mejor.

Y a sí misma un poco peor.

¿Qué estaba haciendo? Siempre se había considerado por encima de esa clase de deseos. Más fuerte que su madre. Con las ideas más claras. Grim le había dicho que no podía confiar en él. Se lo había demostrado una y otra vez.

¿Por qué eso no impedía que ansiara su proximidad?

Con un último tirón, el nightshade liberó la corona. Torció el gesto al mirarla e Isla vio el pulgar de Grim recorrer la abolladura que Oro le había hecho días atrás. El metal se alisó al instante. Él le tendió la joya en el limitado espacio que los separaba.

Isla tomó la corona con dedos temblorosos y traicioneros.

Él se dio media vuelta y la dejó allí de pie, con las palabras atrapadas en la garganta. Isla aferró la corona con tanta fuerza que los bordes dentados se le clavaron con saña en la mano. «Contrólate».

La advertencia de Celeste asomó a su mente en ese momento. Grim era una distracción. Estaba jugando con ella.

Isla también podía jugar con él.

—¿Dónde estabas tú aquella noche? —le preguntó con voz casi jadeante—. La noche de las maldiciones.

Grim la miró por encima del hombro. Las sombras bailaron a los pies del hombre, manchas de bordes abruptos y fluctuantes como si la misma noche rezumara de él.

—¿De verdad quieres saberlo?

—Sí.

—Estaba en la cama.

Isla frunció el entrecejo.

—¿Estabas durmiendo?

Él la miró fijamente.

—No.

«Ah».

De súbito, el rosetón de la fachada le pareció muy interesante. Isla observó sus cuatro imágenes con atención, con la esperanza de que el rubor que notaba en la cara no fuera visible en la oscuridad.

Grim se sentó en uno de los bancos del monasterio con los codos en las rodillas. La observó; ella notaba los ojos clavados en su rostro, pero no se atrevía a devolverle la mirada.

Al cabo de un instante lo tenía detrás. Isla notó su aliento en el hombro desnudo y entró en tensión.

—Cuando dejé mis aposentos, todo estaba en llamas. Y los gobernantes habían muerto. —Isla se volvió a mirarlo y encontró un semblante macilento, más serio que nunca en su presencia—. Me convertí en el soberano de un reino. Cuando solo me habían entrenado para ser guerrero.

Proyectaba vaharadas de oscuridad que amortiguaban incluso la exigua luz procedente del rosetón. Un rayo brilló en el exterior, pero su resplandor no los alcanzó.

Isla tragó saliva. Se volvió para mirarlo a la cara.

—Sé lo que es tener una responsabilidad que nunca has querido… y nunca creíste merecer.

Grim tenía los puños cerrados pegados a los costados. Con inseguridad, Isla le tomó una mano y se la abrió. Le recorrió la palma con un dedo y lo notó tenso ante ella.

—¿Me lo enseñarás? —le pidió, a sabiendas de que no debería.

Él pareció entender que se refería a sus poderes. El alcance de los mismos, más allá de la sencilla demostración que había llevado a cabo unas semanas atrás. De algún modo, Isla percibía que necesitaba liberarlos.

Grim la miró a los ojos con expresión intensa.

—¿Seguro que quieres verlo? —preguntó.

La wildling estuvo a punto de responder que sí de inmediato. Al momento recordó la decepción que la había embargado la última vez que él iniciara su respuesta con un preámbulo. La estaba avisando, comprendió Isla.

Advirtiéndole que tal vez no le gustara lo que viera.

A pesar de todo, Isla asintió. Quería verlo. El poder en estado puro. Lo mismo que ella deseaba por encima de cualquier otra cosa.

Tenía a Grim tan cerca que su nariz casi rozaba la de ella.

—Aquí no. —El nightshade echó un vistazo a la ventana. Isla oyó la lluvia, todavía intensa, pero no tan violenta como antes—. ¿Te importa volver a salir?

Ella negó con la cabeza y lo siguió al exterior del monasterio.

Isla acusó la tormenta de nuevo, los chorros de agua, pero ya estaba mojada y muerta de frío. Sus ojos permanecieron clavados en Grim cuando él se encaminó al acantilado hasta situarse justo en el borde. Su espalda estaba tensa, con la capa pegada a los hombros, cuando sus músculos se desplazaron hacia atrás.

Raudo como el rayo, se dio la vuelta y movió la mano ante sí. La oscuridad se proyectó en un trazo violento, un muro de tinta que ondeó como agua con picos semejantes a llamas. Restalló por delante de Isla, a pocos centímetros de su cara. Ella trastabilló hacia atrás ante una potencia que por poco la tira de espaldas.

Con la misma velocidad con la que había surgido la oscuridad se disolvió. Isla respiró con dificultad. La vida se había extinguido en las zonas que las tinieblas de Grim habían rozado. La hierba estaba carbonizada; los árboles, reducidos a carcasas que se disolvieron en cenizas ante sus ojos.

De haber proyectado ese poder contra un ser humano, la carne se habría disuelto hasta los huesos. Y esos huesos se habrían resquebrajado hasta mudar en fragmentos arrastrados por el viento.

El poder de Grim era peor que el fuego.

Su oscuridad lo arrasaba todo a su paso.

El nightshade se volvió hacia el acantilado de nuevo con el puño cerrado y pegado al cuerpo. Una mano que albergaba una magia terrible, espantosa.

Grim se quedó paralizado cuando ella deslizó dos dedos por el dorso de la mano, a sabiendas de que no debía. Sonrió cuando Isla dijo:

—Enséñame más.

Y él la aferró por la cintura.

Saltaron del acantilado a la arena del fondo. Esta vez Isla no chilló. Porque él se las había arreglado para omitir la parte central del salto.

El mar espumeaba y rugía como un animal enloquecido a causa de la tormenta mientras las nubes burbujeaban y se blanqueaban en lo alto, todo mezclado en un degradado gris. Isla no veía dónde terminaba el mar y dónde empezaba el cielo. Ambos se agitaban y arremolinaban ansiosos por el encuentro.

Isla permanecía tan cerca de Grim que oyó su voz entre la lluvia, entre el viento que soplaba desde el mar y azotaba hasta el último centímetro de su piel expuesta y anestesiada por el frío. Todavía llevaba la corona en la mano y durante un instante se planteó si arrojarla al furioso océano sin más; tal vez eso resolviera sus problemas.

—Devoracorazones —le dijo él.

Cuando alzó la vista para mirarlo vio algo extraño en su expresión. Parecía preocupado. Derrotado.

¿Preocupado por si ella se acobardaba ante ese terrible despliegue de poder? ¿Por si lo detestaba al verlo tal como era?

Recordó las palabras de Grim.

«Yo soy un monstruo».

Muy en el fondo Isla temía la idea.

Pero no lo temía a él. Por más que una parte de ella le gritara que debería hacerlo.

—Dime cómo me siento —le susurró. Isla podía hacer lo posible por controlar sus pensamientos y sus actos… Pero si algo le había enseñado el nightshade era hasta qué punto le costaba dominar sus emociones.

La lluvia goteaba del cabello de Grim a las mejillas de Isla.

Él tragó saliva con dificultad antes de descifrar sus emociones.

—Estás… intrigada.

Ella señaló el entorno y se encogió de hombros. Había pedido que le mostrara más.

En lugar de volver a sonreír, la expresión de Grim se ensombreció. El océano se rizó en una ola gigantesca que llegó a su punto álgido ante ellos y se estrelló contra los acantilados a pocos metros de distancia. Los labios de él rozaron súbitamente el oído de Isla.

—Podría abrir un agujero negro que se tragara la playa. Podría hacer que el mar se tornase negro como tinta y matar todo cuanto alberga. Podría derribar el castillo, ladrillo a ladrillo, sin moverme del sitio. Podría llevarte conmigo a las tierras nightshade en este mismo instante. —Su voz era profunda como los sueños, oscura como las pesadillas—. Podría hacer todo eso. —Pegó los labios a la oreja de Isla, solo un instante—. Y lo haría..., si no estuviera seguro de que me odiarías por ello.

A ella le temblaron los hombros y los dedos, a causa del frío, de la lluvia, de la cercanía de Grim o de sus afirmaciones, no estaba segura. Bajó la vista para mirar sus cuerpos pegados. Solo los tejidos finos y empapados los separaban. Rojo contra negro, una rosa sumergida en la medianoche. Como té en agua hirviendo, la oscuridad todavía emanaba del nightshade y lo rodeaba, cintas que se alargaban hacia Isla antes de retroceder.

—¿Por qué te importa lo que yo piense? Apenas me conoces.

Las sombras de Grim se dilataron súbitamente, aunque su expresión no cambió.

—Sé lo suficiente —respondió.

—¿Y qué ha pasado con eso de mantenerte alejado de mí?

Los labios de Grim estaban ahora sobre los suyos y prácticamente le pegó las palabras a la comisura de los labios.

—Lo he intentado con absoluta honestidad —confesó—. Pero parece ser... que no soy muy honesto.

Isla se apartó trastabillando, asustada de lo que pudiera hacer si mantenía la proximidad, tan cerca como para notar el poder que Grim rezumaba, tan cerca como para que la rozara con el rigor del viento..., majestuoso.

Pero era una tonta. Él tenía sus motivos para alternar cercanía y frialdad. Tenía sus propios planes.

«En todo caso, él te utilizará a ti. A nosotras».

Grim retrocedió un paso. Otro. Las sombras se encogieron siseando entre la lluvia.

—Tienes miedo —afirmó.

Ella no sabía qué más podía hacer, así que asintió. Porque estaba aterrada. Aterrada de su corazón desbocado, de su mente tan nublada y empañada como el cielo en lo alto.

Su pueblo merecía a alguien mejor que una líder que no había demostrado nada y que estaba en ese mismo instante poniendo en riesgo la salvación de su gente.

¿Qué estaba haciendo?

¿Y qué estaba haciendo él?

Grim debió de percibir lo que estaba sintiendo, miedo entrelazado con confusión, deseo y vergüenza, porque dijo:

—Volvamos al castillo.

Y toda la oscuridad y las sombras cayeron a los pies del nightshade antes de que la lluvia las arrastrara.

CAPÍTULO 30
EL ESPECTRO

Se cumplían cuarenta y tres noches del Centenario cuando el rey por fin volvió a llamar a su puerta.

Isla abrió y lo miró de arriba abajo.

—Han pasado ocho días —lo acusó.

Él permaneció impertérrito.

—He tardado cinco en encontrarla. Dos en convencerla de que saliera de su escondrijo. Uno en sellar un trato.

Isla lo miró fijamente, preguntándose si podía confiar en él. Preguntándose si tenía opción siquiera. Había pasado los últimos días buscando otra manera de entrar en la biblioteca de la isla del Sol. Sin resultado.

Llegó a plantearse si presentarse allí ella sola, sin que nadie la invitara y sin disfraz, y que el rey pensara lo que quisiera. Le había propuesto el plan a Celeste, que regresó al día siguiente con malas noticias.

«La biblioteca de la isla del Sol está supervisada y muy vigilada —había informado a Isla después de hacer averiguaciones—. Además, siempre hay gente por allí. Sería imposible buscar el desvinculador sin que nadie se diera cuenta».

Necesitaba que el rey le diera permiso para curiosear a sus anchas. Y eso requería que se ganara su confianza.

De modo que aceptó su explicación. Y lo acompañó al siguiente emplazamiento.

Isla Estrella era plateada. El terreno resplandecía de polvo cósmico. Los árboles crecían delgados y retorcidos hasta mudar en espirales, y minúsculas hojas rutilantes brotaban incluso de los troncos. El castillo era una mole de arcos infinitos y gemas encastadas directamente en la piedra, semejantes a estrellas. Parecía que alguien las hubiera robado para fortificar el palacio y las hubiera incrustado directamente en los muros para evitar que escaparan volando. Celeste le contó en cierta ocasión que, para los starling, las estrellas brillaban más que para el resto del mundo, igual que millones de lunas o relucientes frutas maduras que pidieran ser arrancadas del árbol. Tan solo ellos apreciaban hasta qué punto resplandecían en realidad.

Los starling manipulaban la energía de las estrellas, un poder tan concentrado que antaño era capaz de derribar edificios, lanzar cuerpos disparados sin necesidad de tocarlos y hacer añicos todas las ventanas de un palacio. Sin embargo, los maestros starling, capaces de ejercer ese poder, habían desaparecido a causa de la maldición.

El islote era rutilante y hermoso, pero estaba en ruinas. A diferencia de isla Firmamento, de la que se ocupaban el pueblo y sus representantes, o de isla Luna, regida por la estricta Cleo y sus severos nobles, estas tierras se encontraban en estado de abandono. Invadidas por la maleza. Era un milagro que el castillo todavía se sostuviera en pie. El resto de las estructuras, o bien parecían igual de inestables, o ya se habían desmoronado.

Eso era lo que pasaba cuando todos los habitantes de un reino perecían antes de cumplir los veinticinco, supuso Isla. Prácticamente carecía de gobierno, al estar en manos de nobles que apenas seguían siendo niños en el momento de morir.

Qué pena, pensó Isla mientras recorría isla Estrella. Aquel lugar la deslumbraba, con todos y cada uno de los seres vivientes cubiertos de un lustre resplandeciente, como si alguien hubiera hundido la mano en una estrella y hubiera untado su brillo plateado por todo el territorio.

Un pájaro que parecía de reluciente metal estaba posado en un árbol cercano, bajo un racimo de bellotas plateadas. Una serpiente metálica se enroscaba a una rama con escamas semejantes a cota de malla. Durante unos minutos recorrieron un bosque que estaba sumido en un extraño silencio antes de llegar a un arroyo, agua plateada a la luz de la luna.

Isla notó un cosquilleo en la piel, no solo a causa del frío, sino también del nerviosismo. Estaban a punto de conocer a uno de esos seres primordiales. Los mismos contra los que Oro le había advertido.

—Haz lo que yo te diga —la instruyó el rey—. Son unas embaucadoras. Y unas más violentas que otras. Algunas se te comerán para cenar y se hurgarán los dientes con tus huesos para limpiarse los restos. Otras son más intrigantes que asesinas. Son tan antiguas como la misma Tierra.

La que iban a conocer esa noche no intentaría matarla; el rey se lo había prometido a Isla. Por lo visto, se había asegurado de ello durante la última reunión que los dos habían mantenido, la noche anterior. Pero Isla tenía los nervios de punta, a pesar de todo. Si este no había sido el plan original de Oro, sus razones tendría.

Los árboles se dispersaron de súbito para revelar un antiguo edificio repleto de arcos y columnas. Las ventanas llevaban largo tiempo destrozadas; las escaleras se habían desplomado parcialmente. Raíces y zarzas plateadas se extendían por el interior, envolvían las columnas, entraban y salían, rodeaban la base y regresaban al bosque, como si la espesura estuviera desesperada por evitar que la estructura saliera volando.

Oro subió las escaleras de dos en dos tomando la precaución de evitar los peldaños que se habían desmoronado tiempo atrás. Isla lo siguió y, una vez dentro, descubrió hasta qué punto el bosque se había apoderado del lugar. Los techos, altos y abovedados, estaban hechos pedazos y cubiertos de hojas. Habían crecido árboles entre las columnas interiores y las zarzas se multiplicaban por las paredes. Plantas más pequeñas asomaban entre las losas del suelo, algunas en flor y otras con pequeñas bayas plateadas semejantes a campanillas y gruesas espinas entre los frutos. Eran mucho más exiguas que las matas que atacaron a Isla, pero notaba retortijones en las tripas solo de mirarlas.

Oro arrancó una espina y se pinchó la palma. Dejó caer al suelo una gota de sangre.

De la pared salió una mujer. Vestía una sencilla túnica que flotaba en torno a su cuerpo del mismo modo que su cabello, en suspensión, como si estuviera debajo del agua. Su cuerpo era plateado y ligeramente transparente.

Un espectro.

¿Ese era el famoso ser primordial? ¿Un fantasma?

—Mi rey… Has vuelto a visitarme —ronroneó ella con la voz de un carrillón de viento.

La temperatura descendió varios grados. Cuando Isla jadeó de la impresión, una nube le brotó de los labios.

El espectro se volvió a mirarla al instante. Su sonrisa se tornó más intensa.

—Y me has traído un regalo.

—No es un regalo —objetó Oro—. Pero sí, te he traído lo que pediste.

Isla retrocedió un paso.

—¿Lo que pediste? —repitió, tropezando con una zarza y evitando la caída a duras penas.

¿Ese era el nuevo plan? ¿La iba a intercambiar por el corazón?

El espectro se aproximó a toda prisa y su cabello restalló tras ella como un látigo.

—Oh, sí…, exactamente lo que te solicité. ¿Cómo has podido encontrarla con tan poco margen de tiempo? Nunca había visto un rostro como este. —Frunció el ceño—. El atuendo no la favorece, pero intuyo una figura bonita ahí debajo…

Isla extrajo su daga nueva de la cintura del pantalón y la blandió ante sí.

—Ni se te ocurra… flotar otro paso —dijo al bajar la vista y descubrir que el espectro no tenía pies.

Torciendo la cabeza hacia atrás en un ángulo horrendo, la figura soltó una carcajada.

—El metal me atravesaría sin más, niña. —Entornó los ojos lechosos y ordenó—: Ahora anúdate esa camisa. Quiero examinar el cuerpo que voy a habitar.

—¿Habitar? —Isla se giró a toda prisa para mirar a Oro, que de momento se conformaba con mirar.

El rey suspiró.

—Solo será un ratito.

El espectro hizo un mohín.

—Esperaba que hubieras cambiado de idea respecto a eso.

Isla estaba a un pelo de hundir la hoja en el costado de Oro.

—Tienes un segundo para explicarte antes de que abandone este sitio gritando y nunca vuelva a dirigirte la palabra —exigió Isla entre dientes. Él había olvidado muy oportunamente explicarle los detalles del trato en el camino de ida.

El rey adoptó una expresión aburrida.

—El precio del espectro por ayudarnos es poder habitar un cuerpo humano unos instantes.

La mano de Isla se tensó sobre la empuñadura de la daga.

—¿Y por qué no el tuyo?

—Me ofrecí. Pero ella deseaba... algo muy concreto.

El espectro se encontraba súbitamente muy cerca de Isla.

—La muchacha más hermosa del archipiélago, eso fue lo que pedí. —Extendió un dedo plateado y rozó la mejilla de Isla—. Y tú eres perfecta.

—Ni soñarlo —replicó ella, retrocediendo otro paso—. ¿Cómo sé que no se quedará aquí dentro? ¿Que no estás enamorado de ella y solo necesitas un cuerpo para que lo habite por toda la eternidad?

Oro la miró con hastío mientras la aparición se volvía a observarlo con una expresión que delataba su deseo de que las palabras de Isla pudieran hacerse realidad.

—¿Y bien? —insistió Isla.

—¿No confías en mí?

—¡No! ¡Ni siquiera me habías hablado de esto hasta que la has invocado!

Pero no era del todo verdad. Sí que confiaba en él, un poquito al menos, después de todo lo que habían pasado juntos.

Una rabia ardiente invadió el pecho de Isla. ¿Este era el trato que Oro había sellado con el ser primordial?

Oro suspiró.

—¿Qué quieres a cambio?

«¡Nada!», quiso gritarle a la cara. Pero entonces se le aceleró el corazón y ejecutó un bailecito en su pecho. Era su oportunidad.

La ocasión que estaba esperando.

La invadió tal emoción, tal nerviosismo, que no se molestó en dulcificar su petición.

—Llévame a la biblioteca de la isla del Sol —le soltó sin más—. Déjame echar un vistazo al interior. A solas.

Oro torció el gesto.

—¿Por qué?

Isla enderezó la espalda.

—Me gustan los libros. Quiero ver lo que tu islote tiene para ofrecer —explicó en tono indiferente. Luego, para distraerlo de esa petición que sin duda sonaba un tanto estrambótica, añadió—: Los sunling leen libros, ¿no? ¿O prefieren pasar el rato enfurruñados y quemando cosas como su gobernante?

Oro picó el anzuelo. La miró como si quisiera tirarla por el acantilado más cercano, pero finalmente asintió.

—Muy bien.

Algo frío se zambulló en el pecho de Isla.

La habían apuñalado; ese fue su primer pensamiento cuando su mente se oscureció y se hundió en lugar muy muy profundo.

Se sentía un ser en suspensión, ingrávido, un susurro en la noche. Libre y sujeta, suelta y atada. Bailaba. Caía.

—Suficiente.

Era la voz de Oro. Isla soltó un jadeo.

Pestañeó. Oro parpadeó también… a un centímetro de distancia. Tenía el cuerpo pegado al suyo con firmeza, los dedos enredados en su cabello dorado y los labios prácticamente tocando los del rey. Oro no la abrazaba, pero Isla estaba aferrada a él.

Su sobresalto fue tan grande que se habría caído hacia atrás y abierto la cabeza contra la piedra si él no la hubiera sujetado.

Una verdadera wildling no se habría sentido tan perturbada por la proximidad del rey, pero Isla no contaba con una larga lista de conquistas, como habría correspondido a una orgullosa seductora de su reino.

Se volvió a mirar al espectro, que flotaba allí cerca muy sonriente.

—Tienes suerte de estar ya muerta —le escupió Isla.

Le ardían las mejillas y se negó a volverse hacia Oro, que le dijo al espíritu con idéntico veneno:

—Ya tienes lo que querías. Ahora dinos lo que sabes.

El espectro suspiró. Se sentó en una butaca invisible.

—Lo que buscas no está en isla Estrella. Esta vez no.

«¿Esta vez?». Antes de que Oro se marchara, añadió:

—Una advertencia, rey. El vientre de Lightlark se está amotinando. La oscuridad presiona cada vez más. Lo notamos.

—¿Qué notáis? —preguntó Isla.

—Miedo.

Después de sonreír a Oro por última vez, el espectro desapareció a través de la pared. Isla quería tomarla con él, echarle en cara lo que había hecho, pero sabía que eso solo serviría para incrementar su desconfianza hacia ella.

Además, por fin había conseguido lo que quería.

Por otro lado…, parecía demasiado bueno para ser verdad. Tenía que ingeniárselas para que Oro cumpliera su palabra esa noche, no fuera a ser que se desdijera del trato. Todavía era temprano. Podían ir a la biblioteca en ese mismo instante.

—Fantástico. Ha sido traumatizante —comentó Isla. Un escalofrío recorrió sus hombros al recordar al ser primordial en el interior de su piel, aunque solo hubiera durado un momento. Al recordar la sensación de estar tan cerca de ese miserable rey como para notar su aliento contra los labios—. Ahora ya sabes que el corazón no está en isla Estrella. Gracias a mí. Reconozco que es una información valiosa. Acota los emplazamientos de manera significativa. —Lo miró directamente a los ojos—. Te toca llevarme a la biblioteca.

Oro se dio la vuelta y se internó en el bosque starling en silencio.

Realmente la iba a llevar. Isla no se lo podía creer.

La biblioteca de la isla del Sol era la única que no habían inspeccionado. El desvinculador tenía que estar allí dentro. Lo encontraría y rompería las maldiciones esa misma noche.

Celeste daría saltos de alegría. Estaba deseando contarle…

Al llegar al puente, el rey se desvió en el sentido opuesto.

Isla se detuvo.

—¿Tu isla no está por allí?

Oro prosiguió la marcha como si no la hubiera oído.

—Has hecho una promesa, rey —le gritó a la espalda.

—Te llevaré a la biblioteca de la isla del Sol —respondió él por encima del hombro—. Pero no he especificado en qué momento. —Su mirada se afiló—. Tal vez cuando me hayas ayudado a encontrar el corazón, como era el trato original.

Se le crisparon los dedos, que se morían por estrangularlo. Isla sacudió la cabeza, tan enfadada que notó el escozor de las lágrimas. Estaba tan cerca… Y Oro se lo había prometido. ¿Acaso Isla no había hecho suficiente?

—Vuelve —lo llamó. Él hizo oídos sordos. La ignoró, como tenía por costumbre.

Isla tenía el cuerpo agotado y destrozado; esa visita era lo único que le pedía a cambio.

En esta ocasión su voz tembló de rabia.

—Eres un miserable egoísta y cruel.

Eso sí lo empujó a darse la vuelta. Oro retrocedió unos pasos para acercarse a ella y sonrió con malicia.

—¿Ese es tu plan, wildling? ¿Atormentarme hasta que te entregue mi corazón?

Los grandes ojos de Oro escudriñaban los de ella mientras aguardaba respuesta. Hablaba en serio.

A Isla se le habían saltado las lágrimas, pero esta vez se echó a reír. Rio hasta perder el aliento con carcajadas furiosas. Avanzó un paso hacia él y le dijo despacio, para que escuchara bien hasta la última sílaba:

—No tengo el más mínimo interés en ti, rey.

Supuso que la llamaría mentirosa. Que la acusaría de ser una más de las incontables wildling a las que sin duda las habían aleccionado para que sedujeran al rey como parte de su estrategia.

En vez de eso, Oro se quedó de piedra. Estupefacto. ¿De verdad era tan sorprendente que una wildling no intentara conseguir su amor para robarle los poderes y llevárselos consigo a su reino?

¿Había percibido Oro la sinceridad en la rabia de Isla?

—Entonces ¿qué es lo que te interesa, wildling? —le preguntó—. ¿Para qué quieres acceder a mi biblioteca? ¿Qué estás buscando?

Ella se quedó muy quieta. Y no dijo nada.

El rey avanzó un paso más.

—Te he observado. Eres un camaleón que se transforma en aquello que desean los demás, constantemente. Salvo cuando estás conmigo... Parece importarte un comino lo que piense de ti. —Sus ojos eran dos ascuas—. Las tierras que me han confiado están muriendo. Yo mismo me estoy muriendo. Haré lo que haga falta para romper esas maldiciones. Ni tú ni lo que sea que estés planeando me vais a impedir que logre mi objetivo. —La miró tan de cerca que fue como si intentase ver sus pensamientos—. Así que te lo voy a preguntar otra vez. ¿Qué buscas, wildling?

El rey era desconfiado. E intuitivo. Sabía que ella estaba buscando algo.

Isla había estropeado el plan.

El dolor y un millón de emociones más se acumularon en su estómago. Jamás había hablado con una voz tan fría.

—Me vas a llevar a la biblioteca. Ahora.

La expresión de Oro no cambió.

—Te llevaré cuando hayamos encontrado el corazón —repitió.

Su tono era definitivo. Isla supo que no cambiaría de idea y no estaban ni por asomo más cerca de encontrar el corazón. No podía esperar hasta entonces. No faltando solo una semana para el baile. No cuando los nobles moonling habían estado a punto de asesinarla antes incluso de los cincuenta días del Centenario. La nota que le habían pasado en el ágora tal vez hubiera sido un truco, pero lo que decía era cierto. Isla estaba en peligro.

—No —respondió con una carcajada amarga. Notó que la cordura la abandonaba poco a poco—. ¿Sabes qué? Estoy harta. De ti, de tu plan. —Su voz se tornaba cada vez más alta y salvaje mientras hablaba, pero le daba igual—. He sangrado. No he dormido. Me ha poseído un espíritu. He sufrido la profunda desgracia de pasar demasiado tiempo en tu compañía. No puedo más. Considera roto nuestro trato. ¿Y sabes qué? No te necesito para entrar en tu isla, rey —le dijo con una mueca burlona—. A menos que quieras detenerme.

Le sostuvo la mirada a Oro, desafiándolo a negarle el acceso.

No lo hizo.

—Bien. Tal vez vaya durante el día, pues —prosiguió ella con los puños cerrados junto al cuerpo. Le escupió las últimas palabras a la cara antes de adelantarlo—. Así tendré todo el islote para mí sola.

CAPÍTULO 31
FUEGO

Terra tenía razón. Siempre había regañado a Isla por no ser capaz de controlar sus emociones.

«Tus sentimientos serán tu perdición», le había dicho infinidad de veces. La debilitaban. La hacían vulnerable.

Y acababan de destrozar su plan de conseguir acceso a la biblioteca de la isla del Sol.

No debería haberse enfadado tanto con el rey. No debería haber esperado que se comportase de cualquier otro modo que no fuera insufrible.

Cómo no iba a emplear las palabras de Isla contra ella. Cómo no iba a permitir que un espectro utilizara su cuerpo para conseguir sus fines y luego negarle una petición sencilla.

Isla había abordado el asunto del peor modo posible. Ahora lo comprendía. Pero no quería confesarle a Celeste su fracaso. De nuevo. No, teniendo en cuenta lo que había tenido que hacer su amiga para conseguir los guantes.

No se rendiría. Todavía no.

La isla del Sol estaba desierta durante el día, como cabía esperar. No había nadie que mirara embobado su vestido rojo brillante. No se había molestado en elegir un tono más discreto. Cualquier color que no fuera dorado habría llamado la atención de todos modos.

La isla era dorada, igual que su rey. Había oro por todas partes. No perdió tiempo admirando sus maravillas ni husmeando por ahí. Se encaminó directamente al castillo con decisión.

Le traía sin cuidado que todos los guardias del palacio intentaran detenerla; entraría en la biblioteca como fuera.

Tan pronto como accedió al castillo, el sol que brillaba en el exterior se apagó. La única luz procedía de las esferas relucientes y los candelabros. Ocupaban hasta el último centímetro del techo, haciendo lo que el rey no podía.

—¿Isla, gobernante de Wildling?

Se volvió a mirar al guardia que había hablado, dispuesta a decirle que no podía expulsarla de la isla. Tenía permiso para estar allí. Pero antes de que abriera la boca, el otro siguió hablando.

—La esperábamos. Por favor, sígame.

La armadura dorada del guardia repicó cuando el hombre giró sobre los talones y echó a andar por el pasillo.

«¿La esperábamos?». Isla enfiló tras él.

—Ah… ¿Sí? —preguntó ella. Miró en derredor con desconfianza, pensando que pronto aparecerían más guardias. Quizá para llevarla a alguna clase de mazmorra.

Él asintió.

—Tenemos órdenes de guiarla a la biblioteca.

Isla guardó silencio. No podía ser verdad… Había tardado tres días en reunir el valor necesario para aventurarse en territorio sunling. El guardia la estaba esperando en la puerta. Era imposible que él u otros hubieran estado allí todo el tiempo aguardando su llegada.

Poco después el guardia se detuvo en una entrada.

—El rey ha ordenado cerrar la biblioteca esta semana. Estará sola y tiene acceso pleno a todas las plantas.

Isla pestañeó. Oro se había negado a llevarla allí en persona, pero ¿le ofrecía privilegios exclusivos?

Tenía que ser una trampa.

Sin embargo, siempre y cuando pudiera inspeccionar la biblioteca..., le daba igual. Isla inclinó la cabeza con un gesto de agradecimiento y se pegó una sonrisa al semblante como si todo aquello fuera normal. Esperable.

—Gracias —dijo.

—Estaré aquí fuera por si necesita algo.

Las puertas de la biblioteca se cerraron con un golpe sordo.

El guardia no había mentido. Tenía todo el espacio para ella sola. Diez plantas de libros. Galerías tan largas que no veía el final.

De no haber estado allí con una tarea específica, le habría encantado pasarse todo el día explorando.

Pero no se había esforzado tanto por conseguir acceso a la biblioteca como para desperdiciar el tiempo ahora.

Isla se puso en marcha. No sabía si aparecerían más guardias dispuestos a apresarla o si el propio rey se presentaría allí en cualquier momento para exigirle que le dijera lo que estaba buscando.

Extrajo los guantes starling de un bolsillo oculto en su capa y se los enfundó con una mínima sensación de asco. Contando con tan poco tiempo, tendría que tocarlo todo y cruzar los dedos para que la suerte le sonriera.

Los libros eran hermosos. Con la cubierta dorada y piedras preciosas engastadas a lo largo del lomo. Por lo que parecía, el conocimiento se consideraba valioso en la isla del Sol.

Decenas de mesas ocupaban las salas, a diferencia de las otras bibliotecas que había visitado en la isla. ¿Significaba eso que se concedía pleno acceso a los sunling al interior?

No había tiempo para elucubraciones. Buscó algo que destacara, cualquier cosa que llamara la atención por algún motivo.

Al fondo de la sala había una hoguera tan inmensa que se la habría podido tragar entera. Las llamas crepitaban en el interior casi como si la invitaran a entrar.

Se detuvo delante.

La sección oculta de skyling estaba en lo alto de la torre, en el cielo. La de moonling estaba sumergida en agua.

Quizá la zona secreta de la biblioteca sunling estuviera escondida entre las llamas.

Antes de que le diera tiempo a pensarlo dos veces, Isla acercó el guante al fuego, consciente de que podía derretirse. Se preparó para el dolor y el tufo de la doble capa de carne ardiendo.

No fue así. El fuego desapareció al instante e Isla entró en el hueco de la hoguera. Pegó la otra mano contra la pared del fondo y la vio disiparse.

Se le encogió el corazón. Notó la garganta demasiado seca.

Allí estaba. La última biblioteca. El último espacio en el que buscar.

Se internó en la sección oculta.

Los sunling tenían más reliquias que todos los demás reinos juntos. Había estantes enteros alojados en una oscuridad casi completa.

Isla no perdió ni un instante.

Fue concienzuda. Levantó todos y cada uno de los objetos encantados que albergaba la estancia. Los retenía en la mano un ratito. Desmontaba algunos para asegurarse de que no hubiera nada dentro. Revisó decenas de objetos.

Ninguno se parecía lo más mínimo a una aguja gigante.

Ninguno, aparte de unas cuantas espadas, poseía punta siquiera.

No. No era posible. Habían inspeccionado todas las bibliotecas de Lightlark. El texto decía...

Decía que el desvinculador se encontraba en una biblioteca siglos atrás.

Tiempo más que suficiente para que se hubiera perdido.

O destruido.

O tal vez... Tal vez nunca hubiera existido siquiera.

La rabia inundó su pecho, luego la inquietud y por último la tristeza. Celeste e Isla llevaban años planeando su estrategia. Iba a ser la manera de romper sus maldiciones. El desvinculador era su llave a la libertad.

Ese era el plan que le garantizaba que habría abandonado la isla antes de llegar al quincuagésimo día del Centenario.

Solo faltaban tres días para el baile.

Y no tenían desvinculador.

CAPÍTULO 32
AHORA

Celeste se tomó la noticia con una tranquilidad sorprendente.

La starling estuvo paseando un ratito de un lado a otro antes de decir:

—En ese caso tiene que haber otra biblioteca.

Isla quería mucho a su amiga, pero en ese momento le entraron ganas de sacudirla por los hombros.

No había otra biblioteca. Ni desvinculador.

—Tenemos que pensar otro plan —insistió Isla—. Este ha fracasado. Hemos mirado en todas las bibliotecas. En todas las islas. Los cincuenta días del Centenario están a punto de cumplirse.

La starling negó con la cabeza.

—Exacto. Solo hemos consumido la mitad de los días. Aún hay tiempo de encontrar la biblioteca. Tenemos que...

—Yo no tengo tiempo —gritó Isla, interrumpiendo a su amiga. Entró en tensión. Había levantado la voz. Pero la desesperación la había desbordado. Isla tragó saliva y adoptó un tono más amable—. Yo no tengo tiempo —repitió—. Cleo se propone asesinarme. Y lo hará después del baile.

Celeste frunció el ceño. Aferró las manos de su amiga.

—Ya lo sé, ya lo sé —asintió—. Pero ¿acaso no te protegí la última vez? ¿De los nobles?

Isla suspiró.

—Claro que sí. Pero tú misma lo dijiste. No podrás protegerme de todos. Y no estoy segura de que Cleo sea la única que me quiere ver muerta.

Su amiga insistió en que siguieran buscando el desvinculador. Pero Isla había tomado una decisión.

Necesitaba otro plan.

Y sabía por dónde empezar.

Lo encontró delante de una ventana en forma de media luna en el palacio de la capital. Contemplaba la luna como si a fuerza de mirarla pudiera convertirla en el sol.

Los músculos del rey se crisparon cuando ella entró, pero no se movió ni un milímetro. No lo hizo cuando atravesó la habitación ni cuando se situó a su lado. Los ojos de Oro permanecieron clavados en la ventana.

Estaba claro que Isla tendría que ser la primera en hablar.

—Gracias —empezó—. Por brindarme el acceso.

Él siguió mirando al frente.

—Tú misma lo dijiste. No necesitabas mi permiso.

Ambos sabían que en la práctica eso no era verdad. Si el rey no hubiera querido dejarla entrar en su islote o en su biblioteca, ella no habría podido pasar.

El silencio se alargó según los segundos tropezaban consigo mismos.

—¿Encontraste lo que buscabas? —le preguntó Oro finalmente. Solo entonces volvió la vista hacia ella.

—No —respondió Isla, lacónica, y él miró de nuevo a la ventana.

Más segundos rodaron entre los dos.

—¿Y tú? —susurró ella.

Habían pasado cinco días desde la última vez que lo viera. Tiempo más que suficiente para haberle pedido ayuda a algún otro ser mágico. Si por casualidad había dado con el corazón sin ella, Isla se quedaría sin estrategias. Su única esperanza sería que Oro le cubriese las espaldas. Que cumpliera una vez más las condiciones de su acuerdo. De ser así, contaría con su protección después del baile y una posibilidad de salvarse, y con ella a Celeste.

—No —respondió Oro. El alivio dejó un sabor dulce en la lengua de Isla.

—Bien. —Se volvió a mirarlo. Oro hizo lo propio—. ¿Y ahora qué?

CAPÍTULO 33
EL BAILE

Al llegar a la mitad del Centenario, cuando se cumplían cincuenta días, se celebraba el Baile Intermedio. Era el evento del siglo en Lightlark, una excusa para celebrar una fiesta que distrajese de la ansiedad y la angustia a los participantes con bebidas espumosas, vestidos de noche y un festín que homenajeaba a cada uno de los islotes.

También marcaba un punto de inflexión en los juegos. A medianoche se abría la veda para matar.

Las guardianas de Isla le habían diseñado un atuendo especial para el baile. Precarias hojas situadas en zonas estratégicas le bajaban del pecho al abdomen dejando tiras de piel expuestas en la zona de las costillas. El tejido verde seguía descendiendo hasta la parte alta de los muslos, bajo las cuales solo había tela transparente con alguna que otra hoja cosida a la cascada de tela. La capa era verde oscuro y aportaba al conjunto un mínimo recato.

También llevaba armas escondidas. Estrellas arrojadizas disfrazadas de broches. Aceros insertados en los pliegues. Una cota de malla prendida a la tela que convertía la capa en un escudo.

Isla sabía hasta qué punto todo eso resultaría inútil contra un gobernante decidido a asesinarla esa noche. Pero se negaba a morir sin ofrecer resistencia. Por más que le molestase tendría que confiar en que Oro cumpliría su parte del trato que acababan de renovar. Habían acordado ir en busca de otro ser primordial la noche siguiente; un ente que definitivamente intentaría acabar con su vida, de creer la palabra del rey.

Alguien golpeó su puerta con los nudillos. Ella.

—Están listos —dijo.

Isla sabía muy bien a lo que iba. No obstante, le temblaban los dedos junto a los costados mientras recorría los pasillos seguida de asistentes que portaban cestos con pétalos de rosas rojas, hojas trituradas y flores silvestres recién recogidas.

Demasiado pronto para su gusto se quedó parada ante las puertas dobles y Ella la dejó a su suerte. Isla enderezó la espalda. Levantó la barbilla.

Las puertas se abrieron e Isla perdió el aliento.

La sala de baile contaba son seis escalinatas, una por cada gobernante. Buscó los ojos de Celeste, que la miró desde el otro extremo de la estancia. Su amiga exhibía una expresión resuelta, como si hubiera decidido mirar de frente el sangriento trasfondo de ese rutilante baile de máscaras. Al día siguiente, uno de ellos bien podría estar muerto.

Habían transcurridos veinticinco días desde que se formaran las parejas con la misión de desentrañar los distintos aspectos de la profecía. A saber si alguien había adivinado el agravio que debía volver a cometerse y ya solo precisaba matar a un gobernante.

Isla recordó las palabras del rey en el bosque. Había afirmado que, si las maldiciones todavía no se habían roto, no era porque fuera difícil matar a otro gobernante, sino porque había que escoger con sumo cuidado qué soberano y reino debían desaparecer.

El intento de asesinato por parte de Cleo contradecía todo lo que el rey había dicho acerca de la moonling y los juegos. Isla la avistó en ese momento, en lo alto de su propia escalinata. La rabia se le enroscó en la barriga. Era la primera vez que veía a Cleo desde que los nobles atentaran contra su vida por cuenta de la soberana.

Una oscura satisfacción remplazó la ira al momento. «Las cosas no salieron como habías planeado, ¿eh?», decía la sonrisa de Isla cuando miró a la moonling desde el otro extremo de la sala. La gobernante le devolvió la mirada, pero no había victoria en sus ojos. Ni nada, en realidad. El rostro de la moonling era un misterio, una máscara hueca.

La nieve caía en ráfagas procedentes de nubes que se acumulaban en el techo de cristal, las sombras bailaban por las paredes, los árboles brotaban directamente del suelo de mármol y polvo de plata cubría las escaleras como pintura; docenas de anillos de fuego flotaban en lo alto.

Isla sabía muy bien a lo que iba.

Pero de todos modos era majestuoso.

Los gobernantes dieron comienzo a su descenso coordinado.

Los nobles de Lightlark y, en el caso de Skyling, sus representantes aguardaban al fondo de la sala. Muchos contemplaron boquiabiertos el vestido de Isla. Algunos intercambiaron susurros y sonrisas tras los suntuosos abanicos, como cotilleando sobre su inminente asesinato. Las monedas tintinearon al cambiar de mano. ¿Estaban apostando con las muertes de los soberanos?

Algunos moonling la observaron con malicia manifiesta. Quizá los nobles que Celeste y ella habían asesinado fueran amigos suyos. O parientes.

Isla les lanzó una mirada despectiva, con la esperanza de inspirarles temor.

Tan pronto como sus tacones alcanzaron el suelo de mármol, un valiente se separó de la multitud; un starling enfundado en un traje plateado. Otros nobles contuvieron el aliento ante la temeridad del hombre. Este inclinó la cabeza y le ofreció la mano.

—¿Me hace el honor? —le preguntó.

Por lo general Isla habría rehusado. Ya tenía los nervios de punta y estaba aturdida por toda esa nieve, el fulgor estrellado y las llamas que brillaban en los márgenes de su visión.

Por otro lado, era importante que fingiera no sentirse afectada por la posibilidad de ser la primera gobernante en expirar a medianoche. El miedo solo serviría para convertirla en un objetivo más vulnerable.

Isla tomó la mano del starling y él de inmediato la arrastró al centro de la sala de baile. Poppy le había enseñado todos los bailes tradicionales. Ejecutó los pasos con gracia y tanta soltura como si hiciera girar su daga en la mano, y el starling le seguía el ritmo, acompañando sus giros a la perfección, con una mano firme en su cintura y los pies a la distancia exacta.

La canción cambió y también su pareja de baile. Luego llegó otra. Y otra. Celeste bailaba allí cerca con tantas parejas como ella, aunque a su amiga se le daba mejor fingir que pasaba un buen rato.

Cleo se había quedado sentada en un rincón de la sala, rodeada de nobles moonling.

Observándola.

¿Esperando?

Azul estaba de pie junto a un despliegue de comida, con una copa en la mano. Llevaba una capa confeccionada con joyas skyling de arriba abajo y en cada uno de sus dedos brillaba una piedra preciosa. Desde el otro extremo de la sala expresó con un asentimiento su admiración por los grandes pendientes de diamantes en forma de lágrima que casi le rozaban a Isla la base del cuello.

Ella le dedicó una sonrisa educada.

Algunos nobles se fijaron en el intercambio, quizá sospechando una alianza.

«Bien. Que sospechen cualquier cosa menos la verdad».

Recordó la conversación que había oído entre Azul y Oro. ¿Seguro que no se refería al reino de Isla?

Y, de ser así ¿qué reino pretendía exterminar?

Nadie estaba más ocupado que Oro, que se había quedado en las inmediaciones de su trono. Iba vestido de dorado, como de costumbre, con mangas largas que le cubrían hasta el último centímetro de la mancha azulada que se le iba extendiendo por el brazo, según había descubierto Isla. Decenas de nobles lo rodeaban y le formulaban preguntas que él respondía con aire perezoso entre sorbos de bebida. Sus ojos, sin embargo, exhibían una expresión alerta. Unas cuantas mujeres parecían decididas a acercarse un poco más que el resto y no las avergonzaba empujar con disimulo a las demás fuera del corro para conseguirlo. Isla puso los ojos en blanco. En el preciso instante en que estaba a punto de desviar la vista, él buscó su mirada y asintió antes de tomar otro sorbo de vino.

Ella miró en derredor buscando al último gobernante…, pero no lo vio por ninguna parte.

Tras otro baile más, puso una excusa para marcharse, mareada y con la garganta seca de tanta cháchara intrascendente. Salió al pasillo a trompicones, se refugió en la primera sala que encontró y cerró las puertas con firmeza.

No era en absoluto una sala. Al menos, no una sala con cuatro paredes. Sus pasos repicaron contra la piedra del suelo hasta que llegó a un balcón interior. Había más niveles, por arriba y por debajo, como capas de un pastel hecho de mármol. Cerró los ojos y aferró la barandilla con tanto afán como si fuera una varita estelar que pudiera transportarla a otra parte.

A Isla le reventaba la sonrisa falsa que llevaba exhibiendo toda la noche. No soportaba a los nobles que se fijaban hasta en el último de sus movimientos. Y le daba rabia haber estado tan pendiente del reloj, que le provocaba un vuelco en el estómago de terror con cada campanada. Y le…

—¿Me buscabas, Devoracorazones?

Isla se dio media vuelta y allí estaba Grim, todo lo alto que era. Llevaba una versión mucho más elegante de su atuendo típico, traje negro con capa reluciente.

La contempló de arriba abajo y sonrió.

—Vaya, hoy tienes un aspecto gratamente aterrador.

Isla notó chispas eléctricas en los huesos y la sonrisa de Grim se ensanchó cuando lo percibió…, cuando percibió cómo la hacía sentir.

Ella ni siquiera se molestó en ocultarlo. Esa noche no. No con todo lo que tenía en la cabeza. Grim era la menor de sus preocupaciones.

—No te he visto allí dentro —comentó Isla.

Él se encogió de hombros.

—En ocasiones, el único modo de impedir que la gente te moleste es no dejarte ver.

Isla deseó haber estado en posesión de ese poder la última hora.

—Y entonces ¿por qué te molestas en volver a dejarte ver? —le preguntó con una voz que fue apenas un susurro.

Grim avanzó un paso hacia ella. Tomó su mano con una posesividad tan descarada que Isla estuvo a punto de retirarla.

—Para bailar contigo, por supuesto.

Antes de que ella pudiera pronunciar una palabra, estaba dando vueltas entre hojas que crujían y el susurro de los bajos transparentes de su vestido contra el suelo de mármol. Una mano del nightshade, fría como la noche, la sostenía por la base de la columna mientras que el otro brazo rodeaba la de Isla por completo.

Sonreía con expresión diabólica y ella tragó saliva, muy consciente de lo que él percibía mientras Isla aferraba uno de los anchos hombros y lo miraba a unos ojos que bien podrían ser dos charcos de tinta, el espacio entre las estrellas.

¿Lo asustaba? Todos los habitantes de los seis reinos vivían con el miedo a que alguna wildling les profesase amor. Era una sentencia de muerte.

Y ella no amaba a Grim… Apenas lo conocía.

Pero ¿no debería temer él lo que Isla estaba sintiendo ahora? Unió el cuerpo al del nightshade hasta pegarse a él por completo para estudiar su reacción, sorprendida de su propio atrevimiento. Grim se limitó a soltar una carcajada lúgubre. Su mano le dibujó un surco lento columna abajo… y de nuevo hacia arriba.

—Devoracorazones —le susurró al oído—. Vas a acabar conmigo.

Isla no respiró. Notaba el aliento de él contra la mejilla. Olía a piedras, a tormentas y a un aroma especiado, como canela.

Isla se mordió el labio y él observó el movimiento tragando saliva.

Y entonces se esfumó.

Pero no se había ido. Se había vuelto invisible.

E Isla también.

Un nutrido grupo de nobles entró un instante más tarde. Sus voces sonaban chillonas por el placer de compartir cotilleos, aunque Isla no prestó atención a sus palabras. Veía a Grim en sombras, a su lado, visible…, pero no del todo allí. El cuerpo de Isla tenía el mismo aspecto.

La mera visión de los nobles le producía náuseas. Eran los mismos que apostaban quién viviría y quién moriría. Que la miraban como si mereciera la muerte sencillamente por haber nacido.

De súbito Isla ansió una distracción. El baile pronto se tornaría sangriento. Ella plantaría cara… o escaparía a una ubicación más segura. Todavía no lo sabía. Lo que sí tenía claro era que esos serían los últimos minutos en los que no tendría que vigilar sus espaldas, la última hora que podría disfrutar a sus anchas.

—Salgamos de aquí —susurró. Ambos estaban recostados contra el balcón, de cara al grupo de nobles.

Grim la miró enarcando una ceja.

—¿Abandonar el baile?

—Solo un ratito. Ahora mismo quiero estar en otra parte.

Grim sonrió con malicia. Le envolvió la cintura con el brazo.

—En ese caso, permite que te lleve a otra parte, Devoracorazones.

Se echó hacia atrás y la arrastró con él. Cayeron de espaldas del balcón interior al piso inferior.

La mano de Grim le había tapado la boca antes de que Isla tuviera tiempo de gritar; una milésima de segundo más tarde estaba en sus brazos. Todo mudó en un destello borroso; el mármol, las luces del techo y las capas de su propio vestido se mezclaron hasta crear su propia galaxia antes de que llegaran al fondo. Isla lo miró como si quisiera destriparlo y él rio con ganas. Los nobles estaban apiñados como lobos en la galería superior, ajenos a la presencia de Grim e Isla. Ella dejó de ser una sombra y el nightshade se tornó sólido también. Le tomó la mano y dijo:

—La noche es endiablada, Devoracorazones… Uno se puede meter en toda clase de problemas.

Problemas. Eso le traería él, se dijo Isla según Grim la llevaba de una estancia a otra antes de doblar hacia una sala. Conocía bien el camino e Isla había olvidado que aquel fuera su hogar antaño. Siglos atrás.

Grim bajó un tramo de escaleras e Isla se adaptó a su paso. Tomaron giros y revueltas y siguieron descendiendo más y más. Ella sonreía («¿por qué sonreía?») aunque apenas veía por dónde iba. Aquella zona carecía de luz y el fulgor del baile había quedado muy atrás.

—¿Adónde vamos? —preguntó Isla y solo obtuvo por respuesta una sonrisa en la oscuridad. Estuvo a punto de tropezar con los faldones del vestido, pero él la sostuvo con firmeza hasta que llegaron al fondo de las escaleras.

Debían de encontrarse en la base del castillo, bajo tierra quizá. Allí había esferas de luz blanca apiñadas en las esquinas de una estancia, flotando como globos. Las paredes eran arqueadas, sostenidas por columnas, y más allá asomaba una franja de agua oscura semejante a un fragmento de noche atrapada.

El agua centelleó, sobresaltándola, e Isla reculó.

Contra el pecho de Grim. Se quedó paralizada.

El nightshade le posó una mano en la cintura. Los hombros de ella se crisparon al notar la frialdad de él, cuyo cuerpo le provocó pese a todo una expansión cálida bajo la piel. Los dedos de Grim se deslizaron por la cadera de Isla y el pulgar se desplazó por la delicada piel, cada vez más cerca de zonas aún más sensibles. Isla apretó los labios.

Con los tacones era tan alta que, al inclinarse hacia atrás, pudo recostar la cabeza contra el hombro del nightshade. Imaginó que, desde ese ángulo, su acompañante veía su vestido desde arriba, apenas unas hojas que la separaban de una exposición total. No obstante, bajo la penetrante mirada de Grim, Isla se sentía desvestida. Respirar se tornó complicado. Una mano le aferró la cadera con más fuerza para empujarla contra él mientras la otra viajaba por su vientre. Los nudillos ascendieron por las costillas de Isla y solo se detuvieron cuando alcanzaron el pesado fondo de sus pechos. La aferró al llegar allí y ella fue presa del ansia, de un hormigueo en la piel y un calor creciente. Buscó los ojos de Grim y los encontró oscuros de…

No supo lo que veía en ellos.

¿Era deseo?

¿Era… tristeza?

—¿Qué estás pensando? —le preguntó, volviéndose a mirarlo.

Grim la observó como si la conociera, como si la viera tal como era en verdad y no como fingía ser. Ella se sintió desnuda ante él, no solo porque la hubiera acariciado donde nadie más lo había hecho, sino también por saber que notaba cada cambio en sus emociones. Ese deseo latiente de que la siguiera acariciando, de que le bajara el vestido y le tocara todo el cuerpo sin telas interpuestas.

—Estoy pensando… —empezó él en tono sombrío. «¿Pensando qué?». Se dispuso a atraerla hacia sí.

Y parpadeó. Su expresión cambió por completo.

La mano que había alargado hacia ella se hundía ahora en el bolsillo.

—... que te he traído una cosa.

Extrajo un colgante. De la cadena oscura pendía un diamante grande como una ciruela.

Las cejas de Isla se unieron en el entrecejo. ¿Le estaba regalando una joya? No supo qué decir. Todavía tenía el rostro congestionado. El diamante era hermoso, pero no quería una piedra preciosa; lo quería a él, pegado contra su cuerpo. De inmediato.

Grim sonrió, percibiendo sus pensamientos. Isla pensó que la estrecharía entre sus brazos de nuevo, pero él debió de cambiar de idea, porque desplazó la atención al regalo.

—¿Puedo?

Ella asintió. Esperaba que su decepción no lo llevara a pensar que no le gustaba la joya. Se levantó la cabellera y él lo colocó en su sitio, a la altura de la garganta, manteniendo los dedos en el cierre un instante de más.

—Sé que eres muy capaz de protegerte sola —le dijo con la cabeza agachada, el aliento contra el hombro casi desnudo de Isla—, pero si alguna vez me necesitas, toca esto. Y yo acudiré.

Ella volvió a mirar la joya con mayor admiración esta vez.

«Y yo acudiré». Lo había dicho en el tono de una promesa.

Isla necesitaba toda la protección que pudiera conseguir. Algo como eso le resultaría útil, en particular después de haber presenciado su despliegue de poder. Y más en ese momento, cuando apenas faltaban unos minutos para que el asesinato fuera legal.

Sin embargo...

—Grim. No puedo… No puedo llevar esto.

Sería una declaración. Oro ya sospechaba la posibilidad de una alianza. Eso solo serviría para confirmarla. No podía hacer nada que pusiera en peligro su colaboración con Oro, no siendo él la única posibilidad que tenía de romper su maldición y la de Celeste.

—Ya lo sé.

Posó dos dedos sobre la cadena, contra el cuello de Isla, y el collar se tornó invisible.

Ella levantó la vista para mirarlo. No sabía qué decir, quería darle las gracias…, pero las palabras nacían y se extinguían en su garganta.

Grim alargó la mano hacia ella, ya sin reservas, y le deslizó los nudillos por la mejilla, el collar, la clavícula. Por el centro del pecho.

—Devoracorazones —dijo con dulzura—, no te gustaría saber lo que estoy pensando —respondió por fin. El cuerpo de Isla se crispó expectante, tenso como una flecha justo antes de surcar el aire. Quería notar su mano más abajo, más arriba, en todas partes…

Pero él la retiró.

No volvió a acariciarla en el camino de vuelta a la sala de baile. Ella quería decir algo, hacer algo, confesarle…

Cuando Isla abrió la boca, Grim ya estaba hablando.

—Tengo que irme —anunció, mirando por encima de Isla. ¿Buscaba a alguien? Parecía casi nervioso. Receloso.

¿De quién?

—¿Te marchas? —le preguntó con un gesto de extrañeza.

—No te preocupes, Devoracorazones —respondió—. Volveré antes de la medianoche. Su mirada se desplazó al rincón del salón donde se habían reunido los sunling. Oro estaba en el centro, como un sol en torno al cual orbitasen todos los demás—. Mientras tanto..., quizá deberías bailar con el rey —concluyó.

«¿Con Oro?». Isla frunció el ceño. Grim acababa de recorrerle el cuerpo con las manos. Le había regalado un collar. ¿Por qué sugería que bailara con otra persona? Con su enemigo, nada menos.

No tenía el menor sentido. Pero antes de que pudiera preguntar, él se había marchado.

Isla se dio la vuelta para volver a integrarse en la fiesta, ligeramente mareada. Acarició con un dedo la cadena del collar, invisible para todos los demás. Fue como palpar otro secreto más.

Uno que estaba encantada de guardar.

—Aquí estás. —Celeste se situó a su lado como quien no quiere la cosa, fingiendo examinar la mesa de postres que había allí cerca—. Treinta minutos para la medianoche. ¿Qué opción escogemos? ¿Luchar o escondernos?

Las reglas exigían que asistieran a todos los eventos de Lightlark, pero en ninguna parte se especificaba que tuvieran que quedarse hasta el final. Celeste y ella podían marcharse, atrincherarse en algún lugar seguro. Su amiga había sugerido que saltaran entre portales a isla Estrella y se quedaran allí un tiempo.

Su alianza, no obstante, quedaría al descubierto. Y si bien el plan se había ido al garete, los secretos seguían siendo sagrados durante el Centenario. Dar a conocer su amistad las pondría a las dos en peligro.

—Luchar —respondió Isla, sorprendida por la convicción que emanaba su voz. Al principio del Centenario habría dicho «escondernos» sin dudarlo. Sin embargo, aunque no tenía poderes, Isla se negaba a ser una cobarde. Afrontaría la rabia de Cleo con la cabeza alta. Solo eso le permitiría sobrevivir. No esconderse.

—¿Estás…?

Antes de que Celeste pudiera terminar la frase, el suelo se tambaleó. E Isla se encontró súbitamente surcando el aire a toda velocidad.

Aterrizó de lado y se golpeó la sien contra el mármol.

El aire se pobló de agudos chasquidos de metal cuando las llameantes lámparas cayeron llevándose buena parte del techo consigo. El suelo se fracturó y grietas en forma de rayo atravesaron el mármol. El mundo mudó en piedra resquebrajada y fuego crepitante. Lo que antes parecía sólido se revelaba endeble, se desmoronaba como un pastel, se rompía como cristal.

El castillo se hundía y nada ni nadie estaba a salvo.

Isla solo tuvo tiempo de protegerse los ojos con el brazo cuando un anillo de fuego le cayó directamente a la cara; antes de que le fracturara el cráneo, Celeste estaba súbitamente allí. La starling levantó los brazos y lo detuvo en el aire.

Los gritos resonaban contra los muros de piedra; el tufo metálico del poder y la sangre inundaban el salón. Se dejó oír un rugido, un tañido mientras todo trastabillaba y luego se enderezaba solo para volver a caer.

El suelo se tragó a la mujer que había a su izquierda, una skyling enfundada en un vestido azul aciano. Un moonling permanecía parado en estado de estupor; avanzó un paso a la postre, pero era demasiado tarde. Un gran fragmento de techo lo aplastó al carecer de agua alrededor con la que escudarse.

Isla se volvió a mirar el lugar que Celeste ocupaba un momento atrás. Pero su amiga ya no estaba. A Isla se le encogió el corazón. Se puso en pie a toda prisa. Flotaban nubes de polvo y escudriñó el aire turbio desesperada, buscando el destello de su vestido plateado y temiendo lo peor…

Pero Celeste estaba allí cerca, retirando los cascotes que habían caído sobre un grupo de starling.

Isla retrocedió hacia la pared abriendo y cerrando la boca aunque era incapaz de respirar, las manos tendidas ante sí, pero sin hacer nada.

Ni siquiera era medianoche todavía. ¿Qué estaba pasando?

Azul se encontraba en la otra punta de la sala, agitando los brazos con frenesí; creaba un escudo de aire bajo el cual se refugiaban decenas de invitados. Cleo estaba curando a un grupo de nobles moonling que habían sufrido quemaduras graves por la lluvia de llamas.

«Oro».

Lo vio de rodillas al fondo de la sala. Tenía el rostro desencajado de dolor y sus dedos habían atravesado el suelo de mármol.

En ese momento Isla comprendió lo que estaba pasando.

Lightlark se desmoronaba. Sucedía tal como había descrito el rey. Gente muriendo, estructuras desplomadas. Durante cientos de años los soberanos no habían sido capaces de romper las maldiciones. Y eso por fin le estaba pasando factura a la isla.

Pero ¿por qué ahora? ¿Por qué durante el baile?

Isla trató de ayudar a un grupo que se aferraba a lo que quedaba de suelo, un puente ensangrentado que zigzagueaba por la sala. Pudo rescatar a uno. Otro cayó por las grietas.

Sus aceros no servían de nada en una situación como esa. La capa podía protegerla de algunos cascotes, pero era inútil contra las gruesas losas de mármol que se desplomaban a su alrededor.

Si tuviera poderes, podría salvarlos. Podría doblegar las parras que decoraban la estancia, usarlas para poner a salvo a la gente.

Puede que ella no poseyera destrezas mágicas. Pero Oro sí. Tenía que levantarse; él podía poner fin a eso.

Gritó su nombre, pero el rey seguía acurrucado, ahora con la frente casi en contacto con el suelo. El estrépito ahogó la voz de Isla. Muebles caían desde el techo y Oro estaba en el otro extremo de la sala de baile. El espacio entre los dos había desaparecido a medias, el resto podía desplomarse en cualquier momento.

Maldiciendo, Isla se quitó los zapatos de dos patadas y corrió hacia el rey. Saltó el hueco más grande y agudos cascotes se le clavaron en los talones al aterrizar. El dolor solo fue un susurro comparado con las púas que se tuvo que arrancar de la espalda; si pudo sobrevivir a eso, podía superar cualquier cosa. Esquivó una butaca que estuvo a punto de aplastarla y apartó también a un joven moonling de la trayectoria del mueble, un gesto que le valió una mirada de asco por haberse atrevido a tocarlo.

«La próxima vez dejaré que te machaque», pensó Isla mientras se agachaba para pasar por debajo de un fragmento de techo combado y llegaba finalmente junto al rey.

—Oro.

Se arrodilló a su lado, igual que él había hecho cuando ella estaba en el suelo del bosque sembrada de pinchos y espinas.

Él no hizo ningún gesto de reconocimiento.

Tampoco era nuevo…, pero esto era más importante que Isla.

Lo aferró por los hombros y gritó:

—¡Levanta! La gente está muriendo. ¡Te necesitan!

Oro alzó la cabeza lo suficiente para mirarla a los ojos. Exhibía una expresión vacía. Como si hubiera perdido hasta la última gota de energía. Otro temblor sacudió el suelo y él gruñó cuando sus dedos se hundieron aún más en el mármol. El dolor debía de ser insoportable para postrar de rodillas al rey.

—Por favor —le suplicó Isla. A pocos pasos de allí llovieron piedras que se amontonaron sobre la mitad del grupo que Azul intentaba proteger. Él corrió para empujar los cascotes con su poder aéreo, pero ya estaban manchados de sangre. Era demasiado tarde.

Oro no se movió ni un milímetro. Le oyó decir entre dientes:

—Márchate.

No. Cuando ella estaba herida y le había pedido que se fuera, él se había quedado. No pensaban marcharse. No hasta que el rey pusiera fin a eso.

Isla lo aferró por la camisa y lo empujó contra la pared con todas sus fuerzas, arrancándole los dedos del suelo al hacerlo. Le gritó en toda la cara:

—Es posible que te estés muriendo, pero aún estás aquí, maldito seas, así que levántate y haz algo antes de que el sacrificio de tu hermano y todo lo que tenemos se pierda sin remedio.

Oro no la miró a los ojos ni tampoco se levantó.

Sin embargo, con un gemido que le sacudió los hombros, se inclinó hacia delante empujándola a un lado y sus manos perforaron el mármol. El poder brotó de su contacto y se extendió por toda la sala.

Paralizándola.

A continuación se desplomó contra el suelo.

Los gritos, las peticiones de socorro y los estertores de muerte se convirtieron en una sinfonía más sonora que los violines y las arpas que yacían hechos añicos en un rincón de la sala, junto con buena parte de la orquesta.

Cuando Celeste la encontró y salieron de la estancia a la carrera, Isla recordó las palabras del rey; que ese Centenario no ofrecía otra oportunidad más de romper las maldiciones…

Sino quizá la última oportunidad.

Decenas de isleños habían muerto. Aquella zona del castillo había quedado reducida a poco más que escombros. Y las cosas empeorarían si no acababan pronto con aquella condenación, Isla lo sabía.

De algún modo había acabado forjando una alianza con el rey. Tenían un plan para encontrar el corazón. Grim, Celeste y Oro habían prometido protegerla.

Aun sin el desvinculador, casi parecía posible sobrevivir al Centenario y romper las maldiciones antes de que terminara.

Sin embargo, mientras las puertas rotas del salón se las arreglaban para cerrarse y los gritos se perdían al otro lado, Isla se preguntó si Lightlark duraría siquiera hasta el final de los cien días.

CAPÍTULO 34
ORO

Las secuelas del baile fracturaron la isla en más de un sentido. Parte del castillo estaba en ruinas. El viento silbaba a través de las desoladas calles del ágora. Las persianas de los negocios se bajaron y las entradas no se abrieron aquella noche. El miedo impedía a los isleños abandonar sus casas y aún más salir de sus islotes. Corrían rumores de que la tragedia del baile era obra de Grim, teniendo en cuenta que su presentación, llevada a cabo semanas atrás, había mostrado ese mismo desastre. Salvo que aquella fue un espejismo.

La isla principal se convirtió en una zona poblada tan solo de espectros y gobernantes.

Ya no fingían. Cleo abandonó toda simulación de estar trabajando con Celeste y se trasladó a su islote, rompiendo así la tradición. Oro postergó la excursión con Isla varios días, algo nada propio de él, para gestionar el desastre e impedir que los nobles se rebelasen. La tensión nunca había sido tan grande.

Siempre habían sabido que el Centenario poseía su propio marco temporal. Un reloj que constaba de cien días. Pero tenían la sensación de que el reloj había cambiado.

—Cuéntame más del corazón —dijo Isla el día que se cumplían cincuenta y tres del Centenario.

Un graznido resonó en la noche, tan penetrante que la madera se estremeció bajo sus manos. Isla inspiró hondo con el fin de tranquilizarse y se aferró con más fuerza al tiempo que desoía el canto de sirena en su mente que la desafiaba a asomarse a los treinta metros de caída que tenía bajo los pies.

Oro se detuvo un momento, esperando algo. Volvió la mirada al cielo un instante y luego buscó la rama siguiente con el brazo. Estaban trepando por una celosía de madera, gruesos troncos que se entretejían formando una red. El rey no podía volar adondequiera que se dirigieran, supuso Isla. No le había preguntado el motivo.

Isla albergaba numerosos interrogantes. Y eso significaba que debía ser selectiva.

Pasó otro segundo sin que Oro respondiera y ella estaba al borde de arrancarlo de la celosía por el pie. Pero él contestó por fin:

—Nació durante la creación de la isla y contiene energía pura y concentrada de su creador.

—¿Quién fue?

—El rey Horus.

—¿Y Cronan Malvere?

Oro se detuvo antes de que sus dedos pudieran alcanzar la rama siguiente. Isla vio crisparse los músculos de su espalda. Despacio, con suma lentitud, se volvió hacia ella.

Isla le sostuvo la mirada con las cejas levemente enarcadas. Por lo que parecía ya ni siquiera tenía energía para fulminarla con los ojos. Más de veinte nobles habían perecido en el baile y cada una de las pérdidas le pesaba como una losa. Ella lo percibía en el gesto crispado de su boca, en la forma tensa de sus hombros.

—¿Te lo dijo Grim? —quiso saber.

—Sí. Es mucho más comunicativo que los demás gobernantes —replicó ella con retintín. En parte quería que Oro la siguiera mirando con rabia. Quería que hiciera cualquier cosa, salvo exhibir esa expresión hueca.

Él todavía no había llegado al siguiente nivel. Isla ascendió para situarse a su altura.

—¿Fue todo lo que te dijo? —preguntó el rey.

Isla asintió.

Él torció el gesto.

—Entonces no es tan comunicativo como crees —dijo antes de seguir ascendiendo.

—¿Qué quieres decir con eso? —preguntó Isla.

Oro no respondió.

—¿Y bien?

Se volvió de nuevo y replicó:

—Pregúntale a Grim. Es el gobernante más «comunicativo».

Isla ya había abierto la boca para replicar… cuando una mano la alcanzó a través de la celosía y tiró de ella.

La arrastraron al interior, un laberinto interminable de madera. No veía a su atacante; la luz de la luna había quedado muy atrás. Isla buscó su daga, que llevaba encajada junto a la cintura, pero una mano enlazó las suyas. Notó la inconfundible quemazón de una cuerda en las muñecas.

Instantes después se encontraba de rodillas en una oscuridad absoluta.

De nuevo estaba atrapada, solo que esta vez había sido voluntario. Isla se había ofrecido como cebo. Oro había accedido, aparentemente dispuesto a correr más riesgos después de la catástrofe del baile.

Y funcionó.

Un estallido de luz y todo se iluminó. Las paredes eran alveoladas. Oro y ella debían de haber trepado por el exterior.

Oro.

Vio el inconfundible rizo de su capa cuando se plantó a su lado. A él no lo habían atado, simplemente estaba allí plantado bajando la vista hacia ella.

—Liberadla —ordenó con severidad.

Isla miró en derredor para ver con quién estaba hablando. Fue entonces cuando los vio en los huecos del panal. Decenas.

Tenían alas largas y transparentes que colgaban laxas a sus costados. Su piel mostraba un tono azul pálido, como si alguien hubiera hundido un pincel en el aire para conseguir el color. Sus ojos eran demasiado grandes; las extremidades, largas en exceso.

Ninguno se movió.

Oro gruñó con rabia.

—¿No me estáis oyendo?

Se dejaron oír unos pasos ante ella, en el centro de la colmena. De entre las sombras surgió un hombre tan alto como Oro. Poseía la misma tez azul que el resto, pero sus alas eran más largas y elevadas, con las puntas asomando por encima de los musculosos hombros. Tenía el cabello tan oscuro como Grim.

—Pues claro que te han oído, «rey» —dijo—. Sin embargo, dudan si obedecer a un gobernante que los ha abandonado. —Ladeó la cabeza—. Estoy seguro de que lo entiendes.

Oro avanzó un paso, pero una espada apareció de la nada y se posó con firmeza contra su garganta. El hombre alado había levantado una mano que mantenía el acero en suspensión en el aire.

El dedo de Oro se movió con un tic nervioso y la hoja se acercó más a su piel. Una gota de sangre le resbaló por el cuello.

El hombre alado hizo chasquear la lengua.

—Un solo movimiento, rey, y comprobaremos si la muerte te apresa tan fácilmente como a todos los demás.

Isla tenía que pensar rápidamente, hacer algo. Entretenerlos hasta que se le ocurriera un plan mejor.

—¿Seríais capaces de destruir la isla solo para acabar con él?

El hombre se volvió a mirarla despacio, como si reparase en su presencia por primera vez. Pensó que sería la siguiente en tener una espada contra la garganta. Oro había dicho que intentarían matarla. Que estos, como otros seres primordiales, odiaban a las de su especie.

Pero este se limitó a sonreír complacido.

—La isla se dirige implacable a su destrucción —ronroneó—. Y sería una suerte… Todos hemos sufrido suficiente, wildling.

Se volvió hacia Oro con expresión burlona.

—¿Pensabas que me ocultarías su identidad? —Sonrió. Isla vio demasiados dientes en su boca, todos apiñados—. Eso tal vez funcione con otros, pero… ¿conmigo? —Se rio—. ¿O creíste que ella bastaría para convencerme de que colaborara contigo? ¿De verdad te sientes tan acorralado como para pedirme ayuda? Necio.

El hombre alado se volvió a mirar a los demás. El cabello de estos era azul, no oscuro como el del líder. Y parecían demasiado pálidos. Enfermos. El gesto desmayado de sus alas colgantes hizo pensar a Isla que ya no funcionaban. ¿Se debía a la maldición skyling? ¿Les afectaba a ellos también?

—¿Qué decís? —preguntó a todo pulmón, un jefe arengando a su pueblo—. ¿Queremos que se rompa el vínculo que nos ata a esta isla? ¿Estamos preparados para saber cómo nos las arreglamos al otro lado?

Su mano se cerró en un puño.

Y la espada se deslizó por la garganta de Oro.

Isla perdió el aliento. El corte no era profundo, pero la sangre manaba por el cuello hasta la camisa. Tenían que llevarlo al agua para que pudiera curarse la herida antes de perder demasiada.

La expresión del rey no cambió, ni siquiera con un tajo en la garganta. Su rostro ni tan solo se crispó.

Tenían que abandonar el plan de Isla. El rey estaba en lo cierto…

Isla tan solo requirió unos instantes de los que el hombre alado empleó en dirigirse a su pueblo para echar mano de su daga. Unos segundos para cortar la cuerda. Notó el frío metal en los dedos.

Y su brazo surcó el aire.

La hoja salió disparada con una trayectoria perfecta hacia el corazón del hombre alado. Zumbó rauda como una flecha entre destellos de la hoja.

Un centímetro antes de clavarse en su objetivo, la daga se congeló en el aire.

Isla entró en tensión, según se preparaba para que el hombre alado la enviara de vuelta a su propio pecho.

Pero no era él quien había paralizado la hoja. El líder abría unos ojos inmensos; parecía tan horrorizado como el resto de ver la punta de la daga contra su corazón.

Y había más. La espada que había atacado a Oro se encontraba ahora pegada al cuello del hombre alado.

Oro había detenido la hoja de Isla.

Todo el mundo se quedó helado. No por propia voluntad, sino por la de Oro. Le temblaban las narinas.

—Quizá el necio seas tú por creer que podías inmovilizar a una wildling con un trozo de cuerda. —Avanzó un paso. La sangre todavía manaba profusamente de su herida. No se la enjugó y sonrió con malicia—. Sí, ella sabía que su presencia azuzaría vuestra curiosidad lo suficiente como para que nos brindarais acceso a vuestra colmena. Y yo sabía que serías tan orgulloso como para pensar que podías capturarnos fácilmente. —Su voz mudó casi en un gruñido—. Ahora dinos dónde encontrar el corazón de la isla.

El hombre alado guardó silencio un instante. A continuación sonrió.

—Me encantan las sorpresas… Y ella —miró a Isla con curiosidad— sin duda lo es. Más de lo que crees… —Isla se quedó de piedra. Lo oía en el retintín de su voz: el líder lo sabía. De algún modo percibía que tenía delante a una soberana wildling nacida sin poderes. Se preparó para oírselo decir. Se preparó para saber qué haría Oro con esa información. Pero el hombre alado se limitó a reír con ganas—. Curioso, muy curioso, wildling. Un nacimiento singular.

Se volvió a mirar a Oro sonriendo con alegría. Como si no acabara de cortarle el cuello al rey de Lightlark.

—¿Qué me ofreces, rey?

La hoja se acercó un poco más a su corazón.

—Te ofrezco la posibilidad de conservar intacta tu colmena, y a tu pueblo.

La expresión del hombre no se alteró.

—Quiero a la wildling.

Antes de que Isla pudiera hacer el menor movimiento, la mano de Oro rodeó el cuello del hombre. Y estaba cubierta en llamas.

El fuego bailaba en los ojos del hombre cuando dijo con tranquilidad:

—Solo quiero que la wildling me visite. Cuando todo esto haya acabado. —Le lanzó a Isla una mirada rápida—. Vendrá por propia voluntad, te lo aseguro.

Ella dio un paso adelante antes de que Oro interviniera.

—Hecho —dijo. La tez del rey estaba demasiado pálida. Necesitaba una cura inmediata. Isla suspiró, fingiendo aburrimiento—. Ahora dinos dónde encontrar el corazón. Me gustaría poder pegar ojo esta noche, aunque sea un momento.

La sonrisa del hombre alado se ensanchó.

—Muy bien. El corazón florece en un lugar distinto cada vez. Lo he visto. No sé dónde está ahora mismo…, pero siempre escoge un sitio donde la oscuridad confluye con la luz.

Isla no tenía ni idea de qué significaba eso. Pero Oro atrapó la daga y la sostuvo con firmeza antes de dar la espalda al hombre y al resto del pueblo alado. Gruñó al pasar junto a Isla para indicarle que lo siguiera.

Tuvieron que cruzar el laberinto de la colmena antes de llegar a la capa exterior. El rey le devolvió el arma a Isla. Ella se dispuso a bajar, pero Oro trastabilló en una de las aberturas y la arrastró consigo al caer. Planearon un instante mientras Oro respiraba a toda velocidad. La sangre manchaba la mejilla de Isla, su cabello.

—Un plan —dijo Oro con voz ronca—. Tenemos un plan.

—Oro —le advirtió ella mientras descendían, en parte volando y en parte desmoronándose muy cerca de los árboles. Intentó que su voz no dejase traslucir el terror que sentía—. Oro.

El rey la miró. Tenía los ojos inyectados en sangre. ¿Había dormido siquiera últimamente? Los cerró un instante.

Y empezaron a bajar en picado.

Se estrellaron contra los árboles e Isla gritó. El rey la aferró con más fuerza y el aire se arremolinó agitado cuando algo parecido a un escudo apareció alrededor de ambos. Las ramas se partieron, el viento rugió en sus oídos mientras rodaban y caían.

Isla se estampó contra el suelo con un golpe sordo. Aunque el escudo había amortiguado el trompazo, perdió la respiración. Se aferró a la tierra jadeando y las hojas crujieron entre sus dedos. Su campo visual se llenó de estrellas que se mezclaron con las reales y la oscuridad amenazó tragarse el resto.

Isla se obligó a levantarse, si bien sus huesos protestaban a gritos. Oro se encontraba a pocos pasos de distancia, despatarrado en el suelo. La sangre le manaba por un lado del cuello. La herida no parecía profunda, pero debía de haber perdido demasiada sangre para estar tan tremendamente debilitado.

Agua… Necesitaba agua. De ese modo él podría usar sus poderes moonling para sanar. Se obligó a quedarse quieta. A escuchar.

Hacía demasiado ruido al respirar, así que contuvo el aliento. Le dolían los pulmones y se estaba mareando cuando por fin llegó a sus oídos. El goteo de un arroyo.

No estaba cerca, no. Aferró la mano de Oro.

—Levanta.

Nada.

Lo abofeteó con todas sus fuerzas.

Eso lo obligó a abrir los ojos. Y al momento empezó a cerrarlos.

—No puedo cargar contigo —le suplicó Isla—. Tienes que ayudarme.

Despacio, apoyándose en ella, el rey se puso en pie.

—¿Puedes hacer que el agua acuda a ti? —le preguntó. Pero no parecía que la hubiera oído. Así que lo acercó a rastras hacia el borboteo, sintiéndose como quien arrastra una roca.

Oro pesaba demasiado. Necesitaba parar. Necesitaba desplomarse en el suelo.

Pero si Oro perecía…

Todo Lightlark desaparecería.

Isla precisaba el corazón tanto como él.

El rey tenía que vivir.

Siguió andando hasta que le ardieron las piernas, hasta que notó el aliento férvido en los labios. Hasta que la piel de Oro empezó a refrescarse y su característico calor sunling se atenuó.

Justo cuando las rodillas de Isla empezaban a doblarse, la tierra se ablandó debajo de sus botas. Y el arroyo rugió ante ella.

Estuvo a punto de desmayarse de alivio. Lo empujó al agua con las pocas fuerzas que le quedaban. El cuerpo de Oro se agarrotó un instante antes de relajarse en el arroyo.

Isla temió que fuera demasiado tarde. Sin embargo, fue como si el agua lo reconociera. Destelló levemente e inició su tarea. El rey empezó a hundirse, pero ella le mantuvo la cabeza fuera del agua. Lo sostenía por los hombros con firmeza, apoyándose la cabeza en el regazo y dejando que el resto de su cuerpo se sumergiera en el lecho del río.

Las mangas arrugadas habían dejado el brazo del rey al descubierto. La mancha azulada que les había mostrado se había extendido. Mucho. Ahora cubría todo su brazo izquierdo, hasta la mano. ¿Sería esa la razón de que el corte lo hubiera debilitado con tanta rapidez? ¿O de que la sala de baile se hubiera partido en dos durante la fiesta?

Isla permaneció como estaba un buen rato, sosteniéndolo con sus propias piernas hundidas en el frío torrente. Esperando. Esperando a que la isla empezara a desmoronarse en derredor como había sucedido en el baile. A que los árboles se precipitaran al suelo. A que Oro dejara de respirar.

El agua trabajó a conciencia durante toda la noche. Despacio, muy lentamente, los bordes del corte se fueron uniendo y piel tierna sustituyó los jirones. La sangre que ensuciaba a Isla se resecó. La notaba en la mejilla, la olía en su cabellera, pero no se atrevía a lavársela. Se limitaba a sostener a Oro.

Y a esperar.

Debió de dormirse, porque se despertó cuando el cuello se le dobló contra el hombro. Irguió la espalda y el miedo le estrujó el corazón. ¿Lo había soltado?

No. Allí estaba Oro. Las manos de Isla todavía lo sujetaban. La herida casi había sanado.

No obstante, sus ojos permanecían cerrados.

Una línea de luz asomaba entre los árboles. El primer atisbo de la aurora, húmeda de rocío y pintada de un tono miel. El primer pensamiento de Isla fue de agradecimiento. Quizá el calor le sentara bien al rey, tal vez le devolviera algo de fuerza…

El terror le atravesó el estómago.

«La maldición».

Tenía que llevarlo a algún lugar cerrado. Si la espada no lo había matado, el sol lo haría. Y el agua no podría evitarlo.

—Oro —dijo, sacudiéndolo.

El rey no se movió.

—Oro —le gritó Isla al oído—. Está saliendo el sol. Tenemos que irnos.

Ni tan solo pestañeó.

La luz casi los había alcanzado. El sol dibujaba líneas en el bosque, rayos perezosos proyectados entre los árboles. El día estaba a punto de comenzar.

Oro iba a morir. Isla lo vería estallar en llamas igual que había observado impotente cómo un niño ardía hasta las cenizas en el reino Sunling, años atrás, en una de sus visitas secretas.

No.

No se quedaría mirando.

Avistó una abertura en la montaña a unos pasos de distancia. Una cueva.

Isla no sabía si lograría entrar con él antes de que el rey se carbonizara. No tenía ni idea de si conseguiría arrastrarlo hasta allí.

Pero lo aferró por debajo de los brazos y tiró de él.

CAPÍTULO 35
LA CUEVA

Era mediodía cuando el rey abrió los ojos finalmente. Isla lo observaba acurrucada en un rincón de la cueva. Todavía cubierta de sangre.

—Me has salvado —observó él frunciendo el ceño.

Oyéndole pronunciar las palabras Isla se percató de lo absurdo de la situación. Oro era la persona más poderosa de todos los reinos… y ella, una gobernante que carecía de poderes, le había salvado la vida.

Puede que no fuera tan inútil como siempre se había considerado.

Ella le lanzó una mirada aviesa.

—Quizá no soy tan débil como tú piensas.

Oro no torció el gesto.

—Nunca te he considerado débil.

Isla pestañeó. No podía hablar en serio.

—Bueno, pues estamos empatados, supongo.

Aquel día en el balcón se le antojaba a reinos de distancia.

—Supongo que sí.

Oro observó la cueva. Se encontraban cerca de la entrada y una luz cremosa se colaba por la boca, a pocos pasos de distancia. Las listas doradas habían estado a punto de abrasarlo. Isla lo había puesto a salvo justo a tiempo.

Oro volvió la atención al otro lado de la cueva, hacia los túneles que se internaban en el corazón de la montaña. Unas bonitas luces azules iluminaban el techo como una constelación de estrellas.

—Estamos debajo de un cementerio skyling —dijo con voz ronca. Señaló los puntos azules con el mentón—. Son luciérnagas. Se alimentan de los huesos.

Isla torció el gesto al ver el misticismo de la gruta esfumarse de un plumazo. Pero entonces recordó las palabras del hombre alado.

—¿Es un lugar donde la oscuridad confluye con la luz?

Él asintió con un rictus de dolor.

—Uno de los pocos de isla Firmamento. Tan pronto como se ponga el sol, lo inspeccionaré. —Debió de notar el desconcierto que la información del hombre alado había provocado en Isla, porque aclaró—: Los nightshade construyeron la isla junto con los sunling. Cuando los sombríos fueron expulsados de Lightlark, los sunling reconstruyeron sobre sus tierras. Pero algunas zonas, algunos seres, todavía moran en zonas intermedias.

—Entonces ese es el plan —concluyó ella, buscando confirmación—. ¿Vamos a buscar en todas las zonas de las islas donde Lightlark y Nightshade confluyen? ¿Allí está el corazón?

El rey hizo un gesto afirmativo. Su corona estaba cubierta de barro. Ambos seguían sucios de tierra y sangre.

—No son muchos. En particular si tachamos de la lista isla Estrella, gracias a la información del espectro. —Se desperezó—. Además del cementerio, solo hay otro lugar en isla Firmamento que cumpla los requisitos.

—¿Y qué me dices de la isla del Sol?

—Yo inspeccionaré esos emplazamientos por mi cuenta.

Isla torció el gesto.

—¿Tú solo?

Oro suspiró.

—¿Todavía no confías en mí?

Ella frunció el ceño.

—¿Tú confías en mí?

El rey no respondió a la pregunta. En vez de eso dijo:

—Yo nunca incumplo mis promesas. Ni rompo los tratos por las buenas.

Le lanzó una mirada elocuente.

Isla puso los ojos en blanco.

—¿Y qué pasa con isla Luna?

—Allí hay unos cuantos. Pero esperaremos al final para mirar.

—¿Por qué?

—Porque la isla de Cleo está muy vigilada y, si piensa que buscamos algo allí, intentará tomarnos la delantera.

Oro se estaba mostrando más comunicativo de lo habitual. Isla debía arrancarle toda la información que pudiera.

—¿Cuántos sitios donde la luz se reúne con la oscuridad nos quedan por mirar en total, entonces?

—Ocho.

«Ocho». No era un número demasiado alto. La esperanza floreció en el pecho de Isla.

—No te emociones —le advirtió él frunciendo el ceño—. Hay riesgos.

No le importaba. Estaban en posesión de una estrategia sólida y un número asequible de lugares en los que buscar. Pese a todo, un detalle la inquietaba.

—El plan se basa en la palabra de otros. El espectro. El hombre alado. —Tragó saliva—. ¿No te has parado a pensar que podrían estar mintiendo?

—A mí no me pueden mentir —fue la respuesta de Oro.

Isla no entendió qué pretendía decir con eso. ¿No podían mentirle porque era el rey de Lightlark? ¿Acaso sus súbditos no podían mentirle? Ella podía. Y lo había hecho.

Le formuló otra pregunta, pensando que tal vez le respondiera.

—La profecía del oráculo dice que el agravio original debe cometerse de nuevo para romper las maldiciones. Tú piensas que el agravio original se cometió recurriendo al corazón de Lightlark, ¿verdad? Empleando su poder, ¿no?

Oro la miró brevemente y asintió.

Así pues, para eso quería el rey el corazón de Lightlark. Para cumplir parte de la profecía.

—Dijiste que cuando Sunling y Nightshade crearon Lightlark atraparon una pequeña parte de su poder en el corazón. —Isla agrandó los ojos cuando se hizo la luz en su mente—. Por eso invitaste a Grim por primera vez —concluyó. Las palabras brotaron a borbotones de su boca—. No crees que él ni ningún otro nightshade lanzara las maldiciones. Piensas que alguien empleó el poder atrapado en el corazón para maldecir a los reinos.

Oro asintió nuevamente. Una chispa de algo parecido a admiración asomó a sus ojos.

Isla levantó la barbilla.

—Eso significa que no conociste la existencia del corazón hasta el último Centenario. En caso contrario lo habrías invitado a los juegos anteriores…

El silencio de Oro se lo confirmó, pero su expresión se tornó recelosa.

—Deberías irte —sugirió sin mirarla a los ojos. Él estaba atrapado en la cueva hasta el ocaso. Isla, en cambio, podía marcharse cuando quisiera.

La wildling apretó unos labios resecos. Una parte de ella quería salir corriendo y subir a la superficie. Darse un baño, lavarse la cabellera apelmazada de sangre, los pegotes de la cara. Limpiar el barro que cubría sus prendas de ropa. La capa de tierra que le cubría la piel.

Otra parte ansiaba más información. Nunca antes el rey se había mostrado tan locuaz. Tenía una pregunta más que precisaba respuesta.

—Me quedo —declaró.

Oro pestañeó con sorpresa. A continuación se enfurruñó. A ella le chirriaron los dientes. «Miserable». El rey se crispó mientras deslizaba un dedo por su cuello, dibujando una línea en la sangre reseca.

Isla echó un vistazo a la luz que entraba por la boca de la cueva, una alfombra dorada que se alargaba por el suelo.

—Vamos a pasar juntos un buen rato —observó—. Juguemos a algo.

—Jugar —dijo él en tono apagado.

Ella asintió, sin desanimarse.

—A las preguntas. Una y una. Yo contesto y luego tú. Con sinceridad.

Isla pensó que respondería diciendo que el juego propuesto era una tontería o incluso que prefería afrontar la luz del sol a pasar otro momento más allí atrapado con ella. Pero recostó la cabeza contra la pared y la miró con aire altivo.

—Muy bien, wildling. Tú empiezas.

Isla se sentó más erguida. La pregunta más importante saltó a su pensamiento, pero no podía formularla. Todavía no. Tenía que empezar por cosas más nimias.

—Di la verdad… ¿Nunca te cansas de vestir de dorado?

Oro le lanzó una mirada que implicaba: «¿Eso me vas a preguntar?». Suspiró.

—Sí, wildling. Aunque puedo vestir de azul, blanco o plata si quiero.

Claro. Era un primigenio. Podía lucir los colores de cualquier reino cuyos poderes fuera capaz de utilizar. Se preguntó si alguna vez vestía otros tonos, cuando no se estaba celebrando el Centenario.

—Te toca.

Él la observó unos instantes.

—¿Cómo es tu existencia en los nuevos territorios wildling?

No era la pregunta que Isla esperaba, pero dio gracias por el hecho de que fuera tan fácil de responder.

—Es…

Abrió la boca. Tenía preparada de antemano una descripción de lo maravillosa y emocionante que era su vida en casa.

Por otro lado, había prometido ser sincera.

Isla quería que el rey confiara en ella, para que pudieran encontrar juntos el corazón y así romper su maldición y la de Celeste.

Y eso requería confiar en él a su vez.

—Es horrible. —Clavó la vista en el suelo al tiempo que deslizaba los dedos por las asperezas de la roca y la tierra—. Quiero mucho a mis guardianas; son mi única familia. —Respiró hondo—. Pero… —Entornó los ojos, sin saber muy bien cómo expresarlo. Buscó la mirada de Oro y descubrió que él la observaba con atención—. ¿Alguna vez te has sentido como un pájaro enjaulado?

Pensaba que el rey se burlaría de ella.

No lo hizo. Oro asintió con un movimiento mínimo de su mentón alzado.

—Cada día a lo largo de los últimos quinientos años.

Cómo no. La restringida existencia de Isla encerrada en el castillo wildling no era nada comparada con los siglos que Oro había soportado.

—¿Quién te encierra? —le preguntó él, aunque no era su turno.

Isla hizo una mueca y se maldijo por haber propuesto el juego. ¿Cómo se le ocurría a alguien con tantos secretos como ella meterse en algo así? Oro no podía imaginar hasta qué punto su pregunta había dado en el blanco, lo cerca que estaba de desentrañar todas las mentiras que Isla había erigido como una fortaleza para protegerse ella y a su reino.

—No estoy encerrada…, solo… preservada.

El rey no siguió insistiendo en el tema, por fortuna para Isla. Ella se apresuró a formular su pregunta.

—¿Alguna vez te has enamorado?

La respuesta fue inmediata.

—No.

—¿Por qué no?

—Los reyes de Lightlark no se enamoran. El amor te hace vulnerable. Nuestro poder sería vulnerable. —La miró un instante—. Supongo que nos parecemos en ese aspecto… En la incapacidad para disfrutar del amor.

«A causa de la maldición wildling».

—Supongo que sí. —Isla pensó en Grim. En sus manos sobre el vestido. En ella aferrada a su pecho. No le tocaba a ella, pero necesitaba saberlo—. ¿Crees que es posible que un soberano se enamore de otro? ¿Amor verdadero, no como parte de un plan?

—No. —Oro negó con la cabeza—. No creo que puedan sentir amor verdadero.

Una parte de su corazón se marchitó. Pero el rey tenía que estar equivocado. Solo porque nunca se hubiera enamorado no significaba que no fuera posible.

—Entonces ¿tu hermano no estaba realmente enamorado de su futura esposa?

Oro encogió un hombro.

—Egan amaba a Aurora. Pero no de ese modo.

—¿Cómo lo sabes?

La miró a los ojos.

—No compartían poderes.

Enamorarse involucraba compartir los propios poderes con la otra persona. Por eso era tan peligroso para un gobernante.

—Tu turno —dijo Isla con voz queda. Le había formulado varias preguntas seguidas al rey y le sorprendió que las hubiera respondido.

—¿Conocías a Grim antes del Centenario?

Isla se quedó helada a la mención del nightshade, como si Oro lo hubiera entresacado de sus pensamientos. Contestó con sinceridad:

—No.

Él la miró con desconfianza.

Isla puso los ojos en blanco.

—No nos hemos aliado contra ti, tranquilo.

Era verdad.

El rostro de Oro adoptó una expresión que ella no se esperaba: alivio mezclado con sorpresa. Isla cambió de tema de inmediato para no seguir hablando del soberano nightshade.

—¿Cuál es tu parte favorita de Lightlark?

Él se rascó la cabeza justo debajo de la corona.

—Hay un tramo de playa apartado en la isla del Sol, junto a un acantilado… con carbones enormes en el agua que chisporrotean cuando el mar los azota. —Levantó la vista para mirar al techo—. El mar tiene un tono extraño allí…, verde oscuro. Del color de tus ojos.

A Isla le sentó mal que usara la palabra «extraño» para describir sus ojos, pero murmuró:

—Debe de ser bonito.

Oro estiró los brazos por encima de la cabeza.

—Tu manera de cantar —dijo sin más.

Ella pestañeó. Casi había olvidado que Oro la había escuchado muchas semanas atrás.

—¿Qué quieres saber?

Él se encogió de hombros.

—Háblame de ello.

Isla volvió la vista hacia la entrada de la cueva. La luz del sol todavía brillaba con fuerza.

—Me tranquiliza. Es algo que se me da bien de manera natural, sin tener que esforzarme.

—¿Como la esgrima?

—No. Para eso tuve que esforzarme mucho. No nací con ese don, como el canto. Me frustraba hasta lo indecible… Terra, mi instructora de lucha, me regañaba todo el tiempo por ser tan impaciente. —Suspiró—. Así que practiqué. Mucho. Cada día, todo el rato, constantemente. Hasta que la espada se tornó ingrávida en mi mano. Hasta que formó parte de mí, tanto como mi voz. Me obligaron a ello.

Oro la observó sin decir nada. Le tocaba a ella.

Por fin. Había llegado el momento de formular su pregunta, por su propia cordura. Solo para asegurarse de que había tomado la decisión correcta al cancelar su búsqueda.

Era arriesgado decirlo en voz alta. Pero ahora, cumplidos cincuenta y cuatro días de Centenario, cada acto acarreaba un riesgo.

—¿Hay una reliquia en la isla capaz de romper un vínculo? ¿Que pueda romper las maldiciones de aquellos que las sufren?

Observó su rostro con desesperación en busca de alguna chispa de saber, algún atisbo de sorpresa. El rey arrugó el entrecejo. Pero parecía más confuso que otra cosa.

—No —respondió con convicción—. De haberla, encontraría el modo de usarla.

Isla le creyó. Tal vez fuera una tontería, pero lo hizo.

Y eso significaba que el desvinculador, o bien nunca había existido..., o bien fue destruido antes de que el rey conociera su existencia.

—¿Era eso lo que estabas buscando? —le preguntó. Oro sabía que había buscado algo en la biblioteca de la isla del Sol. Y que no lo había encontrado.

No tenía sentido ocultarlo. Asintió.

Le tocaba a ella de nuevo.

—¿Desde cuando eres capaz de convertir las cosas en oro?

A juzgar por su expresión, a Oro le sorprendió la pregunta. Pestañeó. Isla se preguntó si por primera vez se negaría a contestar. Guardó silencio un ratito antes de decir:

—Desde que era niño. —No despegó los ojos del suelo. Estaba sumido en sus pensamientos—. Me dijeron que lo ocultara —confesó, frunciendo el ceño, como si estar contando eso lo pillara por sorpresa—. Egan era el mayor. El heredero. En teoría tenía que ser el más fuerte.

—Pero él no podía convertir las cosas en oro —adivinó Isla.

La miró a los ojos. No.

—¿Y por qué ahora? ¿Por qué mostrárselo a todo el mundo?

Oro suspiró. Encogió un hombro.

—Porque me estoy muriendo. Me trae sin cuidado compartir todos mis secretos.

Si bien lo dijo con indiferencia, había una expresión dura en sus ojos. Grave. Isla recordó la mancha azulada que había visto horas antes. Se había extendido mucho desde que la mostrara en la sala del trono. Los instantes se acumularon y el silencio se alargó entre los dos. Ella se preguntó si renunciaría a aprovechar la ocasión para formularle una pregunta, hasta que finalmente la miró a los ojos y dijo:

—¿Cuál era tu secreto, Isla?

«Isla». Casi nunca la llamaba por su nombre. Por lo general optaba por referirse a ella como «wildling», como para recordarles a los dos lo que era. O, supuso ella, lo que debería ser.

Isla notó que se le cerraba la garganta.

—¿Cómo?

Oro no apartó la mirada.

—El secreto de mi presentación. ¿Qué era?

Ella tragó saliva. Negó con un movimiento de la cabeza.

El rey rio sin alegría.

—Ya imaginaba que no me lo dirías. —Se rascó un lado del cuello—. A ver qué te parece esta... ¿Por qué me dejaste ganar en el duelo?

Así pues, lo sabía. A Isla el duelo se le antojaba muy distante. Muchas cosas habían cambiado.

—No quería ponerme en el punto de mira.

—Ah.

Le tocaba a ella formular una pregunta difícil. Demostrar que, por más que él se hubiera declarado dispuesto a compartir todos sus secretos, tenía algunos que no accedería a desvelar.

—¿Cuál es tu don? —quiso saber. Llevaba un tiempo preguntándose si el rey estaba en posesión de uno de esos poderes poco frecuentes que no guardaban relación con un reino, esos que los gobernantes a menudo manifestaban.

El silencio de Oro la convenció de que era así. El sunling inclinó la cabeza con aire meditabundo.

—Comparte tu secreto y te lo diré.

«Miserable». Isla no respondió.

Y el rey sonrió. El gesto la puso nerviosa. Nunca lo había visto sonreír; en realidad no. No de corazón.

—A ver qué me dices a esto. —Se sentó más erguido. Sus ojos no estaban vacíos en absoluto; emanaban algo que Isla no supo interpretar—. Si me cuentas tu secreto, dejaré que ganes tú.

Silencio. El corazón de Isla latía con tanta potencia que no entendía por qué no retumbaba por toda la cueva.

—¿Cómo?

El rey ni siquiera pestañeó.

—Cuando encontremos el corazón, podrás usarlo y cumplir la profecía. Podrás quedarte con el inmenso poder prometido. —Se encogió de hombros—. Pero solo si me cuentas tu secreto.

«¿Ganar?».

Nunca se le había pasado por la cabeza la idea de ganar. Estaba demasiado pendiente de sobrevivir. De romper su maldición y la de Celeste. Últimamente, de conseguir por fin sus destrezas wildling.

No podía hablar en serio.

—¿Y por qué ibas a hacer eso? —preguntó Isla—. ¿No deseas el poder para ti?

Oro negó con la cabeza.

—No quiero convertirme en un dios —respondió—. El exceso de poder es peligroso. Nunca he querido ganar. Solo quiero salvar Lightlark.

Isla resopló una carcajada.

—¿Y por qué entregármelo a mí?

—¿A quién si no? ¿Piensas que debería quedárselo Cleo? —Isla gruñó y Oro sonrió al momento ante su reacción—. A eso me refería.

—¿Y por qué no Azul?

Oro negó con la cabeza, pero no dio explicaciones.

Poder. Isla lo deseaba más que nada en el mundo. Según la profecía, el poder era infinito. Podría hacer cosas que…

«No».

Isla no había empleado nunca ni una gota de poder. ¿Qué haría con una magia tan inmensa?

En particular si para obtenerlo tenía que revelar su secreto.

Negó con la cabeza.

El rey la miró con sorpresa. Luego frunció el ceño.

—O bien eres la única gobernante, sin contarme a mí, que no está interesada en el premio del Centenario —dijo—, o bien tu secreto es aún peor de lo que me temía.

—Esa no es la cuestión —fue la única respuesta de Isla.

Apenas intercambiaron palabra el resto del tiempo que pasaron juntos, dando el juego por terminado.

Isla observó los rayos de luz que se colaban por la entrada de la cueva hasta que se atenuaron y desaparecieron.

CAPÍTULO 36
ORÁCULO

Desde el día del baile, cada jornada traía consigo decadencia. Un viejo edificio cayó al mar. Otro anciano murió. Una nueva grieta apareció de la noche a la mañana y dividió la isla en dos. La tormenta se extendió a lo largo de la costa, todavía atrapada pero ya rugiente. Grandes rayos golpeaban el mismo lugar cada noche, tan potentes que Isla los oía dondequiera que estuviera. Siempre llevando la cuenta de los días.

El corazón no se encontraba en ninguna de las posibles ubicaciones de isla Firmamento. Ni en la isla del Sol, que Oro había revisado por su cuenta.

Oro quería dejarla para el final. Pero el día que se cumplían cincuenta y nueve del Centenario, llegó el momento de buscar allí donde la oscuridad confluía con la luz en isla Luna.

Isla se preguntó cómo resolverían el problema de los guardias. A juzgar por lo que Oro había insinuado, no quería que Cleo adivinara que estaban buscando algo en su isla.

Pero el rey tenía la solución, aunque fuera una que ella detestaba.

—Iré despacio —le prometió Oro, sorprendiéndola gratamente.

Isla le lanzó una mirada de advertencia.

—Muy despacio —lo corrigió.

Isla no quería volver a volar, pero tampoco se le ocurría otro modo de burlar a los guardias que no la forzara a hablarle al rey de su varita estelar.

—Si me sueltas…

—Me destriparás, ya lo sé.

Y al momento Isla estaba surcando el aire. Enterró la cara en el pecho del rey y cerró los ojos con fuerza contra el viento. Él le sujetaba la espalda con demasiada soltura para el gusto de la wildling, que se aferró al cuello de Oro con todas sus fuerzas.

—¿Sabes qué? —le gritó el rey al oído—. Siempre me había preguntado cómo se las arreglaban las wildling para arrancar corazones recurriendo únicamente a las uñas. —Una de las manos que en teoría debían estar sujetando a Isla se desplazó hacia la espalda del rey, que le fue despegando los dedos uno a uno hasta que dejaron de clavársele en la piel—. Ahora ya sé que son agudas como dagas.

Isla echó la cabeza hacia atrás para fulminarlo con la mirada.

—No tendría que agarrarte tan fuerte si me sostuvieras como es debido.

—¿Como es debido?

Ella asintió.

—Con más firmeza. De manera más segura.

Oro desplazó las manos. De súbito, en lugar de sostenerla ante sí con holgura, la sostenía acurrucada contra su pecho. Todo el cuerpo de Isla se caldeó con la energía que desprendía el rey. Casi resultaba cómodo.

—¿Mejor? —dijo.

Isla temió que se estuviera burlando de ella, pero no era así.

—Mejor.

Antes de que se diera cuenta, Oro estaba tensando los brazos en torno a su cuerpo al entrar en contacto con el suelo.

En cuanto se despegó del rey, un helor se apoderó del pecho de Isla. La temperatura en el islote Luna había caído varios grados desde la última vez que estuvo allí. Volvió la vista hacia Oro. Él era el motivo. Desde que Lightlark y el control que Oro ejercía sobre las islas había empezado a debilitarse, ya no podía mantenerlas cálidas. Ni radiantes. Los días eran más apagados. El sol se ponía más temprano. Todas las partes de la isla eran perceptiblemente más frescas. Decenas de nuevos hogares y antorchas se habían añadido a la isla principal y al interior del castillo. Pero solo eran una solución temporal.

Habían aterrizado en la linde de un bosque formado por árboles que más bien parecían tortuosas raíces entrelazadas entre sí. La esquelética fronda estaba surcada de arroyos que transportaban nenúfares y gruesas flores blancas, grandes como manos. El silencio era tal que Isla oía la caída de la nieve. Temblando, vio las nubecillas blancas que brotaban de sus labios al respirar. Tenía los dedos de las manos helados; los dedos de los pies eran minúsculos bloques de hielo en el interior de las botas. El viento le mordía las mejillas y la nariz; las lágrimas se le saltaban solas por la comisura de los ojos.

De súbito, Isla chilló.

En mitad de la quietud, un pájaro azul oscuro semejante a un océano alado se posó en su hombro y le graznó directamente al oído.

Oro se dio la vuelta y atacó de inmediato, sin esperar a ver cuál era la amenaza. Su fuego se enroscó en la noche allí donde estuviera el pájaro…, pero el ave ya se había alejado rauda hacia el bosque.

Se quedó observándola mientras dejaba caer el brazo. Luego se volvió a mirar a Isla con las cejas levemente enarcadas.

—¿No se supone que se te dan bien los animales?

—No cuando me gritan al oído —replicó ella, que ahuecaba con tiento la mano detrás de la oreja—. ¿Y tú no deberías ser más cuidadoso con tu fuego?

La mandíbula de Oro se tensó; por lo visto, Isla le había tocado una fibra sensible.

—Sí —respondió él, lacónico.

Caminaron en silencio hasta que la tierra se convirtió en hielo. Isla veía las raíces de los árboles bajo las vetas semejantes a cristal, oscuras como la noche. Llegaron a un acantilado donde la nieve cubría el terreno igual que el glaseado de un pastel. Al poco Isla experimentaba problemas para extraer las botas del manto blanco y se situó detrás de Oro, cuyos pasos dejaban una senda de nieve derretida a su zaga. Los copos se perdían en la cabellera de Isla, se acumulaban sobre su nariz; ella tenía la sensación de ser una de las estatuas de hielo que reposaban ante el palacio de isla Luna.

Pasada una hora, su aliento mudó en un resuello y debió de retrasarse, porque Oro se dio la vuelta. Le bastó una mirada para ofrecerle la mano.

—Puedo darte calor.

Isla estuvo a punto de rehusar. Pero ya estaba harta de ser orgullosa. Se aferró a la mano del rey y él frunció el ceño.

—Estás congelada.

Lo dijo como una acusación.

Ella quiso fulminarlo con la mirada, pero los ojos le escocían demasiado como para hacer el esfuerzo.

Con un movimiento rápido, Oro se despojó de su capa dorada y se la echó por encima. Era tan grande que cubrió a Isla como una manta. Ella sintió el impulso de rechazarla, pero tan pronto como le tocó la piel la inundó una sensación cálida que parecía extenderse hasta sus huesos. Con la cara enterrada en la tela se la ajustó al cuerpo con hombros temblorosos. Olía a miel y a hojas de menta, deliciosa y suave contra su piel.

Cuando por fin extrajo la cabeza por el orificio superior de la capa y se la ató al cuello, Oro la estaba observando con recelo.

—¿Te encuentras… bien? —le preguntó en un tono que sugería que la idea de una hipotermia y morir de frío jamás se le habían pasado por la cabeza.

—Estupendamente —respondió ella a toda prisa al tiempo que alzaba el mentón, como si hacerlo le diera un aspecto menos ridículo. Adelantó a Oro para internarse en una nieve que empapó sus tobillos de frío—. Gracias.

Oro la siguió e Isla debió de tomar el rumbo correcto porque no protestó. La wildling no se detuvo hasta que llegó a un bloque de hielo tan inmenso que parecía un glaciar atrapado en la tierra.

Isla lo escudriñó atentamente. Había algo en el interior. Se aproximó con sumo tiento y lo frotó con la capa de Oro. Un parte del hielo se aclaró y dio un respingo que la hizo trastabillar hacia atrás hasta estamparse contra el rey, quien la sujetó antes de que cayera a la nieve.

Había visto a tres mujeres atrapadas en el hielo.

—Los oráculos —dijo Oro, despegándole las manos de los hombros.

Isla pestañeó varias veces.

—Pensaba que solo era uno.

—Solo una ha despertado este último milenio.

—¿Por qué están aquí?

Oro se situó a su lado.

—Un rey que gobernó en tiempos remotos las encerró en hielo para que nunca se marcharan ni perecieran. Eran tres mujeres nacidas con el don de la profecía. Dos de ellas se enfurecieron tanto por estar presas que unieron fuerzas con Nightshade invocando a la parte oscura de la isla. Cuando isla Noche fue destruida, se quedaron congeladas por siempre.

—Así pues, este es un lugar donde la oscuridad confluye con la luz.

Oro asintió al tiempo que posaba una mano sobre el hielo. El agua sólida empezó a derretirse al instante.

La mujer que ocupaba la posición central abrió los ojos. Flotó por el agua con el halo de su cabello blanco en torno a la cabeza. Su mirada se posó en Isla, luego en Oro y de nuevo la pasó de uno a otro.

Cuando habló, su voz resonó como un millón de personas atrapadas en una sola.

—Llevaba largo tiempo sin ver a un sunling y a una wildling juntos. —Torció el cuerpo hacia ellos hasta situar el rostro a pocos centímetros de los suyos—. Me han advertido que no os ayudara…, pero esto me inspira demasiada curiosidad…

Era la misma mujer que había pronunciado la profecía que anunciaba el final de las maldiciones. La clave para romperlas. Sus palabras eran las que todos seguían como si fueran la ley. Las mismas que Isla conocía de memoria desde el instante en que aprendió a hablar.

—¿Quién te lo ha advertido? —quiso saber Oro.

El oráculo negó con la cabeza.

—Eso no puedo decirlo. Pero revelaré más de lo que prometí.

Cleo. Seguro que fue Cleo.

—Hay tantos secretos atrapados entre los dos —prosiguió. El oráculo rascó el hielo con una uña muy larga que arrancó a Isla una mueca crispada—. Sin embargo, igual que este muro, algún día saldrán a la luz, se desplegarán y caerán... dejando atrás anarquía y locura.

Isla evitó mirar a Oro a los ojos. El oráculo buscó la mirada de la wildling con una expresión elocuente. La expresión de alguien que está al tanto de todo. Sonrió.

—Basta de acertijos —le ordenó Oro—. Buscamos el corazón de Lightlark. ¿Está aquí?

La sonrisa del oráculo se ensanchó.

—Está cerca. Más cerca de lo que crees.

—Entonces ¿se encuentra en isla Luna? —preguntó la wildling.

El oráculo asintió. Isla sintió tal alivio que le flaquearon las rodillas.

—¿Dónde?

La mujer negó con un gesto de la cabeza.

—Eso no puedo revelarlo. Vosotros dos debéis encontrarlo por vuestros propios medios. En caso contrario, el corazón no funcionaría.

Isla la fulminó con la mirada.

El oráculo la observó a su vez.

—Tú... tienes muchas preguntas. Hay tanto que podría decirte..., aunque no debería. —La miró como quien guarda un gran secreto—. Todas saldrán pronto a la luz.

A Isla le dio un vuelco el corazón. ¿Se refería a que su secreto se desvelaría? «No».

—Debes saber —prosiguió el oráculo— que hay mentiras y mentirosos por todas partes, Isla Crown.

«Mentiras y mentirosos».

¿Quién?

—Y en verdad uno de los seis gobernantes morirá antes de que se cumplan los cien días.

¿Qué gobernante? ¿Significaba eso que las maldiciones se romperían?

Isla avanzó un paso suplicándole a su mente que formulara las palabras adecuadas, la pregunta exacta. Pero antes de que sus labios articularan sonido alguno, el oráculo sonrió.

Y el agua se endureció, de nuevo convertida en hielo.

Isla golpeó la superficie con los nudillos, que de inmediato se le mancharon de sangre. Pese a todo siguió aporreándola, una y otra vez, con la mano desollada y dolorida.

Oro posó la mano sobre la suya para detenerla.

—Se ha marchado —le dijo—. Y tardará mucho en volver a despertar.

Isla dejó la mano abierta sobre el hielo largo rato antes de retirarla. Se volvió a mirar a Oro. Él también tenía secretos. El oráculo se lo había confirmado.

Pues menos mal que lo compartían todo…

«Mentiras y mentirosos…». ¿Se refería el oráculo a él?

¿O a otra persona?

¿Y cuál de los seis gobernantes perecería?

Si bien estaba decepcionada, aterrada…, la información del oráculo tenía un valor incalculable.

—¿Qué otros emplazamientos de isla Luna reúnen las condiciones? —preguntó con una voz que era apenas un susurro. El oráculo le había advertido que su secreto se desvelaría. Tenían que dar pronto con el corazón, antes de que eso sucediera. Antes de que no quedara nada de la isla, salvo rocas y ruinas.

—Tres.

«Tres». Isla suspiró y se recostó contra el hielo, con las piernas flojas de alivio. La capa la mantenía caliente y se envolvió los nudillos sanguinolentos con la tela.

—Tres —repitió—. ¿Podemos revisarlos esta noche?

Oro volvió la vista hacia el cielo.

—No —dijo con voz queda—. No tenemos… No tengo tiempo. Uno de los tres lugares está más accesible que el resto. Y, por el bien de ambos, confío en que el corazón esté allí.

Isla asintió, pero apretó los dientes de pura frustración. Deseaba encontrar el corazón esa misma noche, lo antes posible, para poder vencer las maldiciones, liberar a su pueblo y hacerse con sus poderes antes de que las palabras del oráculo se hicieran realidad. Antes de que su secreto saliera a la luz y la convirtiera en el blanco más obvio de cara a cumplir la profecía.

—¿Mañana? —preguntó, ciñéndose la capa con fuerza.

—Mañana —prometió Oro.

CAPÍTULO 37
CÚMULO

Esa misma noche, Isla estaba de pie en su habitación con la varita estelar en la mano. Antes de que empezara el Centenario, se había prometido que no usaría la reliquia para asomarse a su hogar. Muy en el fondo temía añorar tanto los nuevos territorios wildling que acabara tomando la decisión precipitada de abandonar los juegos y saltar entre portales.

En esos momentos infinidad de cosas habían cambiado. Ya no era la misma persona que había llegado a la isla dos meses atrás.

Antes jamás había hablado con un hombre sin carabina durante más de unos minutos. Ahora uno le había acariciado el cuerpo de arriba abajo.

Antes pensaba que se acobardaría ante los gobernantes. Ahora los había vencido en las pruebas. Los había amenazado. Incluso le había salvado la vida al rey.

Antes pensaba que estaba mal albergar deseos al margen de romper sus maldiciones y las del reino.

Ahora lo quería todo.

Invocó el cúmulo de estrellas casi albergando la esperanza de que su antiguo yo regresara por el mero hecho de ver su reino y a su pueblo.

Los bordes temblaron como si cobraran vida, tinta derramada y diamantes. Las estrellas se fundieron en distintos colores que chispearon y se distribuyeron raudos ante sus ojos. A continuación se dispersaron y al momento Wildling apareció ante sus ojos.

Su rostro perdió el color súbitamente. Isla tan solo oía los latidos irregulares de su corazón.

Wildling había desaparecido.

Los bosques estaban arrasados. El palacio se hallaba prácticamente destruido. Las aldeas estaban desiertas.

Tenía que ser un engaño, un espejismo.

Le temblaba la mano cuando tocó la varita estelar para que la llevara a otra parte. Los colores se dispersaron y apareció una mujer desmadejada en lo que quedaba del suelo forestal. Su piel tostada se había endurecido transformada en capas de corteza. Los mechones de su cabello habían mudado en enredaderas. Una de sus manos ya era una raíz hundida en la tierra.

Estaba mirando a Terra.

Isla se quedó sin aliento.

La naturaleza había empezado a reclamar a su guardiana, igual que hiciera con la Venerable del bosque tiempo atrás. Eran los primeros pasos de la muerte wildling. Se le derritieron las tripas, se le secó la boca, su visión se emborronó…

Estaba a punto de saltar a la charca de estrellas, de reunirse con Terra, pero se obligó a quedarse quieta.

No podía hacer nada. Carecía de poderes. Revertir la muerte de una wildling que ya había iniciado el proceso requería infinita habilidad y magia.

Y en su reino apenas quedaba nada.

«Terra». Su instructora de lucha, la persona que más quería del mundo. La que tanto le había enseñado.

Arrodillada junto a ella, Poppy le aplicaba ungüentos que retrasarían la transición. Pero no la salvaría. Como no salvaría a su reino.

—Hundo la mano en la tierra para hablar con los árboles —le decía Terra a Poppy con una voz más frágil de lo que Isla habría creído posible—. Pero la tierra que encuentra mi mano está muerta.

Poppy aferraba los suaves dedos de la otra mano de Terra.

—Todavía hay tiempo —le respondía—. Nuestro pajarillo sigue luchando por nosotras.

Terra se limitó a cerrar los ojos.

—¿Cuántas más se encuentran en este estado? —quiso saber.

—Casi todas —respondió Poppy.

Isla pensaba que vería a su pueblo en la misma situación que lo había dejado. Wildling se había debilitado durante su reinado, pero había sucedido de forma gradual.

¿Cómo habían empeorado tanto las cosas?

La tierra llevaba demasiado tiempo privada de magia. El territorio se cobraba su deuda. Se estaba llevando a las wildling poderosas, una a una.

Romper la maldición de Isla y la de su pueblo no las salvaría. El reino Wildling había sucumbido largo tiempo atrás. Ni siquiera los poderes con los que supuestamente debería haber nacido bastarían. No, teniendo en cuenta que la magia se debilitaba con cada nueva gobernante.

Para salvarlas a todas necesitaba más… Más de lo que una sola soberana podía ofrecerles.

Con el rostro empapado de lágrimas, Isla recordó el premio. La persona que rompiera las maldiciones estaba destinada a poseer unas capacidades inconmensurables; más poder del que los reinos hubieran conocido jamás. La clase de poder que podía salvar a las wildling. La clase de poder que podía salvar a Terra. Isla había pasado todo el Centenario concentrada en no perder.

En ese momento comprendió que necesitaba ganar.

Isla se encontraba tan mal que temió vomitar, aunque había derramado tal cantidad de lágrimas que no creía que le quedara líquido dentro.

—¿Qué ha pasado? —La voz de Oro dejó traslucir una amabilidad sorprendente cuando lo encontró recorriendo con aire nervioso una sala del castillo de la capital—. Apenas hace un par de horas que nos hemos visto —murmuró casi para sí, desconcertado.

Los ojos de Isla todavía debían de estar congestionados. No respondió a su pregunta.

—¿Tu oferta sigue en pie?

Oro comprendió al instante que se refería al intercambio que le había propuesto en la cueva. Isla experimentó un alivio inmenso cuando el rey asintió. Una lágrima le resbaló por la mejilla.

—¿Puedo confiar en ti? —le preguntó.

Oro la miró con atención.

—Sí. Nunca te he mentido, Isla. Ni una sola vez.

Ella esperaba que fuera verdad. Tenía el estómago revuelto hasta lo indecible. Si Celeste se enteraba de que había compartido su mayor secreto con el rey por propia voluntad, montaría en cólera. Pero la starling tendría que entenderlo.

Isla no tenía elección.

Oro estaba plantado ante ella. Frunciendo el ceño, le posó la mano en la frente. ¿Acaso pensaba que se encontraba enferma? El rey revisó su cuerpo a toda prisa con aire clínico, buscando daños. ¿Creía que estaba herida?

Ojalá fuera así. Los daños físicos no serían tan dolorosos.

Isla no se podía creer que fuera a revelarle su secreto. Cerró los ojos, incapaz de mirarlo mientras lo hacía. Cada hueso de su cuerpo, cada vena, músculo y franja de piel le gritaba que no lo hiciera.

«Tu secreto es tu mayor debilidad. Jamás se lo reveles a nadie». La regla era como esa manta que tienes desde la más tierna infancia. La había memorizado antes de aprender nada más. El resto de las lecciones se derivaban de esa. Tenía que aprender a luchar porque carecía de poderes. Tenía que permanecer escondida en su habitación porque carecía de poderes. No podía estar con nadie a solas porque carecía de poderes.

Era una decepción viviente porque carecía de poderes.

Debía seguir las reglas porque carecía de poderes.

Terra y Poppy estaban obligadas a gobernar en su lugar porque carecía de poderes.

Debía sobrevivir al Centenario y mentir, engañar, robar y matar porque carecía de poderes.

«No». Abrió los ojos. Se obligó a mirar al rey a la cara cuando pronunció las palabras en torno a las cuales había girado su existencia: los cimientos de todo.

—Nací sin poderes.

Ya estaba. Lo había dicho. Los pájaros habían escapado. La jaula estaba abierta. Nada ni nadie podría hacerlos regresar.

Oro se quedó de piedra. Lo veía en sus ojos; se esperaba cualquier cosa, excepto eso.

Arrugó la frente anonadado. La miró entornando los ojos con desconcierto.

Un millón de pensamientos cruzaban la mente del rey e Isla imaginó que ninguno era bueno.

Habría sido pedir demasiado que se quedara después. Isla era lo bastante fuerte como para pronunciar las palabras, pero no tanto como para seguir allí una vez dichas.

Dio media vuelta, pero Oro la detuvo con suavidad.

Exhibía una expresión extraña. Ligeramente horrorizada.

—¿Me estás diciendo que no sabes emplear la magia? —le preguntó.

Ella pestañeó. ¿La iba a obligar a repetirlo?

—Sí —confirmó con voz temblorosa. Tragó saliva—. No puedes usar algo de lo que careces.

Por una vez en su vida Oro se había quedado sin habla. Le habría encantado verlo tan aturdido de no ser porque Isla estaba experimentando el peor día de su vida.

Y supuso que el oráculo había acertado. Su secreto había salido a la luz.

Solo que jamás imaginó que fuera en esas circunstancias.

De nuevo dio media vuelta para marcharse.

Y esta vez el rey no intentó detenerla.

CAPÍTULO 38
MAÑANA

Al día siguiente, Isla entró en la sala del trono con la cabeza alta. Le había contado a Oro su secreto y había sobrevivido.

El rey presumía de ser un hombre de palabra. Y eso significaba que ella obtendría el poder. No tenían que hacer nada más que encontrar el corazón. Y ahora sabían que se encontraba en isla Luna. Solo les quedaban tres emplazamientos por inspeccionar. Tenían previsto revisar uno esa misma noche.

Estaban a punto de lograrlo.

«Ya voy —le susurró Isla a Terra—. Ya voy a salvarte, como tú me enseñaste».

El asesinato estaba permitido, de modo que debería haber estado aterrada cuando acudió a una reunión con los demás gobernantes del reino. Pero no tenía miedo. Contaba con la protección de Oro. De Celeste. De Grim.

El rey había convocado a los soberanos para que informaran a los demás de sus avances. Isla se situó junto a Oro, buscando la seguridad de su presencia. Grim apareció a continuación. No lo había visto desde el baile, pero cada noche deslizaba los dedos por el collar mientras se preguntaba cuándo reuniría el valor para aferrar el diamante e invocarlo a su alcoba.

Cleo entró con parsimonia, envuelta en una capa abotonada que se abría lo justo para dejar a la vista sus piernas enfundadas en pantalones. Miró a Isla con desinterés, pero ella no cometió el error de concluir que la moonling había renunciado a la idea de asesinarla. Sencillamente Cleo sabía que no podía acercarse a Isla mientras estuviera emparejada con Oro.

Bien.

Celeste se reunió con ellos. Azul fue el siguiente.

Todos guardaban las distancias. La mirada alerta. Listos para atacar. Dispuestos a hacer uso de sus poderes, de ser necesario.

Oro tomó la palabra por fin y su voz se proyectó por la sala.

—Han pasado sesenta días desde el comienzo del Centenario. ¿Alguien quiere compartir con los demás sus progresos?

Nadie pronunció una palabra. Isla se preguntó qué, o cuánto, debía revelar. Oro y ella no lo habían comentado de antemano.

Oro la pilló por sorpresa diciendo:

—Isla y yo hemos inspeccionado la isla en busca de una reliquia que se pudo haber usado hace quinientos años. Pensamos que su empleo fue el agravio original y que su poder provocó las maldiciones.

La verdad. Casi toda. Isla pestañeó, presa del estupor.

Azul frunció el ceño.

—¿Qué clase de reliquia podría haber provocado las maldiciones?

—Una impregnada de poder nightshade —respondió Oro sin más.

La verdad, de nuevo. Isla lo miró con atención, boquiabierta. ¿No decía que no se fiaba de los demás? ¿Por qué no habían consensuado lo que dirían antes de la reunión?

El gobernante skyling se volvió a mirar a Grim.

—¿Es posible que exista una reliquia semejante?

Grim estaba quieto como una estatua.

—Es posible, si fue creada hace tanto tiempo como para que un soberano nightshade pudiera permitirse renunciar a una parte de sus poderes.

Azul adoptó una expresión escandalizada.

—En ese caso, ¿no deberíamos ponernos todos a buscar esa reliquia? ¿No debería buscarla el nightshade? Quizá responda a su llamada.

Isla le envió dagas a Oro con la mirada. ¿Por qué compartía tanta información?

—No —respondió el rey en tono terminante—. No podemos arriesgarnos a concentrar todos los esfuerzos en una sola estrategia, por si estamos equivocados. No, teniendo en cuenta la urgencia de la situación. —Se levantó la manga para mostrarles hasta qué punto se había extendido la mancha azulada. Su cuerpo se había convertido en un mapa que reflejaba la decadencia de la isla. Enderezó la espalda. Al menos había demostrado sensatez suficiente para dejar a los demás al margen del plan—. Sin embargo —añadió—, opino que ha llegado el momento de cambiar de compañero.

El rostro de Isla palideció de golpe.

Oro se volvió a mirar a la soberana moonling.

—Cleo, ¿te parecería bien formar equipo conmigo para que busquemos juntos la reliquia en isla Luna?

Isla había dejado de respirar. Un rugido le saturaba los oídos. Sin duda lo había escuchado mal…, no lo había entendido. ¿Podía Oro rehacer las parejas siquiera?

Sabía que debería haber ocultado la indignación que asomaba a sus ojos, rayos de rabia que taladraban el rostro de Oro. O el gesto estupefacto de su boca.

En cualquier caso, el rey ni siquiera se dignó a mirarla.

Cleo esbozó una sonrisa felina.

—¿Estás seguro, rey? —dijo—. Tenía la sensación de que la wildling y tú os llevabais de maravilla.

Oro emparejó a Azul con Celeste a continuación. Por último, a Isla con Grim. Pero ella casi no oía la voz del rey, que había quedado ahogada por el rugido de sus oídos. Apenas podía refrenar a su cuerpo para que no se abalanzara por encima de la mesa y le abriera el gaznate a Oro con su propia corona.

La revelación fue como un peso que le aplastara el pecho.

Oro la había estado utilizando… hasta que había dejado de resultarle ventajosa. Tal como Celeste le había advertido.

Ahora que sabían que el corazón se encontraba en isla Luna, había escogido las alianzas que más le convenían. Había elegido a Cleo.

Todo el tiempo desde que lo conocía, Oro siempre había optado por aquello que consideraba mejor para su pueblo. «Haré lo que haga falta para romper esas maldiciones», le dijo en cierta ocasión.

Aunque eso implicara traicionarla.

—¿De verdad lo tienes claro, rey? —insistió Cleo, que miraba a Isla con un mohín—. Reconozco que no acabo de fiarme… Esto no será una estrategia que habéis planeado la wildling y tú, ¿verdad?

Un ascua de esperanza prendió en el pecho de Isla. Llevaban semanas trabajando juntos. Ella le había salvado la vida a Oro. Él había salvado la suya. Tal vez no la estuviera traicionando. Quizá sí fuera una estrategia a fin de cuentas…

El rey esbozó una sonrisa de pura hilaridad.

—Te haré partícipe de un secreto que podría explicar mi decisión —dijo el rey de viva voz, para que todos lo oyeran. Se volvió a mirar a Isla—. Isla Crown carece de poderes.

El mundo se congeló.

Y luego se hizo añicos.

Qué necia era. Una necia por creer que el rey le iba a permitir quedarse con el poder que anunciaba la profecía. Una necia por pensar que sus promesas tenían algún valor. Una necia por creer que le guardaría el secreto.

Las palabras del oráculo resonaron en su cabeza entre una sinfonía de terror.

«Hay mentiras y mentirosos por todas partes, Isla Crown». Debía de estar hablando de Oro. Tratando de advertirla.

La traición le abrasaba el estómago, hierro al rojo que mudaba en daga. Quería apuñalar con ella el corazón de Oro.

Cleo se volvió a mirarla, como si acabara de colegir que Isla carecía de protección. Estaba sola. Impotente.

Avanzó un paso…

Pero antes de que ninguno de los gobernantes pudiera saltar sobre ella, Grim la cogió de la mano y ambos se esfumaron en el aire.

CAPÍTULO 39
PROMESA

Lo sabían. Todos.

El secreto que llevaba guardando toda su vida, la razón de que hubiera vivido encerrada en sus aposentos, aquello que podía convertirla en el blanco número uno del Centenario.

Porque Oro lo había proclamado a los cuatro vientos.

No. Eso no podía estar pasando.

El rey había repetido una y otra vez que nunca le había mentido. Le había asegurado que podía confiar en él. Había sido cada vez más amable, más cariñoso…

Necia. Incluso ahora lo estaba defendiendo. Aun después de que hubiera destruido sus posibilidades de romper la maldición y salvar a su reino.

Oro la había sentenciado a muerte. La había utilizado. Así eran las cosas.

Hacía un instante estaba en la sala del trono viendo la expresión horrorizada en el rostro de Celeste. Viendo a Cleo avanzar un paso hacia ella. Pasado un momento se encontraba en el otro extremo de la isla principal, bajo el acantilado, en una playa.

Grim todavía le estaba sujetando la mano.

Grim. Gracias a él no estaba muerta. Pero ¿cómo…?

El rostro de Isla debió de reflejar su desconcierto, porque él aclaró:

—Es mi don.

Su don. Ahí lo tenía.

Era un poder peligroso. Isla pensaba que Grim sencillamente podía tornarse invisible; jamás hubiera imaginado que fuera capaz de cruzar la isla entera en un suspiro.

En ese momento recordó la frase que había pronunciado en la playa.

«Podría llevarte conmigo a las tierras nightshade ahora mismo».

¿Lo sabían los demás gobernantes? ¿O sencillamente sospechaban que se habían ocultado tras la invisibilidad de Grim?

En cualquier caso, el nightshade se había arriesgado a que todos conocieran su don con tal de salvarla.

—Gracias —dijo Isla, notando que se le saltaban las lágrimas—. Yo...

Grim la miró fijamente. Sus ojos derrochaban preocupación.

Por descontado. Ahora Grim conocía su secreto.

¿La consideraba inferior por ello?

Isla retrocedió un paso.

¿Se arrepentía de haber podido revelar su destreza secreta para rescatarla?

Isla se sentía avergonzada. Débil. Tonta.

—Ya lo sabía —declaró él con dulzura.

Un segundo. Otro.

—¿Qué sabías?

Grim avanzó un paso. Hasta situarse justo delante de ella. Posó dos dedos en el pecho de Isla. Presionó. Ella se estremeció.

—Sabía que no te afectan las maldiciones. Y que nunca has empleado la magia.

El mundo entero se emborronó, se torció en torno a Isla.

El nightshade lo sabía.

—¿Cómo?

Imaginó que en ese momento sus emociones eran un maremoto de sentimientos en conflicto; miedo, vergüenza, sorpresa y angustia.

—Los poderes de los nightshade... incluyen las maldiciones. Puedo notar las que afectan a los demás. Supe en cuanto te vi que tú no estabas bajo su influjo.

Recordó que la había rescatado de dar cuenta del resto del corazón al pedir que se lo llevaran a sus aposentos durante la primera cena. Ya lo sabía entonces.

Lo supo desde el principio.

—No represento un peligro para ti, Isla —le aseguró con voz firme. Con los ojos despejados—. Jamás te haría daño. Ni divulgaría tu secreto.

—¿Por qué? —jadeó ella. ¿Por qué no se lo había dicho a los demás? ¿Por qué no la había delatado en el instante en que había notado que las maldiciones no tenían efecto sobre ella?

Grim sonrió. Resultaba inquietante que, incluso en ese momento, ese gesto la derritiese por dentro.

—Porque somos monstruos, Devoracorazones —fue su respuesta—. O, al menos, eso piensan los demás. —Su sonrisa se ensanchó—. Los monstruos deben apoyarse mutuamente.

«Yo soy un monstruo».

El rompecabezas fue revelando la imagen completa. La fascinación que Isla había inspirado en Grim desde el primer instante. Su costumbre de seguirla a todas partes, sin miedo a la maldición.

Las partes de la wildling que habían reculado asustadas ahora se apaciguaron. La mitad de su ser se sentía desnuda y rota delante de él. Defectuosa. Impotente.

Pero la otra mitad se aflojó aliviada. Él conocía su secreto. Y no se lo había revelado a nadie.

Isla había sospechado que Grim la utilizaba. Pero se equivocaba. Cada interacción con el nightshade había sido genuina.

Le temblaban los labios. Les suplicó que parasen, pero no lo hicieron.

Grim avanzó otro paso. Percibía todas sus emociones. Su tristeza. El odio que todavía sentía hacia sí misma. La escudriñó, confuso, y luego le deslizó los nudillos por el rostro. Una lágrima solitaria resbalaba por su mejilla y ella ni siquiera se había percatado.

—Grim… —empezó con voz insegura—. ¿Qué hay de malo en mí?

Una gobernante nacida sin poderes era como una ostra sin perla.

La ira brilló en los ojos de Grim.

—No hay absolutamente nada malo en ti, corazón —respondió.

La envolvió entre sus brazos. Ella se quedó allí, temblando.

—Creo que me van a matar —confesó Isla en tono quedo antes de alzar la vista para mirarlo.

La sonrisa del nightshade la pilló por sorpresa. Posó la mano sobre su mejilla con sumo cuidado.

—Si alguien te pone un solo dedo encima, lo destruiré a él y a todo su reino. —Los dedos resbalaron por el rostro de Isla hacia su cuello y por fin tiró del colgante con suavidad—. Toca esto —le recordó—. Y yo acudiré.

Isla le creyó.

Solamente creía a Grim.

CAPÍTULO 40
JUNTOS

La traición de Oro era un glaciar en su pecho, palpitante y descarnado. Había confiado en él. Se habían enfrentado a un sinfín de desafíos y obstáculos. Juntos.

¿Acaso eso no significaba nada?

Las semanas que dedicó a ayudar a Oro fueron semanas desperdiciadas.

Lo único que amortiguaba el dolor de Isla era Grim. Él llenaba sus sueños y luego sus jornadas.

Isla sabía que tenía los días contados, y no solo porque Lightlark se desmoronase en derredor. Sin duda, Cleo y Oro estaban a punto de encontrar el corazón…, quizá ya hubieran dado con él. Y cuando lo hicieran y lo emplearan, solo quedaría una última condición para que se cumpliera la profecía: asesinar a un gobernante y a todo su reino con él.

Isla moriría muy pronto. Nunca conseguiría sus poderes wildling. Terra perecería. Y nada podía hacer para cambiarlo.

Durante una semana, Isla únicamente pensó en sobrevivir.

Se había mudado con ayuda de Grim a la Casa de Espejos en isla Agreste. De creer a Juniper, allí solo funcionaba la magia wildling. Era el único lugar donde Cleo y ella, e incluso Oro, estarían en igualdad de condiciones, en caso de que la atacaran. Allí los aceros de Isla no serían ineficaces.

Había ocupado una de las habitaciones abandonadas de la planta baja.

Cada mañana se preguntaba si sería la última. Cerraba la puerta con llave y colocaba muebles delante, consciente de que solo serviría para avisarla en caso de que alguien intentara atacarla. Trataba de mantenerse despierta por la noche y cada crujido del palacio le provocaba un respingo; pero su cuerpo terminaba por derrumbarse y la obligaba a dormir.

Su mano jamás se despegaba de la daga.

Ella, su asistente en el castillo, corría graves riesgos al atravesar los peligrosos bosques de camino a isla Agreste para llevarle a Isla las cosas que necesitaba. Comida. Agua. Una de las últimas veces que pasó por allí, Isla le tendió casi todas las gemas que había llevado a Lightlark, un saquito lleno de diamantes y piedras preciosas.

—Contrata a un sanador —le dijo.

Se preguntó si la starling volvería tras eso o si se daría por satisfecha habiendo conseguido lo que quería. Pero lo hizo. Regresaba a diario.

También Celeste.

Justo después de la traición, había acusado a Isla de ser una tonta por haber confiado en el rey. Luego le echó los brazos al cuello y lloraron juntas.

Isla no tenía claro si Celeste se alejaría tras la revelación. Su amiga tenía su propia vida y reino por los que preocuparse. Sería necio por su parte continuar con la alianza.

Pero Celeste seguía convencida de que el desvinculador era una opción.

—Lo estoy buscando —le decía—. Ya estoy más cerca.

Isla pasaba la mayor parte del día invocando cúmulos de estrellas y asomándose al interior, hasta que la mera visión de Terra le provocaba tal sentimiento de culpa que se le retorcían las tripas. Toda la parte derecha del cuerpo de su guardiana formaba ya parte de la tierra. Apenas podía hablar.

Cierto día se preguntó si estaba siendo egoísta al esconderse. Si Cleo y Oro encontraban y empleaban el corazón de Lightlark, cumpliendo así buena parte de la profecía, ¿no sería lógico que las wildling perecieran?

Los nuevos territorios y el pueblo silvestre casi se habían extinguido. Ella carecía de poderes. Isla y su reino no tenían nada que ofrecer al futuro de la isla.

Quizá lo mejor fuera…

Isla se lo mencionó a Celeste, que la miró como si deseara abofetearla.

—Necesitamos a las wildling —declaró su amiga—. Para reconstruir. Para cultivar. Tú y tu reino sois más importantes de lo que piensas.

Esa noche Isla recorrió la Casa de Espejos y se detuvo ante el muro con las tallas, allí donde se encontraba la cámara secreta que había intentado abrir sin conseguirlo.

Celeste tenía razón. Las wildling fueron grandes en otro tiempo. Una parte fundamental de la isla.

Qué lástima que tuvieran una líder débil, pensó mientras contemplaba los animales salvajes que antaño corrían por allí en libertad, las maravillosas plantas que las wildling cultivaban, las armas que esgrimían antes de estar pendientes de los corazones y la sangre.

Qué tragedia que su capítulo tuviera que acabar así.

CAPÍTULO 41
LA CARTA

Al día siguiente, Isla encontró a Celeste en la entrada de la Casa de Espejos.

—Ya basta de andar por ahí cabizbaja —declaró.

Isla pestañeó. ¿Cabizbaja? Solo intentaba sobrevivir.

—Eres una necia como una casa. ¿Lo sabías? —le preguntó Celeste.

Isla asintió con debilidad.

—Bien. Pero ¿sabes lo que no eres, Isla Crown? Un fiasco. Ni tampoco yo. ¿Te han traicionado? Lo esperábamos. Sabíamos que no podíamos confiar en nadie. ¿O ya lo has olvidado?

Isla hizo rechinar los dientes hasta el dolor.

—No llevamos años haciendo planes para que esto nos detenga —prosiguió su amiga—. Y no toda esperanza está perdida, todavía no. —Sorprendió a Isla con una sonrisa—. He estado charlando con los starling que trabajan en el castillo, Ella incluida. Acerca de la biblioteca secreta.

Isla tuvo que contenerse para no gritar. El desvinculador era una causa perdida. No tenía la menor duda. La insistencia de su amiga en encontrarlo la enfurecía. Isla necesitaba una solución realista…, no una leyenda.

Por otro lado… Celeste podría haberla abandonado en el instante en que los demás gobernantes descubrieron su secreto. Pero no lo había hecho. Así pues, Isla le preguntó en el tono más amable que pudo adoptar:

—¿Alguno sabe dónde está?

—Todavía no…, pero lo están buscando. Les he asignado una sección concreta del castillo a cada uno y les he pedido que pregunten a cualquiera que…

Isla miró a su amiga con hastío.

Celeste levantó los brazos exasperada.

—Bueno, entonces ¿cuál es tu plan? ¿Quedarte aquí escondida hasta que la isla se caiga en pedazos? ¿Esperar a que Cleo y el rey encuentren el corazón, si acaso existe, y te asesinen? ¿Esperar a que el reino Wildling se extinga por completo?

Isla se crispó de rabia, si bien lo que achacaba Celeste era exactamente lo que estaba haciendo.

Le había contado a su amiga lo que había visto en su cúmulo de estrellas. Se lo había enseñado.

«Te ayudaré», le había prometido Celeste. Pero Isla sabía que nada que no fuera el poder prometido por la profecía salvaría a las wildling de su decadencia.

Sus problemas le parecían insalvables.

¿Cómo iba a encontrar el corazón de Lightlark si los demás no solo ansiaban asesinarla, sino que sabían cuán sencillo resultaría? Tan pronto como pusiera un pie fuera de la Casa de Espejos, se convertiría en un objetivo.

¿Qué podía hacer Isla para ganar?

Se miró las manos. Sus temblorosas palabras la sorprendieron. Tenía un nudo en la garganta y se le saltaban las lágrimas.

—No quiero renunciar —dijo con sinceridad. Cada vez que cerraba los ojos, veía a su guardiana. Sufriendo. Transformándose despacio en una parte del bosque. Poppy y Terra contaban con ella… e Isla había renunciado adrede a todos sus planes y preparación. Había pensado sinceramente que podría cumplir su deber y conseguir lo que quería a su manera. Qué tonta había sido—. Pero ¿cómo no hacerlo? No tenemos ningún plan. Ni aliados.

Celeste le rodeó las manos con las suyas. Había algo resplandeciente en sus ojos, una intensidad que los asemejaba a dos estrellas trémulas.

—Tenemos exactamente lo mismo que teníamos cuando empezamos el Centenario. Nos tenemos la una a la otra.

Como si eso bastara.

Si Isla tuviera poderes, podría plantarles cara a Cleo y a Oro, quizá incluso arrebatarles el corazón en lugar de esperar a que la sacrificaran.

La gobernante starling caminaba por la sala a toda prisa, como animada por sus propias palabras.

—El juego no ha terminado. Llevamos dos meses en la isla. Debemos de haber hecho algún progreso, algún contacto. Tiene que haber alguien que pueda ayudarnos.

«Algún contacto».

El comentario de Celeste le había dado una idea. Isla se quedó sin aliento. Sus pensamientos se dispersaron. Conocía a una persona que le había resultado útil una y otra vez. Alguien que comerciaba con secretos.

Y si algo le había enseñado el Centenario a Isla era el valor de los secretos.

—Pergamino —pidió.

La gobernante starling sonrió.

—Vuelvo enseguida.

Una hora más tarde Celeste regresó con pergamino y tinta. Ella la acompañaba. La asistente starling estaba al corriente de la amistad entre las dos soberanas, pero a Isla no le importaba. No, teniendo en cuenta que Ella siempre le había mostrado lealtad y además pertenecía al pueblo de Celeste. Le convenía guardarles los secretos, por su propio interés y el de su reino.

Isla redactó la carta a toda prisa. Se la mostró a Celeste antes de doblarla por la mitad y tendérsela a Ella para que la entregara.

Misión cumplida. Isla había hecho algo… No había renunciado. Todavía no.

Cuando Ella partió con la misiva, una chispa de esperanza prendió dentro de Isla. Tal vez fuera joven, inútil y necia. Pero si Oro y Cleo hubieran encontrado el corazón, ya lo habrían usado. Uno de ellos estaría muerto y las maldiciones habrían desparecido.

Algo había ido mal.

Celeste tenía razón. El juego no había terminado. Todavía no.

La carta era para Juniper, cuyo bar llevaba cerrado desde el baile. Si alguien conocía la ubicación de una biblioteca secreta cuya existencia se rumoreaba o de algo que pudiera ayudarla a ganar, era él.

La carta rezaba: «¿Detalles de mi mayor secreto a cambio del tuyo?».

Isla no podía dormir. Y por lo que parecía, tampoco Grim. Estaba de pie en la enorme sala, de espaldas a ella, mirando por la ventana; un umbral que no podía traspasar. El nightshade inspiró hondo y echó la cabeza hacia atrás al espirar, como si la mera contemplación de la oscuridad lo renovara.

Isla avanzó un paso y él se volvió a mirarla.

Parecía sorprendido. Aliviado.

—Corazón —le dijo, cambiándole el nombre de nuevo. ¿Isla ya no era «Devoracorazones», puesto que ahora no tenía sentido fingir que ignoraba su secreto? Grim avanzó con grandes zancadas hacia ella, sin despegarle la mirada y, antes de que ella pudiera pronunciar una palabra, la arrastró contra su cuerpo.

Ella lanzó un gemido que nunca antes había brotado de sus labios y él le acarició la piel con gesto posesivo, como si conociera hasta el último centímetro y quisiera más. Como si lo quisiera todo. Al poco la armadura de Grim estaba en el suelo, junto al vestido arrugado de Isla y…

Isla jadeó al incorporarse. Parpadeó para disipar los restos del sueño como si fueran las partes del vestido que Grim había…

Tragó saliva con dificultad.

Solo había sido un sueño.

Solo otro…

Sueño.

Al día siguiente, Isla apenas podía mirar a Grim a los ojos cuando la visitó en la Casa de Espejos. Iba siempre que podía y entraba por la puerta como cualquier otro, ya que no podía usar su don para acceder. Juniper todavía no había respondido, pero Isla no perdía la esperanza de que lo haría. El cantinero no podría resistirse a conocer sus secretos. No si le habían llegado rumores de que Isla carecía de poder.

Grim le trajo chocolate del mercado. Isla pensaba que todos los establecimientos del ágora habían cerrado las puertas después del baile, cuando la isla empezó a desmoronarse de manera manifiesta. Pero Grim podía ser muy convincente cuando se le metía algo entre ceja y ceja, supuso.

En el sueño, casi había notado las manos del nightshade contra su piel. Se le antojó tan real el modo en que él había…

—¿Devoracorazones?

Isla pestañeó.

Él sonrió con un gesto tan malicioso que ella resopló una carcajada. Al momento entornó los ojos para fulminarlo con la mirada.

—¿Fuiste tú…? ¿Tú me enviaste el sueño? —preguntó ella con voz severa. Los nightshade poseían esa habilidad. Había visto con sus propios ojos cómo creaba ilusiones durante las exhibiciones—. ¿Me los has enviado tú todos?

Isla pensaba en Grim más de lo que debería. Pero la frecuencia con que se le aparecía en sueños no tenía ningún sentido. Ocupaba su mente prácticamente cada noche.

Debería haberlo imaginado. Todas esas imágenes que asaltaban sus noches últimamente…

—¿Qué sueño? —fue la única respuesta del nightshade, aunque sus ojos exhibían una expresión taimada.

Ella se levantó del camastro improvisado y lo miró echando chispas. Eso de que sembrara sueños en su mente le parecía invasivo —por más que los disfrutase— y cerró los puños junto a los costados.

—Sabes perfectamente de qué sueño hablo.

Grim tuvo el valor de fingir desconcierto, si bien una sonrisa bailaba en la comisura de sus labios luchando por asomar.

—No tengo claro a qué sueño te refieres —replicó—. Pero…, por lo que oigo… y noto…, me parece que me gustaría conocer más detalles…

Ella contuvo el impulso de asestarle un pisotón en el pie antes de despacharlo.

Isla hizo la prueba de abandonar la Casa de Espejos al día siguiente.

Esperaba encontrar a los soldados de Cleo aguardando, o a la moonling en compañía del rey, dispuesta a aprovechar la ocasión de asesinarla.

Pero allí no había nadie.

Nadie la estaba esperando.

Isla no quería alejarse. Era demasiado pronto y le parecía una imprudencia. Por otro lado, Juniper le había enviado una respuesta insinuando algo que merecía la pena.

«Sé quién lanzó las maldiciones», había escrito.

No era la clase de información que Isla esperaba, pero se le antojó importante. Todo ese tiempo se había concentrado en hallar la manera de romperlas en lugar de preguntarse quién las había originado.

No sabía de qué modo la ayudaría esa información en el proceso del Centenario. Pero era un comienzo. La única pista que tenían.

Cuando Celeste y ella entraron en el ágora, el pulso de Isla se aceleró. De nuevo se preparó para un ataque. Como el que había sufrido en el puerto. Gente que se abalanzara sobre ella desde las sombras.

Sin embargo, la plaza estaba desierta. No quedaba ni un solo isleño. Tan solo se oía el chirrido de los carteles polvorientos de las tiendas, que se balanceaban al viento.

Celeste frunció la nariz al entrar en la taberna. Isla entornó los ojos. Aunque hacía semanas que la cantina estaba desierta, el olor del alcohol se había intensificado. Era tan fuerte que se le saltaron las lágrimas.

Y también notó algo más; un hedor distinto.

Isla corrió a la barra para asomarse al otro lado y al hacerlo perdió el aliento. Instantes después, un grito le desgarró la garganta.

Le habían dejado un mensaje.

Escrito en sangre.

No, no era un mensaje cualquiera, sino una respuesta. Recordó las palabras que Celeste y ella habían garabateado en el puerto después de que atentaran contra su vida: «Esfuérzate más».

En las alacenas de madera que albergaban las bebidas espumosas se leía: «¿Te parece suficiente?».

En el suelo, bajo el mensaje, Juniper yacía muerto.

CAPÍTULO 42
CLEO

La isla se construyó a base de corazones, huesos y sangre. La muerte formaba parte de su misma esencia, desde el duelo que acabó con la vida de Cronan Malvere hasta todas las pérdidas que se habían producido a partir de entonces. Isla permaneció tres días en la Casa de Espejos después de encontrar a Juniper asesinado, consciente de que ella sería la siguiente.

Cleo todavía no había acabado con ella, pero su presencia se percibía por todas partes. Había interceptado la nota de Isla o se había enterado de su existencia de algún otro modo. No había comunicaciones seguras. Y su sangriento mensaje estaba claro.

La moonling aún no había venido a buscarla..., pero lo haría.

De vez en cuando, a última hora de la noche o de madrugada, Isla abandonaba a hurtadillas el palacio wildling para salir a correr. Últimamente era la única actividad que le despejaba la cabeza de las inacabables imágenes de su reino agonizante. Cada día llegaba más lejos, aventurándose en las profundidades del bosque maléfico. Acercándose al acantilado. A las afueras del castillo, incluso.

De ese modo, al menos, tenía la sensación de estar ocupada.

Se sentía inútil no haciendo nada para ganar el Centenario.

Pero ¿por dónde empezar? Oro —a conciencia— no le había revelado las ubicaciones de isla Luna donde la oscuridad confluía con la luz. No podía emprender la búsqueda en persona. Aunque supiera dónde estaban, seguramente Oro y Cleo ya habían mirado allí. Y eso significaba que tenían el corazón… o estaban a punto de conseguirlo.

El sentimiento de culpa se le acumulaba en los hombros y no dejaba de crecer, tornando pesados cada uno de sus pasos. Había fallado a su pueblo. Había fallado a sus guardianas.

Y le había fallado a Juniper. Cleo había asesinado al cantinero por culpa de Isla; como consecuencia de la información que había estado a punto de revelarle.

Eso significaba que la pista era importante.

Isla no permitiría que la muerte de Juniper hubiera sido en vano. Y, mientras corría por el bosque, atisbó un asomo de esperanza.

Si Cleo y Oro ya habían encontrado el corazón, la gobernante moonling no se habría molestado en sabotear a Isla. Las cosas no les iban bien… y eso significaba que todavía cabía la posibilidad de enderezarlas.

La isla era una pasta de hojaldre cada día más cerca de desmoronarse sobre el mar. Pero al anochecer lucía preciosa. El sol era una yema rota que untaba el cielo de oro, naranja y rojo como desesperado por dejar su huella. Las nubes parecían algodón empapado en tinte rosa.

Isla contempló el ocaso desde el acantilado, todavía jadeando con las manos en las rodillas. Acababa de correr una hora. Tenía las raíces del cabello empapadas de transpiración; el calor de ese día le recordaba a su reino. Una brisa salobre le empujó la cabellera hacia atrás y luego hacia delante, pegándole los mechones a la cara.

Vestía las prendas que el sastre le había confeccionado durante la primera semana en la isla. Un conjunto diseñado para correr y luchar. La tela era fina, pero ofrecía protección contra los elementos. Isla tenía pensado llevar ese mismo atuendo para buscar el corazón…

Con Oro.

Se sentó mientras lo que quedaba del sol se hundía renuente en el horizonte. Aferró la hierba entre los dedos y notó el poder que circulaba por la tierra, si bien más débil que antes. Un poder al que no tenía acceso.

—Mamá —le dijo a la oscuridad creciente—. No te lo reprocho.

En ocasiones hablaba con ella.

Isla nunca conoció a su madre. Su padre la asesinó el día de su nacimiento, antes de volver el cuchillo contra sí mismo. Ambos fueron víctimas de la condena wildling. La madre de Isla se había negado a matar a su amado, así que la maldición exigió su deuda de sangre.

Y la hija de ambos nació sin poderes.

—Yo tampoco podría hacerlo —reconoció con voz queda.

Isla pensaba en ello de vez en cuando. En la elección imposible. Matar a tu amado… o morir. Antes la respuesta le parecía obvia. En este momento sabía que nunca podría asesinar a la persona que se adueñara de su corazón.

Quizá eso fuera propio de un ser mortal. Tal vez de una persona débil.

No. Débil no. Una gobernante débil no habría sobrevivido tantos días de Centenario privada de poderes.

—Te entiendo. Y no te culpo. Y... —La voz le tembló un momento antes de calmarse de nuevo—. Y me gustaría haberte conocido.

Para cuando regresó al bosque, la luna era un ojo abierto que la observaba desde el cielo. Avanzó entre las sombras, manteniéndose en el perímetro y observando el castillo de la capital a través de la oscuridad.

Echaba de menos sus aposentos del palacio. Echaba de menos su secreto y la seguridad que le otorgaba.

Isla estaba a punto de internarse en el bosque cuando la vio.

Cleo.

Su primera reacción fue quedarse paralizada y echar mano de la daga. Pero la moonling no la había descubierto. Estaba demasiado lejos.

Mientras Isla veía a Cleo deslizarse por la noche envuelta en su capa pálida como hueso, su miedo se atenuó.

Celeste tenía razón. Isla llevaba escondida demasiado tiempo.

De todos modos, muy pronto tendría que abandonar su escondite para participar en Carmel, el festival de veinticuatro horas de duración que se celebraba a los setenta y cinco días del Centenario. La asistencia era obligatoria, a menos que estuviera dispuesta a que la eliminaran oficialmente de los juegos.

No podía. No, sabiendo en qué estado se encontraba su reino.

Isla tendría que enfrentarse a Cleo allí. Una parte de ella se preguntaba si Oro y la moonling tendrían pensado aprovechar la ocasión para acabar con su vida; si acaso deseaban añadir dramatismo a su muerte asesinándola delante de todos los isleños asistentes. Le dio un vuelco el corazón solo de pensarlo.

No viviría más tiempo asustada. Si su destino era morir, lo afrontaría de cara.

Con la frente pegajosa de transpiración, Isla empezó a seguir a la gobernante moonling a través de la noche.

Tal vez la condujese directa al corazón.

Cleo cruzó la capital. Sus prendas blancas brillaban en la noche iluminadas por el foco que era la luna. La moonling se detuvo un momento para empaparse de luz lunar. Hizo movimientos rotatorios con los hombros y levantó el rostro hacia la luz. La leyenda decía que, después de que se lanzaran las maldiciones, Moonling se convirtió en el reino más fuerte. A diferencia de Sunling o Nightshade, ellos seguían teniendo acceso a su fuente de poder. Y, al contrario que Starling, muchos de sus súbditos eran ancianos. A ellos, la maldición apenas los había afectado. Miles de moonling habían perdido la vida en el mar, por descontado, pero los supervivientes no se habían debilitado físicamente.

A Isla se le revolvieron las tripas. ¿Cómo era posible que no lo hubiera pensado antes?

Cleo debía de haber lanzado las maldiciones. Era eso lo que Juniper intentaba decirle. Por eso lo habían matado los moonling.

¿Había creado ella las maldiciones y le había asignado una a su propio reino para no despertar sospechas? ¿Una maldición que no la debilitara lo más mínimo?

Cleo no había sufrido. Era más fuerte que nunca.

De ser eso cierto…

La moonling no querría que se rompiesen las maldiciones.

¿Lo sabía Oro? ¿Por eso todavía no habían empleado el corazón? ¿Se estaba asegurando Cleo de que Oro nunca lo hiciera?

A Isla se le estaba acelerando la respiración. Cleo era peligrosa. Mortal. Pero no dio media vuelta para regresar al castillo en busca de Grim o de Celeste.

Siguió a Cleo al puente de isla Luna.

Por primera vez no había guardias allí. La gobernante lunar debía de haberlos quitado después de que Oro la eligiese como compañera. ¿Por qué?

No tenía tiempo de ponerse a especular y consideró la ausencia una buena señal.

Isla aguardó unos minutos a que Cleo desapareciera al otro lado del puente. Y entonces lo cruzó.

Cleo dejó atrás su palacio. Isla la siguió por el mismo bosque que Oro y ella habían recorrido dos semanas atrás. ¿A dónde se dirigía?

La túnica blanca de la moonling ondeaba entre el follaje sin ensuciarse de tierra ni mojarse con los serpenteantes arroyos. La corriente del agua cambiaba de sentido cuando ella pasaba; parecía que la llamara.

La vestimenta de Isla mantenía a raya buena parte del frío. Notaba el mordisco del aire en las mejillas y la nariz, pero tenía el pecho caldeado. Las botas le protegían los pies del helor. Cleo se desplazaba con soltura, indiferente a la presencia de la nieve. Tal vez le proporcionase energía, igual que la luna.

Sin previo aviso, Cleo se detuvo e Isla hizo lo propio antes de esconderse entre la maleza del bosque. La gobernante moonling se había quedado parada ante una montaña que estaba cubierta de hielo como si llevara armadura. Levantó los brazos por encima de la cabeza con los dedos abiertos… y los dejó caer con la elegancia de un copo de nieve que desciende del cielo.

Al instante el hielo empezó a derretirse. Resbalaba en láminas que volvían a endurecerse tan pronto como tocaban la tierra. Isla forzó la vista a través de la oscuridad. ¿Qué estaba haciendo Cleo?

Tenía que acercarse más. Isla dio un paso adelante sacando un pie del bosque. Siguió observando la escena mientras el hielo caía hasta revelar un orificio semejante a un portal. O un pasaje secreto. Entornó los ojos. ¿Era ahí donde se reunían Oro y ella? ¿Guardaba el corazón en ese lugar? ¿O se trataba de algo distinto?

Isla avanzó otro paso… y un potente graznido atravesó la noche.

El mismo pájaro azul oscuro de la otra vez bajó en picado a través de los árboles, directo a su cabeza. Ella se agachó justo a tiempo, pero el ave viró rauda asestando feroces picotazos al aire. Volvió a graznar a toda potencia; era una señal de alarma, comprendió Isla demasiado tarde. El pajarraco era un espía de Cleo que alertaba a su dueña de que la estaban siguiendo.

Isla se aventuró a levantar la vista. La gobernante moonling se había dado la vuelta. Los ojos de ambas se encontraron.

Con un destello de un azul cristalino, una gruesa lámina de agua lanzó a Isla por los aires. Ella notó que sus pulmones perdían todo el aire. Cleo la estampó contra la ladera helada de la montaña e Isla chilló al tener la sensación de que su columna vertebral se hacía añicos. El dolor fue espantoso, cegador, y gritó de nuevo cuando el agua que la había empujado se convirtió en hielo contra su cuerpo.

Cleo avanzó un paso hacia ella con expresión de sorpresa.

—Debo reconocer —dijo— que me admira tu estupidez. ¿Una gobernante sin poderes me sigue a mi propio islote?

Iba a matar a Isla. Igual que había matado a Juniper.

La wildling forcejeó contra el hielo...

Pero bien podría haber sido hierro.

—Ah, a medida que baje la temperatura, la capa de hielo se irá tornando más gruesa —le dijo Cleo en tono meloso—. Ahora dime, wildling, ¿por qué me has seguido hasta aquí?

Isla debía ser lista, entretener a Cleo todo lo que pudiera. Y rezar para que le diera tiempo de idear un plan.

—Lo he averiguado —fue la respuesta de Isla, que habló con una voz grave y cascada. Respiró entrecortadamente. El dolor que notaba en la espalda era como tener dagas clavadas entre las vértebras de la columna—. Sé por qué razón mataste a Juniper.

Cleo la miró con curiosidad. Avanzó un paso hacia Isla. Su cabello blanco destelló a la luz de la luna cuando sacudió la cabeza.

—Eres una necia. —«Necia». La palabra era una vieja amiga o quizá una enemiga que venía a saludarla. Aunque había cometido estupideces, Isla no era ninguna necia—. Pero valiente, si te atreves a presentarte en el Centenario careciendo de poderes... —Enarcó una ceja—. ¿Y usar guantes de piel humana para acceder a las secciones protegidas de nuestros castillos? Qué ingenioso. —Frunció los labios—. Veamos si eres lo bastante lista para salir de este atolladero.

La moonling hizo chasquear los dedos y el hielo que atrapaba a Isla se expandió. Se espesó.

La rabia ardió en su interior, pero no lo suficiente para evitar que el frío la entumeciera. Tenía los labios tiesos cuando susurró:

—Tienes miedo. Porque sé... sé que fuiste tú la autora de las maldiciones. —Furiosa, golpeaba el agua helada una y otra vez. Era inútil—. Lo sé, y si una necia ha sido capaz de descubrirlo, cualquier otro podrá deducirlo también.

Cleo levantó una mano y el hielo que envolvía la clavícula de Isla le ascendió hacia el cuello hasta crear un grillete de cristal. Isla resolló y su aliento mudó en escarcha.

—Te crees muy lista, pero no sabes nada, wildling —replicó—. Y aunque así fuera… —Sonrió—. Los cadáveres no pueden hablar. Ni romper maldiciones, ¿verdad?

Cleo sonrió antes de desaparecer en la gélida cueva.

El tiempo discurría de manera distinta cuando estabas muriendo, comprendió Isla. Los segundos se le antojaban kilométricos y los minutos eran interminables aullidos de viento. Pudieron transcurrir horas o quizá la mitad de un espacio entre campanadas, pero al cabo de un rato Isla dejó de sentir el dolor que le traspasaba la espalda como un centenar de cuchillos. El hielo lo había congelado igual que había apagado el escaso calor que le proporcionaban las prendas de ropa.

Recordó la primera vez que viajó entre portales al reino Moonling. El desagrado que le había inspirado. El paisaje era hermoso, envuelto en hielo, nieve y escarcha, pero se sintió agredida por el frío. Fue como notar picaduras de mosquito por todo el cuerpo. Solo se había quedado unos minutos, tiempo suficiente para ver a la luna tragarse un barco entero.

Nunca pensó que sería algo tan sencillo y natural como el frío lo que acabaría con ella. Una maldición o un acero en el corazón tal vez. Pero jamás el frío.

Al principio Isla se entristeció. Luego se asustó.

Y a la postre volvió a enfurecerse.

Cleo tenía razón..., era una necia. Había seguido a la gobernante moonling sin trazar un plan de antemano, tan desesperada estaba por obtener alguna respuesta. Por conseguir el corazón.

Por vengarse.

Retiró todas las palabras que le había dirigido a su madre. Exigió al cielo que le devolviera sus oraciones. Si pudiera emplear la magia, podría quizá levantar un dedo y mover la roca enterrada bajo las capas de hielo. O un árbol. O llamar a un animal para que la ayudara a liberarse.

«Tú tienes la culpa —la acusó mentalmente—. Si muero, tú tendrás la culpa. ¿Qué clase de wildling se enamora siendo consciente del precio?». Se preguntó qué aspecto tendría su madre en ese momento. Una versión de Isla con algunos años más, supuso. Cuando los gobernantes tenían descendencia, empezaban a envejecer de manera más acorde con su edad, y acusaban cada vez más el paso de los años a medida que crecía su linaje. Cada familia tan solo podía acceder a cierta cantidad de poder. Después de las maldiciones, la isla y los reinos se debilitaron. Pero algunas personas, al perder a sus familias, se hicieron más fuertes en cierto modo.

Isla no tenía familia. Y era débil pese a todo.

Estaba sola.

No... No estaba sola.

El collar. Grim le había dicho que lo tocara cada vez que lo necesitara. Él podía salvarla. Sus manos estaban demasiado lejos y no tenía modo de liberarlas. Pero quizá con la barbilla; si pudiera acercarla a la cadena...

Un rugido procedente de las profundidades de su garganta resonó contra las montañas circundantes cuando, tratando de mover el cuello, los nervios de la nuca gritaron atormentados. Inclinó la cabeza tanto como pudo entre un dolor palpitante.

Pero el hielo con el que Cleo le había apresado la garganta le impedía el movimiento.

Cuando aflojó la tensión, se golpeó la cabeza contra la montaña. Apenas notó el dolor. Aunque se las ingeniara para alcanzar el colgante, Grim no podía salir por la noche, comprendió. No podría liberarla hasta que saliera el sol.

Y para entonces ya estaría muerta.

CAPÍTULO 43

MENTIRAS

Un soplo de aliento cálido le golpeó la mejilla. Oyó el crujido del hielo que se partía; alguien estaba usando un acero para retirarlo. Cortaba el agua helada para llegar a ella como quien talla una estatua.

Isla no podía abrir los ojos. Los tenía congelados, al igual que el resto del cuerpo. Se le habían pegado las pestañas. Aunque no veía nada, notaba que aún era de noche, porque la temperatura había bajado aún más si cabe.

Trató de separar los labios para darle las gracias a quienquiera que estuviera tratando de liberarla. Pero los tenía sellados, unidos por la escarcha. Descargaban el arma contra el hielo sin tregua, una y otra vez, con tanta potencia que las vibraciones le atravesaban los huesos. Como no llevaran cuidado, le asestarían un golpe.

—Es ella, ¿verdad? —dijo alguien. Era una voz profunda y maliciosa, con un asomo de risa.

—Mira esa cara. Pues claro que es ella. —Isla notó algo agudo contra la mejilla. ¿Una hoja? No, un clavo. Largo—. Prepararemos un caldo con sus huesos que nos inundará de poder. Le quemaremos el pelo e inhalaremos el humo para recuperar la juventud.

Isla dejó de respirar.

La primera voz observó:

—Está despierta, ¿no es cierto? ¿Crees que puede oírnos?

—Me da igual. ¿Dónde está Thrayer? Este hielo no se puede romper.

Un crujido se dejó oír allí cerca. A continuación:

—Estoy aquí. ¿La habéis encontrado así?

La primera voz graznó:

—Atrapada como una rata en miel.

—Bien. Muy bien...

El hielo se caldeó hasta transformarse en agua. Isla resbaló por la falda de la montaña y aterrizó en la base. Aunque ya no estaba atrapada, no podía mover ni un solo músculo, ni siquiera para llevarse la mano al cuello.

Alguien la aferró por debajo de los hombros y empezó a arrastrarla.

¿Quiénes eran? Caníbales que la atravesarían con un espetón y se comerían su carne carbonizada.

Tenía tanto frío que la perspectiva del fuego casi resultaba agradable.

Quienesquiera que fuesen, algún moonling los estaba ayudando. Alguien había derretido el hielo.

Cargaban con ella bosque a través. Todavía oía el grito de ese pájaro absurdo, el que antes había anunciado su presencia. El pájaro de Cleo. ¿Estaba ella observando al grupo en ese momento? Imaginó que a la soberana moonling le produciría un enorme deleite que la asaran viva.

—Dispárale al pájaro. Me está dejando sordo.

Isla oyó el clásico zumbido de una flecha que surca el aire. Durante un momento reinó el silencio.

Luego se reanudaron los graznidos.

—Si no eres capaz de acertarle a un maldito pájaro, ¿por qué te ibas a quedar el corazón?

—¡Yo la he encontrado!

—¡A lo mejor te disparo a ti y me la como yo toda entera!

El pájaro seguía chillando casi con alegría.

De súbito la quietud se adueñó del bosque.

Isla notó una corriente de aire, un sabor metálico en la boca.

Uno de sus captores gritó y el calor de unas llamas le rozó la cara. El olor de las estrellas rompiendo algo allí cerca, salpicaduras de sangre contra su piel. La persona que llevaba en brazos a Isla la dejó caer.

Pero antes de que aterrizara en el suelo, otros brazos la rodearon.

Y al momento estaba surcando el aire.

Isla era metal forjado con la forma de una espada, atrapada en tanto calor que chilló y se preguntó cómo tenía fuerzas siquiera para emitir el sonido.

—Solo un poco más —le advirtió alguien.

Al sonido de la voz se quedó de piedra antes de patear con toda su alma, moviendo aquellas partes del cuerpo que se habían recuperado del congelamiento.

Una mano le tapó los ojos para calentarlos e Isla por fin fue capaz de abrirlos.

Vio a Oro de pie sobre ella, que la miraba frunciendo el ceño.

—Tú —gruñó Isla entre dientes con una voz rezumante de veneno. Sus manos estaban deseando ahogarlo. Destriparle, hundirle un acero en el vientre, arrancarle el corazón con las manos desnudas.

¿Estaba allí para matarla? ¿Había encontrado finalmente el corazón de Lightlark?

—Antes de que hagas ninguna de las cosas horribles que ahora mismo estás imaginando —pidió Oro—, déjame hablar.

Isla se habría abalanzado contra él sin escuchar una palabra más de no haber tenido el cuerpo tan entumecido.

Oro suspiró.

—No te he traicionado, wildling. —Isla abrió la boca, pero él siguió hablando—. Si bien es cierto que el hecho de que lo creyeras así ayudó enormemente a…

—¿Ayudó a qué? —gruñó Isla. Oro estaba mintiendo. No creía nada de lo que salía por esa condenada boca.

—El acceso a uno de los lugares donde la oscuridad confluye con la luz en isla Luna es imposible sin Cleo. Hace siglos, lo rodearon de un laberinto para que los intrusos no pudieran encontrarlo. La necesitaba…, así que cambié de compañera.

Isla se clavó las uñas en la palma de la mano. Ya podía mover los dedos. Quizá, si actuaba con la rapidez suficiente, pudiera ahogarlo. Intentó levantar las manos, pero apenas pudo despegarlas unos centímetros de la cama.

«La cama».

Miró en derredor con frenesí.

No estaba en su propia alcoba. Se encontraba en la de Oro.

Las paredes eran lisas, pero el techo estaba forrado de oro macizo. Se fijó en los suelos de piedra, en las pesadas cortinas que cubrían todas las ventanas.

Oro reculó al percibir su expresión… y seguramente su pánico.

—Te traje aquí después de dar contigo. Supuse que no querrías que los demás supieran lo que había pasado.

Todo eso no tenía pies ni cabeza.

¿Por qué Oro la había salvado?

Él afirmaba que no la había traicionado…, que el plan de ambos seguía en marcha. Que había llevado a cabo esos actos con el fin de que los dos pudieran encontrar el corazón.

Mentiras y más mentiras.

«Hay mentiras y mentirosos por todas partes…».

Oro prosiguió.

—Esta noche me ha llevado finalmente. Gracias a eso he dado contigo. Estaba en isla Luna, en el laberinto. No hemos encontrado el corazón, lo cual nos favorece, porque sospecho que Cleo habría intentado llevárselo… Pero ahora solo nos quedan dos emplazamientos que revisar.

«Nos quedan». Ya no eran compañeros.

Isla negó con la cabeza. Las lágrimas surcaban sus mejillas por el dolor de la traición, todavía en carne viva.

—No se trata tan solo de que cambiaras de compañera. —Le reventó el modo en que se le quebró la voz al decirlo—. Yo confié en ti. Y tú se lo contaste. Tú…

Oro cerró los ojos un instante.

—Ya lo sé. Lo siento. De veras. Cleo empezaba a sospechar. Se enteró de que habíamos visitado isla Luna el día anterior, no sé cómo. —Isla recordó el pájaro. Su espía. Los había visto—. El único modo de convencerla de que me ayudase era menospreciarte. En público. Tu reacción y tus actos a partir de ese momento tenían que ser genuinos.

No le parecía suficiente motivo. Isla abrió la boca para señalarlo, pero él prosiguió.

—Y mis fuentes me han informado de que Cleo está cada día más convencida de que debe ser Starling el reino que desaparezca.

«¿Qué?». Isla apenas pudo contener el impulso de incorporarse aterrada.

—Eso no tiene sentido. Es a mí a quien quiere ver muerta.

Oro frunció el ceño.

—De ser así, Cleo te habría matado esta noche.

—Ha estado a punto —replicó Isla exasperada. Si Oro no la hubiera rescatado, habría acabado en una cazuela—. ¿Por qué escoger Starling?

—Piensa que Starling es el pueblo más débil. Su reino es el más pequeño y el menos desarrollado en los últimos quinientos años, por culpa de su maldición.

A Isla le temblaba la voz cuando dijo:

—Tú… Tú no estás de acuerdo, ¿verdad?

Él negó con la cabeza.

—No. Starling es esencial. Si conté tu secreto no fue únicamente para que Cleo confiara en mí, sino también para arrojar dudas sobre su decisión. Antes, cuando Cleo y Celeste formaban equipo, no podía asesinarla. Cuando modifiqué las parejas…

—Podría haber atacado a Celeste sin reparos —terminó ella.

Oro asintió.

—Exacto.

Isla no pensaba que Cleo diera mucha importancia a las reglas ni le importara demasiado obtener el poder que prometía la profecía. No si había sido ella la que lanzara las maldiciones en su día.

No obstante, si Oro tenía razón y compartir el secreto de Isla había salvado a Celeste…, se lo agradecía.

Lo que el rey decía parecía lógico. De ser verdad, todo lo que había hecho a lo largo de las dos últimas semanas no buscaba nada más que proteger a Isla y sacar adelante el plan de ambos.

Negó con la cabeza.

—No te creo.

—Nunca te he mentido, Isla. —Avanzó un paso hacia ella—. Aunque tú me hayas engañado una y otra vez. —Otro paso—. Me revelaste tu secreto. Ahora yo te voy a revelar mi don. Nadie puede mentirme —Isla recordó las palabras de Oro en la cueva—, porque noto cuando alguien no me dice la verdad.

«Su don». Isla pestañeó.

Le había mentido demasiadas veces para contarlas a lo largo del Centenario. Incluso durante el tiempo que trabajaron juntos. Y él lo había sabido en todas las ocasiones.

Oro la miró entornando los ojos.

—Me contaste una mentira tras otra y a pesar de eso te hablé del corazón. Te lo conté todo, excepto esto. Porque Cleo disfrutó lo indecible viéndote tan dolida. Por eso se avino por fin a llevarme al enclave de isla Luna que yo quería inspeccionar. Le entusiasmó que yo te pusiera en evidencia y que la escogiera a ella como compañera en lugar de a ti. Que revelara un secreto tan trascendente.

Oro se detuvo a medio paso de distancia. Isla todavía tenía los puños cerrados y se planteó lo bien que le sentaría abofetearlo en toda la cara.

—Me pusiste en peligro —insistió—. ¡Cleo podría haberme matado!

—Nunca me alejaba de ti —confesó él—. Supe que te habías mudado a la Casa de Espejos. Vigilé la entrada. Aposté guardias por allí cerca. ¿Cómo crees que Ella lograba llegar ilesa? Allá donde ibas, yo te seguía. Y cuando no podía, enviaba guardias a vigilar a Cleo para asegurarme de que no se acercara a ti.

Isla lanzó una risa amarga.

—¿Y esta noche?

—Esta noche tenía que reunirme con ella. Y tú te me has escurrido entre los dedos cuando te ha dado por seguirle el rastro. Pero te he encontrado, ¿verdad? —Negó con la cabeza—. Cleo está tramando algo. Ha estado entrenando a un batallón secreto. —Así pues, el rey lo sabía—. El corazón está en su islote. Si se apodera de él antes que nosotros, temo lo que pueda hacer.

Tenía toda la razón. Isla estaba convencida de que era Cleo la autora de las maldiciones. Si la teoría de Oro era correcta, significaba que ya había empleado el corazón en otra ocasión. ¿Qué le impedía volver a hacerlo?

Oro la miró con vehemencia.

—Confío en ti, Isla, aunque me hayas dado incontables razones para no hacerlo. ¿Vas a confiar en mí? ¿Por el bien de nuestros pueblos?

«Nuestros pueblos».

Isla no deseaba volver a dirigirle la palabra al rey. Por otro lado, no tenía ningún plan. Celeste seguía empeñada en encontrar el desvinculador.

Y su pueblo estaba muriendo.

—Tu oferta sigue en pie, entonces —observó Isla, aunque cada una de sus terminaciones nerviosas le gritaba que no confiara en él. Que le clavara la daga en la espalda para que supiera lo que se sentía.

Oro asintió.

—Cuando encontremos el corazón, podrás utilizarlo. El poder del premio será tuyo.

Isla sería una tonta si se fiara de él después de lo que le había hecho. Pero una parte de ella albergaba la esperanza de que no estuviera mintiendo; de que realmente existiera una posibilidad de salvar a su pueblo y a sí misma.

Tampoco podía pasar por alto el hecho de que Oro le había salvado la vida. De nuevo. No tenía ninguna lógica. Si tramaba algo contra ella, ¿por qué no la quería ver muerta? Acabando con ella, una parte de la profecía se cumpliría.

Abrió las manos, y la daga que había extraído de un bolsillo secreto del pantalón mientras Oro hablaba cayó al suelo con estrépito. El rey la miró sin demostrar sorpresa.

—Muy bien. —Isla le clavó la mirada más fría que había lanzado jamás—. Ahora ya sabes que no como corazones —dijo despacio—. Pero si me vuelves a traicionar…, de manera genuina o no… —Isla le mostró los dientes con rabia—, te juro que haré una excepción en tu caso.

CAPÍTULO 44
CARMEL

Cleo es la autora de las maldiciones —le dijo Isla a Celeste al día siguiente. Se lo había contado todo a su amiga: el ataque, su conversación con la moonling y las palabras de sus captores.

Al oírla, Celeste frunció el ceño.

—Pero ¿con qué fin? Si fueron obra suya, no les ha sacado partido. No ha aprovechado la debilidad de los otros reinos para invadirlos. No ha hecho nada.

Isla había pensado lo mismo.

—No lo sé. Es posible que haya hecho algo y todavía no lo sepamos.

Le contó asimismo que la moonling deseaba la muerte de Celeste. Su amiga se encogió de hombros sin darle importancia.

—Supongo que todos aquí desean lo mismo, menos tú. Aunque llevaré más cuidado, por descontado. Pero jamás me he fiado de ella ni un pelo.

Por fin Isla le relató a Celeste que Oro la había rescatado, así como las explicaciones que le había dado. Ya se había preparado para las críticas de su amiga, para su decepción. Pero la starling se mostró casi complacida.

—Es una buena noticia —respondió.

—¿Buena?

Celeste asintió.

—Te he dicho que no he parado de buscar la biblioteca secreta. Estoy convencida de que está en el castillo de la capital. Y seguro que él conoce su ubicación. Se lo puedes preguntar. Él reveló a todo el mundo tu mayor secreto. Tendrá que decírtelo. Para ganarse tu confianza de nuevo.

A Isla le entraban ganas de tirarse de los pelos cada vez que Celeste nombraba el desvinculador, pero prometió preguntarle a Oro por la biblioteca cuando el momento le pareciera adecuado, aunque solo fuera para que su amiga dejara de insistir.

Desde el baile, los habitantes de Lightlark se habían atrincherado en sus islotes. El hecho de que menos gente emplease el poder en la capital había acelerado su desmoronamiento.

No era momento de celebraciones. Isla y Oro tenían que revisar las últimas ubicaciones de isla Luna lo antes posible, antes de que se agotara el tiempo. Antes de que Terra no fuera nada más que madera y tallos retorcidos.

Pero Oro debía cumplir las reglas del Centenario a riesgo de perder la vida. E Isla debía acatarlas si quería ganar.

El día que se cumplieron setenta y cinco de los cien, la fiesta de Carmel se celebró como estaba previsto. Se trataba de un festival que conmemoraba el último cuarto del Centenario. No solo los nobles, sino todos los isleños estaban invitados. Isla no pensaba que nadie se presentara a la fiesta, no después de lo sucedido en el baile, pero se equivocaba. El día previo al festival, las tiendas abrieron las puertas una vez más y las gentes empezaron a llenar las calles.

Isla no estaba obligada a asistir al evento completo, solo a una parte. Se saltó el pícnic de la mañana y luego las actividades que se organizaron en la zona este de la capital por la tarde.

Se preguntó si Cleo se molestaría en aparecer, teniendo en cuenta sus sospechas de que a la moonling le traían sin cuidado las reglas. Si ella era la autora de las maldiciones, desearía mantenerlas intactas…, no acabar con ellas.

Además, la moonling querría evitar que alguna otra persona las rompiese.

Isla aguardó todo el día en sus aposentos, escuchando el eco de las celebraciones. La música se dejaba oír a lo lejos. Las copas tintineaban según la fiesta se desplazaba hacia los jardines del castillo.

De no haber sido el día de Carmel, ella estaría en isla Luna registrando los últimos emplazamientos posibles. Las dos piernas de su guardiana se encontraban ya bajo tierra. De su coronilla habían empezado a brotar flores.

No pasaría mucho tiempo antes de que el bosque la devorase por completo. No pasaría mucho tiempo antes de que no quedara bosque.

«Un día de descanso», se dijo. Luego encontraría el corazón y conseguiría todo aquello que ansiaba.

—Tienes un aspecto ridículo —le dijo Celeste.

Se reunieron justo después del ocaso. La starling acababa de regresar de las celebraciones para reclamar la presencia de Isla, que se había mudado a sus aposentos del castillo a insistencia de Oro, puesto que volvían a trabajar juntos. Él le había prometido tomar precauciones para mantenerla a salvo.

Había guardias vigilando el pasillo día y noche. El rey en persona acudía varias veces al día para comprobar que todo iba bien.

Celeste e Isla se habían ataviado con esplendorosas representaciones de sus respectivos reinos. La gobernante starling iba cubierta de cristales desde lo alto del cuello hasta la punta de los largos guantes y la tela que se acumulaba a sus pies. Su cabellera estaba salpicada de minúsculos diamantes semejantes a estrellas que hubieran accedido a abandonar su galaxia por un día.

Esa noche, Isla era una rosa en flor. Se había colocado una corona de flores sobre la suya, brotes de un rojo brillante que contrastaban con su cabellera oscura. Pétalos rosados le descendían por el cuello y se extendían sobre un corpiño dividido en tres partes. La prenda se iba tornando cada vez más recargada hasta la cintura —ceñida mediante cintas entrecruzadas a lo largo de la columna—, donde florecía a la altura de las caderas en inmensas capas. Filas de pétalos entretejidos cubrían la falda hasta el suelo. Su capa era una cola de rosas de metro y medio de largo.

No podían acudir juntas a Carmel. Era probable que Oro conociese su alianza, si había estado vigilando las idas y venidas de Isla. Pero eso no les preocupaba demasiado. Era natural que las dos gobernantes más jóvenes trabaran amistad. Sin embargo, no querían que nadie sospechase que su alianza precedía al Centenario.

Celeste le prometió no perderla de vista. E Isla tenía pensado quedarse solo unos minutos. En las calles que lindaban con el castillo los comerciantes alineaban tenderetes en los que vendían gachas encurtidas, bizcochos de saúco y azúcar hilado que giraba realmente, junto con copas y copas de vino. Los isleños de los reinos diurnos pululaban por las instalaciones ataviados con elaborados atuendos inspirados en sus pueblos y su recelo se desvanecía con cada segundo que pasaba sin que se produjera un desastre. Los starling se habían decorado con purpurina, los skyling se tocaban con sombreros que flotaban precarios sobre sus cabezas y los moonling habían escogido trajes y vestidos blancos, de gala.

Todo el mundo se fijaba en Isla. Imaginó que la noticia de su falta de poderes había corrido como la pólvora. Sin embargo, muchos de ellos la habían visto luchar en el duelo. Habían presenciado lo que era capaz de hacer con un acero. Hizo girar una daga entre los dedos al tiempo que les devolvía la mirada. Desafiándolos a acercarse.

Isla advirtió de inmediato que la estaban siguiendo, pero no era Cleo.

Oro había dispuesto que media docena de guardias vigilaran su paseo por los jardines. Aunque eran discretos, notaba sus ojos clavados en ella.

Saberse protegida la tornó más intrépida. Cuando un starling que portaba una bandeja de bebidas pasó por su lado, echó mano de una copa.

Era consciente de que las posibilidades de encontrar el corazón y hacerse con su poder eran escasas. Esa bien podría ser su celebración postrera. Su última oportunidad de probar el vino.

Isla tomó un sorbo de la bebida. Sabía a miel fermentada y la notó ardiente a su paso por la garganta.

Los guardias no le quitaban ojo de encima. Tan solo tardó un momento en empezar a sentirse ingrávida.

El vino no podía ser tan fuerte, ¿verdad? ¿O acaso había tomado algún tipo de bebida para las ocasiones especiales que era más intensa de lo normal?

Celeste debía de saberlo. Los nobles la observaban según ella se abría paso buscando a su amiga entre el gentío. No la vio por ninguna parte. Quizá se hubiera marchado. O tal vez no había podido encontrarla y había ido a buscarla a sus aposentos.

«Hora de marcharse», pensó. Llevaba en Carmel el rato suficiente como para considerar que había cumplido la regla de asistencia. Y los efectos de la bebida aumentaban por momentos.

Para cuando subió la escalinata del castillo y llegó a los pasillos, el mundo ya estaba trastabillando. O quizá fuera ella. Tenía calor, demasiado calor, y el ridículo vestido se le pegaba a la piel como melaza. Se despojó de la corona de flores y la dejó caer al suelo. Se arrancó los pétalos que le recorrían el cuello sintiendo que la ahogaban. El conjunto al completo era excesivo. Se desató la capa y la soltó a su espalda. Ya se sentía mejor. Más libre. Más salvaje.

Isla imaginó a los guardias encargados de su vigilancia encontrando las piezas del vestido y se rio con ganas.

Todas sus preocupaciones se habían esfumado como burbujas de champán. Ni siquiera podía concentrarse en uno solo de sus miedos durante más de unos pocos segundos; se le escurrían entre los dedos de la mente.

Isla sonrió según empezaba a arrancar los pétalos de su vestido.

—Seguro que soy la primera flor que se arranca a sí misma —le dijo a absolutamente nadie. A continuación rio de nuevo mientras se despojaba de la capa inferior del vestido y la dejaba atrás con alivio.

Dio media vuelta y descubrió que no conocía ese pasillo. ¿Había pasado de largo por delante de su habitación?

¿Estaba demasiado ocupada destrozando su indumentaria para darse cuenta? Se encogió de hombros y siguió avanzando, desenredando partes del vestido hasta que acabó convertido en una prenda por debajo de las rodillas. Había dejado un rastro de pétalos a su paso. Caminó hasta llegar a un punto muerto. Isla miró la pared enfurruñada y se giró a toda prisa al oír una voz.

—¿Isla?

Sonrió con entusiasmo excesivo según la emoción inundaba sus venas a la misma velocidad que el vino.

—Oro —dijo. La no traición del rey se le antojaba a reinos de distancia. Solamente recordaba que debía ser agradable con él y cruzar los dedos para que cumpliera su promesa. Se encaminó hacia Oro pisando descalza los pétalos derramados. En algún momento debía de haberse librado de los zapatos. Isla se rio de sí misma al pensar lo que estaba a punto de hacer cuando, con el equilibrio justo para ponerse de puntillas, le propinó un capirotazo a su corona.

Él la miró de hito en hito antes de fruncir el ceño.

—¿Te encuentras bien?

Isla puso los ojos en blanco.

—Estás siempre tan enfadado… ¿Por qué? ¿Nunca sonríes?

Sí, sí que había sonreído a Isla, solo una vez.

Ella seguía de puntillas y tuvo la sensación de que el suelo se deslizaba bajo sus pies como una alfombra. Antes de que cayera, Oro la agarró por el codo para estabilizarla. Soltó el brazo de Isla de inmediato.

Isla lo miró enfurruñada.

—No soy venenosa —le reprochó, y volvió a poner los ojos en blanco.

Se dio la vuelta y se contoneó por el pasillo al compás de una música que parecía recorrerle los huesos.

—Te acompaño a tu habitación… ¿Te parece bien? —le preguntó Oro.

Ella se encogió de hombros.

—Bien. Iba hacia allí…, pero los pasillos han cambiado de sitio.

Lo miró como pidiéndole explicaciones y él la miró como si hubiera dicho algo absurdo. Isla pestañeó, sin entender qué podía ser.

De súbito el rey pareció alarmado.

—¿Has bebido neblina?

Ella asintió con entusiasmo. ¿Así se llamaba el vino? Isla estaba tarareando algo. No, estaba cantando. Abrió la boca y su voz inundó los pasillos. Le gustaba el eco que proyectaba y elevó el volumen.

Jamás se había sentido tan viva…, era como si la garganta, los brazos y la cara estuvieran ardiendo y brillando, como si zumbaran.

¿Por qué Poppy y Terra nunca le habían permitido disfrutar de tales placeres?

No fue consciente de que estaba expresando parte de sus pensamientos de viva voz hasta que Oro le preguntó:

—¿Son tus guardianas?

Afortunadamente Oro la estaba guiando, porque Isla no se había fijado en los últimos recodos ni pasillos. Asintió.

—¿Tú tenías guardianes?

Él se mantuvo en silencio un instante antes de responder:

—No, yo no. No estaba destinado a ser gobernante ni rey. Era mi hermano el que los tenía.

—¿Ah, no? ¿Y qué estabas destinado a ser?

Las palabras resbalaban por su lengua con tanta fluidez que no atinaba a entender por qué una vez le había resultado difícil preguntarle nada.

—Yo lideraba nuestros ejércitos.

Isla se detuvo en mitad del pasillo. Puso los brazos en jarras.

—¿Estabas al mando de los ejércitos de Lightlark? ¿Tú?

Pensó que la fulminaría con la mirada, pero no lo hizo. Oro asintió sin más. Aunque tenía sentido. Por eso se le daba tan bien la esgrima. Isla emprendió la marcha de nuevo, más despacio en esta ocasión. Él se adaptó a su paso.

—Por eso lo odias, ¿verdad?

El rey entendió al instante que se refería a Grim. Si bien ella había oído hablar del título anterior del nightshade, Terra nunca le había contado que Oro fuera un militar. Se preguntó el motivo. ¿Estaba al corriente siquiera? Supuso que la reputación y la historia del rey sunling previas a las maldiciones quedaron eclipsadas por todo lo que pasó después.

—Ambos perdimos a muchos guerreros —fue su respuesta—. Y yo no estaba de acuerdo con su manera de luchar.

No dio más explicaciones y para entonces ya habían llegado a la puerta de Isla.

—¿Vas a estar bien? —le preguntó él. Oro miró por encima del hombro para comprobar que los guardias los hubieran seguido. Allí estaban y de inmediato se apostaron contra la pared para vigilar la puerta de la gobernante wildling.

Ella asintió.

—Muy bien. —Sin embargo, cuando el rey dio media vuelta para marcharse, lo asió por la muñeca—. Espera.

Aún tengo muchas preguntas. ¿Por qué no entras? —A juzgar por la expresión de Oro, nada le apetecía menos, pero Isla no se desanimó por eso—. Prepararé una infusión —añadió.

Entró. Vista su insistencia, él la siguió. Oro puso agua a calentar e Isla encontró un saquito con especias y flores wildling que constituían su bebida favorita, una mezcla a la que se refería como «abeja amarilla».

—¿Por qué abeja amarilla? —preguntó Oro antes de tomar un sorbo. Asintió con expresión de agrado.

Isla se desplomó a su lado en el canapé y se encogió de hombros.

—La planta que da estas flores estaba siempre atestada de abejas —explicó—. Me picaban al menos tres cada vez que las recolectaba para las infusiones. Pero merecía la pena.

Oro la miró con una expresión extraña.

—No duermes bien últimamente, ¿verdad? —le preguntó Isla al rey al tiempo que escudriñaba las ojeras violáceas de su cara, inclinada hacia él.

Pensó que Oro desoiría la pregunta, como hiciera anteriormente, pero respondió.

—No. Hace mucho que no duermo bien.

—¿Por qué?

Isla lo preguntó con una dulzura sorprendente, no con el tono crítico que solía emplear para dirigirse a él.

Oro miró el árbol de la habitación, las frutas maduras y rebosantes de jugo, tan pesadas que las ramas se combaban.

—Me siento muy culpable —confesó con voz queda—. Eso me impide dormir.

«Culpable». Isla mantenía una relación muy estrecha con la palabra.

—¿Cómo me encontraste? —le soltó ella de súbito. Solo recordaba retazos de aquella noche, como un espejo roto y disperso.

—¿En el pasillo? He seguido el rastro de pétalos.

Ella negó con la cabeza.

—No, antes.

«En el bosque de isla Luna».

Él ambiente se enfrió y se aquietó, e Isla tarareó siguiendo el ritmo del aire.

—Oí al pájaro —dijo Oro—. Así te encontré. Seguí al pájaro.

«Estúpido pájaro», pensó ella. El mismo que casi había logrado que acabaran con su vida. Al menos había servido para algo bueno.

De súbito la invadió el cansancio y la energía la abandonó con la misma facilidad que el vestido. Le pesaban los párpados y sonrió. Se tendió en el canapé con la cabeza contra la pierna de Oro. La mente todavía le bailaba detrás de los ojos por culpa de la bebida y gimió:

—Tengo miel en la cabeza —dijo, porque era exactamente esa la sensación que tenía.

Oro se rio y fue una sorpresa tan inmensa que Isla deseó que sus ojos se abrieran para comprobar si había sucedido realmente.

Isla despertó envuelta en una sensación cálida. El vino todavía le empañaba la mente, pero era más una neblina que la tormenta anterior. Recordaba partes sueltas de la celebración: Celeste acudiendo a buscarla. El momento en que reparó en los guardias. La sensación de probar el vino. Su regreso al castillo. Haberse despojado del vestido. Abrió los ojos.

Tenía la cabeza apoyada en el regazo de Oro, la mejilla contra su pierna. Él estaba recostado en el sofá tal como lo había dejado, pero dormido.

Isla se preguntó cómo era posible, por el amor del reino, que el vino causara tal efecto. Y entendió por qué Terra y Poppy se lo habían prohibido. Recordó la conversación de la noche anterior y se estremeció; le había formulado al rey preguntas muy insolentes. Oro, pese a todo, había respondido, ¿verdad?

¿Cuánto rato llevaban durmiendo? Se volvió a mirar el balcón. Las cortinas estaban echadas, pero los rayos del sol no se colaban por los resquicios. Así pues, todavía era de noche. Y eso significaba que en ese mismo instante se estaba celebrando una fiesta en los jardines de abajo.

Oro nunca le había transmitido tal sensación de tranquilidad como en ese momento. Casi le dolió hundirle el dedo en el pecho. Pero debía asistir al menos a las últimas horas de Carmel. Él se sobresaltó y levantó una mano con ademán defensivo, casi aferrándola por la garganta. Abrió unos ojos enormes durante medio segundo al verla a su lado en la oscuridad. A continuación se irguió y bajó la mano.

—Te has dormido —le dijo Isla—. Gracias..., gracias por quedarte conmigo. Lo siento, me parece que te has perdido parte de la... fiesta.

Oro frunció una pizca el entrecejo e Isla se preguntó si había olvidado la celebración. Tenía mejor aspecto. Las ojeras moradas se habían suavizado, su mandíbula parecía más firme.

La wildling recordó el sonido que había oído mientras se dormía: la risa de Oro. Y no impregnada de malicia, como solía. Nunca antes lo había oído reír con verdadero humor. Mirándolo se preguntó si no se lo habría imaginado. Él observaba la habitación enfurruñado. Como si se arrepintiera de haber accedido a entrar.

Isla se puso en pie. No se atrevió a mirar su vestido, que estaba hecho jirones, lo sabía, rasgado a la altura del muslo. Oro tampoco la miró cuando se levantó.

—Debería volver a la fiesta —dijo en tono malhumorado.

Isla asintió.

—Claro.

Sin pensar lo que hacía, se puso de puntillas y le arregló la corona, que se le había torcido mientas dormía.

Lo miró a los ojos cuando terminó. Y vio en ellos algo parecido a ira. Se dejó caer sobre los talones sorprendida.

—Dos enclaves más en isla Luna —dijo él en tono apagado, indiferente a la expresión de Isla—. Mañana inspeccionaremos la primera. Pasado, la segunda. Y entonces habremos terminado.

—Bien —replicó ella, lacónica, antes de dar la vuelta hacia el balcón y cruzar las puertas.

El aire nocturno se le antojó una caricia que arrancaba susurros a los pétalos restantes de su vestido. De los jardines ascendían los sonidos de la celebración: el tintineo de las copas, los rumores de las conversaciones y el tañido de una música alegre.

Isla seguía fuera cuando se dejaron oír fuertes golpes contra la puerta de su alcoba. Puso los ojos en blanco, pensando que sería Oro, que pasaba a ver cómo estaba camino de su habitación. Abrió con un suspiro.

Y vio a Ella al otro lado con la cara congestionada. En ese momento cayó en la cuenta de que los sonidos de la fiesta, audibles desde el balcón, se habían acallado. La música ya no sonaba.

—¿Qué ha pasado? —preguntó Isla al tiempo que extraía su daga rauda como el rayo.

Ella ni siquiera se encogió al ver el arma cuando respondió jadeando:

—Han atacado a un gobernante.

—¿De qué reino? —quiso saber la wildling mientras un rugido le saturaba primero los oídos y luego el mundo entero.

A Ella le temblaban los dedos, enfundados en guantes plateados.

—Starling.

CAPÍTULO 45
DESAPARECIDA

Isla recorría el castillo como un vendaval. De haber tenido poderes, los habría proyectado por todo el edificio. Corría como si huyera de algo, blandía la daga como dispuesta a lanzarla; le castañeteaban los dientes igual que si el mármol fuera hielo bajo sus pies.

Ella, su asistente starling, estaba viva. Y eso significaba que la gobernante tenía que estarlo también.

Tenía que estarlo.

Según se aproximaba a los isleños que gritaban y corrían desesperados por abandonar los jardines, recordó su papel.

Se suponía que solo conocía a Celeste desde hacía unos meses.

Se suponía que no le importaba demasiado.

Isla se pellizcó la palma de la mano para no llorar. Suavizar el gesto de preocupación que se había apoderado de su cara fue como tratar de modelar metal, pero lo hizo.

A pesar de todo, entró en los jardines a la carrera.

Perdió el aliento. Se quedó helada.

Celeste flotaba en el centro de un pequeño laberinto y todo en ella sugería que estaba durmiendo. Una neblina plateada y un cordel fino como tela de araña componían el delgado velo que la envolvía.

El único gobernante que estaba allí además de Isla era Oro. Se volvió a mirarla con el rostro desencajado.

—Es un antiguo encantamiento. Hacía tiempo que no lo veía. Se trata de un veneno.

«Cleo». Había atacado a Celeste. Tal como Oro había sospechado.

—¿Cómo lo deshacemos? —preguntó Isla sin aliento.

Oro negó con la cabeza.

—No podemos. Solo su cuerpo puede repararse. Los poderes curativos moonling refuerzan el efecto de este veneno.

A Isla le temblaban los labios. Miraba a Celeste como quien contempla un cadáver en un ataúd.

A lo largo de los últimos setenta y cinco días, se había sentido más fuerte. Infinitamente distinta a la chica wildling insegura e inexperta que había pisado la isla por primera vez.

En ese momento su propia impotencia volvía a abrumarla.

No. Tenía que haber un modo de sanar a su amiga. No podía quedarse de brazos cruzados.

—A quienquiera que ha hecho esto lo han interrumpido —observó Oro mientras examinaba la red como de araña que envolvía a la gobernante starling—. Debería haberla matado de inmediato. Es la única noticia positiva.

Isla cerraba los puños con fuerza.

—¿Cuándo despertará? —quiso saber.

Su voz sonaba chillona, desgarrada.

Oro se volvió a mirarla.

—Si despierta…, podría ser dentro de varios días. Semanas.

La isla podría no durar tanto.

—Ha sido ella —gruñó Isla—. Cleo.

Oro no la miró a los ojos.

—Puede.

—¿Puede?

Sentía deseos de gritar. Sentía deseos de llorar. Pero la wildling no hizo ninguna de esas cosas mientras esperaba paciente a que Oro se marchara.

Cuando estuvieron a punto de asesinarla, Celeste la había rescatado. Cuando el techo de la sala de baile estuvo a punto de aplastarla, Celeste estaba allí. Cuando Isla se tambaleaba por la supuesta traición de Oro, Celeste la había arrancado de su congoja.

Siempre se había portado como una buena amiga. La mejor.

Isla, en cambio, le había fallado. Se había quedado en su balcón empapada en alcohol y mal humor cuando su amiga más la necesitaba. Había dejado sola a Celeste en la celebración, a sabiendas del riesgo que corría.

Notó un cambio en el ambiente en el instante en que Grim se le apareció en la seguridad de la sala más cercana a los jardines. Gracias al reino.

—Necesito que me hagas un favor —pidió Isla con voz firme.

—Lo que sea.

Ella intentó respirar sintiéndose como si tuviera fugas en los pulmones.

—Quienquiera que la haya atacado volverá para terminar el trabajo. Necesito que la hagas invisible hasta que despierte.

Dio gracias de que Grim no pusiera objeciones. Se limitó a asentir.

Pasado un instante, el cuerpo de Celeste se había esfumado.

CAPÍTULO 46
VENENO

Todo cambió en un instante. Isla ya no luchaba tan solo por sí misma, por Terra o por su gente.

También luchaba por Celeste.

Abandonó el castillo justo después del alba llorando a lágrima viva. Isla le había fallado a su amiga en infinitos sentidos y no se había dado cuenta hasta ese momento. Ver a Terra perecer poco a poco debería haberle recordado que su amiga sufriría la misma suerte si no conseguían lo que se proponían. En vez de eso, había abandonado alegremente el plan que habían pasado años urdiendo, en parte porque no habría beneficiado al reino de Isla. No había tenido en cuenta a Celeste lo suficiente.

Y si bien no podía cambiar el pasado, sí podía tratar de ayudarla en el presente. Oro afirmaba que los poderes moonling no podían sanarla..., pero quizá ella sí pudiera con ayuda de un remedio wildling.

Pronto estaba recorriendo un camino cubierto de malas hierbas. Estaba cruzando el bosque que parecía decidido a arañarle la piel una y otra vez. Cruzando una precaria pasarela.

Hasta que se vio reflejada contra el árido bosque. En la Casa de Espejos.

Tenía que abrir la cámara secreta. Como fuera. Tal vez en el interior encontrara algún antiguo remedio wildling, alguna planta que pudiera extraerle el veneno a Celeste. No había visto ninguna en el oasis al que Oro la había llevado varias semanas atrás, pero quizá la encontrara allí dentro.

Isla sabía que la puerta no se abriría hasta que le diera una buena razón para hacerlo. Quizá fuera esta. Se encaminó a la pared con andares decididos. No se marcharía hasta desentrañar el mecanismo. La cerradura tenía una extraña forma alargada. Empezó probando con los dedos. Los introdujo a la fuerza, empujando parte de la palma de la mano para rellenar los huecos. Cuando intentó torcer la extremidad para forzar la apertura, la piel atrapada en el metal le arrancó un grito. Tardó casi una hora en liberarse y para entonces tenía la mano sembrada de cortes sangrantes.

No se rindió. Inspeccionó todas y cada una de las habitaciones del enorme palacio que fuera su hogar durante semanas. Había armas extrañas y curvadas. Herramientas que no sabía utilizar. Escogió una caja de madera delgada que contaba con varios orificios y trató de introducirla a la fuerza en la cerradura hasta que se rompió. De modo que dedicó un buen rato a tratar de extraer las astillas, sumando nuevos cortes en sus dedos.

Al llegar el mediodía estaba furiosa.

Jurando que volvería, emprendió el regreso al castillo con las manos vacías.

Isla llevaba mucho tiempo queriendo matar a Cleo. En particular después de que atentara contra su vida en el puerto.

Pero en ese momento... Viendo a Celeste exangüe, flotando como un espectro, envuelta en telarañas...

En ese momento deseaba asesinar a Cleo y tomarse su tiempo para hacerlo.

Isla estaba pensando en distintas maneras de hacer sufrir a la gobernante moonling cuando puso el pie en isla Luna acompañada de Oro.

«Dos emplazamientos más», se dijo. Celeste ya no podía participar en los juegos. Isla tendría que participar por las dos; asegurarse de ganar y salvar el reino de su amiga. Era lo único que importaba.

Solo dos posibles ubicaciones por mirar.

Una nieve que caía con tanta intensidad como lluvia le empapaba la coronilla y le bajaba en regueros por las mejillas. En esta ocasión Isla llevaba una amplia capa sobre la camisa de manga larga y pantalones que la protegían del frío. A pesar de todo, no ayudaban demasiado y procuraba mantenerse cerca de Oro, que irradiaba calor como un sol caído del cielo. Pronto llegaron a una torre que sobresalía de una montaña de nieve. Oro saltó por la única entrada, una ventana, y ella lo siguió al interior, abajo y luego a través de un pasillo, hasta que comprendió que no estaban en una torre en absoluto. Aquel sitio era un palacio.

Se encontraba abandonado, pero no había perdido su aire suntuoso, quizá porque estaba construido en mármol blanco por entero. Habían entrado por la torre más alta; el resto estaba enterrado en hielo, atrapado en el invierno eterno que era isla Luna. Siguió a Oro, descendiendo por plantas y más plantas, hasta que llegaron a lo alto de una escalinata.

Los peldaños debían de bajar a lo que antaño fuera la planta principal. Solo que en ese momento se encontraba… sumergida en agua.

Oro procedió a despojarse de la ropa.

Isla se volvió a mirarlo a toda prisa.

—¿Qué haces?

Él le lanzó una ojeada rápida.

—Hay seres en el agua con los que no es fácil lidiar. No necesito prendas que me lastren o les ofrezcan algo con lo que ahogarme.

Había tirado la capa al suelo. La camisa pronto se unió al montón.

Isla lo observaba con atención, por más que su mente le gritara que no lo hiciera. Oro recordaba sobremanera a las estatuas de mármol de isla Luna, con el pecho y los hombros musculosos como los de un guerrero y tan rotundos como el filo de una espada. La mancha azulada había invadido más de la mitad de su cuerpo. El rey era en parte de oro, en parte escultura de hielo. Isla lo observó preguntándose si dolía perder los poderes, morir lentamente, centímetro a centímetro.

También lo contemplaba por otras razones.

Oro le devolvió la mirada sorprendido.

—Supongo que habrás visto muchos cuerpos antes que el mío —le soltó en tono inexpresivo.

Isla se crispó de rabia. El rey no lo había dicho con segundas, más bien como dándolo por sentado, e Isla supuso que no podía reprochárselo. Una verdadera wildling, aun una sin poderes, habría visto incontables cuerpos desnudos. Eran famosas por sus conquistas.

Estaba constatando un hecho, nada más.

Isla tragó saliva con dificultad.

—Pues claro que sí —replicó con demasiada precipitación.

Oro enarcó una ceja, presintiendo que la maldición ausente no era el único rasgo que la diferenciaba de su pueblo.

—Dime, wildling… ¿Con cuántas personas has estado?

Isla se ruborizó. Le costó gran esfuerzo reprimir el impulso de abofetearlo.

—¿Qué clase de pregunta es esa? —se indignó. En su reino, el amor estaba prohibido, pero la intimidad no era algo que se rehuyese. Se aplaudía.

Él parecía saberlo y su expresión se tornó aún más sorprendida si cabe.

—Solo era curiosidad. —Oro se encogió de hombros—. Yo he estado con muchas mujeres. No es algo que quiera esconder.

Isla hizo una mueca burlona.

—Pues debió de ser hace mucho tiempo, a juzgar por lo estirado e insufrible que eres.

Una sonrisa bailó en la comisura de los labios del rey.

—Es posible. Pero no has contestado a mi pregunta.

—Y no lo pienso hacer —replicó Isla, fulminándolo con la mirada. Él sonrió. ¿Se estaba riendo de ella?

Sin saber por qué, se sintió obligada a demostrarle que se equivocaba. A borrarle la sonrisilla de esa cara desdichada. Sin despegar los ojos de Oro, se desabrochó la capa y la dejó caer al suelo. Luego se despojó de la enorme camisa y de los pantalones hasta quedarse prácticamente en paños menores, con las prendas que llevaba sobre la ropa interior. Una minúscula camiseta de tirantes que le llegaba justo por encima del ombligo y un pantaloncito corto de cintura alta que finalizaba en la parte alta del muslo. Todavía llevaba algo encima, pero se sentía desnuda ante él, cubierta tan solo por unos retazos de tela.

Oro se quedó inmóvil.

Ella se encogió de hombros, haciendo lo posible por fingir indiferencia.

—Solo es piel —dijo con la voz una pizca ahogada.

—Solo piel —repitió él sin mover los labios apenas.

Ella lo adelantó de camino a la escalinata. Hasta que se mojó los pies. Hasta que el agua le llegó a las rodillas. Lo oyó despojarse de los pantalones, luego de los calcetines y los zapatos. Isla se estremeció al notar el mordisco del frío en cada centímetro de su piel expuesta.

Pasado un instante, Oro estaba a su lado, cubierto únicamente con unos calzoncillos. Isla apartó la vista. De mala gana.

—Aquí crecen nenúfares —comentó Oro igualmente sin mirarla—. Los que señalaste en la montaña. —Isla recordaba aquel día, que parecía estar a reinos de distancia—. Dijiste algo así como que el corazón podía estar prendido a las raíces, ¿cierto?

La miró brevemente e Isla asintió.

—Estas aguas albergan seres antiguos y malvados —le advirtió Oro—. Sé precavida.

El agua se agitó cuando el rey se sumergió. Isla inspiró hondo y lo siguió. Buceando a buena velocidad, Oro cruzó el salón para dirigirse al pasillo. Isla se quedó cerca de las escaleras. El techo estaba situado a quince metros de altura y bajó desde la parte superior a una sala que parecía casi intacta, salvo por un cuadro que estaba cortado a tiras. Las cintas de lo que debió de ser un paisaje se rizaban en el agua.

Arrastró la mirada por el suelo, bajo los muebles. Ni rastro de ninguna planta. Dio media vuelta para probar en otra estancia y estuvo a punto de tragar una buena bocanada de agua de la impresión.

Un rostro maravilloso y salvaje como una pesadilla flotaba ante ella.

La mitad de la cara estaba cubierta de escamas; la mitad de su pelo poseía la transparencia sedosa de la cola de un pez de colores. Sus brazos y sus piernas, también escamados, parecían envueltos en seda sumergida.

La chica era hipnótica.

Isla entornó los ojos. Su mente se había tornado de golpe tan turbia como el agua. Estaba allí por algo..., pero no lograba recordar el motivo.

El ser sonrió y le tendió una mano cubierta de escamas con uñas afiladas como cuchillos. «Para ayudarme», comprendió Isla.

No supo por qué lo hacía..., pero la tomó.

Y la chica la condujo a las profundidades. A través de una alcoba y al interior de un pasillo. Isla vio los nenúfares entonces, sumergidos, con raíces como trenzas que se prolongaban varios metros hacia el fondo. Se le antojaron importantes, pero no recordaba el motivo.

Por fortuna, tenía a la chica para guiarla. ¿Para guiarla a dónde?, se preguntó.

Algo le retumbó en los oídos, un eco o un rugido, al mismo tiempo que su pecho se contraía. Se trataba de un dolor sordo, tan lejano como la superficie. Pero el latido proseguía. Un latido como de...

«El corazón». Por eso estaban allí, recordó Isla.

Dejó de seguir al ser acuático y la otra dio media vuelta con un movimiento brusco. Le tiró del brazo.

Isla negó con la cabeza y el movimiento la mareó. Los ojos ya se le estaban cerrando. Necesitaba algo..., aire quizá.

La joven insistía. Siguió tirándole del brazo para arrastrar a Isla.

Algo iba mal. Isla se zafó de la tenaza de la chica.

Al ser no le gustó. Giró sobre sí misma y deslizó por el cuerpo de la wildling una uña afiladísima.

Nubes rojas mancharon el agua como borrones de tinta.

Isla buceó a toda prisa para salir de la habitación, sin saber qué estaba pasando, solo que debía escapar. Llegó a la puerta y cruzó el dormitorio hasta que alcanzó a ver las escaleras. Pero los peldaños estaban demasiado lejos y notaba las piernas agarrotadas.

Aunque no estaba allí sola, recordó a medida que la niebla de su mente se disipaba. Podía llamarlo…

Algo le tiró del pie con tanta brusquedad que jadeó tragando agua y se hundió nuevamente.

El agua salada, directa del mar, era fuego en su garganta y llamas en sus pulmones. Su cuerpo se agitaba, sus órganos suplicaban aire, alivio, mientras ella se volvía a mirar sus pies y a la chica que la había reclamado de nuevo.

Isla aferró la daga que llevaba sujeta al pecho, encajada entre los alambres del sujetador… y la dejó caer. Su pie libre atrapó el arma con los dedos.

Y apuñaló a esa tenebrosa figura en pleno ojo.

El ser siseó y escapó raudo a las profundidades.

Pasado un instante Isla se encontraba en lo alto de los peldaños de piedra, tosiendo el agua que se había colado en sus pulmones.

Tan pronto como pudo respirar, su mente se despejó por completo.

¿Qué había pasado?, se preguntó. ¿Por qué había seguido a la chica como una necia?

—Es un ser nocturno —le dijo Oro desde algún lugar cercano. Notó su voz tensa—. Te pueden invadir la mente. Privarte de la capacidad de pensar.

Oro se arrodilló a su lado e Isla se preguntó por qué lo hacía hasta que el dolor se apoderó de todo su ser y chilló con todas sus fuerzas. Tenía un largo tajo a lo largo del vientre, allí donde la chica la había rebanado.

Oro emitió un ruidito tranquilizador que no casaba en absoluto con su imponente presencia. Aun estando de rodillas descollaba sobre ella.

Isla se estremeció en el frío suelo de piedra y él le posó una mano sobre la barriga desnuda. Al momento, el calor la inundó por dentro, seguido de un escozor; la estaba sanando. Oro repitió el mismo ruidito aplacador cuando ella dio un respingo e Isla lo miró a los ojos, lo miró de veras. Hizo una mueca al notar cómo se unía la piel. Oro le devolvió la mirada.

Por alguna razón, el hecho de tenerlo tan cerca o sus manos sobre ella —o la pérdida de sangre, con toda probabilidad— le provocó un ligero mareo.

Isla volvió a gemir mientras notaba el poder sanador como corriente eléctrica en la piel. Oro dio un respingo cuando ella posó la mano sobre la suya, ambas unidas contra la herida. Era un carbón al rojo bajo sus dedos, y enorme; casi le abarcaba toda la barriga. Al poco rato la mano de Oro se desplazó a otra zona.

Observó los nudillos del rey moverse por sus costillas a medida que le curaba los extremos del corte.

—Ya está —anunció Oro justo cuando Isla se preparaba para otra punzada.

Lo miró pestañeando. Llevaba un rato jadeando; el picor de la sal en la herida era como tener llamas en su piel. En ese momento su respiración se apaciguó.

Oro retiró despacio las manos de su carne desnuda. Tan pronto como lo hizo, el frío se apoderó de Isla, que se estremeció.

Al ver su reacción, el rey volvió a posarle la mano, esta vez en la rodilla.

Ella se irguió, deseosa de que los extraños pensamientos la abandonaran. En ese instante recordó qué los había llevado a ese desdichado palacio de buen comienzo.

—¿Lo has encontrado? —le preguntó con los ojos desmesuradamente abiertos. Desesperada.

La expresión de oro se ensombreció.

—No —fue su respuesta—. No estaba ahí.

Isla cerró los ojos. La decepción le dolía casi tanto como la herida. Ella era la única esperanza de Celeste y de su pueblo. No podía fallarle, otra vez no. Cuando los abrió, se obligó a fingir más serenidad de la que sentía.

—En ese caso solo puede estar en un sitio, ¿no?

—Sí, pero en uno que tenía esperanzas de poder evitar.

—¿Por qué?

—Está en pleno territorio vinderland —respondió él.

Isla frunció el rostro con desconcierto.

—El grupo que te capturó.

«Ah».

—¿Quiénes son? —preguntó ella. No los había visto, pero sus voces… y lo que se proponían hacerle…

Oro pestañeó.

—Pensaba que lo sabías.

«¿Saber qué?».

—Eran wildling.

«¿Cómo?». El rostro de Isla se desencajó.

—Pero si no queda ninguno en la isla y eran hombres…

—No queda ninguno. He dicho que eran wildling, en el pasado. Ese grupo dejó tu reino mucho tiempo antes de las maldiciones. Ya habían renunciado a su poder, de modo que estas no les afectaron.

Así pues, esos hombres devoraban corazones y carne por placer…, no por causa de la maldición. Se estremeció. Había tantas cosas de los wildling que no sabía…

¿Por qué el grupo había abandonado el reino?

—Puedo ir solo —se ofreció Oro. A diferencia de las otras veces, Isla no percibió un matiz cruel en su voz—. Si prefieres no correr riesgos.

Pero Isla ya llevaba mucho camino recorrido. Si quería ganar, si quería salvar a las personas que más amaba, tenía que estar allí cuando encontraran el corazón.

—Iré —dijo.

Esa misma noche Oro la llevó a un lugar al que nunca pensó que la invitarían: la antigua armería del castillo. Echó mano de infinidad de cosas: flechas, arcos, cuchillos, estrellas arrojadizas, espadas. Celeste y Terra ocupaban su pensamiento; las dos personas más fuertes que conocía.

Abandonó la cámara lista para el día siguiente.

Lista para enfrentarse a los antiguos wildling que habían estado a punto de descuartizarla.

CAPÍTULO 47
EN FLOR

Tan pronto como pusieron el pie en isla Luna la noche siguiente, el pájaro azul los avistó. Al momento estaba chillando a todo pulmón e Isla lo apuntó con una flecha.

—Vuelve a hacer ese ruido y te convertiré en estofado —lo amenazó con rabia. Se preguntó si la propia gobernante moonling la estaría oyendo. Debería dispararle al pajarraco de Cleo en el pecho para vengarse de lo que le había hecho a Celeste.

El ave graznó una vez más antes de alejarse volando, muy lejos de las afiladas flechas.

—¿Nerviosa? —le preguntó Oro. Él no llevaba armas. Isla supuso que lo hacía por estrategia. Los antiguos wildling no debían saber que el rey de Lightlark los consideraba una amenaza.

Ante todo se trataba de un mensaje para Cleo. Dondequiera que estuviera de isla Luna, tanto si estaba recurriendo al pájaro azul oscuro para espiarlos como si no, sin duda sabría que habían regresado a su islote. El hecho de que Oro entrase en su territorio desarmado una y otra vez le enviaba un importante aviso.

El Centenario era un juego. Y Oro seguía siendo el jugador más poderoso.

Isla intentó no pensar en la gobernante de pelo blanco mientras enfilaban por la nieve hacia su destino final. En lugar de eso, se concentró en el corazón.

¿Florecería hermoso como una prímula?

¿Sería frío como el corazón del rey de Lightlark?

Estaban cerca.

Muy cerca.

Se volvió a mirar a Oro y descubrió que la estaba observando. Exhibía una expresión decidida, dura como los bloques de hielo que los flanqueaban. Él asintió brevemente e Isla tuvo la sensación de que le había leído el pensamiento.

«Un emplazamiento más. Y luego todo habrá terminado».

El territorio vinderland se ubicaba más allá de los límites del reino helado de Cleo. En el extremo noroeste del mismo había una franja de tierra donde el frío era tan traicionero que se consideraba casi inhabitable. Isla confiaba en el calor que Oro irradiaba a guisa de escudo. Lo extendía a su alrededor de tal modo que la envolviera por completo y ella apenas notaba la escarcha en la nariz.

Pinchos de hilo afilados como colmillos sobresalían sesgados de la tierra cual racimo de espadas. Isla aferró la empuñadura de su arma aguzando la mirada. Escudriñaba hasta el último rincón. Penetraron en un bosque de árboles muertos, esqueletos cubiertos de nieve.

Los asaltaron como una ola.

Todo estaba en silencio y, al momento siguiente, la noche estalló en gritos mientras los cuerpos saltaban de los árboles para interponerse en su camino. Otros se habían escondido detrás de troncos y se dejaron ver al mismo tiempo, apuntándolos con flechas al cuello.

Pero Isla estaba lista.

Sonrió, solo un instante. Y atacó.

Tres de sus flechas volaron al tiempo, cada cual directa a su objetivo. Los cuerpos cayeron de las ramas más altas. Se agachó, esquivando por los pelos un acero volador, y al momento se dio la vuelta, ya esgrimiendo la espada. Destripó al hombre que tenía delante y que blandía una daga contra su corazón; giró el cuerpo para hacerle lo mismo a una mujer inmensa que pretendía clavarle en la sien una hachuela oxidada.

Las estrellas arrojadizas que Isla llevaba en el bolsillo salieron disparadas de su otra mano al cuello de un hombre que estaba a punto de enterrar su acero en la espalda de Oro. Aterrizaron formando una línea perfecta en su garganta, como una gargantilla macabra.

El fuego de Oro chisporroteó y rugió cuando eliminó a cinco personas de una tacada; sus armas de metal cayeron a la nieve sin apenas hacer ruido. Congeló a uno contra un árbol. A otro lo lanzó por los aires con una ráfaga de energía starling.

Isla giró sobre sí misma rauda como una peonza mientras su acero hallaba carne a su paso y la rebanaba tan fácilmente como una dentadura wildling cortaría el blando tejido del corazón. Su espada repicó contra otra antes de que la despachara volando y atravesara al empuñador. Hizo lo propio con otro. Y otro.

Con un gruñido, cayó de espaldas. El suelo estaba cubierto de hielo y jadeó, pero no sintió alivio; sus pulmones habían mudado en piedra.

Un hombre descolló sobre ella. Sus dientes eran agudos como espadas, tallados en forma de armas. Eran herramientas para desgarrar carne, comprendió Isla.

Él alargó la mano decidido a aferrarle el cuello. A romperle el pescuezo. Pretendía lograr una muerte limpia de tal modo que la carne quedara intacta, apta para un festín.

Isla lo observaba paralizada. Levantó una mano temblorosa entre resuellos, rogándole a su cuerpo que se sobrepusiese a la conmoción del impacto...

Un acero atravesó el pecho del hombre. Emitió un borboteo y se atragantó con su propia sangre antes de desplomarse en la nieve.

Oro estaba allí empuñando una espada.

Pero no había traído armas..., o eso pensaba Isla. Observó con asombro cómo la espada de plata desaparecía entre un estallido de chispas. El rey la había creado a partir de energía starling. Ella ni siquiera sabía que fuera posible.

Cuando recuperó el aliento, Isla se puso en pie y observó los cuerpos esparcidos a su alrededor que ya nunca podrían hacer lo propio.

Muertos. Estaban todos muertos.

—Hay más —le dijo Oro al momento—. Y vendrán a investigar. Marchémonos.

Todavía sin fuelle, Isla tomó su mano. Él le ofreció calor a través de su contacto y salieron disparados. Oro tiraba de ella mientras corría tan rápido que casi estaban volando. Solo se detuvieron cuando la visión apareció ante sus ojos.

Era un árbol de plumas blancas que florecía en mitad del hielo.

Cómo no. El anfitrión perfecto para el corazón. Un árbol solitario, congelado en el tiempo. Podría estar escondido en sus plumas o incluso entre las raíces.

Isla avanzó. Un paso. Dos. Y después echó a correr.

Por fin. Después de todo lo que habían pasado…

Allí estaba. Su salvación. Su oportunidad de ser la gobernante y la amiga que sus personas queridas merecían.

Oyó a Oro, que se apresuraba a su zaga. El alivio de saber que todo había terminado aumentaba su calor. Los meses de búsqueda.

Los siglos de sufrimiento.

Isla alcanzó el árbol y procedió a buscar entre las ramas. Las plumas eran blandas como nieve. Bailaron calladas al viento, intercambiando susurros y soltando pequeños fragmentos de plumas que se posaban en el suelo.

Al no encontrar nada en la copa, Isla miró las raíces. El hielo le permitía avistar hasta el último centímetro de esos sarmientos gruesos y entrelazados.

—Isla.

Ella volvió a inspeccionar el árbol. Una vez más.

—Tiene que estar aquí —dijo mientras sus manos revolvían entre las plumas, en esta ocasión con furia. Con desesperación.

Se desplomó de rodillas para poder mirar mejor mientras soportaba las punzadas de dolor que amenazaban con cegarla. Posó las manos en el hielo y acercó la cara; escudriñó cada nudo.

Pero no había nada enredado en las raíces.

—No está aquí —concluyó Oro. Su voz sonaba tan hueca como lo fueran sus ojos en aquella cena de la primera noche.

Se habían equivocado.

O quizá su teoría fuera cierta y Cleo se les hubiera adelantado. Tal vez la gobernante moonling únicamente hubiera enviado a su pájaro para que se burlara de ellos a su llegada al islote.

Isla dejó de buscar. Si Cleo se había apoderado del corazón…

Las advertencias y las dudas de Celeste —las mismas que Isla había desoído— resonaron en su mente cuando apoyó la cabeza en el hielo y lloró.

CAPÍTULO 48
SECRETO

Únicamente restaban veinte días del Centenario e Isla no pensaba que la isla durara diez.

Terra no sobreviviría ni cinco.

Después de tanto buscar el corazón por el archipiélago, Oro e Isla habían fracasado.

Isla había cometido innumerables errores a lo largo de esos ochenta días. Había confiado en las personas equivocadas. Urdido planes fallidos. Seguido pistas incorrectas. Había perseguido el poder a ciegas cuando debería haber hecho lo posible por proteger a las personas que la querían.

Pero se negaba a darse por vencida. Esta vez no. No sabiendo que Celeste le habría pedido que persistiera.

Isla llamó a la puerta de Oro con golpes sonoros tres días después de su última incursión a isla Luna. Todavía tenía los nudillos en carne viva a consecuencia del frío que había pasado durante la excursión al territorio vinderland, aun después de aplicarse el ungüento wildling una y otra vez en las llagas.

En el árbol de plumas, Isla había visto apagarse la luz de sus ojos; lo había visto replegarse sobre sí mismo, dispuesto a convertirse en el mismo rey que conoció la primera noche. Aún más cerrado y receloso que su propia isla maldita. Al descubrir que el corazón no estaba donde esperaban encontrarlo, una parte de él se había esfumado, igual que haría Lightlark si fracasaban. Esta vez para siempre, tal vez.

Oro abrió la puerta justo cuando el puño de Isla descendía con rabia. Le atrapó el brazo antes de que se lo estampara en el pecho. Le sujetó la muñeca y bajó la vista para mirarla, desconcertado.

Isla entró de malos modos y él no se lo impidió.

—Esto no ha terminado —empezó ella con las narinas dilatadas y la voz entrecortada, como si también tratara de convencerse a sí misma.

Oro la miró fijamente. No dijo nada.

Ella avanzó un paso hacia él.

—Me niego —declaró, negando con la cabeza—. Me niego a aceptar que esto vaya a acabar así. —Le clavó un dedo en el pecho—. Eres el rey de Lightlark, la persona más poderosa de todos los reinos. —Oro enarcó una ceja, al parecer sorprendido de que Isla se refiriera a él en unos términos que no incluyeran «miserable» e «insufrible»—. Tiene que haber otro modo. Otro final.

Había dejado el dedo apoyado en el pecho del rey y él lo miro un momento antes de volver la vista a su rostro.

—¿Qué sugieres? —preguntó.

Era una pregunta sencilla… que él nunca le había formulado.

Tampoco durante la búsqueda del desvinculador había hecho Isla algo que no fuera seguir el plan de Celeste.

—Empezar por el principio —respondió ella con firmeza a la vez que se volvía a mirar los aposentos del rey—. Por lo más básico, el origen de todo esto. —Se mordió el labio con ademán pensativo. Trataba de recordar qué fue lo primero que Oro le comentó, cómo había empezado la búsqueda. Repitió una pregunta que ya le había formulado antes y él no había respondido—. ¿Cómo descubriste la existencia del corazón?

Él frunció el ceño.

—Leí algo al respecto.

—¿Dónde?

—En un libro.

—¿Qué libro?

—Uno antiguo. Uno que encontré en una biblioteca secreta.

El mundo contuvo el aliento. Isla se sintió al borde del desmayo.

«Una biblioteca secreta». Tal como afirmaba Celeste.

¿Por qué no habría escuchado a su amiga?

Hizo lo posible por disimular la sorpresa, el alivio que le doblaba las rodillas y el horrible sentimiento de culpa cuando dijo:

—¿Qué biblioteca?

Oro no titubeó ni un momento. Cruzó la habitación y abrió la puerta de su balcón. La desplazó hasta pegarla contra la pared más larga de la habitación y bajó la manilla otra vez. En esta ocasión empujando hacia la sólida piedra.

Se abrió.

Isla lo siguió al interior de una sala alta como una torre y vasta como los aposentos del rey. Estaba llena a rebosar de libros y objetos encantados.

Una biblioteca.

La wildling apenas se atrevía a respirar, ni siquiera a moverse mientras rogaba para que los potentes latidos de su corazón traicionero no la delataran. No vio el desvinculador a primera vista. Debía de estar escondido. Aunque eso tampoco importaba ahora.

Celeste se encontraba al borde de la muerte. Isla no podía utilizarlo mientras se hallara en ese estado. Y, aunque pudiera, el desvinculador no salvaría a Terra. Solo un poder inmenso lo haría. Solo el poder prometido a la persona que rompiera las maldiciones.

Oro se encaminó a una de las estanterías con tranquilidad, como si hubiera hecho lo mismo incontables veces. Extrajo un libro de una fila y lo abrió.

Isla atisbó caracteres grabados con tinta que se arremolinaban en las páginas, un antiguo lenguaje que ella no entendía.

—¿Sabes leerlo? —preguntó Isla.

Oro asintió.

—Léelo todo —le pidió—. Todo lo que se refiera al corazón. Por favor.

Él accedió. Sin embargo, en lugar de volver la vista hacia el libro, la miró a ella.

—Antes hay algo que deberías saber, wildling.

Hablaba muy en serio; no había hilaridad ni crueldad en su expresión.

A Isla se le cayó el alma a los pies. Se preparó para la decepción.

—Te habría informado de ello hace semanas. Pero al saber las cosas que te había contado Grim…, esperaba que él te revelara la información. —Isla tragó saliva. ¿Decirle qué? ¿Qué podía ser tan importante?—. Supongo que no lo hizo.

Isla se limitó a mirarlo con atención. Esperaba.

—Mi antepasado, Horus Rey, y el de Grim, Cronan Malvere, crearon la isla.

Ella asintió. Ya lo sabía.

—Junto con una antepasada tuya.

Isla pestañeó. No. Eso no era verdad. Isla apoyó la mano en una mesa solo para notar algo estable. Los wildling ni siquiera eran ya bien recibidos en la isla. No habían contribuido a su creación.

—Eso que dices no tiene sentido.

—Lark Crown. Ella creó estas tierras. La isla lleva su nombre.

«Lark Crown». A Isla no le sonaba de nada.

—Mientes. Si fuera verdad, todo el mundo lo sabría. No sería un secreto.

Los ojos de Oro se ensombrecieron.

—Yo nunca te he mentido —le recordó—. Y no fue un secreto durante mucho tiempo. Hasta que se perdió en el recuerdo, como tantos de nuestros conocimientos. Pasaron miles de años. Y los sunling gobernaron durante tanto tiempo que una de las fundadoras de la isla quedó olvidada. Pero algunos conservaron su recuerdo.

Hablaba en serio. Además, mentir en eso no le beneficiaba en nada.

Si era verdad, ¿por qué Grim no se lo había contado cuando hablaron de la creación de Lightlark? Recordó la respuesta de Oro al decirle Isla que Grim era el gobernante más comunicativo. «No es tan comunicativo como crees».

Isla apretó los labios. No, no mentía. Ahora entendía el motivo de que Oro hubiera accedido a hacer tratos con ella. De que no la hubiera traicionado.

—Por eso me necesitabas —adivinó casi sin voz—. Para encontrar el corazón.

La expresión de Oro no varió cuando asintió.

—Solo uno de nosotros lo puede encontrar y desbloquear. Sunling, wildling o nightshade. Supuse que… siendo dos…

«Solo la unión romperá la maldición».

Oro simplemente estaba siguiendo las instrucciones de la profecía. Una parte de Isla que ella misma no acababa de entender se marchitó.

Todas las palabras de Oro tenían filo y le arañaban la mente. Oro había comentado semanas atrás que, en su opinión, el agravio original consistía en que alguien había usado el corazón de Lightlark para maldecir a los reinos. En ese momento afirmaba que solo un sunling, wildling o nightshade podía acceder a los poderes del corazón.

Eso implicaba que las maldiciones fueron obra de alguno de los tres reinos.

No de Cleo. Eso no tenía ningún sentido…

¿Habría recurrido la antepasada de Isla al corazón para maldecir a los reinos? ¿O el hermano de Oro, el rey Egan?

¿O el difunto padre de Grim?

No, tenía que haber sido Cleo.

Isla observó el libro con atención, notando los ojos del rey fijos en ella. Oro estudiaba su reacción a esa nueva información.

—¿Qué dice el libro? —preguntó Isla entre dientes, suplicándole a su mente que se callara. Suplicándose a sí misma no revelar absolutamente nada.

Por fin los ojos de Oro abandonaron su rostro. Y empezó a leer.

Dos repiques de campanadas más tarde, Isla y Oro estaban acurrucados en la biblioteca con infinidad de libros y un silencio frustrado entre los dos.

El texto ofrecía escasa información. Hablaba de un corazón que contenía destreza sunling, wildling y nightshade pura y sin filtros. Una energía más potente que la de ninguna de ellos, la clase de poder que solo existía miles de años atrás.

«El corazón permanece escondido hasta que florece y se convierte en parte de Lightlark cuando más falta hace». Esa era la traducción que le había ofrecido Oro.

Cuando Isla volvió a ponerse en pie se le habían dormido las piernas. Le sorprendió ver luz entrando en la habitación por debajo de las cortinas de Oro. Llevaban horas leyendo y no estaban más cerca del corazón que antes.

Pero Isla no había perdido la esperanza.

De hecho, llevaba un tiempo sin albergar tantas esperanzas.

—Ahí está la clave para encontrarlo —dijo Isla señalando los libros—. Sé que está ahí.

Oro asintió, si bien sus ojos parecían más cansados que nunca. Ojeras oscuras y patas de gallo. Hacía un rato Isla había sugerido que descansaran antes de volver a reunirse. Entonces se había negado, pero en ese momento, afortunadamente, accedió.

Isla recorrió los pasillos silenciosa como un espectro mientras el castillo se desperezaba y los dedos rojizos del alba asomaban por ventanas alargadas y descubiertas. Estaba lejos de las dependencias de Oro. Lejos de las suyas.

Celeste apareció tan pronto como Isla entró en la alcoba en la que Grim la había escondido. Exhibía el mismo aspecto exacto que tenía cada noche que Isla la visitaba. Inmóvil como una estatua. Flotando en paz.

Se le saltaron las lágrimas. Desde el principio Celeste se había empeñado en encontrar el desvinculador; un plan para romper sus maldiciones sin tener que matar a otro gobernante. Sin necesitar a nadie, salvo la una a la otra.

Isla lo estuvo buscando durante semanas.

Aunque Celeste no la oía, le temblaba la voz cuando dijo:

—Tenías razón, Cel. Acerca de la biblioteca secreta.

Tomó las manos de su amiga, sabiendo lo mucho que se emocionaría si estuviera despierta. Fue entonces cuando Isla notó que tenía un puño cerrado. Como si se hubiera defendido justo antes de que el veneno la paralizara.

«No, no se estaba defendiendo», pensó Isla mientras abría con sumo cuidado los dedos de su amiga.

Estaba enviando un mensaje. A Isla.

Había algo en el puño de Celeste, algo que había logrado aferrar para revelarle a Isla quién la había envenenado. Una pista. Al fin consiguió abrir del todo la pálida mano de su amiga.

Y la sortija con un diamante engastado que Isla le había regalado a Azul cayó al suelo.

CAPÍTULO 49

EL DIAMANTE

Azul había envenenado a Celeste. No era el gobernante jovial y atormentado que había conquistado a Isla con su música. Era un estratega calculador con un plan en mente.

Recordó la conversación que había escuchado a hurtadillas varias semanas atrás. Oro le había cuestionado a Azul una estrategia para eliminar a uno de los reinos. El rey le había asegurado a Isla que ella estaba a salvo. Isla había dado por supuesto que Azul se proponía destruir el reino Moonling.

Ahora comprendía que debían de estar hablando de Starling. De Celeste. Lo que es peor, Isla ni siquiera le había contado a su amiga la conversación. Al menos debería haberla avisado cuando emparejaron a su mejor amiga con el skyling, pero estaba demasiado centrada en la traición de Oro. En sí misma…, siempre en sí misma.

¿Cómo no se le ocurrió que Azul pudiera tener a Starling en el punto de mira?

Pero ¿por qué?

¿Cuál era su plan?

Había tantas preguntas, detalles que no tenían sentido… Cada vez que creía saber algo con certeza, la verdad cambiaba y se dispersaba. Aunque no por mucho tiempo.

Isla recordó las palabras del oráculo.

«Tú… tienes muchas preguntas. Hay tanto que podría decirte…, aunque no debería».

«Todas saldrán pronto a la luz».

De pie en la Casa de Espejos, Isla enderezó la espalda. Las hojas muertas se arrastraban perezosas a sus pies, el viento se colaba por un cristal roto. Se volvió hacia la escalinata que conducía a las habitaciones, alcobas que antaño estuvieron ocupadas y que ahora bostezaban desiertas, pobladas de telarañas y espejos agrietados en lugar de risas y música.

Casi podía oírlas, voces tan ricas como la suya, cuando alargó la mano hacia el enorme diamante negro que llevaba al cuello y tiró.

Pasó un minuto. El poder nocturno no funcionaba en la Casa de Espejos. Él tendría que aparecer en la linde del bosque de isla Agreste y acercarse a pie.

La puerta se abrió de golpe, con tanta violencia que fue un milagro que no saltara de sus goznes, e Isla se volvió a mirar a Grim. El nightshade entró a la carrera, frenético, resollando con intensidad. Una espada le colgaba del cinto.

Se plantó ante ella en un instante.

—Corazón…, ¿estás herida?

Tomó el rostro de Isla entre las manos con los pulgares en las comisuras de sus labios, buscando daños. La contemplaba como si ella no fuera de carne y hueso, sino de hielo y niebla, como si estuviera al borde de la desaparición…, todavía jadeando tras la carrera…

—Estoy bien.

Reparando en el tono de Isla, la soltó.

No tenía sentido andarse con rodeos.

—¿Por qué no me dijiste que Wildling creó la isla junto con Sunling y Nightshade?

Grim no se inmutó. No exhibió la reacción que ella esperaba. Durante un instante se limitó a escudriñarla.

Finalmente dijo:

—A veces es preferible descubrir las cosas uno mismo. —No apartó la mirada—. A lo largo de mi vida, los demás me han dado informaciones que habría preferido averiguar por mi cuenta. En el momento adecuado. Cuando pudiera entenderlas mejor.

«¿Qué cosas?», quiso preguntarle Isla. Pero no quería distraerse.

—¿Me lo ibas a decir?

—En su momento, claro que sí. Te traje aquí… Respondí a tus preguntas… Pero no quería obligarte a afrontarlo todo de golpe. —Negó con la cabeza—. Acababas de llegar a un nuevo entorno. No sabías gran cosa. Y todo ello obligada a llevar sobre tus hombros la carga de las maldiciones, a representar a todo tu reino. Sin poder, por si fuera poco. Estabas aterrorizada. No podía empeorar las cosas. No quería hacerlo.

No le sorprendía. Sin duda Grim debió de notar su terror a lo largo de todo el Centenario. Su desconcierto. Pese a todo, no era excusa.

—¿Me estás ocultando algo más? —preguntó. Isla no podía confiar en nadie. Azul había envenenado a Celeste. Cleo había intentado matarla en diversas ocasiones. Isla recordó la advertencia del oráculo.

«Hay mentiras y mentirosos por todas partes, Isla Crown».

¿Era Grim uno de ellos?

Algo destelló en los ojos del nightshade. Lo conocía lo bastante bien como para reparar en ello.

Isla retrocedió un paso.

—¿Hay algo, verdad?

Grim entró en tensión. Asintió.

—¿Qué es?

Una parte de Isla estaba enfadada. La otra tenía miedo. Y él lo notó.

Grim avanzó otro paso. Ella reculó y estuvo a punto de perder el equilibrio.

—Hay unas cuantas cosas que no te he dicho —confesó él—. No de manera explícita.

Otro paso.

«Dilo», pensó Isla. No podría soportar un instante más de incertidumbre.

Él frunció el ceño. No estaba acostumbrada a ver esa expresión en su rostro. Grim torcía el gesto ante los demás, a menudo, pero nunca ante ella. Cuando estaba con Isla siempre sonreía.

—No te he dicho lo que haces conmigo.

Isla parpadeó.

—¿Qué?

—No te he dicho que eres mi ruina.

—¿Tu ruina?

Él asintió.

—Mi ruina total. Me has torturado. No has dejado de atormentarme desde el primer momento que te vi.

Isla abrió la boca. La cerró. Incluso se planteó si disculparse.

Grim prosiguió.

—Unas cuantas conversaciones contigo y estaba dispuesto a hacer el intercambio más desfavorable del mundo: todo mi ser a cambio de cualquier migaja tuya que estuvieras dispuesta a darme. —Negó con la cabeza—. Has invadido mi mente. Has puesto en peligro mi cordura. Pienso en ti constantemente.

Su manera de decir «constantemente» la hizo sonrojar por lo que implicaba.

—¿Constantemente? —repitió ella con voz entrecortada.

—De madrugada te ansío hasta el dolor. Te ansío todo el tiempo —reveló con una expresión infinitamente torturada. Como si llevara esperando una eternidad para pronunciar esas palabras. Como si esa fuera la peor maldición de todas.

Y la besó.

Ella se sobresaltó, solo un poco, y Grim se apartó. «No». Sin dejarlo llegar muy lejos, Isla se pegó contra su cuerpo de nuevo y le rodeó el cuello con las manos. Echó la cabeza hacia atrás para mirarlo a los ojos. Toda su ira anterior se había esfumado, remplazada por emociones que oscurecieron los ojos de Grim.

Antes de que él pudiera sonreír, acercó los labios a su boca. El nightshade era frío como la piedra y el helor se intensificó cuando él la aprisionó contra el cristal. El beso se tornó más intenso, las bocas se abrieron, el incendio avanzó hasta el centro de Isla. Echó la cabeza hacia atrás y él le besó todo el cuello, sus dientes le rozaron la garganta con suavidad por debajo del colgante.

Grim le apartó la capa para deslizarle los labios por el hombro desnudo. Ella gimió, notó la piel erizada del frío, y las manos de él le aferraron la cintura para empujarla con ímpetu contra la pared. Isla le desabrochó la capa, que cayó al suelo sin hacer ruido.

El nightshade le clavó los ojos al instante, pero ella ya le estaba arrancando la camisa. Grim la dejó hacer y la prenda desapareció. Entonces Isla se detuvo. Y lo miró a placer.

Era un hombre forjado para la guerra. Puro músculo. Un guerrero implacable que descollaba sobre ella. Una larga cicatriz le recorría el pecho a pocos centímetros de su corazón. Posó la mano sobre la marca y él observó el movimiento con el aliento entrecortado, como si le costara un gran esfuerzo permanecer inmóvil.

—¿Quién te lo hizo?

El pulso de Isla ya se había desbocado. También el de Grim.

Él se estremeció cuando Isla deslizó los dedos por la irregular costura.

—Alguien que quería matarme. —Posó la mano sobre la de Isla—. Devoracorazones —dijo con una sombra de sonrisa en los labios. De nuevo ese nombre—. Ahora tú me estás matando.

La voz de Grim era profunda como los sueños que habían asaltado a Isla las últimas semanas. Los que él le enviaba. Sueños que Isla quería hacer realidad.

Tomó entre los dedos la corona del nightshade, que repicó con estrépito cuando Isla la dejó caer al suelo. Hizo lo propio con la suya.

El gobernante de la oscuridad y la soberana de la naturaleza, los dos respirando con ansia. Isla esquivó su corona para acercarse a él y Grim la envolvió con sus brazos. En esta ocasión el beso fue desesperado, igual que si el ocaso estuviera al caer y apenas les quedaran unos instantes para estar juntos, como si la sala de cristal pudiera volar en pedazos en cualquier momento. Él la aferró con ansia, como temiendo que se alejara volando, un pájaro que escapa de su jaula.

Isla envolvió su centro con las piernas y pudo notarlo, cada centímetro de él contra su cuerpo, aun a través de las prendas. «No te he dicho lo que haces conmigo». Las palabras de Grim resonaron en su mente mientras descubría su significado. «Te ansío hasta el dolor». Él la ansiaba hasta el dolor en ese momento. Isla se movió contra su cuerpo despacio y un gruñido grave escapó de los labios del hombre. Con una ráfaga de deseo desenfrenado, la aferró por los muslos y le clavó los dedos en la piel para arrastrarla todavía más cerca. Los dedos de Isla se cerraron al notar el roce, dejó caer la cabeza hacia atrás. Sujetándola contra el cristal, Grim retiró a toda prisa lazos y tirantes de su vestido. Antes de que ella fuera consciente de que había sucedido, la prenda había desaparecido y tenía la boca de Grim contra su pecho.

El mundo podría haber saltado en pedazos e Isla no lo habría notado. Tan solo existía el camino de la lengua y los dientes de Grim. Ardía por él, por su sabor, por su contacto, por la sensación de que un rayo le atravesaba la piel.

—Más —pidió. No supo si lo dijo o lo gimió, tan solo que quería todo lo que él pudiera ofrecerle—. Por favor.

Grim la sostuvo más cerca y ella se aferró a sus brazos mordiéndole el hombro para contenerse cuando él la levantó y su mano por fin se posó allí donde ella la quería. Por encima de la tela. Luego por debajo. Isla gimió al notar la primera presión de sus dedos callosos contra ella, que empezaron a moverse despacio, rítmicamente.

«Más». Él se lo dio e Isla gimió contra la boca de Grim cuando los usó para explorarla en profundidad. Más adentro. La necesidad superó cualquier cosa y Grim maldijo cuando ella se empezó a mover contra su mano.

—Eso es.

Su voz era apenas un gruñido, persuasiva y tensa, como si él estuviera disfrutando tanto como ella.

Antes de que Isla pudiera preguntarse qué haría a continuación, el nightshade le echó la cabeza hacia atrás y dijo:

—Mírame, corazón. Quiero ver cómo te deshaces.

Ella le clavó los dedos en la nuca. Sus frentes se pegaron e Isla nunca se había sentido más viva, más desnuda que en ese momento, dejándolo presenciar las infinitas sensaciones que se adueñaban de ella. Grim la miraba a los ojos según cada sentimiento se intensificaba hasta la saturación, más de lo que ella habría creído posible.

Y todo ello se le antojaba indeciblemente cotidiano, como quedarse dormida, tararear con la lluvia o respirar. Como si lo hubiera hecho miles de veces en sueños.

CAPÍTULO 50
INSOMNIO

Isla no dormía. Pasaba día y noche en la biblioteca y las jornadas se deslizaban con la misma soltura con que la lluvia resbalara por las cien ventanas de la Casa de Espejos durante la tormenta que, a lo largo de horas, la había encerrado junto con Grim en esa caja de cristal.

Mientras pasaba las páginas sintió el recuerdo de sus manos sobre la piel, los labios de él contra su hombro. No habían hecho todo lo que ella deseaba en ese momento, y en parte le aliviaba que, en lugar de despojarse de la ropa, él la hubiera sentado en su regazo, en el suelo. Que hubieran contemplado la lluvia juntos, Isla con la barbilla apoyada en el pecho de Grim mientras el mentón de él descansaba en la zona que normalmente ocuparía la corona. Antes de marcharse, ella le hizo prometer que encontraría a Azul dondequiera que estuviera escondido. Y se lo traería.

Oro la observaba como si percibiera dónde la había acariciado Grim. Isla sabía que debía de notar su expresión ensoñadora. Pero no había dicho una palabra. Parte de Isla no quería que lo supiera, ni que lo sospechara.

Se clavó las uñas en la palma para obligarse a recuperar la concentración. Romper las maldiciones y ganar los juegos era más importante que nunca. Isla era la única esperanza de Terra y de Celeste, y de sí misma.

Además..., el corazón era la llave que abría la puerta de la vida que siempre había ansiado. No solo poder, sino también, quizá, un futuro que construir... con Grim.

—¿Has encontrado algo?

La voz de Oro fue un jarro de agua fría en las cavilaciones de Isla. Pestañeó y se fijó en su expresión; el rey sabía que no estaba concentrada en el texto.

Cerrando el libro, Isla carraspeó para aclararse la garganta. Había leído el mismo párrafo diez veces y ninguna de las frases guardaba relación alguna con el corazón ni con las maldiciones.

—No —dijo, recostándose en la silla—. ¿Y tú?

Él negó con la cabeza al tiempo que se quedaba mirando el montón de antiguos volúmenes que tenía delante como si estuviera a un segundo de incendiar toda la pila de un capirotazo.

Isla se pasó las manos por la cara, se frotó los ojos, se masajeó las sienes. Suspiró.

—Esto no funciona.

Oro se limitó a mirarla.

Estaba agotada. Le dolían el cuello y la espalda de tanto rato que llevaba leyendo encorvada. Tenía la mente fatigada por el esfuerzo mental de pensar, maquinar... y perderse en sus ensoñaciones.

—Háblame —le pidió a Oro, apoyando la cabeza en los brazos. La mesa de madera estaba fresca al tacto y olía a pino—. Cuéntame todo lo que sabemos.

Oro no se resistió como sin duda habría hecho unos meses antes. En vez de eso se arrellanó en la silla e hizo repiquetear los dedos contra la mesa, cerca de la cabeza de Isla.

—Sabemos que el corazón está en isla Luna. Sabemos que alberga un poder inconmensurable procedente de Wildling, Sunling y Nightshade. Sabemos que se usó para maldecir a los reinos. Y sabemos que florece cada vez que los reinos lo necesitan, en distintos lugares. Donde la oscuridad confluye con la luz.

«Donde la oscuridad confluye con la luz».

Detrás de sus párpados solo había oscuridad. Isla lo imaginó: la oscuridad mezclándose con la luz. El aspecto que tendría. Los colores que se crearían. Frunció el ceño contra su brazo. No tenía que imaginarlo. Lo había visto un sinnúmero de veces, en infinidad de ocasiones a lo largo de su vida.

Levantó la cabeza con tanta rapidez que notó un dolor pulsante.

Los ojos de Oro se agrandaron ligeramente.

—¿Qué pasa?

Isla se levantó y empezó a pasear de un lado a otro. La mente le funcionaba a toda máquina, pero las palabras salían muy despacio.

—¿Y si no fuera un lugar, sino un momento del día?

—¿Qué?

Lo miró fijamente.

—El alba. El ocaso... Donde la oscuridad confluye con la luz.

Oro lo meditó con los ojos entornados.

—Remlar dijo que estaba *donde* la oscuridad confluye con la luz.

Ese debía de ser el nombre del hombre alado, pensó Isla.

—¿Y si fuera las dos cosas? ¿Y si estuviera en un lugar donde la oscuridad confluye con la luz pero solo apareciera al alba o durante el ocaso?

Oro parpadeó para librarse del cansancio como quien despeja telarañas. Pensaba. Estaba tan concentrado que Isla casi podía ver los mecanismos de su cerebro en funcionamiento detrás de sus ojos, sopesando posibilidades. Miraba la mesa con la mano extendida sobre la superficie. Sacudió la cabeza.

—Llevo décadas inspeccionando las islas y nunca lo he encontrado. Quizá esa sea la razón.

El rey sunling maldito no podía estar fuera al amanecer ni durante el ocaso, debido a la proximidad del sol. Siempre habían buscado el corazón por la noche, mucho después de que el sol se hubiera ocultado. Eso explicaría por qué el corazón no se encontraba en ninguno de los lugares que habían revisado. Puede que sí estuviera, pero escondido. Alzó la vista.

—Isla, es posible que hayas dado en el clavo.

Ella se puso en pie y Oro hizo lo propio. Se miraron y él sonrió. Sonrió. Isla nunca lo había visto tan contento.

Por alguna razón su sonrisa la llevó a recordar otro instante feliz. El momento en que notó las llamas contra los brazos, el doloroso cosquilleo de su piel congelada, un alivio más dulce que una cucharada de miel. Aun rodeada de vinderland, en ese momento supo que estaba salvada. Que Oro la había rescatado.

La había encontrado contra toda lógica. «Seguí al pájaro», le dijo entonces.

Isla sonrió satisfecha. El mismo animal que casi provocara su muerte le había salvado la vida.

Oro enarcó una ceja, como preguntándole qué estaba pensando.

Isla se quedó petrificada, a punto de desmayarse, y Oro la sujetó a toda prisa al mismo tiempo que ella se apoyaba en la mesa.

El pájaro la había seguido inexorablemente cada vez que había pisado isla Luna. Siempre había dado por supuesto que la espiaba por cuenta de Cleo, pero ¿y si estaba equivocada?

¿Y si el pájaro intentaba decirle algo?

—Sé dónde está el corazón —declaró.

CAPÍTULO 51
EL CORAZÓN

Isla caminaba en silencio sobre la nieve. Respiraba acompasadamente. Todo su mundo se reducía a un túnel. El tren de su pensamiento, por lo general imparable, había cedido su lugar a una calma de depredador, la sensación que precede a la caza, el instante de tensión en la cuerda justo antes de liberar la flecha.

Sabía que estaba en lo cierto esta vez. Lo notaba en los huesos.

Esa noche Oro la había esperado en el vestíbulo del castillo. En la estancia se percibía una energía invisible que emanaba en ondas del rey. Estaba emocionado. Rebosante de esperanza.

Ella le dedicó una sonrisa sin poder evitarlo. Porque también estaba nerviosa y rebosante de esperanza.

Isla se acercó a Oro, se puso de puntillas y le propinó un capirotazo a la corona. Sonrió para ponerlo a prueba, para comprobar hasta qué punto los meses que llevaban trabajando juntos habían aplacado el desdén que ella le inspiraba.

Oro frunció el ceño. A continuación la sorprendió retirándose la joya dorada.

Y colocándola sobre la cabeza de Isla, en torno a la de ella.

—Si tu teoría es cierta, wildling —le dijo—, podrías llegar a ser incluso más poderosa que yo.

Al oírlo, a Isla le flaquearon las rodillas. Realmente le cedía el triunfo. No... Estaba reconociendo que el triunfo era de Isla.

Ella había desentrañado el enigma que al rey se le había resistido.

Isla se quitó su corona entonces y la colocó sobre el cabello dorado de él. Parecía minúscula sobre la cabeza de Oro y casi se le escapó una sonrisa.

—Wildling te sienta bien, rey —le dijo antes de cruzar la puerta.

Isla todavía notaba la corona de Oro cálida y pesada sobre la cabeza. Era tan grande que se le deslizaba hacia la frente. Pero descubrió que ese detalle le traía sin cuidado.

Solamente faltaba una hora para el alba. Tiempo suficiente para buscar un refugio para Oro. Una vez que lo hallaran, solo tendrían que esperar.

Isla notaba un cosquilleo en la piel; su cuerpo irradiaba energía nerviosa. A pesar de todo permaneció en su túnel, con toda su energía concentrada en el otro lado.

El corazón. Sus seres queridos. Su futuro.

El poder era la última de sus preocupaciones. Se daría por satisfecha con salvar a Celeste y a Terra. Ellas eran mucho más importantes que cualquier destreza del mundo. Por fin era consciente de ello.

Solo esperaba que no lo hubiera comprendido demasiado tarde.

—¿Qué harás cuando rompamos las maldiciones? —le preguntó a Oro mientras emprendían la marcha por isla Luna.

Oro caminaba con paso firme y los ojos vueltos al cielo.

—Reconstruir —fue su respuesta—. Llevamos siglos concentrados en las maldiciones. En encontrar el modo de romperlas. En el modo de vivir con ellas y sobrevivir a ellas. Una vez que todo eso desaparezca, espero ser libre para devolverle a Lightlark su gloria anterior.

Isla lo miró enarcando una ceja.

—¿Bajo el dominio del reino Sunling?

Oro negó con la cabeza.

—No. Antes de eso. Cuando todos los reinos estaban unidos.

Isla exhaló un largo suspiro. «Unidos». Eso implicaría que los wildling regresarían a Lightlark. Los que quedaran, pensó con un aleteo de terror en el estómago.

—No tengo claro que la gente de Lightlark reciba a los wildling con los brazos abiertos.

—Tendrán que aprender a convivir con ellos —replicó Oro. Lo hizo con voz tan firme que Isla volvió la vista hacia él. El rey le sostuvo la mirada—. Y quizá tú quieras quedarte.

Ella pestañeó. Nunca se había planteado quedarse en Lightlark. Las pocas veces que se había concedido permiso para pensar en el «después», en cómo sería su vida si consiguiera romper las maldiciones, solo imaginaba detalles sueltos. Celeste y ella en las nuevas tierras starling. Celebrando todos los cumpleaños de su amiga sin miedo ni tristeza. Ella gobernando los nuevos territorios wildling con seguridad, con Terra y Poppy sanas y fuertes a su lado. Y, más recientemente..., haciendo visitas a Nightshade. Isla pasando tiempo con Grim.

Ninguno de sus futuros imaginados incluía la isla.

—Puede ser —respondió. Pero no era cierto. Y Oro, gracias a su don, lo sabía.

A lo largo de la media hora siguiente recorrieron isla Luna en silencio. El viento azotaba las mejillas de Isla con tal violencia que se preguntó si Azul sería responsable. «Azul». Todavía no le había hablado a Oro de la prueba que tenía de que el gobernante skyling había atacado a Celeste. Se lo contó en ese momento.

Oro frunció el ceño.

—Tiene que ser un error —observó—. Azul nunca ha tenido intención de hacer daño a otro gobernante. Ni siquiera ha intentado jamás aliarse con nadie.

Isla acababa de revelarle que el skyling había envenenado a Celeste. ¿Acaso el anillo en el puño no era prueba suficiente?

¿Por qué lo defendía Oro? Estaba a punto de pedirle explicaciones, pero cambió de idea al oír un graznido muy cerca de su oído.

El pájaro azul oscuro.

Aleteaba despacio, como si las plumas pesaran demasiado para una osamenta tan pequeña. Graznó de nuevo. Esta vez Isla no lo amenazó.

Lo siguió.

Isla y Oro corrieron a través de la nieve. Ella forzaba los ojos para no perderlo de vista en la oscuridad. No notaba el frío ni el hundimiento del terreno a sus pies ni nada en absoluto según seguía al ave a través de un bosque de ramas semejantes a esqueletos que le aferraban la ropa como si le suplicaran que redujera la marcha.

Siguió avanzando. Jadeando.

El pájaro no era el corazón. Eso lo sabía.

Pero la llevaría hasta él.

Montañas de hielo aparecieron ante su vista. Los oráculos no estaban lejos. «Donde la oscuridad confluye con la luz». Recordó las palabras del oráculo… Dijo que el corazón no estaba enterrado en el hielo con ella, sino «cerca, más cerca de lo que imaginas». El bosque clareaba en esa zona y había más espacio para que la nieve se acumulase. Un río serpenteaba entre los árboles y llegó a sus oídos el crujido del agua al romperse y volver a congelarse como las pequeñas grietas de la leña que se astilla.

Otro chillido resonó en la noche. Isla avistó al pájaro, que descendió planeando para posarse en un árbol.

En un nido.

—Mira —dijo Isla. Sabía que el corazón estaba allí, en alguna parte.

Solo tenían que esperar al amanecer.

Encontraron una cueva en una de las montañas heladas, con vistas al árbol. Oro encendió una hoguera, aunque Isla sabía que podía calentarlos a los dos sin necesidad de fuego. Al parecer necesitaba hacer algo con las manos, distraerse del paso del tiempo, que discurría con excesiva lentitud, y del pájaro, que estaba a pocos metros de distancia.

O quizá ya no fuera capaz de calentarlos. A Isla no se le había escapado la inmensa cantidad de piel que ocupaba ahora la mancha azulada. Había notado que Lightlark se tornaba más frío y oscuro con cada día que pasaba.

Las llamas crepitaban y se elevaban dibujando hermosos tirabuzones. El fuego de Oro seguía siendo anaranjado y rojo, pero también poseía un tono distinto…, un extraño matiz azul oscuro. Su sello característico, al parecer.

Isla deslizó un dedo por los bordes de la corona real, que seguía precariamente alojada en su cabeza. Frunció el ceño y bizqueó para poder mirar el borde situado justo encima de sus cejas.

—No tiene sentido que esté tan afilada —comentó a la vez que se introducía en la boca la yema del dedo; una de las puntas de la corona le había traspasado la piel.

Oro se rio con ganas. Era un sonido glorioso que la hizo sonreír al instante. Auténtico. Quizá porque, por lo que ella sabía, era la única capaz de hacerlo reír.

Pero entonces se dobló sobre sí mismo.

Isla Luna tembló. Los carámbanos de la entrada cayeron como dagas. Algunos se rompieron, otros se clavaron en el suelo. Isla esquivó por los pelos uno que podría haberle atravesado el brazo.

Oro había cerrado los puños y en ese momento se arqueó entre gruñidos con el rostro desencajado de dolor.

La nieve resbalaba por la montaña amenazando tapar la entrada de la cueva. El pájaro protestó con un graznido tan agudo que Isla se estremeció. Un trueno retumbó cuando uno de los glaciares de la montaña se rompió.

Tan súbitamente como habían comenzado, los temblores finalizaron.

«La isla se desmorona y yo con ella».

Oro jadeaba con los dedos clavados en la piedra. Le temblaba la espalda como si todavía notara las sacudidas, como si aún le doliera todo el cuerpo.

Isla avanzó un paso inseguro hacia él. Se arrodilló para colocarse a su altura.

Él se recostó contra la pared con los ojos cerrados.

—¿Te encuentras bien?

Oro asintió justo cuando su cuerpo se agarrotaba otra vez, igual que si lo hubiera atravesado un rayo. Plantó la mano contra el suelo y grandes grietas surgieron en la zona del contacto. El tufillo eléctrico de su energía starling se extendió por la cueva.

Isla no quería ni imaginar el dolor que estaba sintiendo. Su conexión con la isla implicaba que notaba su energía..., pero también su destrucción.

Isla le posó una mano delicada en el hombro y el cuerpo de Oro se crispó. La retiró al momento.

El rey gritó de nuevo y sus dedos se hundieron más profundamente en la piedra. Llamas de fuego surgían de sus palmas para luego extinguirse, se cubrían de hielo que al momento se derretía, surgían chispas y se desvanecían.

—¿Qué... qué puedo hacer? —preguntó ella aterrada. Tenía que poder ayudarlo de algún modo.

Los ojos de Oro estaban cerrados. Tragó saliva. Isla observó el movimiento, vio su rostro desencajarse de dolor una vez más. Se sorprendió preguntándose si estaría dispuesta a padecer ese dolor en su lugar, de ser posible.

—Cántame, wildling —le pidió el rey finalmente.

Ella pensó que lo había oído mal. Pero él inspiró entrecortadamente y luego espiró. Guardó silencio y aguardó.

Isla se acordó de aquella noche en el balcón. El día que cantó pensando que nadie la escuchaba.

Oro había aplaudido. Y ella dio por supuesto que lo había hecho para burlarse.

Quizá le había gustado.

Empezó a entonar una canción wildling. Su favorita. La que cantaba cuando quería escuchar el eco de su propia voz. Cuando estaba a solas en sus aposentos y tenía la esperanza de que alguien pudiera oírla desde muy lejos. Cuando se preguntaba si habría alguien a muchos reinos de distancia, escuchando.

Cantó esa canción.

La voz de Isla era rica como la miel, aguda como campanillas, grave como el retumbar de un trueno. Podía hacer locuras con ella y lo hizo, sentada sobre los talones y rozando las piernas de Oro con las rodillas. Su voz se proyectó por la cueva creando armonías entrelazadas.

El rey abrió los ojos en algún momento. La observó respirando con más suavidad. Despacio, abrió los puños. Apoyó las palmas contra la fría piedra y escuchó.

Ella le sonrió al notar que sus hombros se relajaban. La expresión del rey no cambió. Isla siguió cantando porque él no le había pedido que se detuviera y el sol no había salido todavía. Cantó hasta quedarse ronca y el sonido cambió. Le gustaba cuando sonaba así, más oscura, distinta.

En parte se preguntaba si la dejaba continuar por educación. Pero cuando dejó de cantar, Oro frunció el ceño.

—¿Por qué paras? —preguntó.

Isla señaló la entrada de la cueva, sin aliento.

—Por eso —dijo.

La luz empezaba a invadir la oscuridad del cielo. La luna se ocultaba.

Oro se puso en pie al instante. Ambos corrieron a la entrada para mirar. Para esperar.

Isla percibió algo a la luz naciente. Forzó la vista. Justo debajo del nido algo flotaba en el aire como si no le afectara la gravedad.

—¿Es un huevo? —preguntó.

Justo cuando las palabras salían de sus labios, el huevo cayó. Despacio, muy lentamente, se posó en el suelo…

Y se abrió.

De la cáscara surgió una yema brillante y dorada. Ascendió junto con el sol que nacía en el horizonte, justo encima del acantilado.

—El huevo entero representaba la luna —observó Isla con la voz ronca por el canto—. La yema… es el sol.

¿Cuántas veces había pensado que la luna se parecía a un huevo? ¿Que el sol recordaba a una yema?

Se volvió hacia Oro con los ojos abiertos de par en par.

—Es eso —dijo—. Es el corazón.

«El corazón permanece escondido hasta que florece y se convierte en parte de Lightlark». Oro había supuesto que se ocultaba en una planta. Sin embargo, en esta ocasión el corazón había adoptado la forma primordial de la vida: un huevo.

Oro contemplaba la yema flotante y la cáscara desechada con tal reverencia que Isla temió verlo hundirse hasta las rodillas. Él buscó su mirada y le dirigió una sonrisa tan radiante que fue como si el mismo sol brillara a través de su piel.

El rey levantó a Isla en volandas y giró con ella. Isla rio mientras se le saltaban las lágrimas y le ardían los pulmones de puro alivio. De inmediato notó el calor de Oro, que la inundó hasta los huesos. Un momento más tarde volvía a estar sobre sus pies.

Oro sacudió la cabeza con incredulidad. Alargó la mano hacia la corona que Isla llevaba en la cabeza y ella se preguntó si se proponía recuperarla. En vez de eso, se la enderezó sonriendo.

—Adelante, wildling. Ve a buscar nuestro corazón —la animó.

Isla le devolvió la sonrisa.

Por fin.

Isla no era débil. Había resuelto el acertijo de la profecía y encontrado el corazón a su manera. Ella estaba en lo cierto. Iba a salvar a las personas que amaba. Estaba a punto de lograr lo que sus guardianas la creían incapaz de hacer.

Iba a ganar el Centenario.

Emprendió el camino hacia el árbol. El pájaro graznó contento. La yema era tan brillante como el sol y pequeña, del tamaño de la palma de su mano. Resplandecía igual que oro puro. La fuente de todo poder en Lightlark. Su corazón.

Alargó la mano. Lo cogió. Percibió su energía, que le atravesaba la piel y se le propagaba por los huesos, un poder semejante a un rayo de agua fría, una ola que le subía hasta la coronilla y llamas que acariciaban cada centímetro de su ser…

Y todo eso se desgarró cuando una flecha le atravesó el pecho.

Cayó de rodillas entre toses. Bajó la barbilla y posó los ojos en la punta alargada de una flecha que le sobresalía del corazón.

Un disparo perfecto.

Un rugido estalló en alguna parte, a su espalda. Lo atribuyó a Oro justo antes de que el fuego devorara el bosque y a las personas que había en él… Había personas.

Eran vinderland. Habían acudido para vengarse. Todavía la apuntaban con sus flechas. Habían tensado los arcos para dispararle por segunda vez, y murieron. Oro los había matado a todos en un instante.

Un segundo se le antojó toda una vida. La cabeza de Isla colgó hacia el hombro, la enorme corona del rey cayó al suelo. Oro estaba allí, alargando los brazos hacia ella, a pocos metros de distancia…, pero no podía alejarse ni un paso de la cueva para sanarla, no a la luz del día. Su rostro tenía un aspecto extraño, sembrado de millones de marcas y arrugas. Alargó los brazos un poco más con un movimiento brusco, desesperado, solo para volver a rugir de dolor cuando el sol le agrietó la piel. Una sangre roja y brillante se encharcaba bajo el cuerpo de Isla. Su calor casi la reconfortaba del frío.

Ya había sobrevivido demasiado, segundos robados que sin duda la energía del corazón le había concedido.

Isla aferró el corazón de Lightlark con una mano mientras el suyo balbuceaba los últimos latidos. Levantó la otra y tocó el colgante que llevaba al cuello.

Grim apareció de la nada antes de que ella pudiera soltar el diamante. Sus ojos se agrandaron al verla cubierta de sangre. Al momento la había tomado entre sus brazos.

—Por favor —suplicó Oro desde la cueva e Isla apenas reconoció su voz. ¿Por qué suplicaba? ¿Quería que soltara el corazón? Su mano colgó exangüe y la yema cayó al suelo.

Lo último que vio fue el rostro de Oro fragmentado en varias emociones distintas, cada una más sorprendente que la anterior.

Y perdió la conciencia.

El corazón la había mantenido con vida. Lo supo con certeza cuando lo soltó y el mundo se oscureció.

Y al momento se encontró cayendo por un interminable cúmulo de estrellas. Los reinos no eran sino radios de una rueda que giraba y giraba. Y en algún lugar intermedio ella se ahogaba, jadeaba, se desvanecía.

«Mamá». ¿La conocería por fin? «Papá». ¿Y al hombre por el que mereció la pena dar la vida, por el que mereció la pena engendrar una niña maldita?

La muerte no se le antojó silenciosa ni rápida.

CAPÍTULO 52

PROFECÍA

Devoracorazones.

La voz era una campana que sonaba a lo lejos. El rumor de un trueno. Un portazo.

—Vuelve conmigo.

«Vuelve». ¿Acaso se había marchado?

Un suspiro tembloroso. Palabras empapadas de sudor. Un sufrimiento infinito contenido en un susurro.

—¿Qué me has hecho? —dijo la voz en tono suplicante. Notó un dedo que resbalaba por su rostro—. ¿Qué has hecho para dejarme totalmente a tu merced?

Isla abrió los ojos.

Se encontraba en su alcoba. Grim sostenía en un brazo los frascos de remedio wildling que quedaban.

Antes de que Isla pudiera volver a respirar, Grim la había tomado entre sus brazos. La arrastró contra su pecho y le acunó la cabeza con las manos debajo de sus rodillas. Los ojos del nightshade buscaban los suyos con desesperación.

Ella pegó la frente a los labios de Grim. Estaba frío como una losa y eso atenuó el dolor. Isla tenía muchísimo calor… Estaba envuelta en llamas, en energía, en chispas.

«La flecha».

Se llevó la mano al pecho. Nada. La aguda punta había desaparecido. Bajó la vista y vio su camisa hecha jirones. La habían desgarrado para curar la herida. Apartó la ropa interior y la vio. Una marca horrible, justo encima del corazón, allí donde la flecha la había atravesado.

Debería estar muerta.

—¿Cómo... cómo...?

—No lo sé.

Grim la sostuvo de nuevo con tanto cuidado como si acunara cristal.

Pero Isla sí lo sabía. El corazón la había salvado. Su energía fue suficiente para mantenerla viva el tiempo que requería su sanación.

Recordó las palabras de Oro. Solo los gobernantes de Wildling, Nightshade o Sunling podían reclamar el corazón. Emplearlo.

Pero Isla carecía de poderes... ¿La había reconocido a pesar de todo?

¿De verdad ella había sido capaz de hacer uso del corazón de Lightlark?

Tragó saliva con dificultad. Si lo había empleado, parte de la profecía se había cumplido, según la interpretación de Oro.

«Cuando el agravio original se cometa en modo igual».

Isla se deshizo del abrazo de Grim y su rostro se crispó a causa del dolor que le latía en el pecho. El sol seguía brillando, pero ya empezaba a ponerse. Isla llevaba todo el día en la cama... Habían perdido demasiado tiempo.

—Gracias —le dijo a Grim acercando la mano a la cadena invisible del cuello. A ese diamante tan grande como una patata pequeña. Rodeó al nightshade con los brazos y le entrelazó las manos en la nuca.

—Hay algo más —dijo Grim. Se puso tan serio que a Isla le dio un vuelco el estómago. ¿Qué había pasado mientras ella convalecía?—. Hay una tienda moonling en el ágora, un local escondido que fue abandonado tiempo atrás. Me he acercado a buscar algún remedio mientras dormías. Y he encontrado algo de cientos de años de antigüedad. Una pócima wildling muy valiosa que cura aquello que moonling no puede sanar.

Isla inspiró a fondo. Pestañeó con una pregunta en los ojos.

Él asintió con solemnidad. Grim miraba al suelo, no a ella.

—Celeste ha despertado.

—Tengo que irme —anunció ella con precipitación, exultante y aterrada al mismo tiempo. ¿Y si Azul acudía a terminar el trabajo ahora que Celeste ya no estaba escondida? Si Grim hubiera encontrado al gobernante skyling, ya se lo habría dicho.

El nightshade miró la marca en el pecho de Isla antes de levantar la vista.

—Tienes que descansar —le advirtió.

Ella sacudió la cabeza. No.

Isla dio media vuelta para marcharse, pero se detuvo cuando Grim la llamó.

—Devoracorazones. —Se le rompió la voz al pronunciar la palabra. Ella se volvió a mirarlo—. Pensaba que habías muerto.

«Yo también», pensó Isla. Pero se lo guardó. En vez de eso, dijo:

—Estoy viva gracias a ti. —Cerró el espacio que los separaba. Levantó la cabeza para rozarle el cuello con la nariz. Le acercó los labios al oído—. Y quiero hacer miles de cosas contigo —añadió, estremeciéndose al notar el ardor del pecho. La herida todavía estaba tierna—. Pero antes… tengo que hacer algo.

Grim asintió.

Y ella lo rebasó para salir de la alcoba. Se encaminó a los aposentos de su amiga a la carrera.

Antes de que pudiera llamar, la puerta se abrió. Celeste estaba allí con los ojos desmesuradamente abiertos.

Isla le echó los brazos al cuello, aunque todavía le dolía moverse. Los calambres le atravesaban los huesos, notaba los órganos tensos y se atragantó con las palabras.

—Pensaba que tú… Celeste, tú…

—Lo sé —respondió Celeste con voz queda—. Fue Azul.

Isla retrocedió para mirarla a los ojos.

—Ya lo sé. Recibí tu mensaje. —Levantó la mano para mostrarle el diamante, de nuevo en su dedo—. ¿Por qué?

—No tengo ni idea. Debe de estar planeando algo.

A Isla le apetecía sentarse a charlar con su amiga, concederse un rato para disfrutar del alivio que sentía.

Sin embargo, tenía que ponerse en marcha.

—Lo hice —dijo con grietas en la voz—. Es una historia larga y terrible, pero… encontré el corazón. Y lo utilicé.

—¿Cómo? —preguntó Celeste como si pensara que no había oído bien.

Isla sonrió.

—Te lo contaré todo más tarde, pero de momento… escóndete y espera a tener noticias mías. —Abrazó rápidamente a su amiga una vez más—. Todo esto habrá terminado pronto.

Se volvió para marcharse, pero se detuvo. Necesitaba decirle algo más.

—Perdóname, Celeste. Por todo. He sido una amiga horrible. Una compañera espantosa. Voy a hacer que todo mejore. Te lo prometo.

Tras estrecharle la mano por última vez, Isla corrió por el pasillo. Celeste la llamó con frenesí, pero ella no se detuvo. Anochecía. El sol ya se estaba ocultando.

Corrió de regreso a su habitación. Grim se había marchado.

Un instante más tarde las puertas del balcón se abrieron de par en par.

Oro entró volando y aterrizó en el centro de la alfombra mientras su piel dañada sanaba ante los ojos de Isla. Había volado a la luz menguante del atardecer, comprendió, mientras el sol todavía brillaba. Con luz suficiente para sufrir quemaduras, pero no para morir.

Se quedó paralizada y lo miró a los ojos.

—Estás viva —le espetó él en tono brusco, como si fuera una acusación, todavía con la respiración agitada. La miraba con ojos como platos.

Ella asintió. Esperó.

—Bien.

Oro irguió la espalda. Tragó saliva con dificultad. Abrió los dedos y el corazón estaba en su palma, resplandeciente como si Oro hubiera alcanzado el sol para arrebatarle un puñado de fulgor. En ese momento parecía menos una yema y más un orbe. Dorado. Feroz.

—Lo conseguimos —le dijo Isla sin aliento, llevándose la mano al doliente corazón. Sonrió a pesar de la sensación de que le habían partido el pecho en dos.

Oro le tendió el corazón, que brilló en la mano de Isla, parpadeante.

—Báñate, Isla —le sugirió el rey—. Y vístete. —Solo en ese momento cayó ella en la cuenta de la sangre seca que le apelmazaba la cabellera, de la tierra en las prendas—. Luego reúnete conmigo en la biblioteca.

Antes de que ella pudiera pronunciar una palabra, salió volando por el balcón hacia la noche.

Ella sostuvo el corazón maravillada de que Oro se lo hubiera confiado. El rey de Lightlark, que no se fiaba de nadie, le entregaba la posesión más preciada de toda la isla. La clave para poner fin a las maldiciones. La llave de su futuro. La llave de la isla.

Aunque pensaba que era un tonto por hacerlo.

Isla no se separó del corazón. Lo tenía en el baño mientras se frotaba la piel a toda prisa sin demorarse demasiado en la marca de su pecho, que había mejorado, pero todavía destacaba tierna contra el resto de la piel. Un verdugón permanente.

Se enfundó un vestido. Era rojo como la sangre que había derramado.

«Diez días».

Habían encontrado el corazón con diez días de margen. Pero todavía había prisa. La isla podía desmoronarse en cualquier momento. Terra podía morir en pocas horas. Isla la había mirado a través del cúmulo de estrellas antes de partir en busca del corazón con Oro. La única parte de Terra que no había sucumbido al bosque era la mitad derecha de su rostro, todavía con el ojo abierto. El otro estaba cerrado.

Isla sujetó el corazón con firmeza de camino a la biblioteca y notó su latido en la mano. Resplandecía. Le hablaba en una lengua extraña, un canto de sirena que prometía poder.

Poder que ya había empezado a transmitirle, de considerar un indicio su milagrosa curación.

Oro estaba sentado en la biblioteca, sumido en sus pensamientos. Mirando un texto, pero sin leerlo.

Tan pronto como Isla entró, se puso en pie. La saludó con un asentimiento de la cabeza antes de volver a sentarse e indicarle que hiciera lo propio.

Exhibía una seriedad extraña. Isla tenía delante al rey de Lightlark, no a su compañero de tantas aventuras. No a la persona a la que había llegado a confiarle la vida.

Isla tomó asiento y depositó el corazón entre los dos con sumo tiento.

—Me parece que lo he usado —declaró con decisión—. Creo que me ha salvado.

Oro se limitó a asentir.

Isla repitió la profecía de memoria.

Solo la unión romperá la maldición,
solo si uno de los seis se alza triunfal.
Cuando el agravio original
se cometa en modo igual
y una estirpe llegue al final
la historia conocerá reparación.

Isla tragó saliva.

—Estuvimos juntos… —constató—. Lo estuvimos durante todo el Centenario. Y todos los gobernantes estaban reunidos en la isla. Esa es la primera parte. Luego cometí la ofensa original al usar el corazón.

Oro se arrellanó en el asiento. Los afilados rayos de su corona apuntaban a la esquina del fondo de la biblioteca. Debió de recuperarla, junto con el corazón, cuando bajó el sol.

No le había devuelto a Isla su corona. Se sentía vacía sin ella… y también ingrávida. Descubrió que no tenía prisa por volver a llevarla.

—Recibirás el poder prometido. Serás oficialmente la ganadora —declaró el rey como si le fuera indiferente— cuando cumplas la última parte de la profecía.

Isla asintió con la barbilla alta.

—Así pues, queda por decidir qué reino desaparece. —Oro se apoltronó un poco más—. Como te prometí..., está en tu mano salvar a un reino.

—Starling —respondió ella de inmediato. Se le relajaron los hombros. Estaba a salvo... y también su mejor amiga. Oro frunció el ceño con sorpresa. «¿Por qué?», se preguntó.

De súbito se le heló la sangre en las venas.

—¿Quién muere? —quiso saber al momento, sin molestarse en ocultar el miedo que sentía. Ya no.

La mirada de Oro se suavizó, pero el resto de su expresión permaneció decidida. Era el rostro de un rey.

—Nightshade, Isla —respondió él con dulzura.

Algo le había perforado los pulmones; otra flecha, quizá. La respiración de Isla mudó en un jadeo. Todo su ser se estaba ahogando.

—Pero tú dijiste que no podía morir. Dijiste que es el único que se interpone entre nosotros y un peligro mayor.

A partir de aquel momento, Isla había dado por supuesto que Grim estaba a salvo.

Oro asintió.

—Y era cierto... —confirmó— hasta que encontramos el corazón.

Isla tuvo la sensación de que una gran roca le aplastaba el pecho al comprenderlo. El corazón albergaba poder nightshade sin parangón. Al hacerse con él, el rey ya no necesitaba a Grim. Podía asesinarlo y seguir protegiendo la isla de ese peligro misterioso.

—¿Y qué pasa con Cleo? —se enfadó. Cerró los puños—. No sé cómo lo hizo, pero ella fue la autora de las maldiciones. Debió de aliarse con alguien que pudiera hacer uso del corazón. Ella tiene la culpa de todo esto. —Le temblaba la voz. Le escocían los ojos a causa de unas lágrimas que no acababan de caer—. Intentó matarme. Dos veces.

Oro ni se inmutó.

—Es posible. Y si las maldiciones fueron obra suya, será juzgada.

—¿Si fueron obra suya? —gritó Isla al tiempo que se ponía en pie.

Oro hizo lo propio, alzándose sobre ella.

—Hay miles de moonling en esta isla. No los sentenciaré a todos a muerte por los actos de su gobernante.

A Isla le temblaban los brazos. No quería sentenciar a los moonling, pero le parecía estupendo acabar con todo el reino Nightshade. Abría y cerraba los puños. Notaba un dolor pulsante en la cabeza.

—¿Y qué pasa con Azul? —Estuvo a punto de asesinar a Celeste—. Es obvio que trama algo para adueñarse del poder de Lightlark. No se puede confiar en él.

Oro negó con la cabeza.

—Ya te lo dije. El marido de Azul murió en el segundo Centenario. Desde entonces no se esfuerza en romper las maldiciones, forjar alianzas ni apoderarse de nada. Aprovecha los Centenarios para intentar hablar con su amado una última vez.

—¿Y qué pasa con su plan? —le espetó Isla—. Os oí.

«Tu plan es una locura —había dicho Oro—. Sentenciarás a muerte a miles».

«Un reino tiene que desaparecer, Oro», respondió Azul.

—¿Su plan? —repitió Oro, que avanzó un paso hacia ella—. Su plan era sacrificarse. Ofrecerse como el gobernante que muriera para romper las maldiciones. Sabía que los días de la isla estaban contados después de mi presentación. Estaba dispuesto a sacrificarse, y a su pueblo, con tal de salvar a todos los demás. Su sistema de gobierno es una democracia. Su pueblo estaba de acuerdo. Lo votaron.

—No es verdad. Intentó matar a Celeste —gruñó Isla.

—No entiendo por qué haría eso. Seguro que hay una explicación para…

«Una explicación». Por lo que parecía, el rey derrochaba excusas y empatía, pero solo cuando le convenía. Tanto Azul como Cleo estaban tramando algo, Isla lo sabía. En ese momento cayó en la cuenta de que alguien debía de haberlos ayudado. Cleo asesinó a Juniper después de averiguar de algún modo que Isla se iba a reunir con él. Celeste apareció en los jardines, lejos de la celebración de Carmel, como si alguien la hubiera arrastrado allí…

Solamente una persona sabía que Juniper había respondido a la carta de Isla y Celeste.

Una persona adivinó que habían envenenado a Celeste antes de que nadie lo supiera.

Una persona tenía acceso total al castillo y se podía mover en libertad, pasando desapercibida.

Ella.

Le ardieron los ojos; se le secó la garganta. Ya no sabía nada. ¿Se equivocaba o estaba en lo cierto?

Se había esforzado muchísimo para encontrar el corazón.

Cómo iba a imaginar que todo ese tiempo no estaba haciendo otra cosa que condenar a Grim a muerte. Si Isla se negaba a matarlo, Oro lo haría. Estaba convencida.

«Podrías escogerlo a él —le susurró una vocecilla interior—. Salvar a su reino». Y confiar en que Oro escogiese la muerte de Moonling o Skyling por encima de Starling.

No. Isla tenía muy claro que Oro elegiría a Starling en ese caso. Era el más débil de todos los reinos de Lightlark, con la población más escasa a causa de su maldición. Celeste era la gobernante más joven, además de Isla.

Las opciones estaban claras: Celeste o Grim.

Isla lloraba a lágrima viva. Lágrimas de rabia, ardientes.

—Él no —suplicó—. Por favor.

¿Por qué había pensado que el rey escogería a Cleo? ¿Solo porque la soberana moonling había tratado de asesinarla? ¿Porque Oro le había salvado la vida a Isla?

Había sido una tonta por pensar que el rey le tenía cariño, por permitirse creer que Oro era algo más que el soberano de Lightlark. Un gobernante cruel capaz de cometer atrocidades por el bien de su pueblo.

Y Nightshade era su enemigo.

Oro la observaba impertérrito. Volvía a ser el rey a la mesa de la cena que se burlaba de su cabellera mojada, le servía un corazón y le exigía que se lo comiera.

—Vi su don, Isla. Puede viajar entre Lightlark y Nightshade en un instante. ¿Sabes lo peligroso que es eso? Una vez que desaparezcan las maldiciones, si Nightshade decidiese atacar mientras aún somos vulnerables, mientras todavía nos estamos recuperando, podría transportar a todo su ejército a la isla en un abrir y cerrar de ojos. Sin previo aviso.

—¡Pero tú acabas de descubrir su don! Y eso significa que podría haber hecho eso mismo durante la guerra. Y no lo hizo, ¿verdad?

Oro sacudió la cabeza con furia.

—Tú no sabes lo que hizo —replicó con un gruñido de rabia—. Y eso fue hace mucho tiempo. Antes de que se convirtiera en gobernante y heredara un poder inmenso.

A Isla le temblaban las manos, pegadas a los costados. Levantó la vista hacia él con ojos brillantes. Suplicantes.

—Te lo ruego. Reconsidéralo.

Él negó con la cabeza.

Isla rugió.

—No puedes tomar esa decisión tú solo. Lo dijiste. La elección es importante. Más difícil que la propia muerte.

Oro adoptó una expresión triste, casi compasiva.

—No he tomado la decisión yo solo, Isla —reveló.

Entonces debía de contar con el apoyo de Cleo y Azul. Eran mayoría.

Y había conseguido que aprobaran su decisión a espaldas de Isla.

De súbito la wildling tenía la daga en la mano. Se abalanzó sobre el rey antes de que pudiera hacer el menor movimiento y le pegó la hoja a la garganta.

Él la dejó hacer. No la atacó con su fuego, como sin duda podría hacer con medio pensamiento, aun debilitado como estaba.

Oro la miró con sus ojos de panal. Huecos. Carentes de emoción.

—Hazlo —la desafió. Su conexión con todas las gentes de la isla impedía matarlo. Pero podía hacer que sangrase, causarle dolor.

A Isla le tembló la mano y la daga se estremeció contra la garganta del rey. Lo miró largo rato.

Finalmente retiró el arma y se marchó.

CAPÍTULO 53

LA ELECCIÓN

Isla tenía un plan. No era perfecto y la convertía en una mentirosa, una ladrona y una hipócrita. Nada que no hubiera sido ya en los últimos noventa días.

Celeste abrió la puerta e Isla empezó a hablar de inmediato.

—Dime que eres mi amiga. Y que me perdonarás.

La starling enderezó la espalda y adoptó una expresión decidida, lista para cualquier cosa.

—Soy tu amiga. Y te perdonaré —declaró Celeste convencida. No obstante, Isla notó un atisbo de miedo en su voz, como si temiese que todo hubiera salido mal. Y estaba en lo cierto.

Isla lo tenía todo. El corazón. La promesa de un poder inconmensurable. La oportunidad de salvar a su reino.

Pero todo eso tenía un precio: la vida de Grim.

Desde que Isla podía recordar, había ansiado libertad por encima de cualquier otra cosa. Luego, según fue avanzando el Centenario, deseó poder.

Cuando Oro declaró que Nightshade sería el reino que perecería, cuando supo que Terra y Celeste estaban en peligro, Isla había comprendido que albergaba otro deseo aún más importante.

Deseaba un futuro. Felicidad. Una vida con las personas que le importaban. Terra y Poppy eran lo más parecido a una familia que tenía. Celeste era su mejor amiga. Grim le hacía sentir cosas a las que no creía tener derecho como soberana wildling. Siempre había pensado que la libertad o incluso el poder lo cambiarían todo, que repararían lo que no funcionaba en ella. Pero se equivocaba... Lo sabía porque había empezado a repararse a sí misma.

Así pues, había ideado un plan. Uno que salvaría a su reino. Y a Celeste. No le otorgaría, en cambio, ese poder inmenso. Tampoco sería una solución permanente para Terra y las wildling.

Pero le permitiría estar con Grim.

—Me parece que sé dónde está el desvinculador —anunció Isla—. Y he pensado un plan para usarlo... que exige la participación de alguien más. —Respiró para tranquilizarse—. Necesito incluir a Grim en el plan original. Podemos dividir el precio en sangre que exige el desvinculador entre los tres.

Eso le salvaría la vida. Y él, a cambio, tendría que acceder a salvar el pueblo de Isla. No sabía lo que era el amor, pero eso, ese sacrificio... Los gobernantes enamorados podían compartir poder. Si él también la amaba, Isla podría llevar esa energía compartida a sus tierras y salvar a sus gentes.

O, de no ser posible, cuando su maldición desapareciese, Isla trataría de intercambiar sus destrezas recién adquiridas por Terra y el resto de las wildling que hubieran reclamado la tierra. El bosque de los nuevos territorios era conocido por sus intercambios y los poderes de un gobernante wildling eran demasiado valiosos como para rechazarlos. Se trataba de un sacrificio que estaba dispuesta a realizar si le permitía arreglarlo todo.

Quería ganar el Centenario; deseaba obtener el poder incalculable que le otorgaría el triunfo, lo anhelaba con toda su alma. Y quería los poderes wildling que le habían sido negados al nacer.

Sin embargo, no escogería nada de eso por encima de Grim. Ni de nadie que le importase.

—Ya sé que no confías en él. Pero, por favor…, hazlo por mí —suplicó—. Te lo ruego, Celeste. No tenemos mucho tiempo.

Celeste tardó un minuto entero en hablar. Isla guardó silencio, esperando oír más razones por las que todo eso estaba mal, más resistencia. Pero su amiga debió de percibir la desesperación de Isla, debió de comprender lo importante que era para ella, porque acabó por decir:

—¿Dónde está el desvinculador?

Tenían un nuevo plan. Una estrategia de emergencia. Celeste provocaría el desmoronamiento de parte del castillo para arrancar a Oro de sus aposentos. Mientras tanto, se colaría en su biblioteca secreta y buscaría el objeto mágico.

—Tenemos que encontrar un lugar donde usarlo —sugirió Celeste—. Uno en el que Oro no pueda interferir si averigua que lo tenemos.

—La Casa de Espejos —propuso Isla. Los poderes de Oro no funcionarían allí, pero la magia de un objeto mágico como el desvinculador tendría efecto.

Celeste asintió.

—Yo buscaré el desvinculador. Tú trae toda la pócima que te quede para cerrar nuestras heridas cuando hayamos derramado la sangre. Y ya está. No llevaremos nada más, para no levantar sospechas. —Tragó saliva con dificultad—. Si alguien se entera…

Una de las dos acabaría muerta. Isla lo sabía.

Oro se había mostrado infinitamente frío. Tal como era, comprendió. Durante un tiempo había pensado que ese rey insoportable y desconfiado no era sino un papel que Oro representaba para protegerse él y su isla.

En ese momento se preguntaba si la persona que había atisbado —el compañero cariñoso y leal con el que había trabajado durante meses— no sería el disfraz en realidad.

Isla regresó a su alcoba a la carrera. Tenía el presentimiento de que ya no volvería. Una vez que usaran el desvinculador para poner fin a las maldiciones y Oro lo descubriera…, tendría que huir con Grim. Y con Celeste. Al menos hasta que los cien días hubieran concluido. Entonces, o bien Oro habría escogido a otra víctima para romper las maldiciones, o bien la isla habría desaparecido de nuevo. Quizá esa vez para siempre.

Isla se quedó parada a los pies de su cama mientras observaba la alcoba. La pared de hojas. El cuarto de baño de mármol blanco.

La butaca en la que Oro se sentó y le ofreció un trato.

El canapé donde se había acostado con la cabeza apoyada en el regazo del rey y lo oyó reír por primera vez.

El balcón donde Isla cantó mientras Oro la estaba escuchando antes de salvarle la vida.

Enfurruñada, ahuyentó esos recuerdos. A Oro solamente le importaban dos cosas: su pueblo y romper las maldiciones. Ella le traía sin cuidado.

Algo se hizo añicos en las inmediaciones. Un temblor se extendió por el palacio. Los gritos resonaron por los pasillos. Isla se apoyó contra el armario y comprendió que no pasaría mucho rato antes de que su amiga consiguiera el desvinculador y llegara a la Casa de Espejos.

Isla tenía que darse prisa. El corazón lucía hermoso en su manos, como un trocito de sol. Durante un segundo había pensado en robarlo y emplear los poderes que le otorgaría para sanar a Terra y a su reino. Pero llevárselo condenaría oficialmente a Lightlark y a los miles de isleños que vivían allí. Si bien ansiaba poder, no era tan egoísta.

Y, por más que odiase a Oro en ese momento, sería incapaz de hacerle daño.

Le temblaba la mano mientras le escribía una carta al rey. En ella le explicaba todo lo que podía.

Cuando terminó le dolía el pecho a causa de los pálpitos de la herida. Era un dolor tan intenso que cayó de rodillas y se quedó en el suelo un ratito, hasta que el padecimiento remitió lo suficiente para que pudiera volver a moverse sin gemir.

Satisfecha de haberle otorgado a Celeste ventaja suficiente, tocó el diamante que llevaba al cuello.

Grim apareció de inmediato e Isla estuvo a punto de desplomarse de alivio al ver que seguía vivo. La determinación que reflejaban los ojos de Oro hablaba por sí sola.

No tenían mucho tiempo. Por debilitado que estuviera, el poder de Oro era infinito. Y aquel era su territorio. Quería ver muerto al nightshade y seguramente tenía mil maneras de conseguirlo.

Se acercó a él para tomarle la mano.

—¿Confías en mí?

Grim la miró parpadeando.

—Por supuesto que sí, Devoracorazones.

—Oro se propone asesinarte para poner fin a las maldiciones. Celeste y yo nos conocemos de antes… y tenemos una antigua reliquia que nos ayudará a los tres. Vamos a romper nuestros vínculos esta misma noche. Y luego… habrá que escapar.

Escudriñó el rostro de Grim. Vio su gesto de dolor, pero no parecía sorprendido. ¿Había intuido ya que Oro trataría de asesinarlo?

—¿Harías eso por mí? —preguntó Grim, que le aferró la mano con fuerza.

Solo un necio se preocuparía por los demás participantes en unos juegos tan crueles como el Centenario. Pero Isla no podía cambiar lo que sentía.

—Sí. Y tú tendrás que ayudarme también. Podría necesitar algo de tu poder para salvar a mi reino, y…

—Cuenta con ello —respondió él de inmediato—. Te daré cualquier cosa que necesites. Todo lo que yo tengo es tuyo.

Ella sonrió.

—Isla…

—No tenemos tiempo —le advirtió ella, estrechándole los dedos—. Tenemos que irnos. Ahora. Llévanos lo más cerca que puedas de la Casa de Espejos.

La mirada de Grim se dirigió a la ventana, donde la oscuridad envolvía el mundo.

Llevaba siglos enteros sin salir durante la noche.

—¿Confías en mí? —le preguntó ella.

Grim no respondió al momento. Se limitó a posarle la mano sobre el corazón. Ella se estremeció al notar los dedos fríos, una ráfaga gélida que la atravesó entera.

—Tu corazón… —dijo él torciendo el gesto. Negó con la cabeza—. No solo te pertenece a ti.

Isla no entendió a qué se refería.

Antes de que pudiera preguntar notó que atravesaba el suelo de camino a otro lugar.

Aterrizaron y Grim se preparó. Si Isla se equivocaba, su piel empezaría a reventar igual que le había pasado a Oro bajo el sol... Moriría...

Pero nada sucedió.

Se encontraban en la linde de los bosques de isla Agreste, encantada por antigua magia wildling y protegida de cualquier poder que no perteneciera al pueblo silvestre. Isla tenía la teoría de que el bosque wildling se asemejaba un poco a ella, que al anular los poderes dejaba sin efecto también las maldiciones de los otros reinos.

Y tenía razón.

La mandíbula de Grim se aflojó. Miró maravillado el cielo que asomaba entre las copas de los árboles. No podía acceder al poder oscuro que susurraba en sus venas, pero fue como si tuviera bastante con la visión del firmamento nocturno.

Ella le aferró la muñeca.

—Hay que darse prisa —lo apremió, al tiempo que cruzaba los dedos para que Celeste ya estuviera dentro.

Isla se dispuso a internarse en el bosque muerto y Grim no hizo el menor movimiento. La miró. Algo parecido a desesperación le inundaba los ojos.

—Corazón —le dijo.

Isla se detuvo. Esa palabra tenía algo que... Su manera de decirla...

—¿Me perdonarás algún día? —le preguntó Grim a la vez que alargaba la mano para pasarle un mechón de cabello por detrás de la oreja.

El corazón de Isla latió una vez. Dos.

—¿Perdonarte? —repitió ella, retrocediendo un paso. Otro.

Grim negó con la cabeza y luego frunció el ceño.

—Hace un rato me has preguntado si confiaba en ti. Cuando deberías haberte preguntado a ti misma si tú podías confiar en mí.

Se hizo el silencio en el bosque. Hasta el susurro de las hojas muertas se apagó. Como si la decadente fronda estuviera tan aturdida como ella.

Isla se apartó trastabillando. Susurró «¿qué?» con una voz tan queda que no supo si él la habría oído.

—Corazón —empezó él. Avanzó un paso hacia ella—. Tus sueños, esos por los que me preguntaste una vez..., no son sueños.

—¿Cómo?

—Son recuerdos.

«Recuerdos». Grim plantado ante ella, enfundado en su armadura de pies a cabeza. Las piernas de isla envolviéndole el cuerpo. Los labios de él en su cuello, en la clavícula, en los laterales de las rodillas.

Los sueños que habían asaltado a Isla durante semanas, los mismos que le dificultaban mirarlo a los ojos...

—¿De qué estás hablando?

Él negó con la cabeza. Alargó las manos hacia ella y reculó cuando Isla dio un respingo.

—Hace un año apareciste en mi castillo. Y volviste... varias veces. Usando tu reliquia nightshade.

Isla se estaba hundiendo, no tenía ninguna duda. El terreno se desplazaba a sus pies. Se aferró a una rama podrida para no perder el equilibrio.

—Yo nunca he estado en territorio nightshade —dijo, sacudiendo la cabeza. Retrocedió un paso más.

Grim tragó saliva con dificultad.

—Sí, has estado. Solo que no te acuerdas. Tuve que borrarte los recuerdos. Todos aquellos en los que yo aparecía.

Isla estaba resollando. «Como se ofreció a hacer con Juniper».

Algo afloró a la superficie de su mente. La segunda frase que Isla había pronunciado al pisar Lightlark por primera vez, noventa días atrás.

«¿Nos conocemos?».

Al poco, Grim le había sujetado el brazo y ella lo había olvidado todo al respecto. Una imagen debió de traspasar el velo que el nightshade había echado sobre sus recuerdos. Y él había empleado ese contacto para extinguirla.

Isla pestañeó a toda velocidad. Nada de eso tenía sentido. No podía pensar de forma coherente y, aunque fuera lo más intrascendente de todo cuanto había dicho Grim, se concentró en un detalle.

—Mi varita estelar es una reliquia starling.

Grim la miraba con tristeza. Parecía que se estuviera desmoronando por dentro e hiciera esfuerzos por no demostrarlo.

—No, no lo es —respondió—. Es nightshade. —Frunció el ceño cuando ella sacudió la cabeza de nuevo—. ¿De donde crees que procede ese poder?

Isla no podía respirar. El don de Grim era la capacidad de transportarse adonde quisiera. El mismo que poseía la varita estelar.

—No. Nunca he visitado las tierras de los nightshade —repitió. Su mente era un remolino, se le quebraba la voz. No se habría atrevido, no después de las advertencias de Terra.

Grim adoptó un tono dulce.

—Corazón —le dijo—. ¿De dónde crees que venías la mañana que regresaste a tu habitación antes de partir al Centenario?

Isla recordó haber llegado a su habitación a través del cúmulo de estrellas justo antes de que Terra y Poppy abrieran la puerta. Justo antes de ajustarse la corona a la cabeza y presentarse ante su pueblo.

Pero no recordaba dónde había estado. Inspeccionó cada rincón de su mente, escarbó suplicando que las memorias se manifestaran. No lo hicieron.

De ser cierto lo que decía Grim…, estuvo con él esa mañana.

El nightshade le había borrado los recuerdos. Luego, apenas un rato más tarde, había fingido no conocerla. Para ella no era más que un extraño que le sonaba de algo.

No podía ser cierto. Nada de todo eso tenía el menor sentido. Nada.

«Hay mentiras y mentirosos por todas partes…».

Isla no sabía qué hacer, qué pensar, en quién confiar. Pero estaba claro que no podía confiar en sí misma.

Ni en él.

De modo que se internó a la carrera en el bosque que sus ancestros habían creado. Grim aguardó un instante antes de salir tras ella. Y en algún otro lugar tal vez la hubiera alcanzado. Pero Isla corría rauda como la flecha que le había atravesado el corazón. Silenciosa como un colibrí. Meses atrás se había arañado las mejillas y los brazos en ese mismo bosque. Ese día sabía qué zarzas debía saltar. Bajo qué árboles tenía que agacharse.

Hasta que su propio reflejo asomó ante ella.

Se precipitó a la Casa de Espejos oyendo chasquidos y crujidos a su espalda. A través del cristal vio entretejerse los árboles muertos hasta crear un muro que la encerró en el interior.

El bosque estaba encantado. ¿Sentía su miedo? ¿Estaba protegiendo por fin a la gobernante wildling que era incapaz de protegerse a sí misma?

Isla no tenía tiempo para preguntas. Grim no podía emplear sus poderes allí dentro, pero era un guerrero; con unos cuantos golpes de espada se abriría paso a través de la maleza.

Estuvo a punto de desmayarse de alivio al ver a Celeste allí dentro con los ojos abiertos de par en par.

—¿Qué te pasa? —preguntó, e Isla comprendió que todavía resollaba. Celeste sostenía algo en la mano.

Parecía una aguja de coser gigante, larga como una daga y afilada en ambos extremos. Era dorada con partes de cristal y proyectaba un resplandor intenso, igual que el corazón.

«El desvinculador».

—Nada —respondió ella, pero al momento negó con la cabeza—. Todo.

Celeste asintió, como dando por supuesto que Grim no se reuniría con ellas.

—No sé para qué lo necesitabas, pero yo te ayudaré con lo que sea. Lo resolveremos… juntas.

Juntas. Isla lo había estropeado todo. No obstante, creyó a Celeste cuando le dijo que encontrarían una solución.

—Pues vamos allá —la apremió Isla.

Celeste alargó la aguja hacia ella.

—Es rápido. Solo hay que pincharse la piel con esto.

Decían los rumores que el precio exigido por el desvinculador era un mínimo de tres litros y medio de sangre. Isla no tenía claro cómo iba a contener la aguja tal volumen de líquido. Pero quizá no tuviera que albergarlo. El desvinculador seguramente practicaba una punción que solo se cerraría cuando hubieran perdido la sangre requerida. Isla había llevado el ungüento wildling que le quedaba para cerrar las heridas una vez que hubieran terminado.

Un chasquido resonó a través de la noche. Isla se dio media vuelta y vio que Grim se había abierto paso entre los árboles muertos, más raudo de lo que esperaba.

Se miraron a través del cristal. Los ojos del nightshade se agrandaron al ver la aguja.

—Ahora —susurró Isla, y Celeste se clavó la aguja en la mano con un rictus de dolor.

—Corazón, no —aulló Grim antes de que Isla pudiera hacer lo propio. El grito la detuvo un instante. Él se abalanzó hacia la puerta y la cruzó a la carrera.

Pero Isla notó un agudo pinchazo en la palma de la mano. Estaba hecho.

Chilló al notar una energía vital que la recorría por dentro. La abrasaba como humo en los pulmones, sal en la garganta, chispas en el estómago. Solo que no era sangre. No era nada que pudiera ver.

Isla se volvió a mirar a Celeste. Los ojos de su amiga habían cambiado. Eran más oscuros, de un plata profundo en lugar de gris.

Esbozó una sonrisa malvada.

Isla se quedó de piedra. No reconocía esa sonrisa. La cabellera plateada de Celeste flotaba ahora en torno a su cabeza. Su espalda se arqueó a la par que Isla se doblaba sobre sí misma, súbitamente mareada. Su piel se le antojaba demasiado fina también, mientras que la de Celeste resplandecía en exceso. El desvinculador le estaba arrebatando algo para transferírselo a Celeste. Algo importante.

Grim aferró la otra mano de Isla e intentó separarla de la aguja.

Y salió disparado por los aires para estrellarse contra el cristal. Celeste lo había empujado con sus poderes. Pero su magia no funcionaba allí dentro…

El nightshade forcejeó con violencia cuando unas zarzas semejantes a cadenas lo apresaron. Sus brazos se tensaron con impotencia. En ese preciso instante la puerta se abrió de golpe y Oro entró en la casa. ¿Cómo la había encontrado? Sus ojos ambarinos se posaron directamente en el desvinculador, y palideció.

—Isla —dijo con voz queda, con la expresión más aterrada que ella le había visto jamás.

Al momento se dobló hasta caer de rodillas. ¿De nuevo se estaba desmoronando la isla? Pero esto era distinto. Grim desfalleció en ese mismo instante. Ambos se debilitaban por momentos, igual que ella. ¿Por qué?

De súbito se precipitó hacia atrás como rechazada por la aguja. El objeto cayó al suelo al tiempo que la cabeza de Isla se estampaba contra el mármol.

Parpadeó con la visión borrosa y Celeste avanzó un paso hacia ella. Brotaron gotitas de sangre del pinchazo que la soberana starling tenía en la mano.

Seis gotas.

Una chisporroteó. Otra flotó. Una tercera estalló. Otra se tornó oscura como la tinta. Una se congeló. La última cayó al suelo y floreció como una rosa escarlata.

La sangre de Celeste albergaba cualidades de los seis reinos.

Era imposible.

Viendo lo sucedido, cualquiera habría pensado que había absorbido todo el poder de Oro y Grim. Sin embargo, ni siquiera los había tocado… y eso no explicaba que hubiera seis gotas…

Celeste echó la cabeza hacia atrás para reír a carcajadas. Buscó los ojos de Isla y sonrió con malicia.

—Seguir las reglas no es lo tuyo, ¿eh?

Isla estaba petrificada en el suelo con la boca abierta. Llevaba dentro mil preguntas y no podía formular ni una sola, excepto…

—¿Qué?

—Se suponía que debías mantenerte alejada de Grim, ¿recuerdas? Te lo advertí. ¡Y no hablemos del rey de Lightlark! En teoría seducirlo no era tu plan, sino el de tus guardianas… —Sonrió—. Menos mal que contaba con que romperías las reglas, pequeña wildling.

Oro se las arregló de algún modo para ponerse en pie, si bien su rostro había perdido cualquier rastro de color. Avanzó un paso con la mano en alto…

Y una raíz lo lanzó volando contra el cristal, junto a Grim.

Celeste no podía usar sus poderes starling en la Casa de Espejos.

Estaba empleando la energía mágica wildling.

—¿Cómo? —balbuceó Isla. Debía de estar soñando. O sufriendo una pesadilla. No tenía ningún sentido. Era su mejor amiga.

Tirada a los pies de Celeste, Isla alzaba la vista hacia ella. No buscaba maneras de escapar. No alargaba la mano hacia la daga que le colgaba de la cadera.

Eso no podía estar pasando.

La sonrisa de Celeste se tornó más venenosa. En el Centenario se jugaba fuerte; Celeste y ella lo habían repetido infinitas veces.

Y a Isla la habían engañado.

—¿Por qué no les preguntas? —propuso Celeste, señalando a Oro y a Grim, que tenían los músculos tan laxos y los ojos tan soñolientos como si estuvieran a punto de dormir cien años. Pese a todo, forcejeaban en vano contra sus ataduras. Celeste suspiró.

—El amor en Lightlark es un asunto peligroso, ¿verdad?

Isla lo sabía. Enamorarse de alguien significaba ofrecerle a otra persona acceso pleno a tus capacidades.

—Pensaba que sería más complicado, de veras... Pero hiciste tu papel de maravilla. Estos dos gobernantes, antiguos y afamados, cayeron a tus pies como tallos de trigo segados. —Celeste caminó hacia ellos con una sonrisa burlona—. Enredar a Grim fue fácil. Ya te amaba... Vosotros dos compartís una historia interesante... Aunque supongo que no recuerdas nada, ¿verdad?

Celeste se volvió hacia Isla en busca de confirmación. La wildling no movió ni un dedo. No reconocía a su amiga. No podía ser ella... Isla se negaba a aceptarlo. Como no respondía, Celeste se encogió de hombros y se detuvo ante Oro. Las narinas del rey se dilataron. De haber conservado sus poderes, su sola mirada podría haberlos incendiado a todos.

Por desgracia, en la Casa de Espejos solo el poder wildling estaba permitido.

—El soberano desconfiado y cruel... ¿enamorado de una wildling? —Celeste sacudió la cabeza con una sonrisa—. Qué tortura, ¿verdad, rey? Luchar contra tus sentimientos. Creer que te encontrabas bajo su hechizo... sin saber que nunca estuvo en posesión de magia wildling, hasta que te contó su secreto.

La mirada de Oro voló a Isla. Ella nunca había visto una expresión tan aterrada en su rostro.

Lo miró. Trató de asomarse a su alma. ¿Enamorado? Celeste tenía que estar equivocada.

La starling avanzó un paso más hacia Oro. Le arrastró una uña pintada de plata por la mejilla.

—Nunca sufriste el efecto de un hechizo, por descontado. —Se encogió de hombros—. Tal vez eso te consuele por haber perdido hasta la última gota de poder que has poseído jamás.

Oro forcejeó para liberarse. Grim permanecía muy quieto a su lado, sin apartar los ojos de Isla, que sentía su mirada en todo su ser.

Pero ella no sabía adónde mirar. La realidad se desmoronaba.

No era cierto que Oro la amase. Ni siquiera creía inspirarle simpatía.

Al menos, no al principio. Pero era cierto que, conforme fueron pasando más tiempo juntos y después de todo lo que habían vivido…

Celeste hizo chasquear la lengua.

—Y pensar que te cedieron todo ese poder. —Volvió la vista al suelo para mirar a Isla con desprecio y suspiró—. Y ahora tú me lo has cedido a mí.

Todo eso no tenía pies ni cabeza. Aunque fuera verdad que Oro y Grim estaban enamorados de ella…, no podía cederle ese poder a Celeste sin más. El desvinculador…

Celeste debió de captar el desconcierto en el rostro de Isla, porque aclaró:

—Nunca hubo un desvinculador, pajarillo. Esto es un vinculador. El único objeto mágico que permite transferir habilidades. Creado para permitir que los reyes sunling desplazaran sus poderes a los herederos sin tener que perder la vida. ¿No es cierto, rey?

Oro gruñó y tironeó las zarzas con tanta fuerza que estuvo a punto de romperlas con un único movimiento.

Así pues, al dejar que la pinchara con el vinculador, Isla había permitido que Celeste se apropiara de los poderes a los que ella tenía acceso aun sin saberlo: los de Oro y los de Grim.

—Celeste. Eres mi amiga. Tú no quieres hacer esto.

Lucharía por su amistad. Lucharía por la persona que amaba.

Celeste frunció el ceño. Se agachó para ponerse a la altura de Isla y le tomó la cara entre las manos como tantas veces había hecho en el pasado. Ella se lo permitió. La gobernante starling suspiró y un amago de lástima navegó por sus ojos brillantes. Un tic se apoderó de sus labios. Al momento sonrió y una boca enorme se extendió por su cara.

—¿Aún no lo has entendido, necia hermosa? Hiciste todo lo que yo quería… y ni siquiera tuve que obligarte.

La starling se transformó. Su nariz se acortó y los ojos cambiaron de color. Los mentones se tornaron más afilados; los labios, más rojos.

Era una cara distinta, una persona distinta.

Estaba presenciando un poder imposible; un don.

Celeste no era Celeste en absoluto.

Oro parecía finalmente a punto de desmayarse. Un destello de dolor brilló en sus ojos.

—Aurora.

«Aurora». Isla había oído ese nombre anteriormente. Era la gobernante starling que murió el día que se lanzaron las maldiciones. La elegida para casarse con el rey Egan.

—Te vi morir —dijo Oro con voz ronca.

Aurora se volvió a mirarlo.

—Solo fue un espejismo, me temo —respondió ella.

—¿Por qué? —Oro hablaba en tono gutural. Se le endurecieron las facciones cuando ató cabos—. Fue por venganza, ¿verdad?

Aurora se limitó a sonreír.

—¿A qué te refieres? —quiso saber Isla. Tenía la sensación de que le iba a estallar la cabeza. Nada tenía sentido.

Cada palabra parecía causarle un dolor inmenso, pero Oro dijo:

—Se suponía que mi hermano se iba a casar con Aurora. —La sangre le goteaba por la comisura del labio—. Pero se enamoró de otra persona. De su mejor amiga.

«¿Cómo?».

—De tu antepasada.

La antepasada de Isla. La que murió el día de las maldiciones. Se llamaba Violet. Apenas sabía nada de ella. Desde luego no sabía eso.

Aurora lanzó una carcajada amarga. Todo había sucedido siglos atrás, pero el dolor seguía fresco en su rostro.

—Pretendían casarse, cuando yo ya tenía un anillo en el dedo. Me enfadé tanto… Use mi don metamórfico para convertirme en una hermosa wildling y convencer a este necio —miró a Grim con elocuencia— de que podría tenerme esa noche si me entregaba la flor más hermosa de la isla, una que había florecido en las tierras que quedaban de isla Noche, pocas semanas atrás. El corazón de Lightlark. Algo de lo que Egan me había hablado cuando éramos niños. Yo lo tenía localizado porque pretendía regalárselo a mi marido. En vez de eso me las ingenié para que Grim lo desbloqueara. Tenía que darme prisa. Como no lo había encontrado yo, no fui capaz de controlarlo como es debido. Maldije a todos los reinos sin pretenderlo, incluido el mío. Solo yo, como creadora de las maldiciones, permanecí indemne.

»Entonces entré en pánico. Estando todos los gobernadores muertos, excepto yo, sería la principal sospechosa. De modo que fingí mi muerte con un espejismo nightshade, recurriendo al corazón. Me viste morir…, pero la persona que en verdad pereció fue mi heredera, la necia de mi hermana. Yo adopté su identidad, su rostro. Cuando fundé los nuevos territorios de Starling, prohibí que hubiera asistentes en el castillo. Lideraba de lejos. Guardar secretos es fácil en un reino en el que todo el mundo muere a los veinticinco. Me convertía en una nueva gobernante starling con cada Centenario. Esperando a que llegara el momento. Planificando. Aguardando.

—¿Aguardando qué? —preguntó Isla. Las lágrimas corrían a mares por su rostro. Eso no podía ser real. Todavía se negaba a creerlo.

—El momento adecuado para hacerme con todo lo que se me había negado. Solo que en esta ocasión deseaba gobernar los seis reinos. Conseguir acceso a todos los poderes de Lightlark resultó complicado. —Miró a Oro con desdén—. Aun con un nuevo rostro y una personalidad distinta, cada Centenario tú siempre rechazabas mis acercamientos. Un rey desconfiado, ya lo creo que sí. Egan me había hablado del vinculador. Empecé a buscarlo en cada Centenario. Sin embargo, aunque hubiera sido capaz de engañarte, rey, para que lo usaras conmigo, habría obtenido solo cuatro de las seis destrezas. Un gobernante solo puede usar el vinculador una vez para obtener poder y una vez para perderlo. Yo necesitaba un modo de conseguir los seis poderes de una vez.

Se volvió a mirar a Isla. Ella seguía en el suelo, observando cómo toda su vida y todo lo que creía saber se hacían añicos.

—Y ahí entraste tú en juego, pajarillo. —Isla tragó saliva—. Eso fue un golpe de suerte.

La voz de Grim bramó desde su rincón.

—Aurora —dijo en un tono de advertencia—. No.

Ella se limitó a sonreír. Y prosiguió:

—Años atrás, uno de los poderosos y curiosos generales de Grim robó una de sus reliquias y la empleó para visitar los nuevos territorios wildling. Allí conoció a una hermosa silvestre. Y, si bien estaba terminantemente prohibido, ¿os podéis creer que se enamoraron? El general nightshade era poderoso… Era tan poderoso que creyó que encontraría la manera de contener la maldición wildling; mantenerla a raya. Y lo hizo. —Sonrió a Isla—. El tiempo suficiente para que tú nacieras.

Isla temblaba de rabia.

—No.

—Sí, Isla. Tú no solo eres wildling…, sino también nightshade.

Ella negó con la cabeza.

—Yo no tengo poderes.

Aurora rio a carcajadas.

—Todo lo contrario, pajarillo. Eres muy poderosa. Tus habilidades wildling simplemente han quedado enmascaradas por tu poder nightshade. Han sido invisibilizadas. Inutilizadas, a menos que un nightshade habilidoso las desenrede… Las manifestaciones del poder son tan extrañas, ¿verdad?

«Poder».

Isla siempre había ansiado poderes.

Y los había perdido. Se los había cedido a su mejor amiga, que nunca lo había sido.

—Atisbé la ocasión de conseguir los seis poderes y me preparé en consecuencia. —Aurora hizo un mohín—. Y entonces sucedió algo que no había previsto. No sabía que también habías visitado a otros gobernantes. Por lo visto, le mencionaste a Grim algo sobre mí que despertó sus sospechas y al día siguiente se presentó en mi habitación.

Aurora se volvió a mirar a Grim.

—Y fue entonces cuando se convirtió en mi cómplice.

Isla se quedó helada. La tez de Grim había mudado en un color ceniciento. No levantó la vista.

—Por lo visto, las emociones de las personas proyectan colores. Las de «Celeste» tenían el mismo tono que las mías. Grim adivinó mi identidad de inmediato y se dispuso a asesinarme al comprender que mi supervivencia significaba que yo era la autora de las maldiciones. Pero antes de que lo hiciera, le confesé que el único motivo por el que yo seguía regresando al Centenario año tras año con un rostro distinto era porque no descansaría hasta destruir el linaje de Egan para siempre. Le relaté mi plan, que permitiría matar al rey sin condenar a toda la isla, romper las maldiciones y que él se quedase con el control de Lightlark. No tenía que hacer nada más que ayudarme.

—Devoracorazones —intervino Grim, tratando de captar la atención de Isla. Pero ella no podía mirarlo siquiera. El nightshade gruñó mientras trataba de romper sus ataduras. No le sirvió de nada—. Ella me contó que el agravio original fue que un gobernante sunling se enamorara de una wildling: el amor de Egan por Violet. —Le costaba respirar—. Para romper las maldiciones y cumplir la profecía, había que repetir el agravio original. Tenías que conseguir que Oro se enamorara de ti. Pero nosotros ya estábamos enamorados. Te habrías negado. Así que tuve que borrarte los recuerdos de nosotros dos.

Isla apenas si podía respirar. Por eso Grim la había evitado varias semanas, mientras Oro y ella trabajaban juntos.

Recordó su extraño comentario, animándola a bailar con el rey.

Su voz contenía un matiz desesperado al ver que ella todavía se negaba a mirarlo a los ojos.

—Fue la decisión más difícil que he tomado en mi vida, Devoracorazones. Saber que el éxito dependía de que sedujeras a otra persona. Obligarte a olvidar nuestra historia. Nuestro amor.

Isla lo miró a los ojos finalmente.

—¿Difícil para ti?

Grim adoptó un tono firme.

—Pensaba devolverte los recuerdos. Una vez que Oro te amara… y tú recordaras tu amor por mí… podríamos adueñarnos de todos los poderes de Lightlark y gobernar juntos.

Aurora frunció los labios.

—Y una vez que Oro hubiera perdido sus habilidades y su vínculo con la isla, yo podría asesinarlo.

Grim tomó la palabra de nuevo.

—Lo hice por mi reino. Por tu reino. Por nosotros, corazón.

Encajaba a la perfección con la profecía. Dos gobernantes unidos que se apoderaban de un poder inmenso. La muerte de un gobernante y su linaje.

Aurora suspiró.

—Tienes que reconocer que se trataba de un plan fantástico. —Sonrió—. Lástima que todo fuera mentira.

Grim forcejeó con las ataduras al mismo tiempo que aullaba de rabia. De inmediato, las espinas de las zarzas que lo ataban se le clavaron en la piel hasta hacerlo sangrar. Exhibió un rictus de dolor, ya muy debilitado. Y ahora Isla sabía por qué. Tanto Oro como él habían perdido sus poderes.

Y también Isla. Aunque ella no se había debilitado… No como ellos, pues ella nunca había empleado sus destrezas.

No se puede echar en falta algo que nunca has tenido.

—Tengo que darte las gracias —dijo Aurora, bajando la vista hacia Isla—. No solo averiguaste dónde estaba el vinculador…, sino que me entregaste los seis poderes al mismo tiempo.

Isla estaba temblando. Todo era una gran conspiración. Un juego de un alcance mucho más grande que aquel en el que creía estar participando.

Finalmente se puso en pie. Grim lo había hecho todo por las mismas razones que la habían llevado a ella a tratar de ganar el Centenario: salvar a las personas que amaba y devolverle el poder a su reino. Eso podía entenderlo.

La diferencia era que Isla estaba dispuesta a renunciar a todo por él. Mientras que Grim la había utilizado como si fuera un peón desde el principio. Escupió en dirección al nightshade.

Isla miró a Oro con la esperanza de que leyera la disculpa en sus ojos. Por culpa de Isla, por haber sido él tan necio como para amar a una wildling, su peor temor se había hecho realidad. Había perdido su poder.

Él tenía razón al no confiar en ella. Al no confiar en nadie.

Isla debería haber hecho lo mismo.

Extrajo su acero y se encaró con Aurora. De súbito todo adquiría un sentido aterrador.

Aurora había asesinado a Juniper cuando él les escribió diciendo que sabía quién había maldecido a los reinos. No Cleo ni Ella.

Azul debió de adivinar de algún modo quién era Celeste y trató de detenerla durante la celebración de Carmel.

Isla tragó saliva al ser consciente de que le tocaba a ella terminar el trabajo.

Fue rauda como el rayo; en un abrir y cerrar de ojos, su hoja estaba en la garganta de Aurora.

Sin embargo, antes de que pudiera hendirle la carne, la hoja se desmenuzó.

Isla y Aurora se miraron a los ojos. No tenía sentido. Aurora no podía emplear sus habilidades allí. La gobernante starling estalló en carcajadas.

—Yo puse allí la daga que escogiste en la tienda starling. La había encantado para que nunca pudiera matarme si acaso descubrías mis ardides. Como era de esperar, elegiste la que estaba decorada con una serpiente... Eres tan predecible, pajarillo... Tan débil... Tan tonta.

Aurora enarboló los brazos y las enredaderas rompieron los cristales de la Casa de Espejos proyectando esquirlas por todas partes. Retorciéndose como serpientes, los fragmentos de cristal avanzaron hacia todos ellos.

Las ataduras de Oro y Grim se tensaron al instante. Los atraparon con firmeza contra los restos de la pared de cristal. Aurora acabaría con ellos, aun privados de poderes, solo para que nadie más pudiese hacer valer su autoridad. Isla lo sabía.

—Asesinada por tus propios poderes —musitó Aurora con los brazos en alto, lista para atacar a Isla con todo lo que el bosque le ofrecía. —Se quedó inmóvil, solo un momento—. Me caías bien, wildling. Pero todos los gobernantes deben morir hoy. Otra vez.

Antes de que Aurora pudiera ordenar a las zarzas y a las raíces que pusieran fin a su vida, Isla se llevó la mano a la espalda, su compartimento secreto favorito. Rodeó con los dedos algo que vibraba con suavidad. Algo que resplandecía.

Aurora agrandó los ojos.

—Te dije que no trajeras nada, necia —gruñó.

Isla sonrió con malicia.

—Seguir las reglas no es lo mío, ¿recuerdas?

Y saltó a un cúmulo de estrellas.

CAPÍTULO 54
MALDITA

Encontró su habitación tal como la había dejado cuando se marchó, aunque el exterior estaba arrasado. No había árboles cerca de la ventana. No crecía la hierba.

Había caído de mala manera, con las rodillas gritando de dolor cuando se desplomó sobre la piedra.

La puerta se abrió al instante a consecuencia del estrépito, igual que había sucedido tres meses atrás.

Poppy solo llevaba encima las prendas de noche. Al ver a Isla gritó de alegría. Su guardiana corrió a abrazarla y le echó los brazos al cuello. Olía a canela y a sangre. Debía de ser día de ración.

—¡Lo has conseguido, pajarillo! —exclamó Poppy. Seguramente había supuesto que la llegada adelantada de Isla implicaba que había sacado adelante el plan de sus guardianas. El primer paso del cual consistía en seducir al rey para que le cediera sus poderes.

Y si bien su verdadera estrategia fue distinta desde el principio…, Isla supuso que había tenido éxito.

No le devolvió el abrazo. Cuando Poppy la soltó por fin, Isla la acusó:

—Lo sabíais. Las dos. —Poppy tuvo el valor de fingir desconcierto. Isla apretó los dientes—. Las dos sabíais que yo había nacido con poderes…, ¿verdad?

Celeste —Aurora— la había llamado por un nombre que solo sus guardianas conocían: «pajarillo». Fue entonces cuando Isla cayó en la cuenta de que el complot requería ayuda. Personas que trabajaran desde dentro.

—Y vosotras los matasteis, ¿no es cierto? —continuó Isla.

Solamente Poppy y Terra tenían acceso a esos aposentos. Toda la información sobre Lightlark, sus padres y la maldición que había obtenido Isla procedía de ellas.

«Mentiras».

«Y mentirosas».

La mano de Poppy se desplazó hacia la única hoja que llevaba encima.

Isla fue más rápida en echar mano de la suya, una que guardaba debajo de su tocador.

—¿Por qué? —preguntó con dolor.

Poppy palideció.

—Lo hicimos por ti. La gobernante starling nos obligó a elegir: matar a tu madre y a su amante de modo que tú heredaras su poder antes del siguiente Centenario y criarte de manera que pudieras seducir al rey un día… o acabaría con todo el linaje wildling y extinguiría nuestro reino. Exigió que te convenciéramos de que habías nacido sin destrezas… de manera que ni siquiera trataras de usarlas. Dijo que la mezcla de poderes era peligrosa, que podía matarte.

Isla avanzó un paso y apuntó a Poppy con su daga.

—Mataste a mis padres —la acusó sin emitir apenas el menor sonido. No fueron las maldiciones. Ni que su madre hubiera roto las reglas. Habían sido ellas. Las personas en las que su madre más confiaba. Tenía niebla en la cabeza. Le pesaban las extremidades. Todavía le dolía el pecho—. Debería mataros —añadió Isla abriendo la mano que no sostenía el arma, en la que sujetaba un frasco de pócima wildling—. Debería dejar que Terra se pudra con el bosque.

Apuró el bebedizo, con la esperanza de que fuera capaz de sanar durante los siguientes minutos heridas que todavía no existían.

Dejó caer el arma.

—Pero tengo cosas más importantes que hacer.

Isla pasó por delante de Poppy para encaminarse a su panoplia. Se apresuró a enfundarse la armadura al completo: hombreras, peto, botas altas metálicas, manoplas y, para terminar, el yelmo. Escogió dos espadas.

A continuación invocó de nuevo el cúmulo de estrellas.

Había escapado de Lightlark. Estaba a salvo, de momento. Podía huir. Podía escapar.

Todavía.

Podría dejarlos atrás.

Grim la había traicionado en todos los sentidos... Merecía la cólera de Aurora, una muerte lenta y dolorosa...

Pero Oro no. Recordó sus palabras, su verdad: «Nunca te he mentido, Isla. Ni una sola vez». Él era la única persona en la que podía confiar. No lo abandonaría.

Poppy la sujetó por la muñeca.

—¿Vas a volver? Lo has conseguido. No seas tonta.

Isla gruñó. Se zafó de la mano de su guardiana.

—Puede que sea una tonta. Pero al menos tengo dignidad —le escupió—. Volveré con poder para Wildling. Salvaré este reino, y a Terra. Pero después... no quiero volver a veros nunca.

Enarboló los brazos y cruzó las dos espadas en alto.

Y saltó al portal.

Tan pronto como Isla aterrizó en la Casa de Espejos, se puso en movimiento. Las zarzas que Aurora controlaba reaccionaron por reflejo abalanzándose sobre ella por todos los frentes con las espinas en ristre.

Puede que Isla careciera de poderes.

Pero, a diferencia de los otros soberanos, estaba acostumbrada a luchar sin ellos.

Sus espadas emitieron un sonido cortante cuando las separó y las hizo girar en grandes círculos a los lados, delante y detrás; las plantas sucumbían al paso de sus hojas.

Aurora había robado el poder de Isla… y, aun estando muerto, el bosque encantado trataba de proteger a la gobernante starling. La decadente naturaleza creó guardianes para contrarrestar la amenaza que representaba Isla, seres de corteza. Se precipitaron hacia ella a través de los orificios en el cristal esgrimiendo armas hechas de hueso y cuernos de animales silvestres. Isla rugió y embistió con la misma ferocidad que si luchara contra cualquier otro enemigo al tiempo que giraba sobre los talones blandiendo las armas y escudándose de los cuernos y las dagas óseas con el metal de los brazos.

El silencio se apoderó del mundo. Cada paso era delicado como un baile; cada movimiento de su acero, calculado. Los brazos le latían no con dolor, sino con poder; se había entrenado en la lucha cada día de su vida previo al Centenario, desde que era solo una niña. No jugaba con muñecas, sino con armas. No se trenzaba el pelo; trenzaba parras para crear escudos.

Por un instante regresó a los bosques de Wildling durante una de las escasas excursiones de entrenamiento. Terra estaba sentada en un árbol mirando los movimientos de Isla, que cortaba el aire con la espada. Disparaba flechas a objetivos tallados en troncos. Sus armas arrojadizas alcanzaban el blanco en todas las ocasiones, desde todos los ángulos.

Y oyó aplausos en alguna parte. Terra solía vitorearla, aunque solo fuera cuando Isla lograba dominar una técnica de lucha. Una que merecía un nuevo acero que exhibir en su panoplia.

Pero esta vez las palmadas no procedían de Terra.

Las manos de Aurora repicaron y una parra atravesó el cristal. Era tan fino que se coló entre los aceros enarbolados de Isla.

Le rodeó el cuello.

Isla jadeó. La opresión de la enredadera impedía el paso del aliento por su garganta mientras las púas se le clavaban en el cuello buscando la laringe.

Aurora se plantó ante ella riendo con ganas. De nuevo aplaudió. Con aire de guasa.

—¿Has vuelto? Eras libre, pajarillo. —Hizo chasquear la lengua como si se sintiera decepcionada—. Y no has tenido otra idea que regresar volando a tu jaula.

Cerró el puño y la zarza se tensó todavía más si cabe. Isla cayó de rodillas y logró cortar la planta a la altura de la raíz, pero el tallo que le estrujaba el cuello no disminuyó la presión.

Oro y Grim la observaban al mismo tiempo que forcejeaban contra sus ligaduras con los ojos desmesuradamente abiertos por el miedo. La sangre les resbalaba por las sienes, por las extremidades. Aurora los había perforado una y otra vez con sus espinas. Por lo que parecía, Isla había interrumpido la lenta tortura de los dos gobernantes.

Ni siquiera habían tenido ocasión de detenerla... No habían tenido acceso a sus reservas de poder antes de que Aurora se lo robase y todo por culpa de Isla, porque había sugerido que se reuniesen en la Casa de Espejos.

A pesar de todo..., estar allí le daba una ventaja. Puede que Grim y Oro estuvieran atrapados, pero Aurora solamente podía recurrir al poder wildling. En cualquier otra parte sus nuevas capacidades le habrían otorgado una fuerza ilimitada. Podría haber recurrido a la magia de los seis reinos. Nadie en toda la historia de Lightlark había sido capaz de eso. Y lo que es peor: al ser la creadora de las maldiciones, estas no la afectaban, algo que debilitaba a los demás reinos, los tornaba vulnerables a la conquista.

No. No podía permitir que Aurora abandonara la Casa de Espejos.

Aunque ello implicase que Isla no saliera tampoco.

Hendió el aire con su hoja con un movimiento raudo, directo a su cuello. La rama que la asfixiaba tendría un par de centímetros de grosor. Unos milímetros de más y se abriría su propia garganta.

Pero las espadas de Isla formaban parte de su ser; sin poderes a los que recurrir, llevaba toda la vida concentrada únicamente en ellas.

El tallo cayó al suelo.

Se abalanzó sobre Aurora con los aceros por delante. La gobernante wildling atrajo tres troncos a través del cristal, creó púas con la corteza, los arrojó hacia ella.

Isla los cortó todos. Era fluida como el agua. Precisa como el rayo. Rápida como una estrella fugaz. Sus espadas se desplazaban con independencia, ayudándose entre sí con un ritmo semejante al pulso de la sangre por las venas, como el tañido de la cúpula de cristal que reproducía los cortes y los golpes según Aurora enviaba más madera al interior.

Según se acercaba a la gobernante starling, Isla notaba el calor de las lágrimas en las mejillas. La peor traición no era la de Grim. Ni la de Terra y Poppy.

La peor traición era la de Celeste. Había fingido ser su amiga. Su hermana.

Isla siempre había estado sola. Y Celeste se había aprovechado de su soledad.

Sin embargo, a pesar de todo, un rincón traicionero de su corazón seguía queriendo a su amiga.

Aurora sonrió al atisbar el dolor grabado en las bolsas del rostro de Isla.

—Podrías haberlo conseguido —le dijo—. Romper las maldiciones. Yo no contaba con que Oro averiguase lo del corazón. Vosotros dos podríais haberles puesto fin de haber sido lo bastante fuertes para dejar que muriera uno de los gobernantes. Y, por descontado, está la cuestión de la ofensa original de la profecía.

Isla giró en redondo, lista para recibir el impacto de un tronco. Cayó al suelo y perdió el aliento solo un momento antes de reanudar la lucha. El líquido sanador que acababa de tomar todavía corría por sus venas, prestándole fuerza. Una de las espinosas zarzas de Aurora se le clavó en el cuerpo y la sangre manó a chorro. Isla gritó… y al cabo de un momento la piel se unió por sí sola.

Jadeando, siguió avanzando hacia Aurora todavía con los aceros en ristre.

—El agravio original no fue emplear el corazón —replicó Isla entre dientes. Con un gruñido, cortó un tallo que le envolvía la pierna, grueso como una extremidad. Otro intentó ocupar el lugar, enviarla contra el cristal junto con Oro y

Grim, que seguían forcejeando para librarse de sus espinosas ligaduras, empapados en sangre, pero lo atravesó con la espada antes de que la atrapara—. Ni tampoco que un sunling se enamorara de una wildling. ¿Verdad?

No, maldiciones tan crueles solo podían surgir de un acto verdaderamente siniestro. La ofensa original no pudo ser el amor ni hacer uso de un poder inmenso…, tuvo que derramarse sangre para provocar una malevolencia tan grande.

Y no cualquier sangre.

Isla había aprendido siendo muy joven que los seis gobernantes se sacrificaron a cambio de la profecía que pondría fin a las maldiciones. Poppy y Terra le habían dicho que su propia antepasada había liderado el sacrificio al ser la primera en dar la vida.

Pero Isla se preguntó si tal vez su antepasada no había dado la vida en absoluto.

Quizá estuviera muerta antes de que los demás soberanos descubrieran la existencia de las maldiciones.

Los ojos de la starling destellaron. Como si, por un instante, volviera a sentir el dolor… Como si recordara el acto que la había transformado para siempre, el desencadenante de las maldiciones que duraron quinientos años.

Su rostro recuperó su expresión malvada de inmediato y levantó las manos.

El techo se hizo añicos cuando una docena de árboles se estrellaron al mismo tiempo contra la casa. Una lluvia de cristales se precipitó sobre Isla. Ella gritó al ver abrirse su piel y luego cerrarse, desgarrarse y unirse otra vez mientras el remedio wildling luchaba por mantenerla entera.

Los troncos la golpearon e Isla cayó de rodillas. Antes de que pudieran aplastarla por completo, Aurora entrelazó los dedos para tejer un encaje de ramas a su alrededor.

Todavía llovían esquirlas de cristal cuando Isla alzó la vista para mirar a Aurora.

A través de los huecos de su jaula.

—Pajarillo —le dijo la gobernante al tiempo que sacudía la cabeza, desde el otro extremo de la sala—. Deberías haberte quedado en la naturaleza, volando en libertad.

Isla, sin embargo, no estaba enjaulada. En realidad no. Aun encerrada en su castillo había contado siempre con un portal a la libertad.

Extrajo su varita estelar de la espalda de su vestido, dispuesta a escapar de su jaula…

Y una planta trepadora se la arrebató. La vio rodar por la habitación hasta los pies de Grim. Él la miró. La sangre le manaba desde las sienes. El nightshade resollaba entre muecas angustiadas como si le doliera respirar. Pero consiguió decir:

—El corazón. —Jadeó. Apenas podía hablar—. Tu corazón, Devoracorazones.

¿Su corazón? Isla recordó la flecha que se lo había atravesado, un dolor impactante como un rayo que la hubiera ensartado. Debería haber muerto. Ni los ungüentos wildling ni Cleo eran capaces de sanar el daño producido por una flecha en el corazón.

Solo otro corazón podía hacerlo.

Isla se pegó una mano al pecho y notó un ardor inmenso, no por la herida, comprendió, sino por lo que albergaba.

Poder en su estado más puro. Al sanarla, el corazón la había señalado.

«Tu corazón no solo te pertenece a ti». No entendió las palabras de Grim entonces. Pero las entendía ahora.

Isla notó la llamada desde la isla. En su alcoba, donde lo había dejado, con la nota para Oro. El corazón le cantaba la misma canción que Isla había escuchado en el instante en que pisara la isla por primera vez. Una llamada semejante al graznido de un pájaro en el oído, un escalofrío como el helor que le había entumecido la lengua en isla Luna.

Isla la percibió… y respondió a la llamada.

Alargó el brazo. Abrió los dedos.

Y algo parecido a un arco de luz del sol atravesó el cristal. El corazón le cayó directamente en la mano e Isla resplandeció.

Tan pronto como cerró la mano, la jaula se estremeció. Un caudal infinito de poder wildling manaba del corazón. Las ramas de su jaula se quebraron y salieron volando. Algo brilló a los pies de Isla —el vinculador— y lo recogió con la otra mano para guardárselo en el bolsillo.

Instantes después estaba corriendo para plantarse de un salto delante de Aurora.

Con los ojos abiertos de par en par a causa de la sorpresa, Aurora se transformó al instante. Isla vio retorcerse sus rasgos ante sus ojos hasta que adquirió el aspecto de Celeste.

«Celeste».

Isla no vaciló como seguramente Aurora esperaba que hiciera. Extrajo el vinculador del bolsillo. Se clavó uno de los afilados extremos en la palma.

E insertó el otro extremo en el corazón de su amiga.

El aullido de Isla fue un sonido salvaje y gutural que sacudió la Casa de Espejos. Su rostro se desencajó como preso de un dolor inenarrable. Su mejor amiga… Su hermana…

Notó la energía circular a toda potencia a través de la aguja para verterse en su cuerpo y los ojos de Celeste se agrandaron y luego se apagaron.

Y se apagaron.

Hasta que el agravio original se cometió de nuevo. Una gobernante de los reinos que asesinaba a su mejor amiga a sangre fría. Una estirpe que desaparecía. Y uno de los seis se alzaba triunfal.

El mundo estalló.

Isla se sintió proyectada hacia atrás por una fuerza más potente que el viento, más intensa que una marea. Las lágrimas brotaron y le empañaron la vista, ardientes contra su rostro según le resbalaban por las sienes. Parpadeó una vez de cara a las estrellas mientras volaba hacia atrás y descubrió que habían adquirido un resplandor nunca visto.

Antes de que aterrizara, la tierra se abrió a sus pies.

Las maldiciones se habían roto y con ellas el propio Lightlark. Grandes grietas atravesaban el suelo e Isla se precipitó por la fisura más grande, detrás del cuerpo de Celeste, que ya había sido reclamado por la isla. La gobernante starling había caído cientos de metros hasta el mismo núcleo ardiente de Lightlark. El corazón resbaló de la mano de Isla y se hundió detrás de Celeste, reclamado nuevamente por la tierra.

E Isla lo siguió.

Cayó, cayó y siguió cayendo en picado igual que la noche del balcón. Oía la tierra agitarse y hervir al fondo, lista para recibir sus huesos. Notaba el poder recorriendo su cuerpo, toda la magia que había recuperado a través del vinculador. Sin embargo, cuando trataba de asirla, la energía se le escurría entre los dedos. No sabía emplearla… No había aprendido a usar sus propias habilidades.

Isla cerró los ojos. Resignada a su destino.

Solo tenía tiempo de despedirse mentalmente de una persona. Y escogió a…

Algo le rodeó la cintura. Notó un doloroso tirón en la espalda.

Y dejó de caer.

Alguien la había salvado. Pero... era imposible. Tal vez las ataduras de Grim y Oro se hubieran soltado tras la muerte de Aurora, pero no podían recurrir a sus destrezas en la Casa de Espejos, ni siquiera rotas las maldiciones. Ni aunque Isla les hubiera devuelto los poderes.

A menos que...

Abriendo los ojos, Isla descubrió que una liana le rodeaba la cintura. La había atrapado al vuelo y ahora la izaba a la superficie.

Poder wildling.

Pero no era ella la que había recurrido a él.

«El amor en Lightlark es un asunto peligroso».

Alguien a quien amaba estaba empleando sus destrezas.

El grueso tallo la extrajo del abismo que se había abierto en mitad de la Casa de Espejos.

Cuando llegó arriba, Isla se aferró del borde y subió a pulso a la sólida piedra entre jadeos. Su cabellera era una mata revuelta ante ella.

A través de la cortina de pelo vio a Oro abrir el puño.

Y la liana que le rodeaba la cintura se aflojó.

Oro estaba haciendo uso del poder de Isla. Y ella vio en el rostro de Grim que entendía el significado.

La expresión de su rostro, un dolor infinito fundido con sorpresa y finalmente rabia, le bastó a Isla para saber que él también había intentado acceder a sus capacidades. Y descubierto que no podía.

Isla abrió la boca, estupefacta. Tan solo unas horas antes sus sentimientos eran distintos. Horas antes estaba dispuesta a escapar con Grim para construir un futuro juntos. A sacrificar todo aquello que anhelaba por él.

Pero Grim la había traicionado en todos los sentidos posibles. Le había arrebatado los recuerdos en lugar de incluirla en sus planes. En lugar de ofrecerle la posibilidad de decidir por sí misma. Había tomado la decisión por ella.

Y Oro... Él había sido su verdadero compañero a lo largo del Centenario. Él le había ofrecido verdades a cambio de sus mentiras. Isla había llorado con él. Se había reído. Había conquistado sus mayores miedos. Afrontado incontables peligros. Oro la conocía mejor que nadie en Lightlark..., salvo la amiga que había perdido.

Antes de que Isla pudiera pronunciar una palabra, Grim retrocedió hacia una brecha del cristal y desapareció en la noche.

La sangre de Celeste aún conservaba el calor en la mano de Isla. Le bajaba por la manga. Se desplomó de rodillas y vomitó. Lloró. Chilló.

Las maldiciones habían desaparecido por fin.

Pero Isla estaba rota por dentro.

CAPÍTULO 55
ROTA

La unión se había producido. Uno de los seis se había alzado triunfal. El linaje de uno de los gobernantes había llegado a su fin. El agravio original se había cometido de nuevo.

Y el centésimo día del Centenario, Lightlark no desapareció bajo la tormenta.

Isla no había salido de sus aposentos. Únicamente regresó al reino Wildling una vez, para insuflar poder a la tierra y rescatarla de la catástrofe total junto con su pueblo. Todavía no había aprendido a hacer uso de sus poderes, pero le resultó fácil. Solo tuvo que hundir las manos en la tierra. Liberar parte de sí misma en el suelo. El cambio fue inmediato. Impactante.

A continuación regresó al castillo de la capital recurriendo a su varita estelar. Pasaba los días recogida en la bañera, sustituyendo con agua caliente las lágrimas que ya no le quedaban. Se sentía vacía.

Hueca.

Celeste. Su mejor y única amiga, que no lo era en absoluto.

Grim. Todo un año de recuerdos perdidos. Y algunos recordados. Acurrucados bajo la lluvia. El cuerpo de Isla pegado al mismo cristal que más tarde estalló en pedazos y le atravesó mil veces la piel.

Ya sabía que Ella nunca trabajó en su contra. La starling la mantenía informada de las novedades a través de la puerta de su alcoba. Gracias a ella descubrió que Cleo había retirado el puente que unía su islote con la isla principal, desligando así su territorio de la capital. Isla no sabía qué significaba eso o lo que estaba tramando la gobernante…, pero no podía ser bueno.

Habían visto a Azul por la playa, observando cómo a la postre escampaba la tormenta maldita. Al parecer, la tempestad albergaba las almas de aquellos que habían muerto a consecuencia de las maldiciones. De ahí los susurros que oyera Isla una vez. Los cuerpos atrapados en el interior habían caminado unos pasos en dirección a la playa, como espectros, antes de descansar en paz.

Isla esperaba que el skyling hubiera tenido finalmente la oportunidad de ver a su marido por última vez.

Azul nunca representó un peligro para ella; Oro estaba en lo cierto. Ella sabía ahora que solo había intentado detener a Aurora cuando vio algo sospechoso en Celeste.

Después de dos semanas refugiada en la oscuridad de sus aposentos, con las cortinas echadas, Isla se sintió con fuerzas para cepillarse el cabello, enfundarse un vestido y salir. Se quedó en el balcón, mirando el reflejo del sol en el mar, una yema dorada idéntica al corazón de Lightlark. La magia que tanto tiempo habían dedicado a buscar los había salvado a todos. A ella la había salvado más de una vez.

Albergaba un poder sin parangón.

Al igual que Isla.

Todavía no había intentado probar sus destrezas, aparte del poder insuflado al reino Wildling. Ni siquiera sabía por dónde empezar. Le preocupaba que, de tocar una sola hebra, acabara descosiendo una costura que los arrastrara a todos en su ráfaga destructiva.

De modo que no las tocaba. Aun sabiendo que llegaría el momento en que tendría que desatarlas.

Grim había regresado a Nightshade, dolido. Traicionado.

Isla no podía negar que se le encogía el corazón cuando el nombre regresaba a sus pensamientos. No se permitía mirar con demasiada atención las sombras de su alcoba. Había colgado toallas sobre los espejos, por si las moscas, pues sabía que los nightshade los usaban para comunicarse. En ocasiones bebía café negro a última hora de la noche en lugar de perderse en sueños que ahora identificaba con recuerdos. En particular después de que, cinco días atrás, oyera una voz en su mente, justo antes de abrir los ojos.

Recuérdanos, Corazón. Recuérdalo todo.

Te acordarás.

Y cuando lo hagas…

volverás a mí.

Volverás conmigo.

La voz de Grim le habló con tanta claridad que fue como si estuviera sentado en su alcoba. Al borde de su cama.

Sin embargo, cuando finalmente abrió los ojos mientras se echaba las mantas sobre la piel sudorosa, la encontró vacía.

Rota su maldición, Nightshade sería más fuerte de lo que había sido los últimos quinientos años. Recordaba con aprensión la demostración de poder que Grim llevara a cabo bajo la lluvia. Recordó las palabras que le provocaron escalofríos en la columna… Lo hacían en ese momento, de nuevo, si bien por razones distintas.

«Podría abrir un agujero negro que se tragara la playa. Podría hacer que el mar se tornase negro como tinta y matar todo cuanto alberga. Podría derribar el castillo, ladrillo a ladrillo, sin moverme del sitio. Podría llevarte conmigo a las tierras nightshade en este mismo instante».

En su día se tomó esas palabras como pura fanfarronería. Meras declaraciones.

En ese momento se le antojaban amenazas.

Se apoyó en la barandilla cuando la inundó una sensación ardiente que la arrancó de sus pensamientos. La fuente se encontraba a su espalda.

Oro.

No habían vuelto a hablar desde que él la ayudara en la Casa de Espejos. Aquel día ella era una ruina temblorosa en sus brazos que lloraba y gritaba. La mirada de Celeste al morir se le grabó a fuego en la mente. Él le había dejado comida, té, agua y prendas cómodas en la puerta de sus aposentos. Pero Isla se esperaba a que él se hubiera alejado por el pasillo para abrirla.

Se le tensaron los hombros. Miró el mar que se revolvía al fondo, un derroche de capuchas blancas y remolinos color zafiro.

—No estarás pensando en saltar, ¿eh?

Isla se dio la vuelta y lo fulminó con la mirada.

—No salté. Tú me hiciste caer.

Oro la miró con seriedad. Pero había una inquietud burlona en su tono al decir:

—¿Lo hice?

—Sí. Porque estabas fisgoneando.

Él enarcó una ceja.

—Te oía desde mis aposentos. Salí a investigar. Yo no llamaría a eso «fisgonear».

Isla trató de conservar la expresión enfurruñada, pero, mientras él escudriñaba su rostro, pestañeó. Ni siquiera lo había visto nunca a la luz del sol.

Los ojos ambarinos de Oro resplandecían tanto como el corazón. Su cabello recordaba a seda fabricada a base de oro. Su tez era deslumbrante.

Las grandes ojeras habían desaparecido. Sus mejillas parecían mucho menos huecas. La mancha azulada se había esfumado.

Estaba radiante.

Isla tragó saliva.

—Estuviste insufrible aquella noche —le dijo ella, si bien sus palabras no contenían la menor animadversión.

Oro avanzó un paso hacia ella.

—Tú también. A quién se le ocurre entrar en la cena empapada y con el pelo chorreando. Y yo no paraba de oír tu voz, que resonaba en mi cabeza como una maldición. Pensaba que lo habías hecho a propósito, que estabas usando tus poderes para engatusarme. Más adelante te mostraste tan arisca conmigo que ya no pude creer que fuera ese tu plan. —Frunció el ceño—. Cuando me contaste tu secreto me quedé… de piedra. —Se rio con amargura—. Llevaba siglos huyendo de cualquier vínculo significativo. Y resulta que, cuando empiezo a sentir algo…, me prendo de una wildling que ni siquiera trataba de seducirme.

Oro estaba tan cerca que Isla tuvo que echar la cabeza hacia atrás para mirarlo a los ojos.

Durante unos instantes se limitaron a contemplarse. Él abrió la boca y la cerró. Ella hizo lo propio.

No sabían qué decir.

—Isla —susurró él finalmente, el nombre infinitamente suave en sus labios. Ella vio sus propias emociones reflejadas en sus ojos.

Confusión. No saber cómo había sucedido.

Saber que el sentimiento estaba ahí.

El amor era un asunto extraño. Lo amaba de tantas maneras distintas… Lo llevaba amando un tiempo, aunque se hubiera empeñado en negarlo. Por encima de todo confiaba en él.

¿Sería esa la base del amor?

Aún no estaba segura.

De nada.

Isla posó una mano en el pecho de Oro. Allí, en alguna parte, notaba el latido de su poder. Un caudal interminable, dorado y reluciente. Sunling, Skyling, Moonling y Starling. Después de usar el vinculador, había devuelto sus poderes a cada gobernante a través del mismo puente que le había permitido tomarlos con anterioridad. Todavía tenía acceso.

No había defensas en esa corriente inacabable que discurría entre Oro y ella, en ambos sentidos. Ella podía hundir la mano y beber, si así lo deseaba. Y él podía hacer lo mismo.

Oro cerró los ojos un instante, como si percibiera los dedos de Isla recorriendo los ríos de energía.

Imitó el gesto. Y ella se preguntó qué sentiría el rey…, pues, cuando Isla había asesinado a Aurora con el vinculador, sabía perfectamente lo que estaba haciendo. No solo recuperar el poder de Isla (y el de Oro y el de Grim), sino también arrebatarle algo a ella. Todas sus capacidades de gobernante starling. Un resquicio por el cual matar a un gobernante y poner fin a su linaje, cumplir la profecía y romper las maldiciones, todo ello sin destruir su reino.

A partir de ese momento, Isla poseía el poder de una soberana starling. Y aún no quería ni pensar qué implicaba eso.

Oro le presionó la zona del corazón con dos dedos. Los deslizó más abajo, hasta el centro de su pecho.

Una trepadora se abrió paso al balcón y floreció una rosa roja.

Oro la arrancó. Se la ofreció.

Ella se quedó mirando la flor. Una rosa con espinas, igual que ella. Era hermosa. Feroz.

Isla la tomó y al momento la lanzó limpiamente por encima del hombro al vacío. Se puso de puntillas para rozar la frente de Oro con la suya.

Oro permaneció inmóvil. Sus ojos eran ámbar y fuego, nada que ver con el vacío atisbado por Isla el primer día del Centenario. La miró como si ella fuera exactamente aquello por lo que habían desgarrado la tierra, el mismo corazón que llevaba buscando todos esos años con desesperación, la aguja que finalmente los había enhebrado a los dos.

Isla exhaló un suspiro entrecortado.

Y se volvió a mirar el mar.

«Grim». La había destrozado. Y ella fue una imprudente. Se abalanzó sin pensar, sin esperar.

No cometería de nuevo el mismo error. Por mucho que confiara en Oro; en él y en nadie más.

Isla saltó la barandilla igual que hiciera aquel primer día del Centenario, cuando entonó la canción que atrajo a Oro al exterior. Él estaba tras ella, una fuente infinita de calor, tan próximo que, cuando echó la cabeza hacia atrás, la apoyó contra su pecho.

Sacó un pie al vacío, muy por encima del mar revuelto. Se volvió a mirarlo.

—No me dejes caer.

Él la miró a los ojos.

—Nunca —prometió.

Isla lo fulminó con la mirada.

—Nunca más —lo corrigió.

CAPÍTULO 56

LLAVE

La Casa de Espejos había perdido el cristal. Tan solo era un esqueleto con los suelos cubiertos de fragmentos afilados como cuchillos. Crujieron bajo los zapatos de Isla cuando ella entró.

Oro había intentado cerrar la brecha del suelo empleando poderes prestados, pero una cicatriz todavía recorría la sala de lado a lado. Una reminiscencia de lo sucedido.

Una reminiscencia de la gobernante que yacía enterrada allí debajo.

Él estaba a su lado, observando hasta el último de sus movimientos. Sin Oro, Isla no sabía si habría tenido el valor de regresar.

No… Lo habría hecho. Porque era más fuerte. Y eso no tenía nada que ver con sus poderes recién descubiertos.

Siguió avanzando lentamente, con la cabeza alta. Oro le había devuelto su corona. Le contó que la había sostenido entre sus manos después de que encontraran el corazón, durante las agónicas horas de sol que pasó en la cueva sin poder acudir a su lado ni saber siquiera si había sobrevivido.

«En ese momento supe que te amaba —le había revelado—. Cuando esa flecha te atravesó el corazón y fue como si me atravesara el mío».

Isla había sufrido la ausencia de su corona los días siguientes a la ruptura de las maldiciones. La dibujaba en hojas de papel, la visualizaba mentalmente al mismo tiempo que se preguntaba cómo le habría quedado a su madre. Y a las generaciones de gobernantes wildling anteriores a ella. Incluida Violet.

Fue entonces cuando cayó en la cuenta de lo que era. Lo único que la conectaba con sus antepasadas. El único objeto importante que había sobrevivido a los siglos.

Se paró delante de la cámara secreta, al fondo de la Casa de Espejos. Oro se encontraba a su lado con los ojos fijos en la cerradura de extraña forma.

Isla respiró profundamente antes de introducir su corona en el hueco. Las crestas encajaron como un guante. La empujó para girarla igual que haría con una llave.

Y la puerta se abrió.

AGRADECIMIENTOS

Hace mucho tiempo fui una niña de doce años que escribía libros en su habitación y leía agradecimientos como estos con la esperanza de averiguar qué hacer para que te publicaran. Era mi único sueño, uno que perseguía sin descanso. Tras cientos de rechazos, por fin escribí *Lightlark* para mí. Era el reino que me habría gustado visitar, la historia que quería leer.

Se habría quedado en mi cajón de no ser por aquellos que intuyeron su potencial y cambiaron mi vida.

Gracias a mi equipo, que ha hecho posible cada victoria. A mi agente literaria, Katelyn Detweiler, por enamorarse de este libro y buscarle un hogar. Contar con tu apoyo se parece a llevar una cota de malla. A mi abogado de la industria del entretenimiento, Eric Greenspan, por aceptarme y atisbar todo lo que estaba por venir. A mis agentes de cine y televisión de CAA, Berni Barta y Michelle Weiner. A Sophia Seidner, Sam Farkas y Jill Grinberg de Jill Grinberg Literary Management. A Aimee Lim, cuyos comentarios contribuyeron a convertir este libro en lo que es.

A mi incomparable editora, Anne Heltzel, por creer en *Lightlark* antes de que se hiciera viral y por recomendarme al equipo de Abrams. Tú viste en mí lo que otros no vieron y me empujaste a crear una historia aún más potente. Por ello, te estaré eternamente agradecida. A Andrew Smith, por creer en mí y en todo lo que me depare el futuro. A Kim Lauber, Hallie Patterson, Brooke Shearouse, Elisa Gonzalez, Melanie Chang y Megan Carlson en Abrams, un grupo maravilloso con el que tengo la suerte de contar. Muchísimas gracias por haber movido cielo y tierra para que *Lightlark* llegara a tantas manos como fuera posible.

A mi familia, que ha tenido el placer de convivir con una escritora (guiño). A mis padres, Claudy y Keith, por animarme a hacer mis sueños realidad. Papá, siempre me dijiste que la suerte es para el que más trabaja y he comprobado que es cierto. Mamá, eres la persona más fuerte que conozco y ahora veo en mí muchas de tus cualidades. Gracias a mi hermana gemela, Daniella, que es la razón de que haya seguido escribiendo. El hecho de que pidieras más capítulos me empujó a crear nuevos mundos. Fuiste mi primera lectora y siempre serás mi mejor amiga. A Sean, que fue uno de los primeros fans de mi obra; te agradezco infinitamente tu entusiasmo y tu ayuda. A Leo y a Bear, por traer tanta dicha a mi vida. A JonCarlos y Luna, por ser mi estrella y mi luna. Estoy deseando ver cómo cumplís vuestros sueños también. A Angely, por estar ahí siempre que te he necesitado. A Rose, Alfonso, Carlos y Maureen, por su amor y apoyo ilimitados. A mi corazón, Rron: este libro está dedicado a ti. Tú haces que el mundo real sea tan maravilloso como cualquier ficción.

A mis amigos, que me han ayudado a navegar por este nuevo mundo. Vuestro apoyo, consejos y su amistad significan más de lo que nunca sabréis. A Chloe Gong, mi otra hermana gemela en muchos sentidos. Nuestros almuerzos son lo más, ¿verdad? A Adam Silvera, por ponerme siempre por las nubes y hacerme sonreír. A Marie Lu, Sabaa Tahir, Zibby Owens y Brigid Kemmerer. No me puedo creer que haya tenido la suerte de conoceros.

A todos los que me siguen en las redes sociales. Vuestros mensajes y el entusiasmo que habéis expresado por este libro me ayudaron a cumplir todos los plazos y consolidaron mi decisión de hacer que la espera mereciera la pena.

Por encima de todo, gracias a BookTok. Si *Lightlark* existe es gracias a vosotros. Por cada vídeo, cada comentario, cada publicación compartida, cada amigo que he hecho allí..., gracias. Sois más poderosos de lo que creéis. No me acuerdo de lo que pensé cuando publiqué el vídeo sobre una isla que aparece cada cien años, pero nunca olvidaré el impacto que fue descubrir que millones de personas querían hacer este viaje conmigo. ¡Lo conseguimos!

PASA LA PÁGINA

Y ENCONTRARÁS UN CAPÍTULO EXTRA

(DESDE LA PERSPECTIVA DE GRIM)

CAPÍTULO 49
EL DIAMANTE

GRIM

Notó el tirón en lo más profundo de su ser.

El colgante. Devoracorazones. Le necesitaba.

Aunque hubiera estado en la otra punta del mundo, aunque se hubiera encontrado en plena batalla, incluso herido y agonizante, nada le habría impedido a Grim dejarlo todo y saltar entre portales para acudir en ayuda de Isla.

El salto no le permitió traspasar del lindero del bosque. Grim maldijo la Casa de Espejos y los límites que esta imponía a sus poderes mientras corría por la fronda como alma que lleva el diablo, derribando cuanto encontraba a su paso.

¿Por qué Isla había tirado del colgante? Grim estaba entrenado para prever cualquier contingencia en una situación peligrosa e infinitas posibilidades cruzaban su mente. Ninguna era buena. En el Centenario, Isla era un objetivo. No sería la primera vez que sufría un ataque. Grim había tenido que recurrir a toda su fuerza de voluntad para no seguirla a todas partes. Ella era fuerte y él tenía que confiar en esa fuerza.

Ahora, sin embargo, se preguntaba si esa actitud había sido un error. El miedo se extendió por su pecho como veneno. Ya no le asustaban demasiadas cosas. El entrenamiento o el paso del tiempo habían sofocado sus temores. Le habían enseñado a no dejarse tentar por el amor. «El amor acaba con los reinos», decía siempre su padre. En sus cientos de años de vida, jamás había amado a una mujer. No había estado con la misma mujer dos veces.

Hasta que la conoció a ella.

Ahora solo sentía miedo. Grim había sentido terror al verla llegar a esa isla maldita, al asistir como espectador a sus pruebas, al saber que pasaba casi todo el tiempo con el rey. Tuvo que fingir que era el mismo que había sido antes de conocerla. Indiferente a todo. Incapaz de amar. Fue el único modo de no ceder al instinto de llevársela de vuelta a Nightshade con él, el reino al que ambos pertenecían. El miedo volvió a atravesarle el corazón cuando los árboles se espaciaron. ¿Qué iba a encontrar?

Si a Isla le había pasado algo, si estaba herida…

Nada salvaría al mundo de la furia de Grim.

La puerta de cristal estuvo a punto de hacerse añicos cuando Grim entró como un vendaval. Ya empuñaba la espada por puro instinto. Estaba dispuesto a destruir cualquier cosa que se interpusiera entre Isla y él.

Allí estaba ella. Grim por poco se desmaya de alivio. Buscó heridas en el cuerpo de Isla con los ojos, le rodeó la cara con las manos.

—Corazón… ¿Estás herida?

—Estoy bien —respondió ella, y él reconoció el tono. El alivio se transformó en cautela.

Grim la conocía. Había visto y sentido hasta la última sombra de emoción que atravesaba su alma a lo largo del año que habían pasado juntos.

Y, aunque no hubiera sido así, igualmente habría notado que estaba disgustada. Grim separó las manos de su rostro.

Las posibilidades desfilaron por la mente del nightshade.

¿Acaso Isla había descubierto algo? El corazón le latía a toda potencia. Había tantos secretos entre los dos... ¿Y si había recuperado la memoria?

Y entonces... puro pánico. ¿Había despertado Aurora? ¿Se lo había contado todo a Isla?

Por fin, ella habló.

—¿Por qué no me dijiste que Wildling creó la isla junto con Sunling y Nightshade?

Él hizo esfuerzos por disimular el alivio que sentía. De todas las cosas que Isla podía haber descubierto, esta era la menos desastrosa.

—A veces es preferible descubrir las cosas uno mismo —respondió él. En parte se refería a los recuerdos enterrados en la mente de Isla. Aunque ahora no pudiera acceder a ellos, algún día lo haría—. A lo largo de mi vida, los demás me han dado informaciones que habría preferido averiguar por mi cuenta. En el momento adecuado. Cuando pudiera comprenderlas mejor.

—¿Me lo ibas a decir? —le preguntó ella en tono brusco. Estaba más enfadada por aquel engaño de lo que él hubiera podido prever.

El sentimiento de culpa le devoró al pensar en el disgusto que la embargaría cuando averiguara la verdad. Toda la verdad.

Tal vez se pusiera furiosa al principio..., pero al final lo entendería. Grim hacía esto por ella. Por ellos. Isla tendría que comprenderlo.

—Acababas de llegar a un nuevo entorno —le recordó él—. No sabías gran cosa. Y todo ello obligada a llevar sobre tus hombros la carga de las maldiciones, a representar a todo tu reino. Sin poder, por si fuera poco. Estabas aterrorizada. No podía empeorar las cosas. No quería hacerlo.

—¿Me estás ocultando algo más?

Él tragó saliva con dificultad. Por un instante pensó en contárselo todo.

El impulso se apagó con rapidez. Debía ocultarle el resto de los secretos hasta que se hubieran roto las maldiciones y tanto Isla como él hubieran reunido el poder que tanto necesitaban.

El largo silencio le traicionó. Isla retrocedió un paso.

—Hay algo, ¿verdad?

Grim no pudo hacer nada más que asentir.

—¿Qué es?

Buscó a toda prisa una respuesta que fuera sincera. Recordó la primera vez que le había confesado sus sentimientos. Ahora tenía la oportunidad de volver a hacerlo.

—No te he dicho lo que haces conmigo.

—¿Qué?

Isla le miró con sorpresa. Bien.

—No te he dicho que eres mi ruina.

—¿Tu ruina?

Grim asintió.

—Mi ruina total. Me has torturado. No has dejado de atormentarme desde el primer momento que te vi.

Era verdad. Hasta la última palabra.

A pesar de todo, ella parecía sorprendida. Como si él no llevara meses demostrándole cuánto la amaba todas y cada una de las noches. Aunque ¿cómo iba a saberlo?

Las palabras brotaron de Grim a borbotones.

—Unas cuantas conversaciones contigo y estaba dispuesto a hacer el intercambio más desfavorable del mundo: todo mi ser a cambio de cualquier migaja tuya que estuvieras dispuesta a darme.

Recordó que se había visto forzado a trabajar con ella. La irritación que había sentido al darse cuenta de que quizá no quería que Isla muriera. Lo frustrante que había sido quedarse despierto hasta las tantas, rompiendo los muebles de su alcoba de pura ira, porque no podía dejar de pensar en ella.

—Has invadido mi mente. Has puesto en peligro mi cordura. Pienso en ti constantemente.

—¿Constantemente? —preguntó ella con voz entrecortada, y él reprimió esos recuerdos que guardaba como un tesoro.

—De madrugada te ansío hasta el dolor. Te ansío todo el tiempo —confesó él con voz ronca. Se le antojaba una tortura tenerla tan cerca y no acariciarla.

Ella agrandó los ojos. Le miraba los labios con la misma expresión que exhibía el día que se conocieron. Isla ya no estaba enfadada. No, Grim también conocía esa expresión a la perfección; le deseaba. Le necesitaba. Él no pudo seguir conteniéndose y cerró el hueco que los separaba. Ella le imitó y en un abrir y cerrar de ojos Grim la estaba besando.

Fue un error.

Isla se sobresaltó contra su boca y él se apartó. Qué imprudencia por su parte, qué idiotez había sido besarla cuando se suponía que ella…

Grim apenas había empezado a alejarse cuando Isla tiró de él. Le rodeó el cuello con los brazos y se pegó a su cuerpo. Grim no se atrevía a moverse.

Y entonces Isla acercó los labios a su boca. Fue como si Grim no se hubiera sometido a años de entrenamiento. En el instante en que la piel de ella rozó la suya, todos los planes y deberes del nightshade saltaron por la borda y los recuerdos le inundaron: los labios de Isla deslizándose por su vientre, Grim resollando contra el cuello de ella bajo las sábanas, con más intensidad que en plena batalla.

Cualquier resto de autocontrol que él pudiera conservar se desvaneció mientras la empujaba con delicadeza hasta aprisionarla contra la pared de cristal. Ella se estremeció, pero no titubeó. Abrió los labios para que la saboreara y él la besó como sabía que le gustaba. Los labios de Grim se deslizaron por el cuello de la muchacha y le rozó con los dientes la misma piel que una vez mordió con suavidad. Cuando su boca llegó al colgante, le recorrió un dolor más profundo que su deseo. La echaba de menos. Ella no lo sabía, pero él le pertenecía. Ya hacía un tiempo que le pertenecía.

E Isla le pertenecía a él.

Apartó la capa de Isla y le deslizó los labios por el hombro desnudo. Había sido una tortura verla enfundada en esos vestidos sin poder arrancárselos. Pensar en ella cada noche y desear que estuviera tendida a su lado. Ansiar la caricia de sus manos.

Ella gimió y a Grim por poco le fallaron las rodillas al oír ese sonido que conocía tan bien. La sujetó con las dos manos por la cintura para situarla en una posición más estable contra la pared. Isla se desabrochó la capa, que cayó al suelo con delicadeza.

Él le clavó los ojos. Todavía podía parar esto. Debería detenerlo ahí. Pero ella ya le estaba desabrochando la camisa. Grim no se lo impidió. Pasado un momento la prenda se reunía con la capa en el suelo.

Y entonces Isla se limitó a mirarle.

Ella nunca sabría el efecto que le producía su manera de mirarle, con tanto descaro, con tanta atención, como si él fuera algo más que el recuento de muertes de su espada. Algo más que el monstruo que todos lo consideraban. Algo más que el monstruo que él mismo creía ser. «Debería parar esto, debería parar esto», pensó Grim mientras ella alargaba la mano con inseguridad para posarla sobre la cicatriz. Saltaron chispas con el contacto que hicieron estremecer al nightshade. La vio deslizar los dedos por la marca y tuvo que hacer un esfuerzo para seguir inmóvil.

—¿Quién te lo hizo? —preguntó Isla. Él contuvo una sonrisa.

Recordaba aquel día a la perfección. La vio en su palacio, junto a otras mujeres ansiosas por unirse a la línea sucesoria. Fue como si solo estuvieran ellos dos en aquella sala y en cualquier otra a partir de aquel momento. Tan pronto como posó los ojos en ella supo que era lo único perfecto que había visto jamás en este mundo imperfecto. Una parte de él comprendió que estaba sintiendo algo peligroso. Un deseo tan profundo que carecía de límites. Ella no había pronunciado una sola palabra, pero sus ojos emanaban una intensidad que Grim deseó conocer. No solo quería su cuerpo, quería saber qué estaba pensando exactamente. Ella parecía nerviosa, pero su expresión era desafiante. Y proyectaba una necesidad parecida.

Grim veía la misma necesidad en su expresión ahora y posó la mano sobre la de Isla antes de que su contacto le desatara. Tenía que poner fin a esto.

—Devoracorazones —le dijo—. Ahora tú me estás matando.

Ella levantó el brazo y tomó la corona de Grim con los dedos. La dejó caer al suelo, entre los dos. La de Isla pronto corrió la misma suerte.

Esquivó las coronas para pegarse a él y Grim vio deseo en sus ojos. El deseo que él le inspiraba.

Y Grim le daría todo lo que ella quisiera, aunque fuera su perdición.

El nightshade la levantó en brazos y esta vez la besó como deseaba hacerlo desde hacía meses, con ansia, como si temiera no poder volver a besarla en mucho tiempo. La abrazó con tanta fuerza como aquella primera noche que estuvieron juntos. Aquella noche. La había revivido mentalmente una y otra vez, aunque el recuerdo nunca hacía justicia a la experiencia real.

Isla le entrelazó los tobillos en la espalda y él estuvo a punto de perder la cabeza al notar los dos cuerpos unidos. Isla iba a sentir exactamente hasta qué punto Grim deseaba lo que estaba pasando. Se daría cuenta de que era esto lo que le hacía. El nightshade se quedó inmóvil, mirando los ojos ligeramente agrandados de ella. Esperando su indicación. Dispuesto a seguir adelante si ella lo deseaba.

Sin despegarle los ojos, Isla se frotó despacio contra cada doliente centímetro de Grim, y él maldijo por lo bajo. Hacía demasiado tiempo.

Los dos gimieron cuando ella movió las caderas a un ritmo más acelerado. El deseo embistió a Grim como una ola: cada uno de sus nervios latía de pura necesidad. Estaba completamente a su merced mientras Isla seguía frotándose contra su cuerpo y, estallando de deseo incontrolado, Grim le aferró la parte trasera de los muslos para arrastrarla todavía más cerca. Ella echó la cabeza hacia atrás arqueando la espalda y curvando el pecho hacia él, ardiente de necesidad.

Él empezó a aflojarle la parte delantera del vestido con dedos impacientes mientras deseaba poder romper la tela en jirones como había hecho tantas veces en el pasado. Pero todavía no, aquí no. Tendrían tiempo de sobra para eso más adelante.

La tela cayó por fin a la cintura de Isla y ella lanzó un sonoro jadeo que le hizo desearla aún más si cabe mientras Grim agachaba la cabeza para arrastrarle los dientes y los labios por el pecho. La piel de ella, cálida bajo su lengua, era la tortura más dulce del mundo, un placer que lo tornaba imprudente.

—Más —suplicó ella—. Por favor.

Isla le clavó los dientes en el hombro cuando la mano de Grim se deslizó bajo su falda para apretarle el centro de placer entre los dedos.

Él soltó una maldición. Desplazó la mano más abajo y arrastró los dedos tras otra capa de tela y para explorar las profundidades de Isla. Más adentro. Ella se tensó en torno a él, solo un momento, y luego se relajó y empezó a responder a su contacto, ansiosa de todo lo que le daba.

—Eso es —dijo Grim, y oyó la tensión de su propia voz, notó la pugna de su propio cuerpo mientras trataba de reprimir el deseo.

Ella volvió la cabeza hacia el techo y él se la empujó con delicadeza para poder mirarla a los ojos. El mero hecho de verla congestionada de necesidad, con los labios entreabiertos, estuvo a punto de acabar con él.

—Mírame, corazón —le pidió—. Quiero ver cómo te deshaces.

De nuevo esa expresión intensa. Los ojos de Isla brillaban de puro deseo mientras se movía contra él con abandono y tomaba cuanto necesitaba. Ella era todo aquello que Grim siempre había soñado, así que memorizó hasta el último detalle. Las convulsiones de sus hombros, su cuerpo tenso en torno a él, sus últimos gemidos contra la boca de Grim. Su manera de derretirse cuando terminó, sin aliento, y le rozó con los labios la cicatriz y el corazón.

El corazón. Tal vez la hoja de Isla hubiera fallado aquel día, pero Grim volvería a entregárselo sin dudarlo, una y otra vez.

Súmate a la ola **Lightlark**,
el éxito best seller
que ha revolucionado **BookTok**.

Continúa la saga Lightlark con

Este libro se terminó de imprimir
en el mes de octubre de 2025.